一無所有

The Dispossessed

娥蘇拉・勒瑰恩 ・著
黃涵榆・譯

Ursula K. Le Guin

目錄

第一章

有一道牆，看起來不怎麼起眼，由未切割的岩石隨便堆砌而成。成年人可以直接看到牆外，孩童甚至能爬上去。牆與道路相接處沒有門，反倒退化成純粹的幾何圖形：一條線、一種邊界的概念。然而，概念是真實的、重要的。七個世代以來，這個世界再也沒有比這道牆更重要的東西了。

這道牆如同所有的牆一樣曖昧、兩面。牆外和牆內的景觀完全取決於觀者站在牆的哪一邊。

從一邊望去，這道牆環繞著稱為「安納瑞斯航站」的六十英畝荒原。荒原上有幾臺起重機、一座火箭發射臺、三間倉庫、一間卡車維修廠、一棟宿舍。宿舍看起來堅固、汙穢、哀傷；裡面沒有花園，沒有小孩——顯然沒人住在那兒，或者根本沒人打算在那裡久留。事實上，那是一間隔離所。牆不僅隔絕了登陸場及來自外太空的船艦，更隔絕船艦上的人、他們出發的世界，以及宇宙其他地方。

從另一邊望去，牆包圍了整個安納瑞斯，將整個星球裹在牆內，形同一座監獄，隔絕在其他世界與其他人之外。

有些人正沿路走向登陸場，或站在道路貫穿圍牆處附近。

人群通常都從鄰近的亞博奈市到這裡來觀看太空船，或者只是來看圍牆，畢竟這是他們生活的世界裡唯一的邊界，在別處看不到「禁止闖入」的告示。青少年特別受到吸引，他們來到這兒，坐在圍牆上東看西看：倉庫那兒或許會有工人從卡車上卸下板條箱，發射臺上也可能會有太空船。太空船一年只來八次，消息只發布給航站人員，因此若有幸能看到一次，觀眾皆興奮不已——不過，這是以前了。此刻，觀眾坐在牆上，停泊的太空船如黑色矮塔矗立在駛過荒原的起重機之間。一個女人從其中一組倉庫工人那裡走過來，說：「各位，我們今天要關了。」她別著安全部門的臂章，那東西看起來和太空船一樣稀奇，有點嚇人。女人的音調雖然和緩，卻很堅決。她是那群工人的頭頭，若惹毛了她，其他人自然會來助陣。反正也沒什麼好看了。外星人、異域來的人，都躲在船上。沒戲看。

這對安全部來說也是一場爛戲。有時候，那女領班甚至希望有人企圖翻牆，或有外星船員跳船，或者有哪個亞博奈來的小鬼想溜進來瞧一瞧貨機。這樣的事從沒發生過。從來都沒真正發生過任何事。事情真的發生的時候，她全然措手不及。

「全心號」的機長對她說：「那些傢伙是為了我的太空船來的嗎？」

領班看了看。閘門附近的確圍了一群人，大約有百來人，甚至更多。他們站在周圍，就只是站著，像饑荒時人群包圍運送物資的車站一般。這種情況嚇到了領班。

「不，呃……他們在抗議。」她以有限的依歐語緩慢說著，「你知道的，呃，抗議**那個**乘客。」

「妳是說，他們追著我們要載的那個王八蛋？那他們是要阻止他，還是阻止我們？」

「王八蛋」一詞無法翻成領班自己的語言，便不具任何意義，只代表某種外來語。但她不喜歡這個詞所發出的聲音和機長的語調，也不喜歡機長這個人。「你可以照料你自己嗎？」她簡短問道。

「媽的，當然。妳只要快點把貨卸一卸，然後把那個王八蛋弄上太空船，沒有任何一個奧諦斯的暴民可以給我們製造麻煩。」他拍拍戴在皮帶上的東西，一個看起來很像變形陰莖的金屬物體，並憐憫地看著這個沒有武裝的女人。

領班冷冷看了一眼那個有如陰莖的物體，知道那是種武器。「太空船會在十四點前讓乘客登船。為確保全體船員的安全，十四點四十分起飛。如果你需要任何協助，就留個訊息給基地塔臺。」在機長要說話扳回一城前，她已經邁步離開。憤怒讓她更為強勢地對待她的隊員和群眾。靠近牆邊時，她下了命令：「道路淨空！貨車要經過了，不讓開的人會受傷，統統到路邊去！」

群眾跟她爭論，也彼此爭論。他們仍然繼續越過道路，有些人甚至走到牆內來；不過，多少有些人漸漸退到路旁去了。如果說領班沒有指揮這些暴民的經驗，這群人也沒有當暴民的經驗。他們只是各個社區裡的成員，並不屬於同一個團體，因而不受群眾情感的煽惑——因為，有多少人，就有多少種情緒。他們不認為命令是霸道的，也沒有違抗的經驗。他們的缺乏經驗就這樣救了這位乘客的性命。

這些人來此，有的是為了刺殺這個叛國賊，有些是來阻止他離開或辱罵他，有些只是來看看他而已。那些不打算殺叛國賊的人擋住了刺客的去路。雖然有對夫婦帶了刀子，但沒有任何人攜帶槍枝。對他們而言，「攻擊」意指身體上的侵犯，希望能親自處置這個叛國賊。他們料想叛國賊該有交通工具護送，可是當他們試圖檢查一部貨車、和憤怒的司機吵起來時，那位眾所期盼的人正獨自穿越馬路。群眾認出他的時候，他已穿過大半荒原，後面跟著五名安全人員。那些要殺掉他的人在後面追趕，卻已經太遲；用石頭攻擊倒還不晚。叛國賊要登船時，他們用石頭丟他，一顆石頭卻當場打死一名安全人員。

太空船的所有艙口都已關閉，安全人員拖著同伴的屍體走回來。領頭的群眾衝向太空船，那四名安全人員並未阻止，這讓領班氣得臉色發白，詛咒眾人下地獄，於是大家也刻意避開她。領先的群眾一跑到太空船旁，便四處散開，站在那裡，猶豫不決。這時，太空船支撐火箭的塔架突然運作起來，連接太空船的管線衝出一陣蒸氣，地面像是被火燒過，完全脫離人類經驗範圍，讓群眾感到迷惘。他們站在那兒，拿不定主意，不自在地看著頭頂上那巨大的黑色火箭。荒原遠處響起警笛聲。有個人轉身往回走，其他人也陸續跟著走回閘門，完全無人阻止。短短十分鐘內，登陸場內完全淨空，群眾零零落落散回亞博奈市。最後，彷彿什麼事都沒發生。

全心號裡卻是另一番場景。從基地塔臺倒數發射開始，所有的例行程序都加快進行。機長下令將那位乘客綁住，和醫生一起關在船員休息室中，以免他們礙手礙腳。休息室裡有螢幕，如果他們想，可以觀看太空船起飛的情形。

這位乘客盯著螢幕，看到荒原，看到環繞荒原的牆，看見牆外遠方納賽羅斯的斜坡上點綴著赫倫樹叢和稀疏的銀色月棘林。

突然間，螢幕上的一切變得燦爛刺眼、無法目視，他覺得頭好像被人用力壓在軟墊座椅上，如同在牙科的手術臺上，頭向後壓，被迫張開嘴巴。他無法呼吸，覺得好想吐，害怕得五臟六腑都像移了位一樣。他整個身體都在向那個控制他的巨大力量大聲吶喊：「不是現在，還沒，等一等！」

眼睛救了他。想要看見外物，以及將所見傳送到大腦的堅持讓他突破恐懼的包圍。螢幕上是奇怪的景象，一個巨大而毫無生氣、布滿石頭的平原；這是從大峽谷上的群山看過去的沙漠景象。但他怎麼會又回到大峽谷了呢？他試著告訴自己現在是在飛船當中了。喔，不，是太空船。平原的邊緣閃爍水面的光芒，是遠方海洋的光，因為沙漠裡是沒有水的。然後呢？他看見了什麼？漸漸地，這片石頭構成的平原不再平坦，而是凹陷下去，如同一個大碗裝滿了陽光。他困惑地看著碗，碗漸漸變淺，陽光也慢慢潑出。就在一瞬間，一條線劃過它，成了抽象的、幾何的、一個圓裡面完美的一部分。弧形之外淨是黑暗，黑暗顛覆了整個畫面，讓畫面帶有負片的感覺。它真正的部分，也就是石頭的那一部分，則不再凹陷、盛滿陽光，而是向外凸出、反射光線；不再是一個平原或一個碗，而是一顆在黑暗中漸漸消失的白色球體。那就是他的世界。

「我不懂。」他大聲叫道。

某個人回答了他。有好一會兒他沒能理解站在他椅子旁邊的那個人是不是在跟他說話、在回答他，因為他已經不知道什麼叫做回答。他只清楚意識到一件事：他完全孤獨。原本居住的世界已漸漸遠去，將他拋下。

他一直害怕這件事會發生，比死還可怕。死，不過是失去自我，重新融入自我之外的世界；雖然他現在還保有自我，卻失去了其他一切。

他終於能夠抬頭看著站在面前的男人。當然，是個陌生人；從現在起，就只會有陌生人。這個陌生人說著別種語言——依歐語。陌生人說的話是有意義的；一切事物都是有意義的，就只有這整件事完全不對勁。這個人說的事，跟綁住他的皮帶有關。他胡亂摸索皮帶，椅子忽然往上彈起，幾乎把他摔到地上，讓他眼冒金星，失去了平衡。站在前面的這個男人一直問是不是有人受傷了。這個人在跟誰說話呢？「他確定他沒有受傷嗎？」依歐語的敬語都用第三人稱。這個人是在指他吧？他不懂為什麼他應該要受傷。這個人繼續說著有關丟石頭的事，但他心想：石頭沒打中我呀。他回頭看著螢幕上那顆石頭，那顆掉落在黑暗中的白色石頭，但螢幕已一片空白。

「我沒事。」他回答得敷衍。

但無法說服那個男人。男人說：「請跟我來，我是個醫生。」

「我沒事。」

「請您跟我來，薛維克博士！」

「博士？」薛維克頓了一下，才繼續說：「我不是博士，我就叫薛維克。」

醫生是個矮矮白白的光頭男人，因擔憂而愁眉苦臉。「先生，您應該待在您的客艙中。因為有感染的危險，除了我以外，您不能跟任何人接觸。我沒被感染，但這兩星期一直在消毒我的身體，那個該死的船長！先生，請跟我來，我有責任……」

薛維克察覺到這個身形矮小的男人很不高興，但他並不自責，也不同情這個男人。然而即使他身處如此孤絕的環境中，還是有法規的約束——一個他從不承認的法規。「好吧。」他邊說邊站了起來。

他還是覺得頭昏，而且右肩受了傷。他知道太空船一定在移動，卻沒有移動的感覺，只有一片寂靜，就在牆的外面。一種恐怖的完全寂靜。醫生帶領他穿越寂靜的金屬長廊，來到一間房間。

這房間非常小，空白的牆壁上布滿線條。薛維克覺得反感，因為他想起一個他想忘記的地方。他在門口駐足不前，但還是在醫生的催促與請求下走進房內。

他坐在一個像是架子的床上，依舊頭暈眼花、昏昏欲睡。他事不關己地看著醫生。他覺得自己應該感到好奇，因為這個醫生是他生平第一次見到的烏拉斯人，但他真的是太累了，如果現在是躺著，必定可以馬上睡著。

以前的他可以為了論文整夜不睡。三天前，他目送塔克微跟孩子們去了平豐。從那時起，他就一直忙著，跑到電臺去跟烏拉斯人民交換最新消息，跟貝德普及其他人討論計畫與實施的可能。自從塔克微離開後，他不覺得自己真的是在做事，反而是受事情掌控。他一直受別人操控於股掌間，沒有運用自己的自由意志，也沒有必要去用。是自由意志開始了這一切，造成現在這個時刻，讓這些牆包圍著他。是多久以前？好幾年了。五年前，一個寂靜的夜晚，在查卡的一座山上，他對塔克微說：「我將來要到亞博奈市去，還要毀了那座牆。」甚至在那之前，在更久以前，在那饑荒與絕望的年代，他在荒漠中對自己發誓，絕對不再做身不由己的事。遵守這個誓言的結果，是把自己帶到這兒，來到這個沒有時間的當下，沒有泥土的地方，來到這間小房間，這間牢房。

醫生檢查他受傷的肩膀。這個傷痕讓他迷惑。因為太緊張、太匆忙，他無法了解那時在登陸場發生了什麼事，也不覺得有石頭打中他。此時，醫生拿著針筒轉身面對他。

「我不要那玩意兒。」薛維克道。他的依歐語說得很慢。在電臺交流時，他知道自己的發音很糟糕，但文法還可以。對他而言，聽懂別人說什麼還比較困難。

「這是麻疹疫苗。」醫生說，專業讓他充耳不聞。

「不要。」薛維克道。

醫生咬著脣，「先生，您知道什麼是麻疹嗎？」

「不知道。」

「是種傳染病，成人感染的話通常都最為嚴重。因為當初開墾時的疾病預防措施，安納瑞斯上沒有這種病，但在烏拉斯很常見，會殺了您；其他十二種濾過性病毒也一樣。您沒有抵抗力。先生，您是右撇子嗎？」

薛維克機械地搖搖頭。醫生將針頭滑進他的右手臂，手法就像變戲法一般優雅。他沉默屈服於所有的注射。失去了懷疑或反抗的權利，屈服於這些人，也放棄人與生俱來的選擇權。選擇權沒有了，隨著他的星球而消失，那個應許的星球，那顆光禿禿的石頭。

醫生又說話了，但是他沒聽。

這幾個小時或這幾天以來，他一直活在空白當中，一個死寂而討厭的空間。這個空間裡，沒有過去，也沒有未來，四周的牆緊緊包圍住他，牆外是一片寂靜。他的兩隻手臂跟臀部因打針而疼痛。他發燒了，但是沒燒到精神錯亂的地步，而是處於一種理性與不理性的模糊地帶，一個非人的境界。時間沒有流逝，這裡根本沒有時間。他就是時間，只有他自己；他就是那條河流，就是那枝箭、那顆石頭，但是他沒動，如同丟出去的石塊仍懸在半空。這裡沒有白天或黑夜，有時醫生會將燈關掉，或是打開。床邊的牆上掛著一只鐘，指針會在鐘面二十個數字間移動，可是那沒有意義。

長時間沉眠後，他醒來，面對鐘，睡眼惺忪地看著。指針指在十五之後一點點。如果鐘盤的讀法就像安納瑞斯二十四小時的算法那樣，是從午夜開始算，那麼現在該是下午。但是，介於兩個星球間的太空船上，怎麼可能有下午呢？喔，畢竟太空船上還是有時間。認清這一切之後，他有了莫大勇氣。他起身坐著，覺得頭不暈了，便下床試試平衡感，還頗滿意。雖然腳底仍然沒有確實踏在地板上的感覺，不過一定是因為太空船的重力太弱了。他不大喜歡這種感覺。他需要的是穩定、有形體、堅定不移的事實。為了尋找這些事實，他開始有系統地搜索這個房間。

空白的牆有許多驚喜，所有設施只要按一下控制板就會展現在眼前：洗手臺、馬桶、鏡子、桌子、衣櫥、書架。洗手臺連接許多非常神祕的電子裝置，打開水龍頭，活塞不會自動關起來，關掉水龍頭水才會停。薛維克心想，這是信賴人性的表示，還是因為有大量熱水？他假設是後者。他洗完全身後找不到毛巾，就用其中一個神祕的電子裝置把自己烘乾；這個儀器會吹出令人愉快的暖風。因為找不到自己的衣服，於是他又穿回醒來時穿的衣服：一條鬆緊褲、一件很醜的上衣，兩者都是亮黃色為底，上面有藍色小斑點。他看著鏡中的自己，心想這衣服的品味真差。烏拉斯人都這麼穿嗎？他到處都找不到梳子，只好把頭髮編成辮子，打扮整齊後才準備走出房門。

他走不出去，門鎖住了。

情緒從一開始的無法置信變成憤怒。這種憤怒是盲目的，只想使用暴力，而這是他生命中從未有過的感覺。他猛力扭轉門把，卻依然莫可奈何；用力敲著光滑的金屬門，接著轉身猛戳呼叫鈴——醫生說他如果需要，就可以使用。什麼事都沒發生。對講機控制板上有許多不同顏色的控制鈕，他一掌拍向整個控制板，對講機傳來模糊不清的聲音：「該死……誰……是的，馬上去清理從二十二傳來的……」

薛維克的聲音蓋過了一切：「開門！」

門滑開了，醫生探頭進來看。看到他那顆光頭，還有焦慮、發黃的臉，薛維克的怒氣平息下來，退到內心陰暗的角落，他說：「門鎖住了。」

「薛維克博士，真的非常抱歉……這是一種預防措施……傳染病……隔開了其他人……」

「鎖在外面跟關在裡面是一樣的。」薛維克說，用輕視而冷淡的眼神看著醫生。

「為了安全……」

「為了安全？一定要把我關在箱子裡嗎？」

「可以去船員休息室。先生，您餓了嗎？也許您想換件衣服，然後我們到休息室去。」醫生急忙解釋，想平息他的怒氣。他看著醫生的衣服，緊身的藍色長褲塞進靴子裡，紫羅蘭色上衣開前叉，用銀色飾釦扣著；上衣底下，脖子及手腕處露出亮白色針織衫，衣服跟褲子看起來都平滑舒適。

「我這不算衣服嗎？」薛維克最後問道。

「喔，睡衣也可以啦，反正在太空船上不需要太拘束。」

「睡衣？」

「就是您現在穿的，睡覺的衣服。」

「睡覺時穿的衣服？」

「是啊。」

薛維克眨著眼，不予置評。「我原本穿的衣服在哪？」

「您的衣服？我拿去清洗、消毒。先生，希望您不介意……」他操作牆上一個薛維克之前沒發現的控制板，拿出一個用白綠相間的紙包起的包裹，裡面是薛維克原本穿的衣服，看起來非常乾淨，但有一點縮水。醫生把綠色包裝紙揉成一團，又啟動另一個按鈕，將紙丟進打開的櫃子，不安地微笑。

「薛維克博士，這是您的衣服。」

「那些紙怎麼了？」

「紙？」

「綠色的紙。」

「喔，我丟到垃圾堆去了。」

「垃圾堆？」

「垃圾處理，會把它燒掉的。」

「你把紙燒了？」

「也許是丟到外太空中，薛維克博士。細節我就不知道了，因為我不是外太空的醫生。我接待過塔拉跟瀚星來的大使，因為有接待外賓的經驗，才有榮幸照顧您。我的工作是替每位抵達愛依歐的外星人處理消毒事宜和一些例行程序。當然啦，您和我說的外星人不同。」他羞怯地看著薛維克，薛維克則完全無法了解他在說什麼，但可以察覺這些話背後是焦慮、膽怯與善良的本性。

「是啊，」薛維克為了使他放心便說，「也許兩百年前在烏拉斯星上，我們兩人的祖母是同一人。」他穿上原本的衣服，剛把襯衫套到頭上，就看到醫生把黃色的「睡覺衣服」塞進「垃圾」的櫃子中。他停下動作，衣領還掛在鼻子上。衣服全部穿好後，他屈膝打開櫃子，裡面是空的。

「那些衣服被燒掉了？」

「喔，那些是便宜的睡衣，服務性產品，穿完就丟，比清洗費還便宜。」

比較便宜。薛維克心裡一直重複，感覺就跟古生物學者看到一個定義出一整個地質年代的化石沒兩樣。

「您的行李一定是在趕到太空船途中弄丟了，希望裡面沒有重要的東西。」

「我沒帶東西。」薛維克說。雖然他的衣服幾乎褪成白色，也縮水了，卻還算合身；赫侖樹纖維製成的衣服，熟悉的粗糙觸感令他愉悅，覺得重新找回了自己。他面對著醫生在床上坐下。「我知道你們不拿東西，不像我們。在你的星球烏拉斯，人必須買東西。來到你的世界，我沒錢，沒辦法買，所以應該帶東西來。但是我能帶多少？衣服，有啊，帶了兩套。但食物呢？我該帶多少食物才夠？我沒辦法帶，也沒辦法買；如果想生存，你就必須給我東西吃。我是個安納瑞斯人，我讓烏拉斯人做出安納瑞斯人的行為：付出，而不是買賣。如果你願意的話。當然啦，並不一定要讓我活著。你瞧，我就是個乞丐！」

「喔，完全不是這樣的，先生。您是個非常受尊敬的客人，請不要因為那些船上的人就對我們有這種評價，他們非常無知、見識淺薄。您不知道您到了烏拉斯後會受到多麼熱烈的歡迎。總之，您是個世界知名的科學家！也是我們第一位從安納瑞斯來的貴賓！我向您保證，到達辟爾平原後，事情就會大大不同。」

「我也希望事情會有所不同。」薛維克說。

航程通常要花四天半的時間，但這一次為了薛維克，回程時又多加了五天的調適期。這段時間，齊莫醫生和薛維克兩人就花在疫苗接種跟談話上；全心號船長則保持軌道，環繞烏拉斯星，整天不停叫罵；必須跟薛維克說話時，不敬的態度更是令人不舒服。醫生總會機靈解釋，也早就將說詞準備好了：「船長一直認為外來者比『全人類』還要低等。」

「歐多人稱這些為『虛妄的物種』。然而烏拉斯上有這麼多種語言和國家，甚至還有許多從其他太陽系過來的訪客，我想也許這種歧視很快就會不存在了。」

「目前訪客不多，因為星際旅行的花費高、極耗時，但這種情況將來可能有所改善。」齊莫醫生加了這幾句話，顯然又是在討薛維克歡心，或是要改變這種尷尬的氣氛，但薛維克卻不甚在意。

他說：「副船長似乎很怕我。」

「喔，他啊，對宗教有一種偏執，是個標準的虔誠主顯教徒，每個晚上一定背誦『首位和諧』，是個死板的人。」

「那他怎麼看我？」

「一個危險的無神論者。」

「無神論者！為什麼？」

「為什麼？因為您是從安納瑞斯來的歐多人，那兒沒有宗教。」

「沒有宗教？那我們安納瑞斯人都是石頭嘍？」

「我是指建構的宗教……教堂、教條……」齊莫很容易慌張。他擁有醫生該有的高度自信心，但薛維克卻不斷令他感到挫敗。薛維克接二連三的問題總是讓齊莫招架不住。他們各自認定自己和對方有某種對方不知道的關係。例如：「優越」或「相對高等」之類古怪的問題在烏拉斯星很重要；寫作時，烏拉斯人通常是用「更高」這個字來代表「更好」，而安納瑞斯人則是用「更主要的」。但是，變得「更高」跟身為外來者有何關係呢？這只是幾百個謎當中的一個而已。

「我懂了。」薛維克說，又弄清了一個疑惑。「你認為教堂之外沒有宗教，就像你認為法律之外沒有道德。我讀有關烏拉斯的書時，一直對這點感到不解。」

「這個嘛，在這些日子裡，任何一個文明的人都會承認……」

「字彙讓溝通變得困難。」薛維克繼續述說他的發現，「帕微克語很少用到『宗教』這個詞——不對，你們是怎麼說的，『幾乎沒有、不常用』？當然，宗教屬於『第四語態』，而幾乎沒有人學會運用所有語態，但語態是由心智中與生俱來的能力建構而出。你不會真的相信我們沒有宗教能力吧？不會相信就算切斷人跟宇宙間最親密的關係，我們還能研究物理吧？」

「噢，不，完全不是這樣……」

「如此一來，我們確實算是虛妄的物種。」

「文明人絕對會了解，但這些船員都是無知的人。」

「那麼，只有心地狹隘的人才有資格到宇宙嘍？」

兩人的談話都是這種模式，醫生精疲力盡，薛維克亦無法滿足，彼此卻都感到樂趣無窮。新的世界正等著薛維克，而這是他探索新世界的唯一方法。太空船本身、齊莫的想法，就是他的小宇宙。全心號上沒有書籍，船員都徹底避開他。至於醫生，雖然聰明、絕對是善意的，想法卻是混雜的智慧加工品，甚至比太空船上的機械裝置、設備、便利設施都更複雜。薛維克發現這些裝置都很有趣，每件東西都極盡奢侈，很流行，也很有創意，但是齊莫的聰明才智卻讓他覺得不舒服。齊莫的想法似乎無法以直線方式進行，而是繞著這個、避著那個，然後啪的一聲撞上牆；他的想法裡四面八方都是牆，自己始終躲在牆後，卻似乎渾然不察。在航行於兩個世界間的這麼多天中，薛維克只有一次在談話中找到漏洞。

薛維克問齊莫，為何船上沒有女人。齊莫回說，駕駛太空船不是女人的工作。歷史課以及閱讀歐多著作所得的知識幫助薛維克建構出一個脈絡，讓他得以理解這個一再出現的答案，於是他不再多說。醫生倒回問了有關安納瑞斯的問題。「薛維克博士，在您的社會，對待女人真的就跟對待男人一樣嗎？」

「那就浪費了好的設備。」薛維克笑著說，接著腦海出現極度荒謬的想法，又笑了出來。

醫生遲疑，顯然在自己的思想中困難穿行，看起來很是狼狽。他說：「噢，不，我不是指性那方面，顯然您……她們……我是說她們的社會地位。」

「你說的『地位』就是『階級』嗎？」

齊莫試著解釋「地位」，但不成功，又回到一開始的話題。「男人與女人的工作真的沒有分別嗎？」

「唔，沒有。工作大多依例行原則分配，不是嗎？一個人選擇工作是根據興趣、才智跟力量，和性別有何關係？」

「男人比較強壯。」醫生下了這麼一個專業的定論。

「通常如此，大部分男人的確比女人強壯。不過，換成使用機械的話，這又有什麼相關呢？即使我們不用機械，必須用鏟子挖或用背來扛，大部分男人也許做得快一點，但女人卻能做得更久。我常希望我跟女人一樣強悍呢！」

齊莫瞪著他，顧不得禮貌，露出吃驚的神色。「但是損失……每個女性特質……柔弱、優雅……都是種損失，還有男性自尊的損失……在您的工作中，想必您無法假裝女人跟您地位相同吧？物理學、數學、智力，這幾方面都相等嗎？您不能常常假裝降低自己以配合女人的層級吧？」

薛維克坐在裝有襯墊的舒適座椅中，環顧這間船員休息室。螢幕上，烏拉斯明亮的曲線仍掛在黑暗的太空之中，就像是一顆藍綠色蛋白石。這幾天以來，他慢慢熟悉這迷人的景致和這間休息室，但現在這亮麗的顏色、曲線優美的座椅、隱藏式照明、遊戲桌、電視螢幕、柔軟地毯，所有的一切還是如他第一次見到時那般陌生。

「齊莫，我不認為我在假裝。」薛維克說。

「當然，我認識許多有高等智慧的女性，她們的思路就跟男人沒兩樣。」醫生說得很急促，薛維克察覺到他幾乎是在吼叫了，邊敲打著門邊嘶吼。

薛維克改變話題，但仍繼續想著「優等與劣等」這個議題——這一定是烏拉斯社會生活的主要議題。如果齊莫認為尊重自己就必須把半數的人視為較劣等，那女人要如何尊重自己呢？女人也認為男人是劣等的嗎？這種情況對烏拉斯的性生活會有怎樣的影響？薛維克在歐多的書上看過，兩百年前烏拉斯的性制度主要是「婚姻」：一種合作關係，依照法律與經濟條款所批准的制度；「賣淫」則似乎是一個更廣泛的詞，意指經濟模式的交配。歐多對這兩者皆予譴責，自己卻也有「婚姻」。無論這兩百年來制度有何改變，如果他要在烏拉斯和烏拉斯人一起生活，最好能弄清楚。

連「性」都有可能在一夜之間變成未知的領域，這真的很奇怪。對他而言，「性」是這幾年來的慰藉、樂趣，以及快樂來源；現在卻必須如履薄冰，還得注意自己的無知。然而事實就是這樣，警告他的不只是齊莫那莫名其妙爆發出來的輕視與憤怒，還有之前發生的一個重要事件。第一次登上太空船時，在那段發燒與絕望的漫長時刻，他心思無法集中，會為了「床鋪的柔軟」這種非常單純的感受，時而快樂，時而煩躁。雖然只是睡鋪，身下的床墊卻有一種愛撫般的柔軟，對他屈服，屈服得如此徹底，連睡著時仍可以感覺它的存在，它所產生的快樂與煩躁絕對都是情慾。還有一種熱氣清潔裝置也有相同功效，讓人感到快樂。船員休息室的家具設計，不管是堅實的木頭或鋼鐵製品，都是流暢的造型曲線，外觀與質地一樣平滑細緻。這些難道不是微弱而蔓延的情慾嗎？他非常了解自己。即使面對巨大壓力，只要幾天沒跟塔克微在一起，就會讓他覺得似乎每張桌子上都有女人。不應該這樣刺激他的，除非真的安排了女人在這。

烏拉斯的家具工匠都抱持獨身主義嗎？

他不再想下去了；很快就會在烏拉斯找到答案。

太空船即將降落。就在他們綁上皮帶之前，醫生進來艙房檢查薛維克身上各種免疫系統。最後一劑預防接種疫苗讓薛維克感到噁心無力。齊莫給他一顆新藥丸：「降落時，這個會讓您好過點。」薛維克忍耐著吞下那玩意。醫生小心翼翼處理藥箱，突然急促地說道：「薛維克博士，我並不奢望有幸能再照料您。雖然有可能，但如果沒有這個機會，我想告訴您……我……照顧您是我莫大的榮幸。不是因為……而是因為變得尊敬……欣賞……僅只是因為身為人類，您的那種仁慈，真正的仁慈……」

因為頭痛，薛維克無法得體回應。他伸出手握住齊莫醫生的手，「那麼，下次再見吧，兄弟！」齊莫用烏拉斯的方式，緊張地握握他的手，隨即匆忙離去。齊莫離開之後，薛維克才想到自己用帕微克語對他說話，稱他為「阿摩」，也就是兄弟，而那是齊莫無法了解的語言。

對講機不停下達指令，薛維克倒在睡鋪上聽著，模模糊糊，心神分離，船飛進烏拉斯時，朦朧感更加深沉，他只希望自己不要嘔吐。直到齊莫急匆匆進來催促他去船員休息室，他才知道船已經登陸。原本螢幕長時間映出雲霧環繞、明亮的烏拉斯，現在則是一片空白。休息室擠滿了人。他們都是哪兒冒出來的？薛維克可以站著、行走，手也能動了，這讓他吃驚又高興，注意力都集中在這上頭，忽略了周遭那些聲音、微笑、手、語言、名字。他的名字一再一再重複：「薛維克博士、薛維克博士……」他和身邊所有陌生人一起從空橋上往下走，語聲喧鬧，話語四處迴響，然後又漸漸變小，還有奇怪的空氣吹著他的臉。

走過空橋的這段路，他抬頭向上看，到達地面時卻絆了一跤，幾乎跌倒。他想到死亡，彷彿走進開始與結束之間的鴻溝。最後，終於站在這新的星球上。

遼闊灰暗的暮色包圍著他，遠方藍色、霧茫茫的光照過整個平原。空氣觸碰他的臉、手、鼻孔、喉嚨、肺，又冷又濕，混合許多溫和的味道。這對他來說並不陌生，這種空氣在他的國家裡也有，那是家的味道。

他絆了一跤，有人扶住他的手臂。燈光打在他身上，許多攝影師將這景象拍下來當新聞。他是第一個從衛星來的人，在一群高官顯貴、教授、保安人員當中，他的身形高䠷虛弱，相貌優美，髮絲蓬亂，脖子挺得很直（所以攝影師可以完整捕捉到他的容貌），像是凝望著燈光之後那遮住了眾星球、衛星和其他世界的霧茫茫天空。「薛維克博士，在這歷史性的一刻，能不能發表一點意見？」記者試著擠過警察的封鎖線，但馬上又被推回去。隨侍在薛維克身旁的人催促他繼續前進，搭上一輛等待的豪華轎車。他高䠷的身材、長長的頭髮，還有臉上帶著某種悲傷與認知的奇怪表情，使得這一幕令人印象深刻。

城市的高樓直入雲霧，宛如迷濛的光之階梯。列車在頭頂上疾駛而過，發出高分貝噪音。沿街展開的厚實牆垣以石頭與玻璃築成；路上的汽車、電車，川流不息，相互競速。到處是鋼鐵、石塊、玻璃、燈光，卻不見人影。

「薛維克博士，已經到尼歐艾沙亞了，我們決定先把您跟人群隔離開來，現在要先到大學去。」

車內鋪有黑色軟墊，薛維克和五個男人坐在一起。他們指出各個地標：高等法院、國家音樂廳、董事局、參議院，地標一閃而過，薛維克實在沒辦法分辨哪個是哪個。經過河口，尼歐艾沙亞的點點燈光在身後一片陰暗的水面上閃動。路面變暗，霧更深了，車速也慢了下來。車燈打在霧上，如同打在一面牆上，而這牆看起來像是不停後退。薛維克身子微向前傾，凝視窗外，視線跟心思都不專注，看起來既冷漠又嚴肅；其他人為了尊重他，都放低音量交談。

路旁有無數黑影。那是什麼？是樹嗎？駛離城市後，路旁仍一樣有樹嗎？依歐語閃過他的腦海，森林。他們不會突然經過沙漠。只見路旁的樹無止無盡，下一個山坡上有，還有再下一個，再下下個……它們屹立在霧中，迎著甜美寒風。這片森林似乎永無止境，覆蓋了整個世界。在這裡，許許多多生命努力分工合作，葉子在深夜裡也悄悄律動。車子駛出河谷的那片濃霧，來到視野較為清晰的地方，堆在陰暗路旁的樹葉下突然冒出一張臉瞪著他看，讓他嚇了一大跳。

那張臉不像人的臉，有如死人般慘白，和薛維克的手臂一樣長。氣息噴出的地方一定是鼻孔。更恐怖的是，那裡只有一隻眼，又黑又大，盛滿悲慟，或許是憤世嫉俗？

「那是什麼？」

「驢子吧，不是嗎？」

「動物嗎？」

「啊，我知道了！安納瑞斯上沒有大型動物，是吧？」

「驢子是一種馬。」另一個人說。又一個堅定而蒼老的聲音說：「那是馬，驢子的體型沒那麼大。」其他人試著跟薛維克攀談，但他沒聽，心裡正想著塔克微。黑暗中那無情陰沉的深深凝視對她而言有何意義？如果她在這，一定知道該如何回應。她總認為萬物平等，會因為發現自己跟實驗室水槽的魚有血緣關係而高興半天，也不斷尋找人類體系以外有哪些物種存在。

「博士，前面就是優恩大學了，有很多人等著見您，除了國會議長、幾位部長、校長之外，當然還有很多大人物。如果您累了，我們會盡早結束迎賓會。」

迎賓會持續好幾個小時，薛維克後來根本記不清發生了什麼事。他只是從轎車那個黑色小箱子被帶到這一個裝滿人的巨大箱子裡。金色天花板懸掛耀眼的水晶燈，幾百人就擠在這亮晃晃的箱內。他被介紹給每個人，這些人都比他矮，還光頭；女人只有少數，也都剃光頭髮。後來他才知道，這星球上每個人都必須剃光所有毛髮，包括身上優美柔軟的細短體毛。但他們所穿的衣服，不論剪裁、顏色，都極盡華麗，令人瞠目結舌。女人穿著寬鬆禮服，裙襬曳地而行，酥胸裸露；腰部、頸部、頭部都用珠寶、蕾絲及薄紗裝飾。男人則穿著長褲，搭配七彩絢爛的外套或上衣，袖子開叉處綴有蕾絲；不然就是穿深色系及膝禮服，腳上穿的是繫銀色吊襪帶的白襪。另一個依歐詞彙又閃過腦海，豪華。雖然薛維克以前一直找不到能以「豪華」形容的東西，但一直很喜歡這個詞的發音，而這些人讓他見識到什麼是豪華。一個眼神冷漠的男人舉杯說話，開始演講。他是愛依歐國的參議院長。「敬兩個星球的手足情誼。敬這位新時代優秀的先驅，也是我們最受歡迎的貴賓：安納瑞斯的薛維克博士！」校長高興地對他說話，國家首席部長談話則有些嚴肅。薛維克被引介給大使、飛行員、物理學家、政治家及另外幾十個人，每個人的名字前後都有很長的稱謂與敬語。眾人相互寒暄，但是薛維克根本記不得他跟誰說過什麼話。深夜，他和幾個人在溫暖的雨中穿越一個大廣場，發現腳下的草踩起來濕漉漉的。以前走過亞博奈市的三角公園時，曾有過這種感覺，那情景歷歷在目，和著晚風冰冷的碰觸，讓他回到現實。他的靈魂無處可藏。

這些人帶他到一棟大廈，來到一間說是「屬於他的」房間。

房間很大，大約有十公尺長，沒有隔間也沒有睡臺，看起來很普通。有三個人還沒離開，應該就是他的室友吧。這房間很漂亮，整面牆皆是窗戶，細長的欄框隔開每扇窗，頂端用像是木頭的材質做成拱頂。地上鋪著深紅色地毯；房間另一端有個開放式壁爐，裡頭的火正燒著。薛維克走到壁爐前，他從未看過為了取暖而燒木頭，但他並不納悶，反而坐在壁爐旁的打磨大理石椅上，伸出手取暖。

隨行者之中最年輕的那個人在薛維克對面坐了下來。其他兩人還在談物理，但薛維克沒試著聽他們談話的內容。年輕人悄悄開口：「薛維克博士，我很想知道你現在覺得怎麼樣。」

薛維克伸長腿，身子微向前傾，好讓火的熱度能夠溫暖他的臉。「我覺得很重。」

「很重？」

「可能是因為重力的影響，也或許是我累了。」

他看著對方，但是壁爐的火光擋住視線，看不清對方的臉，只看到金鏈子反射的光，還有那件暗寶紅色長袍。

「你的名字是？」

「薩歐．巴耶。」

「噢，巴耶就是你啊，我在《悖論》上看過你的文章。」他的語調沉重，像是夢囈一般。

「這裡應該會有吧檯。資深教師的房間通常都有個酒櫃，你要不要喝點什麼？」

「來杯水吧。」

年輕人幫他倒了杯水，另外兩人也過來加入他們。口渴的他喝完水後就盯著手中的杯子。杯子形狀纖細，看起來很精美，黃金鑲成的邊框映著微微火光。他察覺到這三人在他身旁或坐或站，像用一種尊敬的態度保護著他。

他抬頭一個一個看著他們，他們也用期盼的眼神回望。他笑著說：「好吧，我人在這兒了，你們想對我這個無政府主義者怎麼樣呢？」

第二章

從白色牆上的方形窗戶可以看到清澈空曠的天空。天空的中央是太陽。

房間裡有十一個嬰兒，大部分都兩個或三個一起被擺在圍著護欄的嬰兒床上。有一些騷動和朗讀聲伴著嬰兒的沉睡。最大的兩個嬰兒還沒被哄睡：比較活潑、比較胖的那個正在拆卸木栓板，皮膚比較皺的那個坐在窗外昏黃陽光灑落的方形區域內，用一種認真而愚蠢的表情抬頭瞪著陽光。

接待室裡，獨眼灰髮的保母正在和一個年約三十的男子說話。男子看起來很難過，說道：「他的母親調派到亞博奈市去了，她希望小孩能留在這裡。」

「巴雷特，那麼我們是不是該送他到全天照顧的托兒所去？」

「是啊，我也會搬回宿舍。」

「別擔心，他認識這裡的每個人！既然你們是夥伴，又都是工程師，那麼勞動部一定會在蘿拉過去之後，緊接著派你過去吧？」

「會的，但是……是中央工程學院要她過去的。我沒那麼優秀。蘿拉有很多工作要做。」

保母點點頭，嘆息著說：「即使如此……」她的語氣充滿活力，但話到此卻沒了下文。

這個父親看著那個長著疙瘩、正在享受陽光的小孩，小孩沒注意到他。這時，那個胖小孩往長疙瘩的小孩走去。鬆垮垮的尿布讓他看起來就像蹲著走一樣，速度卻頗快。他不是因為無聊或為了跟別人玩耍而過去，只是發現那塊陽光灑落的地方很溫暖。他在長疙瘩的小孩身旁重重坐下，把那孩子擠到陰暗的地方。

疙瘩小孩的單純快樂馬上被憤怒取代。他推著胖小孩，叫道：「滾開！」

保母趕了過來，扶起那個胖小孩，「薛，你不可以推人。」

長疙瘩的小孩站起來，尿布好像快掉下來了，臉上同時因太陽和憤怒而發光。他用尖銳的聲音說：「我的！我的太陽！」

保母的語氣溫和而堅定。「那不是你的，沒有東西是你的，那是拿來用、拿來分享的。如果你不要跟別人分享，你就不可以用。」接著她果斷地把長疙瘩的小孩抱到陽光照不到的地方。

胖小孩坐在那裡，冷漠地看著他拳打腳踢。他尖叫著：「我的太陽！」憤怒地哭了出來。

那個父親抱起他，「薛，你知道自己是不能擁有東西的，你到底怎麼了？」男人的語氣溫和，顫抖著，好像也要哭出來一樣。高瘦的小孩在他臂彎裡哭著發脾氣。

「有些人的人生就是不輕鬆。」保母同情地看著他們。

「我帶他到宿舍走走。妳知道的，他媽媽今晚就得走了。」

「去吧，希望你們很快就能團圓。」保母像舉起一袋米一樣把胖小孩舉起，用僅有的一隻眼憂鬱地看著兩人，說道：「小心肝，明天見嘍，明天我們再來玩卡車與司機的遊戲。」

孩子顯然還沒原諒她，抱著父親的脖子，臉埋在暗處，只顧抽噎哭泣。

那天早上，管弦樂團排演需要用到所有長凳，舞團在學習中心的這間大房子裡踏著蹬蹬的步子，學聽講的小孩也圍坐在作坊的泡沫地磚上。一個長手長腳的的八歲志願者站了起來。他站得很挺，健康的小孩都這樣；長滿細毛的臉原本十分蒼白，卻在等待其他小孩注意聆聽時，轉為一片通紅。團隊指導員說：「薛維克，繼續吧。」

「我有個想法。」

「大聲點。」指導員說。他很魁梧，年約二十來歲。

男孩尷尬地笑著：「我在想，假設你要拿一顆石頭丟一個東西，比如說樹吧。你把石頭丟出去，然後它會飛過空中、擊中樹，對吧？不過這是錯的，因為……我可以用石板嗎？看！這是你丟出去的石頭，這是那棵樹，然後這是中點。」他畫在石板上。一群孩子看著他畫的樹，咯咯笑了起來。他微笑著說：「這石頭要從你到樹那邊，一定會到你和樹的中點，不是嗎？然後它又會到樹跟中點的中點，不論它走的路線有多遠，在某個時間點上，在最後到達的位置和樹之間，中點……」

「你們覺得這個有趣嗎？」指導員打斷他的話，問其他小孩。

「**為什麼**石頭到不了樹那裡？」一個十歲小女孩問道。

「因為總是會有剩下一半的路要走，懂嗎？」薛維克說。

「我們可不可以說，也許是你瞄得不準呢？」指導員露出緊繃的笑容。

「跟瞄得準不準沒有關係，石頭**根本**不會擊中樹。」

「誰告訴你的？」

「沒人跟我說，在某種程度上，是我自己看到的。我想，我看到那顆石頭真的……」

「夠了！」

有些小孩本來在講話，但他們像是太過驚嚇而說不出話，都沉默下來。拿著石板的小男孩沉默地站在那兒，看起來嚇壞了，沉下臉。

「演講是一種分享、一種分工合作的藝術。你不是在分享，而是自以為是。」

管弦樂隊稀薄卻有力的和音從大廳彼方隱約傳來。

「你不是自己想到的，那根本就不是自發性的。我以前在書上就看過類似的說法了。」

薛維克張大眼瞪著他：「哪本書？這裡有嗎？」

指導員站起來，個子是薛維克的兩、三倍，從他的表情可以清楚知道他非常不喜歡這個小孩。但他沒有動粗的意思，只是一副維護權威的姿態，又因為以暴躁態度回應這小孩的奇怪問題，帶了點心虛。「沒有，你不要再自我中心了！」他繼續用迂腐、歌唱般的音調說：「這跟我們在聽講課要學的東西完全相反。演說的功能是雙向的，薛維克還無法跟大多數的你們一樣，懂得這道理；他的存在只會分裂這個團體。薛維克，你也這麼覺得，對吧？我建議你去找另一個適合自己程度的團體吧。」

無人說話，眾人沉默，稀薄而有力的音樂持續傳來。男孩交回石板，走出這個小圈圈。團體活動在指導員的引導之下再次開始，用接力的方式輪流說故事。薛維克停在走廊上，聽著他們壓低的聲音、自己飛快的心跳。耳裡的聲音並非來自弦樂團，而是壓抑的哭泣聲。這種情況以前就發生過好多次了，他不喜歡這個聲音，也不想再去想有關石頭跟樹的事，便轉而想著方塊。這個方塊是由冰冷可靠的數字組成，他做錯事的時候，就喜歡玩這方塊，因為它永遠不可能出錯。稍早之前，薛維克在心中已經看到這個方塊。那是一種空間中的設計，就像音樂是時間中的設計一樣。方塊由一到九組成，五放在中間的位置，把每一排的數字相加，都會得到相同的答案，很好玩。如果能讓所有團員都喜歡這個話題就好了，但只有少數幾個較年長的喜歡，而他們又都很忙。指導員說的那本書是怎麼樣呢？是數字書嗎？書中會說明石頭怎樣擊中樹嗎？薛維克自己笨到把石頭跟樹拿來當笑話說，但沒人認為那是個笑話。指導員說得對。薛維克的頭好痛，檢視內心那片平靜的地方，會讓他覺得好過點。

如果一本書都是由數字寫成，一定既準確又公正。語言從來就沒辦法精準公正，總是會遭扭曲、會糾結在一起，無法直接而適當地表達。但在文字之下，在核心之中，一切都精準公正，就好像方塊中間的那個五。如果你看到數字，就會了解那種平衡與模式，會看到世界的根基是那麼堅定。

薛維克已學會如何等待。他非常在行，也可說是個專家。他最先學的是等媽媽蘿拉回來，雖然那已經是好久以前的事，久到都記不得了。再來則是等待每次輪到他的機會、等待分享、等待別人的分享。八歲時，他就會問「為什麼」、「如何」、「假如是」，但他幾乎沒問過「什麼時候」。

他等待著，直到父親帶他去宿舍。漫長的等待。安納瑞斯的時間是以十天為一個週期，而他等了六個週期那麼久。巴雷特被短暫派遣到鼓山的廢水回收處理廠；之後在馬拉寧的海灘待了一週期，游泳、休息，還跟一個叫畢芭的女子性交。這一切他都跟兒子說了。薛維克相信他，因為他值得信賴。

六週期後，身形高瘦的他來到大平原區的兒童宿舍，臉上看來比以往更哀愁。性愛並非他真正想要的，蘿拉才是。看到小孩後，他臉上露出微笑，同時痛苦地皺著眉頭。

他們彼此都很喜歡對方的陪伴。

「巴雷特，你有沒有看過全部都是數字的書？」

「你是說數學嗎？」

「應該是吧。」

「像這種嗎？」

巴雷特從上衣口袋拿出一本可隨身攜帶的小書，封面上跟大多數的書一樣，蓋著「生命之環」的戳印。內容編排得滿滿的，字體很小，剩下的頁邊空白也很少，因為製作紙張需要用到很多赫侖樹及大量勞力，所以你要是糟蹋一張紙而去拿新的，學習中心的物資配給員就會一直注意你。巴雷特將書攤在他面前，全部都是一整欄的數字。他想像中的數字就這樣攤在眼前。他接過書本，有如接過永恆正義的契約。在「生命之環」戳印上的標題寫著：對數表、基數十與十二。

薛維克翻開第一頁，看了一會兒，問：「這是做什麼的？」顯然書上寫的這些不是為了好看。這間普通房內只有昏暗的燈光，他的工程師爸爸就坐在身旁的硬沙發上，試著解釋何謂對數。兩個老男人在房間另一頭，大聲喧嘩，玩著遊戲「超越顛峰」；還有一對情侶進來問今晚是否還有空的單人房，然後決定住下。雨水咚咚打在這間一層樓平房的鐵皮屋頂上，不久就停了——雨一直都下得不久。巴雷特拿出計算尺，告訴薛維克如何使用，薛維克也告訴他方塊，以及方塊排列的原則。他們注意到時間的時候，已經很晚了。他們穿過發出獨特雨水味道、泥濘的暗夜，來到兒童宿舍，守門警衛破口大罵。飛快吻別後，兩人都大笑起來。薛維克跑到大通鋪的窗戶邊，看著爸爸走在潮濕、沒有燈光的黑暗中，沿著大平原區的單行道往回走。

小男孩帶著滿腳泥濘上床，隨即進入夢鄉。夢中有一條路，穿過一片光禿禿的平原，他走在那路上，路的遠方有條線。他穿越平原後，才發現原來那是一面牆。陰暗的高牆是路的盡頭，橫越整片荒蕪平原。

他必須前進，但牆擋在面前，讓他沒辦法繼續走下去。他心中燃起一股痛苦而憤怒的恐懼；不繼續走就再也到不了家，可是牆擋在那裡，他實在沒辦法。

他大聲喊叫，用力搥著光滑牆面，但他說不出話，只能發出烏鴉般的叫聲。那聲音讓他害怕退縮，這時，他聽到另一個聲音說：「看。」是爸爸的聲音。雖然看不見媽媽，但他感覺得到媽媽也在那裡（他已記不得媽媽的臉了）。爸媽似乎趴在黑暗的牆角，形體與人不同，比人更巨大。他們指著地上荒蕪的腐臭爛泥，上面有一顆石頭，暗沉的顏色就像那堵牆，但石頭上面（或可說是中心）有一個數字。薛維克一開始以為是五，然後猜是一。後來他知道那是什麼了——那個數字是質數，是一致性，也是多元性。「那是一切的基礎。」令人熟悉的聲音說道。薛維克滿心歡喜。陰影中的牆不見了，而他知道他回來了，他回家了！

之後的夢，他就記不清了，只有那種貫穿全身的喜悅無法忘懷，歷久彌新，就像一道永不熄滅的微光。這種感覺從未有過。雖然那是他在夢裡的體驗，感覺卻很真實。但是不管那有多可信，他都無法再得到它，不論是透過渴望或意志力。只能在醒著的時候去追憶。他有時候再次夢到那面牆，夢的感覺是那麼陰沉，也找不到出口。

他們從歷史研究者都會讀的《歐多傳》中，選了一個叫「監獄」的概念。書裡有很多隱晦不清之處，大平原區也沒人有足夠的歷史背景來解釋書裡的東西，但他們念到帝奧堡壘時期的歐多歷史時，「監獄」這個概念就變得不言而喻。歷史老師講解這個主題時，就像是正人君子被迫跟小孩子解釋猥褻的事一樣。老師說，國家會把犯法的人關在監獄裡。為什麼犯法的人不離開那個地方呢？他們沒辦法啊，門是鎖著的。上鎖了？你這個笨蛋！就像行駛中的貨車，門也要鎖起來，才不會有人掉下去。他們一直待在那個房間裡做什麼呢？什麼事都不做；根本就沒事做嘛！你不是看過帝奧監獄牢房的照片嗎？他們低著頭，拚命忍耐反抗的情緒，三千煩惱絲盡皆灰白，緊緊握著雙拳，在迫害他們的黑暗裡，一動也不動。有時候囚犯的刑罰是「勞動」。刑罰？意思就是法官——那種得到法律賦予的權力的人——可以命令犯人勞動。命令他們？如果他們不想做呢？他們會被迫去做；如果不從，就會挨揍。聆聽的小孩子皆不寒而慄，他們才十一、二歲，從未挨打，也沒看過有誰被打，只看過那種突然爆發的憤怒。

狄瑞林問出了大家心中的疑問：「你是說很多人打一個人嗎？」

「是的。」

「其他人為什麼不阻止呢？」

「那些警衛有武器，犯人可沒有。」老師一臉慚愧地回答，說話的樣子就像是有人用武力強迫他說出這令人憎惡的答案一樣。

叛逆的誘惑讓狄瑞林、薛維克，還有其他三個小孩聚集在一起。女孩子則被排除在這個團體之外，原因連男孩們也不清楚。狄瑞林在學習中心的西側下面發現一間理想中的監獄，大小只容得下一個人在裡頭或坐或臥，三面牆是混凝土材質，地板與牆一氣呵成，一道泡沫石鑲邊的厚門可以完全密閉。但門必須上鎖。在這些小孩的探索中，還發現石板與後面那堵牆之間有兩個支架，關上後，裡面的人就開不了門。

「燈呢？」

「沒有燈，他們讓犯人經年累月坐在帝奧堡壘的黑暗中。」狄瑞林的想像力讓自己如身歷其境，語氣就像是這方面的專家，但他所言卻沒有任何根據。

薛維克說：「那空氣呢？門關起來後，裡面就像真空狀態一般。一定得有個洞。」

「鑽孔需要好幾個小時。不管怎樣，有誰要先試試，待在裡面把空氣用完？」

大家異口同聲，爭著想試。

狄瑞林看著他們，嘲笑地說：「你們都瘋了，誰真的想被關在這種地方啊？」對他而言，只要想像坐牢就很滿足了。但他知道其他人無法滿足於想像，他們非得進去試試不可，去試著開啟那扇無法開啟的門。

「我要進去試看看那是什麼感覺。」卡達夫說。他年約十二歲，一臉嚴肅，身材魁梧，態度很跋扈。

「用用你的腦袋吧！」狄瑞林嘲笑著，其他人則聲援卡達夫。薛維克從工廠拿了個鑽頭，就如狄瑞林預測，他們花了將近一個小時才在「門」上約鼻子高度的地方鑽了個兩公分大的洞。

「卡，你要在裡面待多久？一小時？」

卡達夫說：「聽著，如果我是犯人，我沒有權利決定自己要待多久，應該由你們決定何時放我出來。」

「對啊。」薛維克說道，因這個邏輯而焦躁起來。

「卡，你不能在裡面待太久，我也要！」最幼小的吉巴許叫道。卡達夫沒理他，轉身進了監獄。門升起，砰的一聲就定位，支撐架抵住門。四名「獄卒」熱切地把支撐架敲進門後，隨即擠到小洞旁觀看犯人的情況，但除了一點點光線可穿透小洞以外，裡面根本沒有燈光，他們什麼都看不見。

「別把那蠢蛋的空氣吸光了！」

「放點屁給他聞聞吧！」

「放點屁給他！」

「我們要把他關多久啊？」

「一小時。」

「三分鐘。」

「五年！」

「還有四小時熄燈，就關個四小時吧。」

「我也要進去！」

「好吧，我們整個晚上都把你關在裡面。」

「我是說明天。」

四小時後，他們撬開支撐架，放出卡達夫。他跟進去的時候一樣，用領導者的姿態嚷嚷著肚子餓，說他沒事，大多時間都在睡覺。

「你敢不敢再來一次啊？」狄瑞林挑釁地問。

「當然。」

「不可以！輪到我了！」

「吉，你閉嘴！卡，那就現在吧？敢不敢現在再進去一次？而且我們不會讓你知道何時放你出來喔！」

「當然可以。」

「也沒有食物？」

「他們會餵犯人吃東西，所以這整件事才會這麼奇怪啊。」薛維克說。

卡達夫聳聳肩，高傲的態度令人難以忍受。

「聽著，」薛維克對兩個年紀最小的說，「去廚房要些剩菜剩飯，找個瓶子或什麼的裝滿水。」他轉向卡達夫說：「我們會給你一整袋食物，所以你愛在裡面待多久就待多久。」

「應該是『你們』愛關多久就關多久。」卡達夫糾正他。

「好啦！進去吧。」卡達夫的厚臉皮激起狄瑞林愛挖苦人的個性，他演戲般說：「你只是個犯人，可不能回嘴，懂不懂啊？轉過身去，把手放在頭上。」

「幹麼啊？」

「你不想玩了是不是？」

卡達夫不高興地面對狄瑞林。

「你不能問理由，因為只要你一問，我們就會揍人，你只能接受，也沒有人會幫你。我們會踢你蛋蛋，可是你不能反擊，因為你沒有自由。現在，要不要繼續玩？」

「那當然，揍我吧。」

建築物沉重的牆之間是一片黑暗，只有一盞小燈。狄瑞林、薛維克還有卡達夫僵硬而不自然地圍在燈旁。

狄瑞林傲慢放肆地笑了起來。「別告訴我該怎麼做，你這個牟利者給我閉嘴，進去！」卡達夫屈服了，狄瑞林在他身後重重推了一下，讓他跌了個狗吃屎。不知是因為驚訝或疼痛，卡達夫尖叫一聲，坐起身呵護著手指頭，似乎是撞到牢房內那堵牆而刮傷或扭傷了。薛維克跟狄瑞林面無表情，不發一語，有如警衛般冷血站著。他們現在不是在玩角色扮演的遊戲，而是遊戲在玩弄他們。最小的那兩個帶回一些麵包、一顆甜瓜，還有一瓶水。兩人邊聊天邊走回來，但怪異的沉默讓他們馬上閉嘴。他們把食物跟水放進去，關上門。卡達夫獨自待在黑暗中，其他人則聚在小燈旁。吉巴許低聲問：「他要在哪小便？」

「在床上。」狄瑞林冷笑回應。

「那他如果要玩骰子怎麼辦？」吉巴許又問，突然尖聲笑了起來。

「玩骰子有這麼好笑嗎？」

「我想……如果他在黑暗中……看不到……」吉巴許沒辦法完整解釋那滑稽的怪想法。但不用更多解釋，每個人開始笑得前俯後仰，喘不過氣來。大家都知道關在裡面的男孩聽得到他們的笑聲。

雖然屋舍間還有零星燈光亮著，但此時已過了兒童宿舍的熄燈時間，許多大人也都進入夢鄉。街上一片冷清，男孩個個笑到不能自己，搖搖晃晃對著彼此喊叫。擁有共同祕密、打擾他人，以及混雜著邪惡的快感都令他們瘋狂。他們在大廳及床鋪之間玩捉迷藏，吵醒宿舍大半數的小孩，沒有大人來管。不久，吵鬧聲慢慢消失。

狄瑞林跟薛維克坐在床上交頭接耳好一會兒，決定既然卡達夫這麼要求，就讓他在監獄裡待個兩天。

下午，他們四個人在木材回收廠碰頭。工頭問卡達夫哪兒去了，薛維克跟狄瑞林交換眼神，覺得不回答是聰明之舉，更覺得自己充滿權力。然而，當狄瑞林冷靜地回說卡達夫今天去參加另一隊時，薛維克為這個謊言感到震驚，因擁有祕密而得來的力量突然使他感到不自在，腿覺得好癢，耳朵也熱了起來。可能是因為恐慌、害怕，或是某種類似的情緒，工頭跟他說話時，他跳了起來。這種感覺他從未有過，有點像是丟臉的感覺，卻更糟。是一種內在的骯髒。他用沙把洞口堵起來，用三層赫侖木板將沙覆蓋後，再把沙平鋪在木板上，做這些事情的時候，心裡一直想著卡達夫。每一次他反省自己內心深處，卡達夫總是在那兒，令他覺得作嘔。

吉巴許負責站衛兵。晚飯後，他不安地跑來跟狄瑞林和薛維克說：「我好像聽到卡在裡面說了些什麼，聲音聽起來好奇怪。」

大家猶豫了一會兒，薛維克說：「我們把他放出來吧。」

狄瑞林對他說：「拜託！你別這麼孬、這麼為他人著想好不好！就讓他玩完這個遊戲嘛，我們應該尊重他的決定。」

「為他人著想？去你的！我只想要尊重我自己。」薛維克說完隨即走向學習中心。狄瑞林很了解他，也就不再跟他繼續爭論，只是跟在他身後；吉巴許也尾隨而至。他們爬進建築物底下，來到監獄。薛維克和狄瑞林各撬開一個支撐架後，門砰的一聲掉在地上。

卡達夫躺在地上，蜷曲著身體，起身坐了一會兒，才慢慢站起來走出監獄。他的腰彎得非常低，因為燈光而不停眨眼，看起來跟之前倒是沒太大分別。他身上散發出相當令人無法置信的味道，大概是拉肚子了。牢房裡一片凌亂。他看到自己襯衫上黃黃的排泄物，試著想用手遮住身上的髒東西。沒有人多說什麼。

他們從建築物下面爬出來，往宿舍走去。卡達夫問：「過多久了？」

「大概有三十個小時吧，如果加上之前的四小時。」

「算滿久的。」他的語氣不大確定。

送他去浴室清洗後，薛維克跑到公廁，趴在洗臉臺上大吐特吐，持續痙攣了十五分鐘還無法停止。他顫抖著，精疲力盡，回到宿舍休息室讀了些物理，便早早上床。他們之中再也沒人回到那個鬼地方，也不再提起這件事。只有一次，吉巴許跟其他一些年紀較大的人吹噓這件事，但是他們根本不懂吉巴許在說些什麼，吉巴許之後也就不再提了。

衛星高掛在北區高等與物質科學學會上方。四個十五、六歲的男孩坐在刮人的赫侖樹叢間的小丘上，看著下面的北區學會，還有掛在頭頂上的衛星。

狄瑞林說：「奇怪，我以前從沒想過……」

其他三個人開始對他說的七嘴八舌起來。

他平靜地說：「我從沒想過會有人坐在烏拉斯的山頂上看著安納瑞斯，看著我們，然後說：『看那個衛星。』我們的星球就是他們的衛星，我們的衛星就是他們的星球。」

「那麼，哪一方才是真的呢？」貝德普邊反駁，邊打呵欠。

狄瑞林說：「山頂上恰巧有人坐著的那邊。」

四人全盯著那顆亮而模糊的青綠色星球，昨天恰是望日，所以今天不是很圓。北方冰帽令人目眩。薛維克說：「北邊陽光普照，看起來很清楚，那個褐色、突起來的地方就是愛依歐。」

「那裡的人在晴天會光溜溜地躺在陽光底下，他們沒有毛髮，還在肚臍上戴珠寶。」克維德說。

大家都沉默下來。

他們來到這山頂上舉辦男性聚會。只要有女性在場，他們就覺得受到壓迫。對他們而言，似乎到處都是女孩子。不管醒著或睡著，目光所及之處都可看到女生。他們一直都試著要跟女生性交，也有一些絕望的人嘗試不和女生性交，不過實在是沒什麼分別，因為女生還是在那兒。

他們不約而同想起三天前，在歐多運動史課堂上看到的視訊課程：女人塗油的棕色肚臍上裝飾著彩色珠寶。

他們也看到小孩的屍體。那些屍體跟他們一樣，身上都有毛髮，屍體像金屬廢料一樣成堆疊在海灘上。屍體已僵硬腐爛，有人把油倒在上面，加以火化。解說者說：「夙烏的巴奇弗省。某次饑荒中，許多小孩死於飢餓與疾病，屍體就在海灘上火化。離愛依歐國七百公里遠的蒂爾斯海灘上（這裡就看到那些肚臍裝飾著珠寶的人），女人是『有產階級』男性的性工具（依歐語是這麼說的，帕微克語沒有字可以解釋），她們整天躺在海灘上，到晚上就會有『無產階級』的人送晚餐過來。」接下來是晚餐時間的特寫鏡頭，柔軟的嘴唇帶著微笑，使勁咀嚼，光滑的手伸向銀碗裡堆積如山的大餐。鏡頭一轉，又帶到那些小孩的屍體，他們的眼睛已經看不見了，表情呆滯，微張的嘴裡空洞、黑暗、乾澀。冷靜的聲音說：「奢華和饑荒並列。」

但那些像七彩泡泡浮現在男孩心中的影像都一樣。

「這些影片有多久啦？」狄瑞林說，「是開墾之前還是現代的影片？都沒有人說明。」

「那又有什麼關係？烏拉斯人民在歐多革命之前的生活就是那個樣子，所有歐多人都跑到安納瑞斯來了，所以那裡的情況可能變化不大，他們還是在那裡。」克維德指著那巨大的青綠色衛星說道。

「我們怎麼知道他們還是那個樣子呢？」

「狄，你的意思是？」薛維克問。

「如果那些影片有一百五十年之久，現在烏拉斯上的情況應該完全不同了。我不是說情況完全改變，但如果真改變了，我們又怎麼會知道呢？我們不會去那裡，也沒有溝通管道，實在無法想像烏拉斯現在的生活是什麼樣子。」

「產管調節會的人知道。他們會跟從烏拉斯飛來安納瑞斯航站的船員談話。他們必須知道相關消息，我們才能繼續跟烏拉斯交易，也才會知道烏拉斯對我們有多大威脅。」貝德普理性地說道，但狄瑞林的回應就很尖銳了：「產管調節會的人知道，但我們不知道！」

「知道！」克維德說，「我還是小嬰兒的時候，就一直不停聽到有關烏拉斯的事！我才不管我有沒有看過烏拉斯那些骯髒城市的照片，或是那些油膩膩的身體。」

「那就對了！」因為有人跟上狄瑞林的邏輯，他顯得很開心。「學生得到的烏拉斯資訊都一樣，噁心、不道德、汙穢不堪。可是你看，如果開墾者離開時的情況那麼糟，它這一百五十年能怎麼繼續發展？如果疾病那麼多，為什麼他們沒有都死掉？他們的社會經濟為什麼沒有瓦解？我們到底有什麼好怕的呢？」

「傳染病。」貝德普說。

「難道我們脆弱到連接觸到一點點都不行嗎？不管怎樣，他們不可能全部的人都不好，不管他們的社會是什麼樣子，一定有些人還不錯。這裡的人不也是不盡相同嗎？難道我們歐多人全都很完美？想想那個討厭鬼帕塞斯吧！」

「但在一個有病的組織裡，即使是一個健康的細胞也沒辦法生存。」貝德普說。

「噢，你知道你可以用這種類推法來證明所有的事。不管怎樣，我們要怎樣才能確定他們的社會是不是真的有病？」

貝德普咬著指甲說：「你是說產管調節會還有那些提供教材的人，隱瞞我們烏拉斯真正的情況？」

「不是，我說我們只知道人家告訴我們的事。你們知道他們說的是什麼嗎？」在明亮的青色光線照射下，可以看清楚狄瑞林黝黑的臉還有獅子鼻，他轉向眾人說道：「克一分鐘前才說，他得到的訊息一直都是：『厭惡烏拉斯、憎恨烏拉斯、懼怕烏拉斯。』」

「有何不可？」克維德質問，「看看他們是怎麼對待我們的。」

「他們把衛星給我們了，不是嗎？」

「是啊，讓我們沒辦法破壞他們那貪圖暴利的情況，讓我們沒辦法在那裡建立正義的社會。等他們一擺脫我們，我敢打賭他們一定會用最快的速度開始建立政府和武力，因為再也沒有人可以阻止他們。他們有十億人，我們只有兩千萬人，如果我們開放航空站，你想他們會以朋友或手足的姿態過來這裡嗎？我們一定會被搾乾，或就像你講的，變成『奴隸』，只能為他們做牛做馬。」

「好啦，我同意對烏拉斯抱持警戒心可能是聰明的做法，但為什麼要恨他們？恨可沒有什麼功用啊，為什麼要我們恨烏拉斯呢？有沒有可能是，如果我們知道烏拉斯真正的情況後，有些人就會喜歡上它？產管調節會不是想防堵他們過來，而是防止我們想去那裡？」

「去烏拉斯？」薛維克嚇了一跳。

他們辯論著，因為他們喜歡辯論，喜歡腦袋自由沿著任何可行的路線，不停快速地轉換，喜歡問那些不被質問的問題。聰明的他們全都十六歲，心智皆習於科學的明辨精神。但是此時，薛維克不再感受到辯論的快感，就如同克維德稍早之前那樣。他感到困惑。他問：「誰會想去烏拉斯？是為了什麼？」

「去探索另一個世界是什麼樣子，去看看什麼叫做『馬』！」

「那真是太孩子氣了。」克維德朝被衛星照亮的天空揮了揮手，「在其他一些星系上還有生命，所以他們才說那個什麼……說我們很幸運能生長在這！」

「如果我們比其他人類社會好，那我們應該要幫助他們。可是這卻是被禁止的。」狄瑞林說。

「禁止？這是個非有機詞彙。誰禁止？你把整合性的功能說得太表面了。」薛維克身子前傾，激動地說道：「命令並非『全部的命令』，我們不離開安納瑞斯是因為我們是安納瑞斯人。身為狄瑞林，你就離不開狄瑞林的軀體。你可能想過要當別人，想試試看那是什麼滋味，但是你沒辦法。有什麼力量阻止你嗎？有什麼力量迫使我們待在這嗎？法律、政府、還是警察？沒有啊，只有我們自己，我們身為歐多人的天性本質。你的本質是狄瑞林，我是薛維克，而我們共同的本質就是歐多人。每個人對其他人都有責任，這種責任同時也是自由，拒絕責任就是放棄自由。你們真的想住在一個不用負責任、也沒有自由與選擇權的社會嗎？只有服從法律這種虛假的選項，而不遵守就會受罰？你們真的想住在監獄裡嗎？」

「噢，他媽的！我能不能說點話啊！薛，你的問題在於你總是堆了一卡車的沉悶論點後才一口氣倒出來，從不看那些被壓得血流滿地的人……」

薛維克坐回原來的位置，一副要為自己辯護的樣子。

貝德普是個體格魁梧的方臉傢伙，他咬著指甲說：「還是一樣嘛，狄的論點還是成立，如果能確知我們的確知道烏拉斯真正的情況，那一定不賴。」

「你認為誰在欺騙我們？」薛維克追問。

貝德普迎向他的目光，沉著地說：「誰呀？兄弟，除了我們自己還會有誰？」

那顆姊妹星寧靜光輝地照著他們，一種美麗卻遙不可及的存在。

提瑪西部沿海的造林工程是安納瑞斯開墾第十五個時間週期以來最龐大的計畫之一，兩年內徵召了將近一萬八千人。

儘管東南區長長的海灘物產富饒，能滿足大部分農漁民的生活需求，但僅有沿岸狹長的區域可耕種。內陸及西南區以西的大平原，除了一些偏僻的礦坑以外，渺無人煙，這個地方就叫「荒漠」。

赫侖樹是安納瑞斯最主要的植物。在前一個地質時期，「荒漠」是一片一望無際的赫侖樹林。如今的氣候比以前乾燥，也比以前熱。數千年的乾旱讓樹無法存活，土地乾枯到只剩一片平坦的塵埃，風一起便四處飛揚，形成的山丘就像是一條光禿禿的線條，跟一般的砂丘沒兩樣。安納瑞斯想要藉由重新造林，回復以往肥沃的森林。薛維克認為，這符合「因果可逆」原則。這個理論受到安納瑞斯目前推崇的「時序論」物理學家所忽略，但它還是歐多思想裡大家心照不宣的一個熟悉基礎。他想寫篇論文闡述歐多思想跟現代物理的關係，特別是「因果可逆」對歐多人處理問題的目的與方法有何影響。但他才十八歲，所知不多，根本無法寫出這樣的一篇論文。而且，如果不能盡早離開這該死的荒漠，重拾物理，他知道的永遠都不夠。

晚上回到工廠營區，每個人都在咳嗽；他們白天很少咳，實在是忙到沒時間咳嗽。微小乾燥的沙塵是他們的敵人，堵住他們的喉嚨和肺；既是敵人、負擔，也是希望。這片沙塵曾是樹蔭下的黑色沃土，經過他們長期努力後，也許可能恢復舊觀。

她讓石頭長出綠葉油油
從石頭心中洩出清澈流水……

吉瑪總愛哼這首曲子。炎熱的夜晚，她大聲唱著這首歌，橫越平原回到營區。

「誰啊？『她』是誰啊？」薛維克問道。

吉瑪微笑，平滑如絲的大臉髒兮兮的，黏有塵土的結塊；頭髮上全是塵土，身上汗味強烈卻不惱人。

「我是在南方高地長大的，那兒全是礦工，這是礦工的歌。」她這麼回答。

「什麼礦工？」

「你不知道嗎？開墾者來的時候，礦工就在了。採金工人啦，採錫礦工啦，他們有些人留在那裡組成團體，直到現在還保有節慶以及自己的歌。爹地是個礦工★，我還小的時候，他常唱這首歌給我聽。」

「喔，那歌裡的『她』又是誰啊？」

「我不知道，那是歌裡面說的。不過，這不就像是我們在這裡做的事嗎？讓石頭長出綠葉油油！」

「聽起來像是宗教神蹟。」

「你和你那些掉書袋的用語才是。不過就是一首歌嘛。噢，真希望我們還在之前那個營區，可以游個泳，我全身臭得要命！」

「我也很臭。」

「我們都很臭。」

「因為我們都是一起的嘛。」

這個營區離提瑪的海灘有十五公里遠，只有沙塵可以讓他們游泳。

營區裡有個人的名字念起來跟薛維克很像，叫「薛維特」。你叫的是這個，回頭的卻可能是另一個。薛維克覺得自己跟這個人有種親近的感覺，一種比兄弟還特殊的關係，因為這種名字相似的情形真的很少見。有好幾次他都看見薛維特盯著他，但兩人還沒交談過。

在造林計畫區的第一個週期，薛維克一直處於沉默的憤怒跟精疲力盡的狀態中；選擇在物理這類核心領域工作的人，不應該被叫來參與這種計畫和特殊徵召。做不喜歡的工作是不道德的吧！工作要有人做，但很多人根本不在乎自己被指派什麼工作，一直不停換工作。他們實在應該自願來做這種傻瓜都可以做的工作。事實上，有很多人可以做得比薛維克更好。薛維克對於自己的力氣一直很自豪，總會自願去做那十天一次的義務粗重勞動。可是在這裡，一天八小時，日復一日都在炎熱的塵土區工作，他反而每天都期待夜晚來臨，有獨處的時間，能夠想些事情。但是每次晚飯後一回到帳篷，他立刻倒頭睡著，睡得跟豬一樣，一覺到天明，根本什麼都沒想。

他發現這裡的工作夥伴都很沉悶，也很粗野。即使是年紀比他小的，對他的態度也像對待小孩一般，這讓他覺得受辱，而且非常生氣。他唯一的樂趣就是用他、狄瑞林、羅微珀三人在學會工作時所發展的密碼來通信，那是一組與時間物理學的特殊符號對應的文字。除了他們刻意掩飾的方程式或哲學公式外，這些看起來有意義的訊息其實都只是廢話。薛維克和羅微珀寫的都是真的方程式，狄瑞林寫的信看來就很好笑，讓人相信他寫的煞有其事，但提及的物理都令人生疑。在沙塵風暴中，當他用鈍掉的鏟子挖石頭的時候，他會思考謎題；一想出答案，就馬上把謎題寄出去給他們。狄瑞林回了好幾次信，羅微珀只回過一次。薛維克從以前就知道她是個冷若冰霜的女孩。不過，學會裡沒人知道薛維克有多慘。他們兩個正開始著手獨立研究，所以沒被送到這該死的森林復育區來工作。他們的核心功能沒有遭浪費。他們在工作：做著他們自己想做的工作；薛維克則不是在工作，只能算是受工作役使。

★ 作者注：爸爸。孩童可能會稱呼任何一個成年人為「媽咪」或「爹地」。吉瑪所說的「爹地」有可能是她的父親、叔父，或任何對她表現出父母親或祖父母之職責與關愛，但沒有血緣關係的成人。她可能稱呼許多人媽咪或爹地，但和適用於任何對象的「阿摩」（兄弟／姊妹）相比，這個詞語的用法更為限定。

奇怪的是，這工作帶來滿足，也令人對完成的事感到驕傲，而且有些工作同伴也很特別，像是吉瑪。一開始薛維克對她那陽剛之美感到害怕，但現在他夠強壯了，足以對吉瑪產生慾望。

「吉瑪，今晚來我這兒吧。」

「噢，不。」吉瑪看著他，訝異之情如此強烈，他不禁覺得自尊受損，脫口說道：「我以為我們是朋友。」

「我們是啊。」

「那……」

「我有夥伴了，只不過現在他回家去了。」

「妳早該說的。」薛維克說著，臉也紅了起來。

「我沒想到我該說！薛，我很抱歉。」吉瑪看著他的表情中充滿懊悔，他因此又燃起一線希望，說道：「妳不認為……」

「不，夥伴關係不是這樣的，不能跟他在一起又跟別人廝混。」

「我覺得終身伴侶這觀念違反了歐多道德。」薛維克語氣尖銳，頗有賣弄學問的味道。

吉瑪用她溫和的聲音說：「屁，擁有是錯的，分享才是正確的。我們所能分享的不就是自己、自己的人生及所有的時間？」

薛維克坐著，手放在兩膝間，低著頭。身材高瘦的他看起來很寂寞，一副話沒說完的樣子。

過了一會兒他說：「我還不行。」

「你？」

「我沒有真正了解過誰。妳瞧，我對妳的了解有多少？我被隔離在外，從來沒有辦法和人打成一片。對我而言，想要擁有夥伴關係真的很傻，這種事是給……是給人類的……」

吉瑪羞怯地把手放在薛維克肩上，這並非與性有關的矯揉造作，而是因尊敬而生的害羞。她沒再說些安慰的話，也沒說薛維克就跟其他人一樣，只說：「薛，我再也不會認識跟你一樣的人了，我永遠都不會忘記你。」

然而，拒絕就是拒絕。薛維克跑離她身邊；儘管吉瑪是那麼和善，他只感到靈魂有所殘缺，感到一股憤怒。

天氣非常熱，只有日出前才會涼快。

某天晚餐後，那個叫薛維特的男人跑來找薛維克。他健壯結實，長得頗英俊，約三十來歲。他說：「老是被搞混，我真的受夠了。你改改名字吧。」

如果是稍早，這挑釁的態度一定會讓薛維克感到困惑，但現在他只是簡單答道：「如果你不喜歡，你自己改名字好了。」

「你也是那種小牟利者，只要上學就不用弄髒手，我早就想把你們這種人揍到屁滾尿流。」

「別叫我牟利者！」薛維克叫道。這不僅是口頭爭執而已，他給了對方兩拳，自己也被揍了好幾下，他所擁有的戰鬥力跟憤怒超乎對方想像，可惜最後他還是輸了。很多人停下來看，但這場普通的打架無法引起觀眾興趣，大家又各自離開；一般的暴力事件不會讓他們不快，然而也無法吸引他們的注意力。薛維克沒有尋求援助，這是他自己的事，和其他人無關。他醒過來時，發現自己躺在帳篷間的地上。

他的右耳耳鳴了幾天，裂開的脣也因為沙塵總是讓傷口一再發炎，花了好長一段時間才復原。他跟薛維特從此沒再說過話；他遠遠看著薛維特，看那男人站在爐火旁，心中卻沒有憎恨。薛維特做了一直想做的事，而薛維克也承受了這份「大禮」，雖然有段時間他沒檢視過這件事的本質，但到了他要去回想這件事時，它跟其他成長時期所得到的東西已經毫無分別了。晚餐過後，有個最近才加入他這個工作團隊的女孩來找他，跟薛維特當時一樣，在他離開營火後找上他，四下黑暗，而他的嘴脣還沒復原。他記不得女孩說了些什麼，只知道女孩挑逗他，而他簡單回應。晚上他們去了平原，女孩在那兒給了他享受肉體快樂的自由。這是女孩送的大禮，他也不客氣地收了下來。他跟安納瑞斯的孩童一樣，可以自由跟任何男孩或女孩享受性的快樂，但那時他還只是小孩，根本不知道這種快樂之外還有些什麼。女孩貝桑是個享樂高手，帶領他遨遊性愛的極樂，那兒沒有憤恨，沒有任何不當的問題，只有兩副身軀掙扎著想合而為一。在這樣的掙扎中，時間早已不存在；他們超越了自我與時間。

身處星空下的溫暖沙塵中，一切都很簡單、迷人。白天很長、炎熱又刺眼，沙塵聞起來就跟貝桑身上的味道一樣。

他現在在種植的團隊中工作。貨車會從東北區載來滿滿的小樹苗，數以千計的樹苗，先在綠林山培育，那裡是雨林地區，年雨量超過四十吋。他們的工作就是將樹苗種在沙塵中。

這個團隊有五十人，已經完成第二年的計畫。樹苗種完後，貨車載著他們離去。他們回頭看著成果，荒原的蒼白曲線以及大片空地上，是一抹朦朧的綠；死寂的土地上輕輕覆著生命的面紗。眾人皆高興地唱起歌來，隔著貨車叫鬧。薛維克眼中充滿淚水，想著那首歌：她讓石頭長出綠葉油油……吉瑪在很久以前就派遣回南方高地去了。「你在想什麼？」卡車搖搖晃晃，貝桑偶爾會被震得跟他擠在一起，她的手上上下下拂過薛維克那被沙塵覆蓋白了的手臂。

在西南區錫礦的貨車站，偉格說道：「女人啊，會認為自己擁有了你。沒有女人可以真的成為歐多人。」

「歐多她自己……」

「那只是理論。亞斯歐被殺之後，性生活就不存在了，不是嗎？不管怎樣，他們總是例外。但大多數的女人跟男人之間唯一的關係就是擁有，或者被擁有。」

「你認為女人在這一點和男人很不一樣嗎？」

「我知道事實就是這樣。男人要的是自由，女人要的是財產。除非她可以拿你換別的東西，不然她是不會放你走的。所有女人都是財產主義者。」

「談論另一半人類真不是好事。」薛維克說，心裡想著這個人講的到底對不對。當他要被送回西北區時，貝桑哭著說不舒服，哭鬧著要他說在他的生命裡不能沒有貝桑；貝桑堅持自己也是如此，說他們必須成為夥伴。夥伴，說得好像她能夠跟任何一個男人在一起長達半年之久一樣。

在薛維克使用的語言，也是他唯一知道的語言當中，沒有形容性行為的占有性用語。帕微克語裡，男人說「曾擁有一個女人」是毫無意義的。有一個詞語和「交媾」的意思差不多，而它有第二種相近的特殊用法是用來罵人的，那就是「強暴」。「性交」這個詞就比較不具任何色彩，指的是兩個主體所做的事，而非一人可以完成。這一類的用詞跟其他用詞不同，無法用來形容所有類似的經驗。薛維克覺得這個領域被忽略，但他不確定那是什麼。當然，在荒漠那些星光照耀的夜空下，他的確覺得自己擁有了貝桑，而貝桑也覺得薛維克是她的。兩人都錯了；儘管貝桑多愁善感，卻也明白這點。最後，貝桑微笑著與薛維克吻別，讓他離去。貝桑並不擁有他。成人性慾初次萌發時，他的身體確實主宰了他以及貝桑。但一切都結束了，這些發生過的事不會再來一次，而這一切也都不會再發生——十八歲的他是這樣想的；這時的他手裡拿著一杯甜甜的水果飲料，跟一個剛認識的人坐在午夜的錫礦貨車站，等搭便車去北方。總有一天，很多事情他都還會再遇到，但絕對不會再這樣失去防禦、被擊倒在地。失敗、投降都存在某種狂喜，也許貝桑要的快樂不過如此。還要什麼別的呢？這就是貝桑，在她的自由中也給了薛維克自由。

「你知道嗎？我不同意你的話。」他對偉格說。偉格有張馬臉，是個農業化學家，正要到亞博奈市。「我認為大多數男人都要學著當個不受拘束的人，女人則不必學。」

偉格冷冷搖了搖頭，說：「主要是小孩子的問題。有了小孩就像是讓她們有了財產，她們才不會放你走。」他又嘆息著說：「兄弟，得手後就走人，這是千古不變的真理，別讓你自己變成別人的所有物。」

薛維克喝著果汁，微笑說道：「我不會的。」

回到地區學會是愉快的，可以看到參差不齊的山丘上，到處都是赫侖樹青銅色的葉子，還有家庭式菜園、房子、宿舍、工廠、教室、實驗室。他打從十三歲就住在這裡了。他是那種把回程和啟程視為一樣重要的人，出發去旅行對他而言並不足夠，或許只能說有一半的滿足而已，他還必須回到原來的地方。他即將開展的那場探險將到達理智的極限，而他的那種傾向，亦已預示此項本質。就算他有可能不回來，他還是需要完全確認能夠回來，他也需要確認這趟旅程的本質確實如同周轉的球般意味著回到起點，他才可能花好幾年的時間到烏拉斯。你不能落入同一條河兩次，你也不能再一次回家。這個道理他懂，事實上，這也是他基本的人生觀。然而薛維克正因為接受無常，才開創出他那廣闊的理論：不停的變化才是永恆，而你跟河流的關係、河流跟你與它自身的關係，會立即變得更複雜也更確實，不再缺乏同一性。廣義時間論主張「你可以再回家一次」，只要你知道「家」事實上是個你從未到過的地方。

他很高興回到一個他曾經有過、就像是家的地方。過去一年來他長大許多，但許多朋友還是一副乳臭未乾的樣子。有些女孩的成長跟他相當，有些人則已超過他，她們都成了女人。除了不定期跟女孩子約會外，他刻意避開所有事情；他不想再跟以前一樣，沉迷在性的狂歡裡，因為還有其他事要做。在他眼裡，最亮眼的女孩都隨性又機靈，例如羅微珀，不論是在實驗室、工作團隊、或是宿舍，都表現得像好伙伴，僅此而已。這些女孩想在生小孩之前結訓，展開研究或是找個喜歡的工作，但她們不再滿足於成人性關係的實驗。她們想要的是成熟而正常的家庭關係，只是時機未到。

這些女孩是很好的友伴，她們友善而獨立。像薛維克這年紀的男孩仍然很孩子氣，膚淺乏味。他們聰明過頭，對工作或性都持不負責任的態度。聽狄瑞林談話，會發現他愛捏造風流事蹟，但事實上跟他發生關係的女孩子都是十五、六歲左右，因為他不大敢靠近同齡女生。貝德普對性一向不熱中，他接受了一個有同性戀傾向年輕男孩的愛慕，也很滿足於這種虛榮心。他待人處事好像頗不認真，變得語帶諷刺，老是神祕兮兮。薛維克覺得自己跟朋友好像沒了交集，即使是狄瑞林，也變得自我中心又陰晴不定，無法維繫他們之間的友誼——前提是薛維克還想維持。事實上，他並不想，他反而完全愛上了孤獨。他從沒想過，貝德普和狄瑞林保留的態度算是一種回應；沒想過他溫和而可敬的隱士性格形成了特有的氛圍，只有強大的力量或是完全的奉獻才能抗衡。說真的，他把自己大部分的時間與心思都擺在工作上了。

在東南區，他熟悉了物理實驗室的一切，不再把心思花在朋友間的密碼傳訊，也不再耗費精神氣力做春夢，他開始發現一些新觀點。現在他有了空閒能實驗這些想法是否可行，看看能否在這些想法中發現什麼。

米諦斯是學會裡的資深物理學家，由於二十個行政職位每年皆須輪替，所以她目前並未指導物理課程。但是她在同樣的工作崗位已經有三十年之久，沒有人比她更了解這個領域。在米諦斯周圍總是有種乾淨的精神空間，就像山峰上沒有人群一樣。沒有權威的裝飾和強化，她的真實面更顯清晰。有些人的權威是與生俱來的，不像有些國王只是穿了新衣。

「你那份有關相對頻率的論文，我已經送到薩布爾那裡了，想知道結果嗎？」她唐突卻和善地對薛維克說。

她從桌子對面推過來一張破爛的紙，顯然是從別張紙撕下來的紙片，紙上潦草寫著一個方程式：

$$\frac{ts}{2}(R) = 0$$

薛維克手撐在桌上凝視那張紙片，眼神明亮，窗外射進的光芒讓他的眼神更加清澈，像是一潭水。他十九歲，米諦斯五十四歲。她用愛憐而讚賞的眼光看著薛維克。

「就是缺了這部分。」他說，從桌上拿枝鉛筆就在紙片上寫了起來。他寫字的時候，細緻短髮下那發亮的臉頰也漸漸紅了起來，連耳朵都紅了。

米諦斯走到桌子後面坐下，她的腿有血液循環不良的問題，無法久站。但是她的移動擾動薛維克，薛維克抬起頭看著她，眼神因被打擾而變得冷淡。

「我可以在一、兩天內完成。」他說。

「薩布爾要在第一時間看到你解出來的結果。」

一陣沉默後，薛維克臉上的潮紅退去，也再次注意到米諦斯，這個他深愛的人。他問：「妳為什麼把論文交給薩布爾？那論文還有很大的缺陷！」他微笑，因思索能如何補強而容光煥發。

「我覺得他應該會知道你哪兒出錯，我實在看不出來。我也希望他能看看你在研究什麼——他希望你能到亞博奈市去。」

薛維克不發一語。

「你要去嗎？」

「我還不想去。」

「我也是這麼想，但我覺得你應該去。為了那些書，而且在那兒你可以遇到很多有智慧的人，你不會白白浪費你的聰明才智！」米諦斯的情緒突然激動起來，「薛維克，你有責任去尋找最好的，別讓錯誤的平等主義耽誤了你。你可以和薩布爾一起工作，他很優秀，也會努力驅策你，但是你必須去找你想要走的路線。再待一季你就去吧！到了亞博奈要好好照顧自己，心胸放寬點。力量本存在於核心，而你即將前往核心。我不是很了解薩布爾，不過倒是知道沒有任何事可以阻攔他，你以後是他的手下了，要好好記住這一點。」

帕微克語中，所有格代名詞的單數型大多是用來強調，一般用詞不會這麼用。小孩子可能會說「我的媽媽」，但很快就學會改口說「媽媽」；也會說「手傷到我了」，而不是說「我的手受傷了」。帕微克語會以「我用這個，你用那個」來表達「這是我的，那是你的」。米諦斯剛才說「你以後是**他的手下**了」，聽起來很奇怪，所以薛維克茫然地看著她。

「你還有工作得做，去做吧！」米諦斯說，黑色眼睛不停眨著，彷彿帶著憤怒。她說完隨即走了出去，因為還有個工作團隊在實驗室等她。薛維克迷惑地看著那張小紙片，以為米諦斯是在告訴他動作要快一點，更正他的方程式。很久之後，他才明白米諦斯這時的意思。

前往亞博奈的前一晚，他的同學為他舉辦了一場歡送會。常常有人舉辦派對，隨便一個小理由就可以狂歡起來，但這個歡送會散發的熱力卻讓薛維克感到驚訝，不懂這個派對怎麼會如此有趣。不受他人影響的薛維克，不知道自己竟會影響別人，更不知道自己受他們喜歡。

很多人一定是省下平日的配給，才有辦法舉辦這場歡送會。食物多得驚人，訂做的點心多到餐廳師傅得絞盡腦汁，做出從未有過的驚喜：香酥薄脆餅、黑胡椒燻魚小餅乾、油膩膩的炸甜糕。也有果汁、恪崙海地區的蜜餞、鹽酥蝦，還有一大堆甜薯片。這麼多食物實在令人陶醉，每個人都玩得很愉快，有些人還喝醉了。

現場還有娛樂的幽默短劇和即興樂團表演。狄瑞林從資源回收桶裡挖出爛衣破布，裝成可憐的烏拉斯乞丐，在眾人之間遊蕩。「乞丐」是他們在歷史課學到的依歐語。他伸手在眾人眼前晃著，哀嚎道：「給我**錢**，**錢**！**錢**！為什麼不給我些**錢**？你們連一點錢都沒有嗎？你們這些騙子！可恥的私有財產分子！牟利者！看看那些食物，如果沒有錢，那些是從哪兒來的？」接著他就賣身了：「擺我吧，擺我吧，一點**錢**就夠了。」他哄騙著。

「是買，不是擺。」羅微珀糾正他。

「擺我，買我，誰在乎啊！看，這身體多麼美麗啊！你們不想享受嗎？」狄瑞林低哼著，不但搖著屁股還拋媚眼。最後他被大家用魚刀處死，退場後再穿著普通衣服出現。有些人很會彈豎琴或唱歌，所以會場到處都是音樂、舞蹈，不過講話的人更多，他們不停講，好像明天就會變成啞吧似的。

夜愈來愈深，年輕的情侶尋覓單人房好翻雲覆雨一番；其他睏的人就回去宿舍睡覺；最後只剩下一小部分人留下來。到處都是空杯、魚骨、餅乾屑，他們得負責在天亮前將這一切混亂打掃乾淨。但離早晨還有好幾個小時。貝德普、狄瑞林、薛維克都還在，另外還有二男三女，他們邊說話邊慢慢吃著剩餘的食物。他們談論著時間在空間裡的再現，好比說是節拍；也談到古代《數字和諧曲》理論跟現代物理有何相關。他們談長泳的方法，談童年幸不幸福，談幸福的意義。

「痛苦是種誤解。」薛維克前傾著身子說道。他的眼睛又大又亮，有著一雙大手，指節突出，還有一對招風耳，但健康的模樣和那份男子氣概讓高瘦的他看起來頗為帥氣。他跟別人一樣髮色暗褐，直髮滑順，非常長，在額頭的部分則是用條帶子綁了起來。其中只有一個女孩的髮色跟大家不一樣，她臉骨高突，鼻子平寬，頂著馬桶蓋的髮型。她用堅定而嚴肅的眼神看著薛維克，嘴唇因為吃了炸甜餅而看起來油膩膩的，下巴還沾有麵包屑。

「痛苦是存在的，」薛維克攤手，「也是真實的。我知道痛苦是種誤解，但是我無法假裝它不存在，或是以後它不復存在。只要人活著就有痛苦，當它來臨時，你就會知道，你會知道那是真的。當然，治療疾病、避免飢餓或不公的對待是正確的行為，就像社會機構做的那樣。但是沒有任何社會可以改變存在的本質，人是沒有辦法避免痛苦的。我們可以解決這種疼痛或那種苦痛，但無法解決痛苦本身。社會只可以減緩社會痛苦、那些不必要的痛苦，其他的還是繼續存在，那是一種根源與事實。我們以後都會知道什麼叫做不幸，如果可以活五十年，那麼我們就有五十年的時間去認識痛苦，最後才是死亡。這就是我們一生下來隨即會遇到的情況，這讓我對生命實在感到很害怕。有好多次我……

我真的很怕。所有快樂似乎都變得微不足道。然後我在想，這快樂之後的領悟、對於痛苦的恐懼——也許並非全都是種誤解。如果不怕痛苦，也不去逃離痛苦，那麼人就可以……超越它了。是有東西可以超越它的，也就是受苦的自我；而且也有個地方，自我會在那兒終結。我不知道要如何表達這個概念，但是我相信，如果你可以超越它，在人生的旅途上可以一直忍受它，那麼痛苦就不再是痛苦。這是我在苦難中所得來的認知，這在舒適與快樂的環境下是無法得到的。」

「生命的真實在於愛，在於團結，愛才是人生所面臨的一切。」一個高䠷、眼神溫和的女孩說道。

貝德普搖搖頭說：「才不是這樣，薛說的才是對的。在人生的旅途上，愛只是許多路徑中的一條，它有可能是錯誤的一條，然後會消失；痛苦則是永遠存在，但是我們卻沒有什麼機會去選擇如何忍受它。不管我們要不要，痛苦一定會降臨在我們身上。」

那個短髮的女孩激動地搖著頭說：「我們才不會那樣！千百個人當中只有一個能夠一直前進，最後到達終點。其他人只是假裝過著快樂的生活或者變得麻木不仁。我們受苦，但是並不足夠，所以我們的受苦變得毫無意義。」

狄瑞林說道：「我們能怎麼辦呢？每天都找一個小時，拿鐵鎚不停敲打自己的頭，好確定我們受的苦夠多嗎？」

另一個說道：「你這樣算是在膜拜痛苦。身為歐多人，目標應該是正向而不是負面的。除非像是身體發出遠離危險的警告，否則痛苦都是一種障礙。在心理方面或社會方面，它都具有毀滅性。」

「除了特別的感官痛苦，還有什麼能刺激歐多本身以及其他人呢？」貝德普反駁道。

「但是互助的原則就是為了避免痛苦啊！」

薛維克坐在桌上，雙腳懸在空中，熱切而沉著地問其他人：「你們看過別人死亡嗎？」他們大多數人在住所或當醫院義工時都看過，但只有一個人曾幫忙安葬屍體。

「我在東南營區時，有個男人死了，那是我第一次看到這樣的情形。他車子引擎出了毛病，在路上撞得飛了起來，著地後起火。大家把他救出來，但是他全身都被火燒著，是不可能生還的。他後來還活了兩個小時，可是根本沒有理由還能活那麼久。我和另外兩個女孩子在那裡陪著他，等別人從沿海地區拿麻醉藥過來。因為那裡根本沒有醫生，除了杵在那裡陪他，你也不能為他做什麼。那個人嚇壞了，意識倒是很清楚，痛得不得了，主要是因為他的手。我想他應該不知道他身體其他部位都燒成炭了，他只覺得雙手劇痛。你不能觸碰他好給他撫慰，因為他的皮肉一定會掉下來，他一定會尖叫，根本不能給他任何幫助。也許他知道我們在那裡，我不清楚，但這對他沒有任何幫助，因為你什麼都不能做。然後我得到一個真理，那就是我們根本不能為任何人做任何事，我們不能救別人，就連救自己都沒有辦法。」

「然後你還剩什麼呢？孤立與絕望！薛維克，你根本就是在否定互助關係！」高䠷的女孩子大喊。

「沒有！我沒有！我只是在說我認為的互助關係是怎樣的，它是從……從分享痛苦開始。」

「那在哪結束呢？」

「我不知道，我真的還不知道。」

第三章

薛維克度過了他在烏拉斯的第一個夜晚，醒來時，鼻塞、喉嚨痛，還咳個不停。他以為自己感冒了——即使是歐多的衛生學，也對付不了感冒；等著診斷他的醫生（一個很有威嚴的老人）卻說薛維克的症狀比較像是嚴重的花粉症，可能是對不同環境的灰塵與花粉產生了過敏反應。他耐心接受醫生開給他藥丸、幫他打針；狼吞虎嚥吃完午餐。醫生囑咐他留在公寓後就走了。薛維克吃完午餐後，一間房接著一間房，開始他在烏拉斯的探險。

一張巨大的四腳床幾乎占滿整個房間，床墊遠比全心號上的睡鋪柔軟許多。寢具繁複，有的是絲緞、有的又暖又厚，還有一大堆有如雲堆的枕頭。地毯踩起來頗有彈性，有個衣櫃以刨光的木頭做成，上頭有著很美的雕刻，還有一個非常大的衣櫥，十個人的衣服都容納得下。接下來是他昨晚看到的交誼廳，裡頭有個壁爐。第三個房間裡有浴缸、洗手臺、精美的馬桶；這房間就在臥室隔壁，很明顯是他專用的，設備僅有一套，但每樣都盡其可能訴諸於美感與奢華，完全超出情慾上的功能，近乎美化了排泄這件事。他在這間房裡花了將近一個小時，輪流使用每項設備，把自己洗得乾乾淨淨。水的設置十分令人讚歎：不關上水栓，水就會一直流出；浴缸大約可盛六十公升的水，馬桶每次沖水大都是五公升——這還不算驚人，烏拉斯的表面有六分之五都是水，即使極地的荒漠也是冰原。根本沒有節約用水的必要，這裡沒有乾旱。但是糞便怎麼辦呢？檢查完馬桶的設備後，他跪在旁邊想著這個問題。他們必須在處理場把糞便跟水濾開，安納瑞斯的沿海社區就有這樣的回收系統。他想問這個問題，卻一直沒有機會；在烏拉斯，很多問題他都沒問出口。

除了煩躁和頭昏之外，他覺得一切都還好。房內溫度太高，所以他一直沒開始著裝。他走到交誼廳的窗邊向外看。這間房位在高樓，一開始他被這高度嚇到，不習慣待在一層以上的建築物中，覺得好像是從飛船向外看，好像脫離了地面，君臨天下、完全不受羈絆。窗戶正對一片樹叢及遠處一棟有優雅方塔的白色建築。建築物後面連著一片寬廣的山谷，谷裡都是耕地，由一片一片的綠色正方形土地拼貼而成。即使是在連接藍天的較遠處，那黑色的通道、灌木樹籬、樹木，一切都清晰可辨，就像是生物的神經系統網絡一般。山谷的盡頭則是連綿丘陵，在無雲的灰白色天空下，一個接著一個的藍色山坳，看來柔軟而陰暗。

這是薛維克看過最漂亮的景致了。那柔和又充滿活力的色彩，人工化的線條混雜氣勢磅礴的地形線，多元卻和諧的景色，製造出複雜完整的印象；他只在幾個寧靜、深思熟慮的人類面孔看過小規模的版本，此外不曾見過這樣的景象。

相較之下，不論是亞博奈市的平原或是納賽羅斯的峽谷，安納瑞斯所有的景色都很貧瘠，荒蕪枯燥，蠻荒一片。西南區的沙漠雖有壯大的美感，但是卻不利生存、時間靜止。即使是安納瑞斯開墾最用心的地區，那景致與這片完美又華麗的景色一比，就像是一幅用黃色粉筆描繪的粗糙素描；這裡有豐富的歷史、季節的變化，而且生生不息。
薛維克想：世界看起來應該就像是這個樣子吧！
在這片優美的景色外，有個東西正在唱歌，聲音微細高亢、甜美野性，唱唱停停，令人無法置信的甜美。這空中的樂音究竟是什麼聲音？
他屏氣凝神聆聽。
此時傳來了一陣敲門聲，赤裸佇立窗前的薛維克轉過身，說道：「進來吧！」
一個男人提著大包小包走了進來。他停在門邊，而薛維克走過去，用安納瑞斯的方式報出自己的名字，再用烏拉斯的方式伸出手問好。
這個男人年約五十，滿是皺紋的臉盡是疲憊。他說了些話，但薛維克一句也聽不懂。他手裡滿是東西，但卻沒有試著騰出來握手。他的臉看來非常嚴肅，有可能只是覺得不好意思吧。
薛維克原本覺得自己起碼對這個星球上的歡迎方式還滿在行的，但此時他實在不知所措，再次說道：「請進。」緊接著又加了「先生」兩個字，因為烏拉斯人說話總愛用許多稱號與敬語。
這個男人一邊說著薛維克聽不懂的話，一邊往寢室前進。他只抓得到幾個字，但其他還是聽不懂。他沒有阻止這個男人，也許對方是個室友？但裡面只有一張床啊。薛維克不再理他，又回到窗邊。這個男人匆忙走進寢室，在裡面敲敲打打，弄了幾分鐘。薛維克覺得他應該是個做夜工的人，白天才會回來睡。這種暫時性的安排在擁擠的住所時有所聞。他正這麼想，那個男人走了出來。薛維克認為他應該是在說：「先生，都弄好了。」他用一種很奇怪的方式低著頭，彷彿覺得五公尺外的薛維克會過去揍他的臉一樣，接著就離開了。薛維克站在窗邊，慢慢才發現這是生平第一次有人向他鞠躬。

他進到寢室，發現床已經鋪好了。

他緩慢仔細地穿起衣服。正在穿鞋時，又有人敲門了。

一群人走了進來，他們的態度跟之前那個人不一樣。在薛維克看來，他們一副自己有權在這裡或任何地方的樣子。先前那個提著大包小包的男人看來很躊躇，幾乎像是偷溜進來的樣子，但他的長相、手、穿著，都比這四個新來的訪客更符合薛維克概念中一般人的模樣。先前那人雖然舉止奇怪，但看起來很像安納瑞斯人；現在的四人雖然行為舉止很像安納瑞斯人，但是刮過鬍子的臉以及華麗的衣裳，讓他們看起來像是另一種人。

薛維克認出其中一個是巴耶，而其他人好像是昨晚一直和他在一起的那些人。他解釋著自己已經忘了他們的名字，而對方也微笑著再次自我介紹：奇佛里斯格博士、歐伊博士、阿特羅博士。

薛維克說道：「噢，天啊！阿特羅！真高興見到你。」他把手放在這個老人的肩上，親吻老人的臉頰，忘了考慮這種在安納瑞斯再普遍不過的歡迎方式在這裡可能不會被接受。

阿特羅真誠地回了一個擁抱，用朦朧的灰眼看著他的臉，他才知道阿特羅已經近乎全盲。阿特羅說：「我親愛的薛維克，歡迎來到愛依歐，歡迎來到烏拉斯，歡迎你回家！」

「這麼多年來，我們都一直在寫信攻擊對方的理論呢！」

「你的攻擊啊，一直都勝過我。等等，我有樣東西要給你。」老人摸索口袋。他的天鵝絨禮袍下是一件外套，接著是背心，再裡面是襯衫，也許襯衫底下還有其他衣服也說不定。這幾件衣服跟他的褲子都有許許多多口袋。他摸索過六、七個口袋，每個口袋都裝了東西，這實在令薛維克感到吃驚。最後他拿出一個用少許磨光木頭鑲嵌而成的小型黃色金屬立方體，「來吧，席奧文獎的獎品。拿去吧，獎金已經匯進你的戶頭。晚了九年，不過總比沒有好。」他把東西拿給薛維克，手微微顫抖。

這個獎品頗重，整個立方體由黃金做成。薛維克手中捧著獎品，動也不動站著。

阿特羅說：「年輕人，我不曉得你想怎麼樣，但是我可得找個位置坐一下了。」他們所有的人都坐在那柔軟的椅子上。薛維克之前就研究過這些椅子，對覆蓋在椅子上的褐色紡織品感到迷惑。那並非編織而成，觸感很像皮膚。「薛維克，你九年前年紀多大啊？」

阿特羅是烏拉斯在世的物理學家中最重要的一位，不只是因為他年紀夠大，還有他那直率的自信，令人一見到他就尊敬。這感覺對薛維克而言一點也不希奇，他恰恰只認同像這樣的權威。阿特羅只以他的名字稱呼他，也讓他感到很愉快。

「阿特羅博士，我完成《共時原理》這篇論文時，是二十九歲。」

「二十九歲？我的天啊，那你就是這個世紀以來最年輕的席奧文得主了！我六十歲左右才得到這個獎項……那麼，你第一次寫信給我時是幾歲啊？」

「大概二十吧。」

阿特羅哼著鼻子說道：「我以為那時你四十歲！」

「薩布爾現在的情況怎麼樣？」歐伊問道。大部分烏拉斯人對薛維克而言都算矮，而歐伊又比大部分烏拉斯人更矮，黑色的眼睛成橢圓狀，五官扁平。「你大概有六到八年的時間沒寫信過來，薩布爾跟我們一直有聯繫，但也從未透過你們那兒的電臺；我們都在猜你們兩個的關係。」

「薩布爾是亞博奈學會物理學者中的高級成員，我以前都和他一起工作。」薛維克說。

「宿敵，嫉妒，你寫的書還被他胡搞呢！太明顯了！歐伊，我們應該不需要更多的解釋了。」奇佛里斯格尖銳地說道；他是個膚色黝黑的矮胖中年人，跟文職人員一樣有雙細緻的手，是數人中唯一沒把臉上鬍子全刮掉的人，下巴的鬍子剛好跟銀灰色的短髮相稱。他繼續說道：「你沒有必要假裝所有歐多人都具有手足之情，人的本性是不會改變的。」

薛維克的沉默因為一連串的噴嚏聲而沒有引起注意：「不好意思，我沒有手帕。」他邊抹著眼睛邊致歉。

「用我的吧。」阿特羅從一堆口袋中摸出一條雪白手帕。薛維克接過，同時因一個糾纏不休的回憶，頓時覺得非常痛苦。他想到他的女兒沙蒂，一個深色眼睛的小女孩說：「你可以和我共用。」這個回憶對他而言，曾經是那麼甜蜜，現在卻成了無法承受的痛苦。為了試著逃開記憶，他隨意堆起笑容，「我對你們星球上的空氣過敏，這是醫生跟我說的。」

「我的天啊，你不會就這樣一直打噴嚏吧？」阿特羅瞪著他問道。

「你的人還沒進來嗎？」巴耶問道。

「我的人？」

「就是僕人啊，他應該要幫你把一些東西拿過來的，包括手帕。在你有辦法為你自己打點前，那些東西應該夠用。實在是沒有什麼選擇，成衣裡適合你這種高度的恐怕不多。」

薛維克搞清楚巴耶說什麼之後（巴耶說話很快，帶著連綿尾音，頗符合他溫和英俊的相貌），說道：「你們真的是非常好心，我覺得……」他看著阿特羅，「我覺得自己是個乞丐。」他對這個老人說的話，就跟他在全心號上對齊莫醫生說的話一樣。「我沒辦法帶錢來，因為我們那裡不使用錢幣；我也沒辦法帶禮物，因為我們有的東西你們這兒都不缺。所以我就像個標準的歐多人，『一無所有』地來到這裡。」

阿特羅跟巴耶一再對他保證他是個客人，也沒有支出的顧慮，因為這是他們的榮幸。奇佛里斯格用他刺耳的聲音說：「此外，依歐政府會幫你付帳的。」

巴耶瞪了他一眼，但是他不理巴耶，直直看著薛維克，黝黑臉上的表情帶有某種含意，他也不試圖隱藏，但是薛維克卻弄不清那是一種「警告」，還是「共謀」的意思。

「頑冥的夙烏人講話了。」阿特羅同樣哼著鼻子說，「薛維克，你的意思是你連論文都沒帶來嘍？也沒帶新的作品？我多麼期待你會帶你的著作過來啊，一部可以引發物理學革命的著作！看這些有衝勁的年輕人都多麼奮鬥，就像是你用《共時原理》超越我一樣。那你最近都在做什麼啊？」

「我都在讀巴耶……巴耶博士關於區塊宇宙的論文，發表在《悖論與相對論》上那篇。」

「他的作品都很好。薩歐是這裡的一顆閃亮新星，這毫無疑問。他的腦袋裡什麼都有，薩歐，對吧？但在生活瑣事中，這有何用處呢？你的『廣義時間論』又放在哪？」

「在我的腦袋裡。」薛維克說，臉上的笑容溫和燦爛。

一陣短暫沉默。

歐伊問他有沒有看過一個外來物理學家所寫的相對論論文，那位物理學家是塔拉星的愛因賽坦。薛維克說沒有。除了阿特羅，他們對這部作品都有強烈興趣，而阿特羅的年紀太大了，已失去那種熱烈的興致。巴耶跑回自己房間幫薛維克拿了一份翻譯副本：「這已經有幾百年的歷史了，但是裡面一些觀念對我們來說還很新鮮。」

阿特羅說：「也許吧，但是這些外星物理學家沒有一個可以跟得上我們的腳步。瀚星人認為物理是唯物論，塔拉人稱之為神祕主義。這兩個星球都放棄了物理。薛維克，別讓外星風潮誤導了。他們什麼都沒有給我們。就如同我父親常說的一句話：『自立自強。』」他又哼了一聲，從椅子上站了起來：「來吧，你該跟我去樹林走一走。一直關在這間房子裡，難怪你鼻塞。」

「醫生說我必須在房裡待上三天，因為我有可能被感染？還是有感染性？」

「我親愛的朋友，永遠別在意醫生說的話。」

「不過，阿特羅博士，這回可能不一樣。」巴耶用溫和但具有說服力的聲音說道。

「畢竟那個醫生是政府派來的，不是嗎？」奇佛里斯格說，帶著明顯的惡意。

「我相信政府一定派了最好的醫生過來。」阿特羅面無笑容，也不再催促薛維克，隨即離開。奇佛里斯格跟著他一起走，另外兩個年輕人則留下來陪薛維克，談物理談了好長一段時間。

薛維克生平第一次和能力相匹敵的人談話，他感到無比喜悅，也深刻體認、發現這才是事物應有的面貌。

雖然米諦斯是個很優秀的教師，薛維克也是因她的鼓勵而開始探索物理學的新領域，但是她從來都沒辦法跟上薛維克的新發現。葛菲羅是他遇過的人當中，唯一在學識以及能力上都可以和他相較的人，但他和葛菲羅相遇恨晚，葛菲羅已是暮年。從那時起，與薛維克共事的人都很有才識，但他不是亞博奈學會全職的成員，也因此沒辦法讓他們有長足的進步；他們還是陷在傳統時序論的那些老問題裡。薛維克一直以來都沒有對手，此刻卻在這個不平等的國度遇見了。

這是一種啟示，也是一種自我解放。物理學家、數學家、天文學家、邏輯學家、生物學家，這些頂尖人才都聚集在這所大學裡，他們會彼此往來、對話。談話間，新世界於焉產生。想法溝通的本質就是：寫下、說出、執行。每個想法都像是小草，需要光，喜歡人群，因異種交配而茁壯成長；有人踩在上面，它就長得更好。

就在大學的這第一個下午，他知道自己在歐伊與巴耶身上找到渴望已久的東西。還是個小男孩時，他和狄瑞林、貝德普常常花大半夜聊天，互相取笑、刺激彼此，讓思想大膽地自由飛翔。某些夜晚的記憶仍猶如昨日。他看見狄瑞林，狄瑞林說：「如果我們知道烏拉斯真正的情況是怎麼樣，也許我們有些人就會想要過去那兒看看。」當他被這個想法嚇到而大發議論時，狄瑞林也馬上放棄這個想法。這個可憐的人，他總是放棄，而他也總是對的。

談話停了下來，巴耶和歐伊都保持沉默。

薛維克說道：「很抱歉，我覺得頭好重。」

「重力問題嗎？」巴耶問道，臉上帶著燦爛笑容，就像是個陽光小孩，對自己的魅力很有自信。

「我沒注意重力，只有在這……這裡叫什麼？」

「膝蓋、膝關節。」

「對了，膝蓋，這裡不大對勁，不過我會慢慢適應。」他看著巴耶，然後又看向歐伊，說道：「我有個問題，希望不會冒犯到你們。」

巴耶說道：「先生，千萬別這麼想。」

歐伊說道：「我不確定你知道該如何冒犯我們。」歐伊不像巴耶，不是討人喜歡的傢伙，即使談論物理，也一副神祕的樣子，好像在逃避什麼似的。但是薛維克覺得在這種態度下，應該有著什麼值得相信。反觀巴耶，在他的魅力之下，又是什麼東西呢？好吧，這都不重要，重要的是必須相信他們，而他也會這麼做。

「女人都到哪兒去了？」

巴耶大笑起來，歐伊則微笑問道：「你是說哪方面？」

「所有的層面都是。昨晚在歡迎會遇到的女人只有五到十個，但男人就有上百個。我想，那些女人沒有一個是科學家，她們是誰？」

「都是別人的妻子，事實上，其中一個就是我老婆。」歐伊說，仍掛著神祕的微笑。

「那其他女人在哪？」

巴耶立即回應：「噢，這方面絕對沒有問題。你只要把偏好告訴我們就好了，要供應這方面的需求是非常容易的。」

「關於安納瑞斯習俗確實有一些特別的臆測。但是我想，你想要什麼，我們都能提供。」歐伊說。

薛維克完全聽不懂他們在說什麼，他搔了搔頭，說道：「那麼，這裡所有的科學家都是男人嗎？」

「**科學家**？」歐伊懷疑地問。

巴耶咳了咳，「噢，科學家，是的，絕對都是男性。當然，在女子學校裡會有些女老師，但是她們都沒辦法拿到執照。」

「為什麼？」

「應付不了數學，也沒有抽象概念的頭腦，她們不屬於這個領域。你知道為什麼會這樣，女人家的思考都在子宮裡運作！當然也有些例外，那些聰明得可怕的女人，陰道都萎縮了。」

「你們歐多人會讓女人學科學？」歐伊問道。

「呃，有，在科學領域裡是有女人參與的。」

「希望不多。」

「嗯，大概一半吧。」

巴耶說道：「我總是說，也許女性技術員在實驗室裡工作，可以幫男性卸下許多重擔。她們在重複的工作方面比男性要來得熟練、快速，性格也比較溫順，比較不會感到工作乏味。如果我們聘用女性，男人就能脫身，更快從事創造的工作。」

歐伊說道：「你可別讓她們來我的實驗室，讓她們待在自己的地方就好了。」

「薛維克博士，這種在智力方面需要原創性的工作，你有發現任何女人可以勝任的嗎？」

「不如說是她們發現我。米諦斯是我在北區的老師。葛菲羅也是，我想你應該知道她吧。」

「葛菲羅是個女人？」巴耶大大吃了一驚，笑了起來。

歐伊看起來一副無法置信的樣子，也好像被激怒了，冷冷地說：「從你們的名字實在是無法分辨出來，我想，在性別無區分這方面，你是說到重點了。」

薛維克溫和地說：「歐多就是個女人。」

「關鍵就在這。」歐伊沒有聳肩，但是那種姿態也很接近了。巴耶尊敬地看著他，一邊點頭，就跟聽阿特羅這個老先生嘮叨一樣。

薛維克知道，他碰觸了這些男人心中那份普遍的敵意，而且還很深入。顯然，他們就像是太空船上的桌子一樣，內在都包含著一個女人；沉默、受到壓抑、獸性大發的女人，一個被關在籠中的潑婦。他沒有權利取笑他們，他們知道的只是占有，而不是男女之間真正的關係，他們已經被擁有了。

巴耶說道：「一個漂亮有美德的女人，對我們而言會是種激勵，是世界上最珍貴的寶物。」

薛維克感到極度不舒服，於是站起身走到窗邊，「你們的星球非常漂亮，我希望可以多看一點，但是我卻必須待在裡面。你們可以幫我帶些書過來嗎？」

「先生，當然可以！你要看哪種書？」

「歷史、圖片、故事，什麼都可以，不過應該是給兒童看的那種。你知道，我懂的不多。我們學過烏拉斯的事，但幾乎都是有關歐多時期。在那之前大約有八千五百年的歷史吧！安納瑞斯開墾以來長達一百五十年，自從最後一艘船將開墾者帶過來之後，我們兩方只是漠不關心。我們彼此忽略，但是你們是我們的歷史，而我們可能是你們的未來。我想要學習，而不是忽略，這就是我來這裡的原因。我們必須了解彼此，我們不是原始人，道德也不再只停留於部落階段，這是不可能的事。這種忽視是不對的，在這種忽視中，就會有錯誤產生，所以我來這學習。」

他說得很真誠，巴耶熱烈地同意他的說法。「就是這樣，先生！我們完全認同你的目標！」

歐伊用黑溜溜、朦朦朧朧、橢圓形的雙眼看著他，「那麼，你是以你們社會的使者身分來到這的嗎？」

薛維克回到壁爐旁的大理石椅上坐了下來，他覺得這就是他的位置、他的地盤。他想要一個地盤。他覺得必須小心謹慎，卻更感受到溝通的必要，他期盼著拆毀那些牆，是這一切帶領他穿過另一個世界的乾枯深淵。

他小心地說：「我是以『主動權工會』代表的身分來到這裡。這個團體在過去兩年以來，都用無線電與烏拉斯對話。但我不是，不是政府或任何機構派來的使者，我希望你們不要再這樣問我了。」

歐伊說道：「不是的，我們邀請的薛維克是個物理學家。當然，也有經過我們政府的同意，還有世界政府議會的同意，但你在這裡的身分是優恩大學的客人。」

「很好。」

他遲疑道：「但是我們不確定，你來到這兒是否經過……」

薛維克露齒而笑：「經過我的政府同意？」

「我們知道，在名義上，安納瑞斯是沒有政府的，但顯然會有行政組織。我們推斷，送你來的團體，也就是你的組織，是某種派系，也許是革命派。」

「歐伊，安納瑞斯上的每一個人都是革命者……我們的行政與管理網絡叫『產管調節會』，全名是『產物分配管理調節委員會』，這是個協調系統，掌管的範圍包含所有進行生產工作的工會、聯盟或是個人。他們不統治人，只掌管生產，所以他們沒有阻止我或是支持我的權力，他們只能告訴我們，社會上大家所認同的是非觀念為何。這就是你想知道的嗎？好吧，我和我的朋友大都被反對，安納瑞斯上大多數人都不想學有關烏拉斯的事，他們對烏拉斯感到害怕，不想跟你們這些財產主義者有任何關係。如果這麼說對你而言是件魯莽的事，那我很抱歉。這裡有些人也是這個樣子的，不是嗎？輕視，恐懼，部落意識。我來到這，就是想改變這種情形。」

「一切都是你自發的？」歐伊說。

「我也只承認這點。」薛維克帶著絕對的真誠，微笑著說道。

接下來兩天，他與來訪的科學家聊天，讀巴耶帶來的書，有時候只是站在那雙拱窗下，凝視降臨在山谷裡的夏天，聽著天空中簡單而甜美的對話。鳥——他現在知道歌唱者的名字了，也知道牠們在書中的模樣，但每當他聽見歌聲，或是看見牠們在樹叢裡飛掠的身影，仍會像個小孩一樣好奇靜立。

在烏拉斯，他的感覺應該是陌生、失落、格格不入、困惑，但他完全感覺不到這些情緒，當然，他不懂的東西實在數不清。現在，他只在驚鴻一瞥中看見許多東西：這整個複雜得不可思議的社會，包含許多國家、世襲或非世襲的特權階級、宗教派別、習俗，宏偉且令人震驚的漫長歷史；而他遇到的每個人都是個謎，都充滿了驚喜。但他們不像預料中那般粗俗，也不是冷淡的自私鬼，他們就跟其文化與風景一樣，複雜多變，聰明友善。他們對他就像對待自己的兄弟，盡其所能讓他不感到失落或是被排擠在外，而像在自己家裡一樣。他確實有回到家的感覺，這種感覺無法壓抑。這整個世界、柔和的微風、沒入山丘的夕陽，還有重力在他身上所形成的沉甸拉力，在在都顯示此處確實是個家，是與他同文同種的世界，而他原本就應享有這一切美好。

他在晚上會想起那片寂靜，安納瑞斯上那片完全的寂靜。那裡沒有鳥兒歌唱，除了人聲以外，根本就沒有其他聲音。除了寂靜，只剩下貧瘠的土地。

阿特羅在第三天帶給他一堆報紙。巴耶是薛維克的常客，他沒有當著阿特羅的面說什麼，但阿特羅走了以後，他告訴薛維克：「先生，那些報紙是堆可怕的垃圾，很有趣，但寫的都是廢話，千萬不要相信。」

薛維克拿起最上面那份報紙，它的紙質很粗糙，印刷也很糟糕，是他到烏拉斯以來第一次拿到的劣質品。事實上，這看起來很像產管調節會出版的期刊與地區報導——算是安納瑞斯的報紙吧，髒兮兮的，刊登的都是事實，很有實用價值。他手上這份報紙的風格卻完全不同，上面到處都是驚嘆號和圖片。有一張他跟巴耶站在太空船前面的照片，巴耶皺著眉頭，扶著他。「第一個從衛星來的人！」斗大的印刷字體橫過整張照片。薛維克被迷住了，繼續往下讀。

他站上母星的第一步！自從安納瑞斯屯墾一百七十年以來，薛維克博士是第一位探訪烏拉斯的訪客。他搭乘定期的衛星太空船來到烏拉斯，這是昨天抵達辟爾航站的畫面。這位知名科學家對所有國家的科學有很大貢獻，獲頒席奧文獎，也受聘為優恩大學的教授，從未有外星來的人接受過這樣的殊榮。我們訪問這個高眺的傑出物理學家對烏拉斯的第一印象，他答道：「受邀到你們這個美麗的星球，是我莫大的榮幸，希望所有的賽提民族友好的新世紀從此開始，而雙子星球也將攜手並進，增進手足之情。」

「可是我什麼都沒有說啊！」薛維克向巴耶提出抗議。

「當然沒有，我們根本不會讓那些人接近你，不過這也不會抹殺新聞記者的想像力！不管你有沒有說、說了什麼，他們都會把自己想說的寫得像是你說的話。」

薛維克咬著脣說道：「好吧！如果要我發表些意見，我說的大概也和這差不多。不過什麼是『所有的賽提民族』？」

「塔拉人稱我們為『賽提人』。他們說的『賽提』，我想指的應該是我們的太陽。一般的報章雜誌最近把這個詞拿來用，算是一種流行吧。」

「那麼，『所有的賽提民族』指的是烏拉斯跟安納瑞斯一起嘍？」

「我想應該是吧。」巴耶顯然興趣缺缺。

薛維克繼續讀報紙。有些報導形容他是「高大的巨人，因為沒有刮鬍鬚而留著一搓『鬃毛』」——別管這是什麼了。此外，他的頭髮被寫成是灰色的。有的說他三十七歲，也有說四十三歲、五十六歲。「他著有物理學大作《共時原理》（或是《共同原理》，各報有不同寫法）」、「這個歐多政府派來的善意大使吃素，跟所有安納瑞斯人一樣，他也不喝東西。」薛維克讀到這裡，大笑起來，笑到肋骨發疼才停止。「真是夠了，他們真的很有想像力！他們是不是以為我們以水氣維生，像是岩石上的苔蘚一樣？」

巴耶也跟著笑起來：「他們是說你們不喝含酒精的飲料。我想，在這裡大家對歐多人唯一所知的，就是你們不喝酒。真的是這樣嗎？」

「有些人會從發酵的赫侖樹根提煉酒精來喝，他們說那會讓潛意識自由活動，就像腦波訓練一樣。大多數人都很喜歡那種感覺，讓人放鬆，又不會引起疾病。那在這裡普遍嗎？」

「喝酒是滿普遍的，但我對你說的疾病是一無所知，它叫什麼？」

「我想應該是酒精中毒吧。」

「噢，我懂了。但是，如果安納瑞斯的工人要暫時逃離現世的痛苦，他們晚上都做些什麼休閒？」

薛維克看起來很茫然，「這個嘛，我們……我不知道，也許我們的痛苦無可逃脫？」

「那可真怪。」巴耶說道，掛著一副親切的笑容。

薛維克繼續讀報紙，其中有一份是用他看不懂的語言寫的，另一份則是用全然不同的文字系統撰寫。巴耶解釋一份是夙烏來的，另一份是般畢利的；般畢利是個位於西半球的國家。夙烏的報紙印刷精美，排版謹慎，巴耶說那是政府的刊物。「你知道，在愛依歐，受過教育的人是從傳真、廣播、電視，還有每週評論取得新聞。這些報紙幾乎都是給低階層的人讀；就像你所看到的，是知識不足的人寫給知識不足的人看。愛依歐的新聞輿論有絕對的自由，也表示我們會有很多垃圾刊物，這無法避免。夙烏的報紙比起來好太多了，但是它只刊載夙烏中央主席團願意發布的消息。在夙烏，新聞審查絕對避免不了；國家就是全部，一切都是為了國家。不大適合歐多人，是不是，先生？」

「那這份報紙呢？」

「這我就不知道了，般畢利是個落後的國家，不斷發生革命。」

「在我離開亞博奈不久前，般畢利的一群人自稱為歐多人，用聯合工會的波頻傳給我們一個訊息。在愛依歐也有像這樣的團體嗎？」

「薛維克博士，這我從來都沒有聽過。」

現在，薛維克知道自己碰到牆了，這道牆就是這個年輕人的魅力、禮貌與冷漠。

「巴耶，你很怕我吧。」薛維克說，突兀卻不失親切。

「先生，怕你？」

「就我的存在而言，我反駁了這個國家的必然性，但是這有什麼好怕的呢？你知道我不會傷害你，薩歐．巴耶。我個人相當無害。聽著，我不是博士，我們不用這些頭銜，大家都叫我薛維克。」

「我知道，先生，我很抱歉。但在我們的措辭裡，這樣很不禮貌，而且也不對，這你是知道的。」他高姿態地賠罪，冀望薛維克能夠原諒他。

「你不能把我看成是個地位與你相等的人嗎？」薛維克看著他問道，沒有原諒或生氣的意思。

巴耶反常地顯得困窘：「但是先生，你真的是……你知道的，是個很重要的人……」

薛維克說：「你不必為我改變你的習慣。算了，不重要。我以為你從不必要的情況中解脫後，可能會相當開心，只是這樣而已。」

被限制在室內的這三天，薛維克儲存了大量精力，所以當他可以外出的時候，他渴望馬上看盡一切；這也累壞了陪他的人。他們帶薛維克到宛如一座城市的大學。學生與教職員工合計約有一萬六千人，設有宿舍、餐廳、戲院、會議室等等。除了年代久遠、清一色男性、奢華得不可思議，以及並非聯盟式的組織結構，而是從上到下、具有階級的組織之外，這裡跟歐多的社區沒有太大不同。薛維克**覺得**一切就像是社區一樣，他還得提醒自己其間還是有所不同。

他們租了幾部車帶他去鄉村參觀；這些車都是令人驚異的機器，俐落而優雅。路上車不多，因為租車很貴，私家轎車更是少之又少，都是因為稅太高了。這類奢侈品若無限制開放，就有可能耗盡無法再生的資源，或是因為資源浪費而造成環境汙染，因此都以律法及稅收嚴格控制。他的幾名導遊不停談論這些事情，說愛依歐這幾個世紀以來在生態控制與自然資源節約方面都領先全世界，第九千禧年那種毫無節制的浪費已成為歷史。某些金屬仍然短缺，還好可以從衛星那邊輸入。

租車或搭火車到處旅行，他看到了農村、農田、城鎮、封建時代留下來的城堡，年代已久的廢棄堡壘跟帝王的舊都（有四千四百年的歷史）。他還看了亞凡省許多農地、湖泊、山丘，也看了愛依歐的心臟地帶，還有密堤區北邊地平線那白色而壯麗的山峰。這片土地上的美、人民生活的康樂，這一切對他而言是個無止境的驚喜。這些導遊說的沒錯：烏拉斯人知道如何善用他們的星球。當他是個小孩子時，大人告訴他烏拉斯人都很腐敗，全都是不公正、邪惡以及沒有用的廢物。但他在這裡遇到的人、看到的人，即使是在最小的鄉下農村，每個人都吃得飽穿得暖，又很勤勞，跟他之前的想像完全相反。他們不是繃著臉呆站，等別人指派工作，而是跟安納瑞斯人一樣，都忙著把事情做完。這點讓他很迷惑。他一直以為，如果移除了工作的誘因，也就是人類主動、自發的創造力，僅用外在刺激與高壓統治來取代，人在工作上就會變得懶惰而粗心。但是粗心的工人根本無法讓農田變得那麼美，也沒辦法做出一流的汽車與舒適的火車。利益帶來的誘惑與衝動，比人性主動所帶來的效用更大，這推翻了他以前的觀念。

在小城鎮，他很想要跟那些看來健壯且充滿自尊的人交談，問他們問題，例如他們會不會覺得自己窮。如果這些人這麼想，他就必須修正他對貧窮的定義了。但是導遊有太多事物要他看，他根本沒有多餘的時間。

愛依歐其他的大城市距離此地太遠，一天車程到不了，但他們常帶他去離大學約五十公里遠的尼歐艾沙亞。他們在那裡以他的名義舉辦了一連串歡迎會，而他不是很喜歡，那些都不是他觀念中的派對。每個人都非常有禮貌，說了很多話，一點也不有趣，臉上卻又一直掛著微笑，反而讓他們看來很焦慮。他們的衣著很華麗，顯然刻意在衣著上表現出應有的輕鬆態度。歡迎會在豪宅舉辦，食物精緻，飲料多樣，房間有許多奢華的陳設與裝飾品。

他們介紹尼歐艾沙亞的景色：一個有五百萬人的城市，是薛維克家鄉星球人數的四分之一。他們帶他去議院廣場，讓他看董事會那些高大的青銅門，以及愛依歐政府的所在地。他獲許參觀參議院的辯論會及董事會議。他們帶他去動物園、國家博物館、科學工業博物館，還有一間學校；那些可愛的小孩穿著藍白色制服，為他唱愛依歐國歌。他們帶他去電子零件工廠、完全自動化的鋼鐵工廠，還去看核融合工廠，讓他看到資產經濟如何有效地生產產品、供應電力。他們帶他去看政府建造的新住宅區，讓他看看這個國家如何照顧她的子民。他們帶他坐船沿蘇耶艾斯特里南下到海邊，河中擠滿整個星球所有的船運。他們帶他到高等法院，他花了一整天在那裡聽公民與罪犯的審判案例，這個經驗讓他心生困惑與恐懼，但他們還是堅持這一切他都必須看，也堅持帶他去他想去的地方。當他不好意思地問是不是可以看看埋葬歐多的地方，他們馬上帶他直奔蘇哇縱貫地區的舊公墓，甚至允許三流報紙的記者來拍照，照片中的他就站在大片古老柳樹的樹蔭下，看著仍保存完善的墓碑：

萊雅．娥修．歐多

六九八—七六九

成為所有的一切就是成為一部分

真正的旅程就是回到原來的地方

他被帶到拉德（世界政府議會所在地）向全體議會人員發表演說。他希望可以在那兒跟塔拉或瀚星的大使說說話，最起碼看看也可以，但是行程排得太滿，他根本沒有時間。他演說得非常賣力，冀望新舊兩個世界可以自由交流，加強彼此的了解。這番談話獲得大家起立十分鐘熱烈鼓掌。高品質的週刊對此演說給予肯定，稱之為：「偉大的科學家，擁有人類手足之情之無私道德。」但他們在刊物上沒有引述他的談話，其他一般報紙也沒有。事實上，除了聽見那如雷的掌聲以外，薛維克覺得根本沒有人聽到他說了什麼。

他獲得許多特權，可以進入光學研究室、國家公文檔案管理部、核能科技實驗室、位於尼歐的國家圖書館、位於米福的加速裝置、帝奧的太空研究基金會。雖然他在烏拉斯上看到的每樣東西都會讓他想要看更多，但幾個星期的觀光旅程也是夠了。所有的一切都這麼迷人，令人吃驚的同時也感到不可思議，讓他無力抵擋。他想在大學裡靜下來工作，想一想這裡的一切。參觀的最後一天，他要求去看看太空研究基金會，這個要求顯然讓巴耶感到十分開心。

這幾天看到的東西大多令他感到敬畏，因為年代都很久遠，有數百年、甚至千年之久。但是這個基金會很新穎，最近十年才建成，全是這個年代的風格：奢華而優美。這個建築很顯目，用了大量色彩，高度和深度都很誇張。實驗室的規模很大，通風良好，由拱門與圓柱形成的尼奧撒坦門廊富麗堂皇，門廊後面還有附屬的工廠跟機械修理廠。停機棚都是彩色圓頂的巨大建築，透明且夢幻。相較之下，在這裡工作的人都非常沉靜，也很嚴肅。他們帶他參觀整個基金會，而原本一直在他身邊的人並未跟隨。他參觀的內容包括進行中的星際推進實驗系統，從電腦、製圖板到建造中的太空船，每個階段都有展示。這艘巨大、超乎現實的太空船就擺在五光十色的大型測量廠裡。

「你的工作這麼多，而且都做得這麼好，太厲害了！這裡所有的統合、分工合作，真的是偉大的事業。」薛維克對帶領他參觀的工程師說道，他名叫澳吉歐。

「你們那裡是不是沒辦法進行這種規模的工作？」工程師露出牙齒笑著說。

「你是說太空船嗎？我們的太空船就是當初載開墾者從烏拉斯過去的船，是在烏拉斯製造的，大約有兩個世紀之久了吧。現在做的船，就用來載那些過海的穀物。那種平底貨船要花一年的時間規畫，算是我們經濟上的大工程。」

澳吉歐點點頭，說道：「好吧，我們是有點本事。但是你知道嗎？有個人可以告訴我們什麼時候把這整個工作當成廢物般丟掉，而你就是那個人。」

「丟掉？你在說什麼？」

澳吉歐說道：「比光速更快的航行，也就是跳躍式的方法。老一輩的物理學家說那是不可能的，塔拉人也說不可能。但是瀚星人終究發明了我們現在使用的傳動裝置，他們就說這是有可能的，只是他們不知道要怎麼做，因為他們學的是我們的時間物理學。如果有人能提出什麼新的研究成果，那一定就是你。」

澳吉歐的眼神堅毅又清晰，薛維克冷淡地看著他，說道：「澳吉歐，我是個物理學家，不是設計者。」

「如果你證明你的理論，時序論與共時論能以一種廣義的時間場論統合，我們就可以設計出這種太空船。無論要去塔拉星、瀚星，還是下一個銀河系，都只是一剎那而已！這艘笨拙的太空船，到時就跟牛車一樣過時了。」他看向棚廠裡那架建了一半的太空船，一道又一道的紫色及橘色燈光照著它。

「如果你做的就跟你的夢想一樣，那就太好了。」薛維克說道，態度一樣疏離而堅定。澳吉歐跟其他人還要帶他看很多東西、和他討論，但是不久他就說：「我想，你最好帶我到跟我來的人那邊。」他的話除了表面意涵，沒有諷刺的意圖。

他們照辦了，溫馨地互道再見。薛維克上車後又下車，說道：「差點忘了，我想看看帝奧的另一個東西，還有時間嗎？」

「帝奧沒其他東西好看了。」巴耶正竭力隱藏惱怒的情緒，但仍一如往常客氣地說道。薛維克任意跟那些工程師相處長達五小時之久，實在令他很不高興。

「我想去看看堡壘。」

「先生，什麼堡壘？」

「一座古老的堡壘，帝王時代就存在了，後來拿來關犯人。」

「像那種東西都毀掉了，基金會重建了整個城市。」

他們上了車，司機正為他們關門的時候，奇佛里斯格（他可能是巴耶心情不好的另一個原因）問道：「薛維克，你為什麼想去看另一個城堡？我以為那麼多古老遺跡已經夠你消磨一段時間了。」

「歐多有九年的時間被關在帝奧堡壘。」薛維克回道，臉色就跟他和澳吉歐談話時一樣堅決。「七四七年暴動後，她在那裡寫了《獄中札記》和《類比》。」

「那個堡壘恐怕已經毀掉了，帝奧算是個奄奄一息的城市，基金會才剛剛整個破壞掉後再重建。」巴耶同情地說道。

薛維克點點頭。然而車子沿著河旁的快速道路駛向往優恩大學的岔路時，經過賽斯河的峭壁，峭壁上有一個巨大建築，用黑色石塊疊成的數座塔樓無情地荒廢在那裡。太空研究基金會有華麗而不嚴肅的建築、富麗堂皇的圓頂、明亮的工廠、修剪整齊的草坪與小徑，這幾座塔樓完全無法與之並論，反而使基金會分外像彩色紙片。

「那個！我相信那就是堡壘！」奇佛里斯格以慣有的洋洋得意態度叫道。他說話不經修飾，又挑錯時機。

「一片廢墟，裡面一定都空了。」巴耶說道。

「薛維克，想停下來看看嗎？」奇佛里斯格說道，準備要敲司機的分隔板。

「不用了。」薛維克說道。

他已經看到他想看的了，帝奧還是有堡壘的，他不需要進去裡面，穿越受損的走廊，尋找關了歐多九年的小房間；他知道監獄的房間長什麼樣子。

他臉色一樣堅決而冷淡，抬頭往上看那幾乎已在車子上方、沉重而模糊的黑牆。我在這裡已經很長一段時間了，而我現在仍在這裡，堡壘說道。

在資深教師餐廳用過晚飯後，他回到房間，獨自坐在熄滅的火爐旁。現在是愛依歐的夏天，還不到夏至；此時已過八點，天卻還沒黑。拱形窗外的天空還是白晝的顏色，一種純淨而溫柔的藍色。外頭微風徐徐，剛剪過的青草地加上濕濕的泥土混合成自然芳香。教堂透出的燈光穿過樹叢，歌聲在空氣中微動。那不是鳥兒的歌聲，而是人聲。薛維克傾聽，有人正用教堂裡的小風琴練習《數字和諧曲》，這對薛維克或任何一個烏拉斯人都一樣親切。歐多革新人類關係時，並未試著革新音樂的基本關係，她一直都很尊重必須存在的事物。安納瑞斯的開墾者拋棄了人類制訂的法律，但帶走了和諧的定律。

這個無聲的大房間充滿黑暗與寂靜，薛維克環顧四周，看著窗戶完美的雙拱形，拼花地板的周邊閃著微弱光芒、石製煙囪堅固的曲線、鑲嵌的牆，樣樣皆比例完美，這是個美麗而具有人性的舊房間。他們告訴他，這棟資深教師的房子建造於五四〇年，大約是安納瑞斯開墾前二三〇年。早在歐多出生以前，就有好幾代的科學家在這生活、工作、談話、思考、睡覺，最後死在這裡。幾個世紀以來，《數字和諧曲》飄過草地，穿過黑暗果園裡的葉子。我在這裡有很長一段時間了，而現在仍在這裡。你在這裡做什麼呢？這個房間對薛維克問道。

他沒有答案。這個世界給他的恩典與施捨，是人民辛勤工作、忠誠努力奉獻所得來的，他根本沒有權利接受。天堂是給那些建造天堂的人住的，並不屬於他。他是邊疆開拓者的子孫，那些人否定了他們的過去與歷史。安納瑞斯的開墾者放棄了舊世界和它的過往，只選擇未來。但未來一定會成為歷史，而歷史也會變成未來。否認過去可不能達到目標，離開烏拉斯的歐多人一直以來都錯了，他們孤注一擲的勇氣是錯的，否定了過去的歷史、放棄了回來的可能性也是錯的。一個探險家如果不回家，或是讓船回家傳達他經歷的故事，那他就不是個探險家，只是個冒險者，而他的子孫會過著流放的生活。

他愛上了烏拉斯，但這種渴慕的愛對他有何好處？他並非烏拉斯的一分子，也不屬於自己出生的星球。

寂寞與孤立，這些他剛登上全心號就有的感受，又在心中燃起，就像在宣告他的情況就是如此，受到漠視與壓迫，卻無法改變。

在這裡他是獨自一個人的，因為他來自一個自我放逐的社會。在他自己的星球上，他也總是獨自一人，因為他把自己從社會裡放逐了。開墾者踏出分離的第一步，他走了第二步，獨自站在那裡，因為他所冒的險無法以常理解釋。

他不屬於這兩個世界中的任何一個，但他認為他有可能讓兩者合而為一。這種想法真夠蠢了。窗外的藍色夜空吸引了他的目光。視線越過模糊陰暗的林葉與教堂尖塔，在夜晚變得更小更遙遠的山丘陰暗線條之上，一道光正在增強，變成巨大柔和的光輝。衛星升起了，他心裡如是想著，帶著一種熟悉的感激。時間的整體沒有空缺。還是個很小的孩子時，他跟巴雷特在大平原區的房子裡，從窗戶看著衛星升起。到了少年時期，則是在山丘上看著它；也在荒漠的乾燥平原裡看過；還有亞博奈的屋頂上，那時塔克微就陪在他身邊。

但他看到的不是現在看到的這個衛星。

安納瑞斯升過山丘，影子的位置變了，但他仍動也不動。安納瑞斯閃著青白色的柔光，看起來到處都是褐色斑點。他的世界散發出光芒，灑滿他一無所有的雙手。

第四章

飛船載著薛維克通過納賽羅斯最後一處高聳隘口，如行程安排，轉往南方。灑在臉上的夕陽喚醒了他。今天是長途旅程的第三天，而他有大半時間都在睡覺；歡送會的那一夜離他已有半個星球之遙。他邊打呵欠邊揉眼睛，甩頭試著把引擎轟隆隆的聲響趕出耳朵。他清醒過來，知道旅程已近尾聲，應該接近亞博奈市了。他把頭貼向滿是灰塵的窗戶，看著下方的景色。兩條紅褐色山脊中間，是一大片用牆圍起來的平原，他非常確定那就是航站。他急切凝視，想看看發射臺是否有太空船。烏拉斯固然可鄙，但仍是另一個世界。他想看看來自另一個世界的太空船，看看經過乾燥、可怕的深淵的旅者，外星人親手打造的東西。可惜發射臺旁並無太空船。

烏拉斯的太空船一年只來八次，停留的時間只夠裝卸貨物。他們並非受歡迎的訪客。事實上，對一些安納瑞斯人來說，他們是一再出現的恥辱。

他們帶來石油、石化製品、精密機械與電子零件等等安納瑞斯製造業不適合生產的東西；通常也會帶來果樹或穀物的新品種以進行測試；然後將汞、銅、鋁、鈾、錫、黃金帶上太空船，滿載而歸返回烏拉斯。對他們而言，這是絕佳交易。這一年八次的貨物分配是烏拉斯世界政府議會最有名的任務，也是烏拉斯股市最重要的活動。事實上，安納瑞斯自由世界算是烏拉斯的礦業殖民地。

這項事實令人惱怒。每個世代、每一年，在亞博奈舉行的「產管調節會辯論會」中，都有人提出這樣激烈的抗議：「為什麼我們還要跟這些製造戰爭的財產主義者交易？這些交易讓我們損失慘重！」一頭腦較清醒的人一直都提出相同的答案：「烏拉斯若要自己挖礦，花費會更大，跟他們交易，他們才不會來侵略我們。如果我們毀了這項貿易協議，他們就會動武。」對從未用錢買東西的人而言，實在很難了解這種消費的心理跟市場理論。七個世代的和平並未帶來彼此的信任。

因此，安全防衛的工作從來毋須徵求志願者。安全部的多數工作都很無聊。以帕微克語來說，根本不能稱之為工作，只能算是單調無聊的苦差事——帕微克語以同一個詞指稱工作與玩樂。安全部的員工操縱十二艘老舊的跨行星太空船，負責修復工作、使其如防禦網絡一般保持在軌道上，用雷達跟無線電掃瞄荒涼地域，執行單調的工作，但總還是有許多人等著排隊。不論一個安納瑞斯年輕人吸收的道德觀有多務實，生命力總在他體內激盪，渴望利人主義、自我犧牲、毅然決然的氣度。孤寂、警覺、危險、太空船，這些都是浪漫的誘惑，就是這種純然的浪漫促使薛維克的鼻子貼在窗上，直到飛船將空蕩蕩的航站拋在後方。他非常失望，因為發射臺上沒有卑劣骯髒的收礦太空船。

他又打了呵欠，伸伸懶腰，看向窗外，等著看前方即將出現的景色。飛船越過納賽羅斯最後一座低矮山脈，在它前方，一大片有坡度的綠色海灣從山脈兩側往南延伸，在午後的陽光下閃閃發光。

他驚異地看著。六千年前，他的祖先也是這麼看著同樣的地方。

烏拉斯的第三個千禧年，舍都納與達亨的天文學神職人員觀察異境黃褐色的季節變化，為這些平原、山脈、反射陽光的海洋取了神祕的名字。有一個區域每年比其他地方更早變綠，他們稱此地為「安斯后」、「心之花園」，也就是「安納瑞斯伊甸園」。

下一個千禧年出現了望遠鏡，證明他們是對的，安斯后的確是安納瑞斯最迷人的地點。這片綠色景點位於山群與海之間，而第一艘由人駕駛的太空船就在這裡降落。

但他們也證明了「安納瑞斯伊甸園」是乾燥、寒冷、風又大的地方，其他地方更糟。這個星球最高等的生命型態就是魚和不會開花的植物。空氣就跟烏拉斯最高海拔處一樣稀薄，日如火燒，風如寒冰，沙塵令人窒息。

登陸安納瑞斯後的兩百年裡，烏拉斯人進行一連串探險、地圖繪製、調查，但是不曾開墾。烏拉斯的美麗溪谷還有很多空間，為何要搬去一個咆哮的荒漠？

第九千禧年末與第十千禧年初是自我掠奪的時期，烏拉斯的礦脈都被挖空。因為從低等級礦產或從海水提煉所需金屬的花費更高，加上火箭研究計畫趨近完成，到衛星上採礦變得比較便宜，於是他們選擇至安納瑞斯開採。烏拉斯紀元九七三八年，人類首次在納賽羅斯山群的山腳下開墾，在安斯后開採汞元素，他們把這個地方稱做安納瑞斯城。這裡不是城鎮，連半個女人都沒有。男人簽下二至三年的工作契約，有的當礦工，有的當技術人員，時間一到就回家，回去真實世界。

衛星跟礦藏都在世界政府議會的控制之下，但是夙烏國在衛星的東半球有個小祕密。那兒有一個火箭基地，還有採金工人與其妻小在那開墾，除了他們的政府，沒有人知道這個開墾地的存在。九七七一年，夙烏政府瓦解，世界政府議會提議將衛星交給歐多國際社會，在他們尚未對烏拉斯的法律權威與國家主權暗中進行致命的破壞之前，送給他們一個世界。在夙烏的一片混亂之中，兩架火箭倉促受命去接回採金工人，自安納瑞斯城撤退。不是每個人都選擇回烏拉斯，有些人寧願待在那個咆哮的荒原。

二十年內，經過世界政府議會同意的十二艘太空船，載著歐多的開墾者往返於兩個世界之間，直到數百萬個選擇新生活的人都跨過乾燥的深淵，來到這個新世界。然後航站不再接受移民，只開放給貿易協定下的太空船。自此，原本有十萬居民的安納瑞斯城易名為亞博奈市。用這個新社會的新語言來說，就是「精神」的意思。

歐多沒機會看到這個社會成立，但在她的規畫裡，地方分權是基礎要素。她無意讓文明失去都市特徵，雖然她認為社區大小的限制源於所在地區擁有的基本食糧和動力，但她計畫讓所有地區都必須以通訊與運輸網絡相互連結，讓貨物和思想觀念到達所需之處，物品的管理也會較快速容易。在改變與交換的過程中，不會有任何一個社區被排除在外。網絡的執行不是由上而下；這裡不會有控制中心、首府，沒有設立那種可以讓個人永遠執政的官僚政治。個人要想一展統治慾望，可以去當船長、老闆或地方官員等等。

然而，她的計畫是以烏拉斯的肥沃土地為基礎。在乾燥不毛的安納瑞斯，社區必須分散設立以尋找資源，不管如何削減生活所需，也只有少數人有辦法自給自足。他們確實很努力地縮減生活所需，但是並不使自己過那種低於基本需求的生活，否則根本就回到了尚未有都市與科技的部落生活，誰會願意呢？他們知道自己這種無政府主義是高度文明、複雜多元文化、穩定經濟與高度工業科技化的產物，這種科技生活可以維持高度的產量與貨物的快速運送。儘管廣闊的距離分散了屯墾區，他們仍堅持複雜有機組織的理想，先建道路再建房屋。每個地區的特殊資源及產物皆與其他地區互通有無，這是一種相當複雜的平衡過程，是自然生態與社會生態的平衡。這種多樣化平衡也是生命的特徵。

但是在他們所說的對位模式裡，最起碼要有神經中樞和腦，神經系統才能運作。這一切都必須要有一個中心。從一開始，亞博奈市就有電腦專門統合資源管理、勞力分配、貨物配給，大部分聯合工會的中央部門也在此地。而從一開始，這群移民就知道中央集權將無可避免地是個永遠的威脅，必須一直保持警覺來加以反抗。

喔！無政府，這無盡的承諾

無盡的細心我傾聽著，在夜裡傾聽

在搖籃邊深沉如夜嬰孩一切平安

皮歐・阿提恩（帕微克語叫做圖柏）在開墾的第十四年寫了這首詩。這是歐多人致力於把新語言、新世界放入詩裡的最初嘗試。雖然生硬笨拙，卻令人感動。

亞博奈是安納瑞斯的中心與精神所在，它現在就在飛船前頭，在那一大片綠色平原上。明亮的深綠色平原不會讓人錯認，那是安納瑞斯原本沒有的顏色。舊世界的穀物可以茂盛生長的地方只有這裡和恪崙海的溫暖海岸。別處的主食穀物是種在土中的赫侖樹及蒼白色的美尼草。

薛維克九歲時，有好幾個月的課後功課就是幫助一個老人做一件沒有危險但是吃力的工作——照顧大平原社區的景觀植物。那些嬌弱的船來品就跟嬰兒一樣，需要餵食與陽光照射。他喜歡那個老人、喜歡那些植物、喜歡那些塵土、喜歡那件工作。看到亞博奈平原的顏色讓他想起了那個老人、魚油肥料的味道、光禿禿的小樹枝上初生的葉芽明亮而有活力的綠色。

他看到遠處充滿生氣的廣場上有一道長長白跡。飛船飛過，分散成無數個立方體，就像是散落的鹽。

城市東緣有一大串耀眼的閃光，亮得讓他一直眨眼，有一下子眼前出現的全是黑點。那些閃光由許多成拋物狀的大鏡子投射而出，為亞博奈的精煉廠提供太陽能。

飛船降落在城市最南邊的貨物航站。薛維克走到街上，這裡是世界上最大的城市。

街道寬敞乾淨，街上看不到影子，因為亞博奈的位置低於北緯三十度。除了備用的風力渦輪塔樓，所有建築物都很低矮。陽光白晃晃地掛在深靛色的明亮天空，空氣非常清新，沒有煙霧或水氣。所有東西看來都很明亮，稜角分明。每樣東西都分散開來，一切事物都顯得格外醒目獨特。

亞博奈市的規畫跟任何一個歐多社區大同小異：工作坊、工廠、住屋、宿舍、學習中心、會議廳、銷配所、車站、餐廳。大一點的建築物通常都聚集在開放式廣場旁，附屬社區一個接著一個，讓城市有了基本的細胞組織：重工業與食品加工廠多半聚集在郊區，而相關的建築通常會依細胞模式在廣場或街上比鄰而立。薛維克首次穿越的這種結構就是一連串的廣場。這是一個紡織區，到處是赫侖樹纖維的處理工廠、紡織廠、染色工廠及衣物分銷廠。每個廣場中心，掛滿旗幟與三角旗的長杆陳列如林，上面的五顏六色全是染色工人的傑作，驕傲地展現地方工業。城市建築大多相像且樸素，完全用石頭或是防震泡沫石建造而成。在薛維克看來，有些建築很大，但因為地震頻繁，所以全都是單層建築，窗戶也因此都做得很小，建材是堅固摔不破的矽膠。窗戶雖小，數量卻很多，因為日升前一小時跟日落後一小時並不提供照明；室外溫度超過攝氏十三度就不供應暖氣。亞博奈並非能源短缺，跟風力渦輪機或是以地熱差發電機都沒有關係，而是因為有機經濟的原則，這個原則對社會運作不可或缺，也絕對不影響道德或美學。歐多在《類比》中寫道：「過量就是廢物，留在身體裡的廢物是種毒。」

亞博奈是無毒的。它是個毫無修飾的城市，光線充足，色彩明亮，空氣純淨，到處都很安靜。你可以看穿全部，一切就像四散的鹽粒般清楚。

沒有任何隱藏。

廣場、沒有裝飾的街道、低矮的建築、沒有牆的工廠，全都充滿生命動力。薛維克走在路上，常常注意別人走路、工作、交談、叫喊、談論八卦、唱歌。一張又一張臉孔在身旁經過，他們活著、忙著、走著。工作坊和工廠不是面對廣場就是開放式庭院，門全都敞開。他經過一間玻璃製造廠，工人舀起一大杓熔化的玻璃，就像廚師平常供應湯點一樣。一位壯碩的女性工頭穿著沾有塵土的灰白色工作服，聲音宏亮地監督鑄造的工作。玻璃工廠後有一間小型電線工廠、一個社區洗衣店、製造與修復音樂器材的樂器行、一個小型貨物配銷所、一間戲院、製磚工地。每個地方進行的工作都令人深深著迷，而且大部分都赤裸裸呈現在眼前。四處都有小孩子，有的跟大人一起工作；有的正做著泥巴派，在旁邊凝手凝腳；有的在街上忙著玩遊戲；還有一個坐在學習中心的屋頂，埋首於書中。電線工人用彩繪的金屬線做成藤蔓，裝飾店門，看起來愉快又華麗。一股水氣與談話聲從洗衣店敞開的門裡勢不可當地衝了出來。這裡沒有門上鎖，關起來的也幾乎沒有。這裡的建築沒有遮掩物，也沒有廣告。全部的東西、所有的工作、整個城市的生活，都呈現在眼前。車站街偶有車子隨著鈴聲飛奔而過，上面載滿了人，還有人像花綵般攀在車身外的所有支柱上。要是車子到站卻不減速，老婦人會開罵，其他人就可以爭先恐後擠著下車。一個坐在手製三輪車上的小男孩正瘋狂追著車跑。藍色火花從頭上電線的交叉點灑落，彷彿街道上安靜強烈的活力逐漸增強，來到臨界點，隨著撞擊聲、藍色火花以及新鮮的氣息躍過裂口。這些就是亞博奈的交通車，當它們經過身邊，你會想要喝采。

車站街的末端是一處廣闊通風的空地，有五條街從此處成放射狀散開，通向一個綠意盎然的三角公園，公園裡到處是草皮與樹木。安納瑞斯大多數的公園都是以塵土和沙粒鋪地的遊樂園，以及一排低矮的樹木與赫侖樹。但這個公園不一樣；薛維克以前常看到這座公園的圖片，才會被吸引到這個地方，而且他也想看看外來種樹木，烏拉斯的樹，湊近感受那些濃密樹葉所展現的翠綠。薛維克從沒有車輛往來的街上走進公園。太陽正要下山，天空廣闊而乾淨，天頂漸暗，轉為紫色，黯淡的天色帶著令人不舒服的氣氛。他小心謹慎地走到樹下。這麼茂密的樹難道不算一種浪費嗎？帶刺的針葉赫侖樹是有效率的生命型態，樹葉不會過多。難道這些茂盛的葉子不算是過量、廢物？這樣的樹如果沒有豐饒的土壤、持續澆水、小心照顧，無法長得如此茂盛。他對這樣的浪費和奢侈感到不滿。他在樹下走著，穿梭於樹叢間，腳下那外星來的柔軟草皮，踩起來像是走在活生生的肉體上。他厭惡地縮回腳，走回小徑。樹枝在他頭頂上延展，像是許多綠色的大手。敬畏感席捲而來。雖然不曾懇求上天保佑，但是他知道自己是被祝福的。

在變暗的道路前頭有幾條岔路，一個人正坐在石椅上閱讀。

薛維克慢慢靠近，站著看這個人。這個女人低著頭坐在青金色的薄暮裡。大約五、六十歲，服裝奇特，頭髮在後面紮成髻，左手撐在下巴處，幾乎蓋住堅毅的雙脣，右手則拿著放在膝上的紙張。紙張看來很沉重，紙上冰冷的手，也很沉重。天色飛快轉暗，但是她的頭連抬都不抬，繼續讀著《社會組織結構》的校樣。薛維克看了歐多一陣子，坐在她身邊。

他對雕像一點概念都沒有，而椅子還有很大的空間。純粹的友誼衝動讓他覺得感動。

他看著那堅定而悲傷的臉孔，看著那雙手——一雙屬於年老女性的手，又往上看著陰暗的樹枝。他從襁褓時期就知道歐多的長相，而她的理念是他不變的中心思想，他認識的人也一樣受歐多思想影響，但這是生平第一次他了解歐多。歐多從未踏上安納瑞斯，她在別的世界出生、死亡、安葬，那裡有茂密的樹蔭、令人無法想像的城市，而那裡的人說著薛維克無法了解的語言。歐多是個外星人，一個被放逐的人。

這個年輕人在微光中坐在雕像旁，幾乎跟雕像一樣沉靜。

最後他發現天色變黑了，便起身走回街上，問別人往中央科學院的路怎麼走。

路途不遠，點燈後沒多久他就到了。一個註冊人員或守衛之類的人在入口處的小辦公室裡讀書，他敲了敞開的門才引起對方注意。他說：「我是薛維克。」他依照慣例，跟陌生人開始交談前報上名字，名字像是一種對方可以掌握的操控權。人能擁有的操控權並不多。這裡沒有社會階級的差別、階級名稱或是傳統敬語的尊稱。

那個女人回應道：「我是柯凡。你不是昨天就該到了嗎？」

「他們改了飛船航班。宿舍還有空床嗎？」

「四十六號是空的。穿過中庭，左邊的建築物。薩布爾留了話，要你早上到物理辦公室找他。」

「謝謝！」薛維克說道，大步走過寬闊的鋪石中庭，甩著他的行李——一件冬天外套及一雙備用鞋。中庭四周房間的燈都亮了，在一片寂靜無聲中傳出低語。在城市夜晚清爽而敏銳的空氣裡，有東西蠢蠢欲動，那是一種戲劇性或預示的意味。

晚餐時間尚未結束，他繞到學會餐廳，去看看是否還有剩下的食物給他這個不速之客。他發現自己的名字已經在正式名單上。食物棒透了，甚至還有甜點，是燉煮的醃製水果。他愛吃甜食。水果剩下很多，因為他是最後幾個吃晚餐的，他便拿了第二盤。他在一張小桌子獨自用餐，旁邊幾張大一點的桌子有幾群年輕人在聊天，桌上擺著用過的空盤。他無意中聽到他們在討論氦在極低溫下的活動情形、某個化學老師在學術討論會上的行為舉止、時間的推定曲率。幾個人盯著他看——在小社群裡，如果來了陌生人，人們會去跟他攀談，但是他們沒有這麼做。他們的眼光並非不友善，但也許帶點挑戰的意味。

長廊邊的房門都關著。就在那裡他找到四十六號房。這裡顯然全是單人房，他納悶那個註冊人員為什麼叫他來這裡。自從兩歲以後，他就一直住在宿舍，一個房間通常是四到十床。他敲了敲四十六號房的門，一片寂靜，於是他把門打開。這是間小單人房，裡面空空的，藉著走廊燈光，朦朧可見裡面的情形。他開燈，裡面有兩張椅子、一張桌子、一把陳舊的計算尺，還有幾本書整齊地擺在床板上，床上有一條手織的橘色毛毯。薛維克心想：「有人住在這裡，註冊人員搞錯了。」他走出去，關上門，又開門進房把燈關掉，發現桌上的燈座下有張撕下的小紙片，上面潦草寫著：「薛維克：物理辦公室，早晨二四－一－一五四，薩布爾。」

他把外套放在椅子上，脫了靴子，站了一會兒看那些書的書名，都是物理學和數學的標準參考書，綠色封面，上有「生命之環」的戳印。他將外套吊進衣櫥，擺好鞋子，小心拉好衣櫥簾子，穿越房間來到門邊，大約有四步的距離。他站著遲疑一會兒，接著，這輩子第一次關上了自己的房門。

薩布爾是個矮胖邋遢的四十歲男子，臉上的毛比一般人來得粗黑，在下巴形成一片濃密鬍鬚。他穿著一件冬天的厚重大衣，從外觀看起來，好像從去年一直穿到現在都沒洗，袖口因汙垢而發黑。他的態度舉止有些魯莽、小家子氣，說話沒什麼系統，就跟他寫在紙條上的留言一樣。他粗聲對薛維克說道：「你必須學依歐語。」

「學依歐語？」

「我要你去學。」

「為什麼？」

「你才能讀烏拉斯的物理學啊！阿特羅、涂、巴斯克這些人寫的。沒有人翻譯成帕微克語，不可能有人做得到。在安納瑞斯，也許有六個人能懂烏拉斯物理。哪種語言都一樣。」

「我要怎麼學依歐語？」

「文法書和字典！」

薛維克堅持立場，說道：「我要去哪裡找這些書呢？」

「這裡！」薩布爾粗聲說道，一邊在亂七八糟堆滿綠皮書的架子上翻找，動作唐突急躁。他在架子底部找到兩本厚重未裝訂的書，把它們丟在桌上：「等到你有能力讀阿特羅寫的書，就告訴我。在這之前，我沒辦法為你做什麼。」

「這些烏拉斯人用的是什麼樣的數學？」

「沒什麼你無法處理的。」

「這裡有人研究時間分析學嗎？」

「有啊，圖瑞特，你可以跟他請教，不需要去上他的課。」

「我打算上葛菲羅的課。」

「為什麼？」

「她在頻率與週期的研究……」薩布爾坐下後又站了起來，舉止焦躁又僵硬，令人不耐，真是一個銼磨般的男人。「別浪費時間了，你在頻率理論方面比那個老女人強太多了，她提出的其他觀念也都是垃圾。」

「我對共時原理很有興趣。」

「共時原理！米諦斯在那兒都餵了你什麼財產主義的垃圾啊？」這個物理學家瞪著他，粗糙短髮下方太陽穴的青筋都浮了起來。

「我自己在這方面做了整合的工作。」

「長大、長大，你現在在這兒，該長大了！我們在這裡研究的是物理學，不是宗教，丟掉那些神祕主義然後趕快成長。你多久可以學會依歐語？」

「我花了好幾年時間才學會帕微克語。」他把輕微的諷刺完全傳達給薩布爾。

「學依歐語花了我十年，現在的程度已可以讀涂寫的《導論》。噢，天啊！你需要某個主題，也許可以拿那個。在這裡，等一下。」他在滿出來的抽屜中東翻西翻，最後拿了一本外表很奇特的書，藍色封面上沒有「生命之環」的戳印。標題是金色的，讀起來像「波里亞阿・費歐—埃提」，似乎毫無意義，而且有些字體的形狀很陌生。薛維克瞪著這本書，從薩布爾手中接過後並未翻閱。這本外來的人工製品寫的是另一個世界的訊息，他很想看一看裡面寫了些什麼。

這讓他想起巴雷特拿給他看的那本書，寫的全是數字。

「你讀懂這一本書後再過來。」薩布爾粗聲說道。

薛維克轉身要走，薩布爾提高聲音說道：「收好那些書！一般人是買不到的。」

這個年輕人停下來，轉過身，沉默了一會兒問道：「我不懂。」他的聲音沉著、謙虛。

「別讓任何人讀到這些書！」

薛維克沒有反應。薩布爾又站起來走近他，說道：「聽著，你現在是中央科學院的一分子，是物理學的委員，跟我——薩布爾——共事，懂不懂？特權代表責任，清楚了嗎？」

一般。

薛維克停了一會兒才說道：「我追求的……是不能與他人分享的知識。」聽來就像是邏輯的陳述

「如果你在街上發現一包會爆炸的火藥，你會跟每一個經過的小孩子『分享』嗎？那些書就是會爆炸的東西，現在，你懂我的意思了嗎？」

「懂了。」

「那就好。」薩布爾轉過身，他的慍色顯然是種常態，並非因為什麼特別的原因。薛維克小心地帶著這個「炸藥」離開，感到非常厭惡，但又充滿好奇。

他開始學依歐語。因為薩布爾的警告，他便獨自在四十六號房工作，而且他原本就習慣獨自一人。他從很小的時候就知道自己跟別人在某些方面一點都不像。以一個小孩子而言，意識到這種差異是非常痛苦的。因為當時還沒完成什麼事，也沒有能力做任何事，他無力辯解什麼。大人用不同的方式給予信賴與愛，唯有如此小孩子才能安心，但是薛維克從未擁有這種安心的感覺。他的父親的確始終全然信賴他、深愛他。不管薛維克是怎樣的人、或是做了什麼事，巴雷特都會認同且完全支持。但是巴雷特沒有薛維克這種因為獨特而招致的詛咒，他就跟其他人一樣，社區活動對他而言輕而易舉。他愛薛維克，但是他沒辦法告訴薛維克自由是什麼，無法告訴薛維克，光是體認每個人都是孤獨，就已超越自由本身。

因此，薛維克對於內心的孤獨感已習以為常，但會藉由日常生活與別人的接觸、社群生活的交

流，以及少數朋友之間的友誼來緩和孤獨感。在亞博奈，他沒有朋友，也沒有被迫住進宿舍，因此沒交什麼朋友。二十歲了，他太了解自己的心理與個性多麼特殊，所以無法成為外向的人。他跟外界疏離，對事漠不關心；同學也覺得他真冷漠，不大試著接近他。

他很快就喜歡上這個隱私的房間，有種完全獨立的感覺。只有吃早餐、晚餐，以及每日短暫散步的時候，才會離開房間。他一直保持運動的習慣，在城市的街道上散步以舒緩筋骨，再回到四十六號房學依歐文法。每十天或二十天，他會輪班做社區稱作「第十日」的勞動工作。跟他一起工作的都是陌生人，不同以往在小型社區裡的人那般親近，所以這幾天的工作不會對他心理上的孤獨感造成阻礙，或是妨礙他學習依歐語的進展。

依歐文法本身很複雜、不合邏輯，卻有固定模式，這帶給他樂趣。當他一建立基本的單字基礎，了解所讀的東西，學習速度就變得很快。他知道這個領域的內容與專用術語，如果學習出現瓶頸，只要靠直覺或是一個數學方程式就可以讓他知道自己該如何繼續。這些都是他從未接觸過的領域。涂寫的《時間物理學導論》並不適合初學者。薛維克一口氣讀完一半內容，讀的不再是依歐語，而是物理學。他也了解為何薩布爾要他在做任何事之前先研究烏拉斯的物理學家，因為他們比安納瑞斯先進二、三十年。薩布爾在時序論上最聰明的見解，事實上是譯自依歐語，但他並未公開承認。

他投入薩布爾給他的其他書籍，都是烏拉斯現代物理學的主要作品。他的生活變得更為遁世。他在學生聯合組織裡並不活躍，除了靜態的物理學同盟會之外，也沒參加其他聯合組織或同盟的任何活動。這種團體集會是社交活動的管道，是小型社區主要的生活框架；但是在這個城市裡，似乎沒有那麼重要。少一個人參加集會不會對他們造成影響，總會有其他人隨時可以處理事情，而且處理得相當好。除了第十日的責任工作，以及寢室與實驗室平常的管理工作以外，薛維克的時間全都用在自己身上。他常省去運動時間，偶爾也不去吃飯。然而，他有一堂課卻從不缺席：葛菲羅「頻率與週期」的教學課程。

葛菲羅太老了，上課時常離題，所以學生出席很不踴躍，也不大平均。她很快就認出那個有大耳朵的瘦小男孩是她的忠實聽眾。她開始教這男孩。當那靈巧沉著而充滿智慧的眼神與她相遇，總能使她鎮定、喚醒她的內在。於是她展現才氣，得回失去的洞察力。當她突然變得慷慨激昂，其他學生會帶著疑惑或驚恐看著她，甚至是害怕——前提是他們有這個智慧去害怕。葛菲羅看到的宇宙比大多數人要來得寬廣，而她的眼界讓他們驚愕。這個有明亮眼神的男孩堅定地看著她，在男孩的臉上，她看到歡樂。她不斷給予，給予了一輩子，都沒有人來分享，而男孩接下了這個擔子，一起分享。跨越五十年的鴻溝，男孩像是她的兄弟，也是她的救贖。

兩人在物理辦公室或餐廳一碰頭，有時直接就談論起物理學。但是在其他時候，當葛菲羅的體力無法負荷這些話題，他們就找不到其他話題可聊，因為這個年老的女人跟這個年輕人一樣害羞。葛菲羅會跟他說：「你吃太少了。」而他會微笑、耳根發紅。雙方都不知道該說些什麼。

薛維克在學院待了約半年。他把一篇三頁的論文交給薩布爾，標題是〈阿特羅無限時序假說之評論〉。薩布爾十天後交還給他，粗聲說道：「把這翻成依歐語。」

薛維克說：「我原本就幾乎都用依歐語寫，因為用了阿特羅的術語。不過我會把原稿謄寫一份。

但是，為什麼要這樣？」

「為什麼？這樣那個該死的勢利鬼阿特羅才有辦法讀！五天後會有太空船抵達。」

「太空船？」

「從烏拉斯來的貨機！」

薛維克這才發現，不只是石油和汞礦在這兩個分離的世界之間來來去去，也不只有書（像是他讀的那些），還有信件。信件！給財產主義者的信！那些人的政府建立在不公平的權力基礎之上；那些人無可避免會被剝削，同時也剝削別人，因為他們同意讓自己成為國家機器的組成要素。像這樣的人跟自由的人交換意見，真的會不帶絲毫侵略意圖、完全出於自願嗎？他們真的能夠認可平等，能夠共享知識？還是他們只想控制、行使他們的力量，只想擁有一切？真的要跟財產主義者通信？這個主意令他感到不安，然而有趣的是，將能夠發現……

在亞博奈的頭一年，很多像這樣的發現就強加在他身上，他才了解自己過去實在是太天真了——或許現在仍是一樣。對一個聰明的年輕人，要承認這一點來說並不容易。

在這些發現中，最首要，也最令他無法接受的是要他學習依歐語，但是不能跟別人分享：這種情況前所未見，在道德上也令他困惑，以致於他現在還沒辦法理解。不跟別人分享他的知識，顯然沒有傷害到誰；換句話說，如果別人知道他懂依歐語，也知道他們同樣可以學，這樣會對他們造成什麼傷害呢？的確，把事情攤在檯面上是比祕密行事自由，而為了自由，永遠值得冒險，雖然他還不知道會冒什麼樣的危險。有一次薛維克突然想到，薩布爾想把烏拉斯的物理學新發現占為己有，當作自己的財產，當作一種用來超越安納瑞斯同行的力量來源。但是這個想法和薛維克習慣的想法有所衝突。在他心裡，這很難理清，然而想法若變得清楚，他又立刻壓制，好像那是一個真正令人作嘔的東西。

單人房又是另一種道德的缺陷。還是小孩子的時候，如果你打擾了宿舍其他人，讓他們忍無可忍，你就得獨自睡在單人房裡，表示你是個自我本位的人。獨居是件丟臉的事。在大人的用字遣詞裡，單人房主要用來性交。每個住所都有許多單人房，想性交的伴侶可以使用任一間空著的房間，一晚、十天，高興用多久就多久。伴侶若接受夥伴關係則用雙人房。在小城鎮裡沒有雙人房，通常是將房間建在住所後端，因此一間接著一間的房間有可能就這樣建成長形低矮、散布各處的建築，稱為「夥伴的貨車車廂」。除了性交，沒有理由不睡在宿舍裡。你可以選擇小房間或大房間。如果不喜歡你的室友，可以搬去別間房。工作的話則有工廠、實驗室、電臺、穀倉或是辦公室等選擇；洗澡的話，也可以選公眾池或是私人浴室。性生活的隱私到處可得，社會也認為是合理的；除此之外，獨居不具功能，反而是一種過分且浪費的行為。不管是私人的房子或是公寓，安納瑞斯的經濟不會資助這樣的建築維修、暖氣或照明。一個人的本性如果真的跟社會格格不入，就必須離開社會，獨立生活。他完全有自由這麼做。他可以選擇任何一個自己喜歡的地方，親手蓋房子（如果他破壞了漂亮的景致或是一小塊肥沃的土地，就有可能承受鄰居要他搬至別處的壓力）。在安納瑞斯較老的社區邊緣就住著許多獨居者跟隱士，假裝自己不是社會的一分子。人聚在一起就有權利與義務，對接受這原則的人來說，獨居只有在對社會整體運作有所貢獻的時候才具有價值。

薛維克對於被分配到單人房的第一反應半是不認同，半是羞恥。他們為什麼要把他困在這？他很快就找出原因了。對他這種工作來說，這是很好的地方。如果半夜有了靈感，他可以打開燈、寫下來；如果是在清晨，不會有四、五個室友起床時的談話與擾亂，令他的靈感無法破繭而出；如果一直都沒有靈感，他必須花一整天的時間坐在書桌前瞪著窗外，也不會有人在他背後猜想他為何如此怠惰。事實上，物理學者與性交需要獨居的需求幾乎相同。但相同的問題來了，這有必要嗎？

學會餐廳的晚餐總是附甜點，薛維克對此感到非常開心；有多餘的甜點剩下，他就會全盤接收。然而他那有機社會性的良知卻無法照單全收。從亞博奈到極限鎮，每個餐廳裡的每一個人不是都會拿到相同的東西一起分享嗎？他一直接收這樣的觀念，看到的情況也一直是如此。當然會有地方差異：地方特產、食物不足、過剩，或使用替代品，就像工程營區裡的情況一樣。差的廚師、優秀的廚師在不變的體制下，其差異數也數不清，但是沒有一個廚師厲害到沒有材料就可以做甜點。大部分餐廳十天提供一次到兩次甜點，這裡則每晚都有，為什麼？難道中央科學院的成員比其他人優秀嗎？

這些問題，薛維克沒問過任何人。社會的善惡觀念與他人的意見，是給予大多數安納瑞斯人最強烈刺激的道德力量，但是這種力量對他造成的影響比大多數人還少。許多大家無法了解的問題，他已經習慣私下自己解決。他現在處理的問題在某些方面比那些現代物理學難得多。他沒有問任何人的意見，也不再吃餐廳裡的甜點。

然而，他沒有搬去宿舍。道德的痛苦與實際利益兩相權衡之下，他發現後者更重要。在單人房裡工作比較好，這個工作很值得做，他也做得很好。這工作對社會具有重要的功用，責任為他所享受的特權做了辯護。

所以他繼續工作。

他體重減輕，走在路上都輕飄飄的。體力勞動、各種不同的日常事務、社會活動、性的發洩，這些都沒有了，失去這些對他不是種匱乏，反倒是種自由。他是個自由的人，不管他想做什麼、何時要做、要做多久，全都可以。而他也這麼做。他工作，也玩樂。

他會在紙條上速寫一連串假設，這些都可以導向連貫的共時理論，但這似乎太小家子氣了。他另外有一個更偉大的目標，也就是一統的時間理論，前提是他能夠著手研究。他覺得自己身處於開闊鄉間中的某個封閉房間。鄉間就在四周，只要他可以找到出路，清晰的路。這種直覺變成執著。在秋天與冬天，他的睡眠時間變得愈來愈少，晚上睡幾小時，有時候白天再睡個幾小時就夠了；午睡也不像以前的那種熟睡，幾乎是另一種層面的清醒，充滿夢境。他的夢栩栩如生，都是他工作的一部分。他看見時光回溯，看見河流流回源泉；在同一時間，他的左右手各握一個重要關鍵，將雙手分開時，他微笑看著這兩個分離的關鍵，就如同分裂的肥皂泡泡；還未真正清醒，就把讓他困惑了好幾天的數學方程式草草記下；看見空間往他身邊壓縮而來，如同崩垮球體的外壁往中央的真空壓縮，擠壓、再擠壓。他尖叫著醒來，奈何聲音卻哽在喉嚨，只能在寂靜中掙扎著逃出那份外在的空虛感。

冬末一個寒冷的下午，從圖書館回寢室的路上，他走進物理學辦公室，想看看置物箱裡有沒有給他的信。自從不再寫信給北區的朋友，他沒有理由期待會有信寄來，但他這幾天都覺得不大舒服。他推翻自己一些最漂亮的假設；在辛苦工作半年之後，又將自己帶回起點。相位模型實在太模糊，毫無助益。他覺得喉嚨痛，希望認識的人可以寫封信給他。最起碼，希望物理辦公室的某個人可以跟他打聲招呼，但是那裡除了薩布爾外沒有別人。

「薛維克，看。」

他看著這個老男人拿的書，薄薄的書是綠色封面，蓋有「生命之環」的戳印。他接過書，看著標題：「阿特羅無限時序假說之評論」。裡面有他的論文、阿特羅的致謝、辯論與回答，全都翻譯或轉譯回帕微克語，由亞博奈產管調節會印製，作者名字是「薩布爾、薛維克」。

薩布爾把脖子往前伸，幸災樂禍地看著薛維克手上的書，咆哮變得嘶啞，咯咯笑著說：「我們擊敗了阿特羅，擊敗他那個該死的營利者！現在就讓他們去說什麼『未成熟而不精確』！」薩布爾對優恩大學出版的《物理評論》懷恨十年，因為此書提到他的論文「因為歐多教條影響了他思想的每一個領域，流於偏狹、未成熟而不精確的觀念」。「他們現在就知道誰才是偏狹的人！」薩布爾齜牙咧嘴地說道。熟識將近一年，薛維克不記得曾看過他的笑容。

薛維克穿過房間，挪開長凳上一堆紙，坐了下來。物理辦公室當然是公用的，但是薩布爾讓兩個房間之中的這個裡間堆滿自己的東西，看起來就像他的私人房。薛維克看著手中的書，望向窗外。他覺得不舒服，也的確臉帶病容，此外看起來也很緊張。但和薩布爾在一起，他卻從未感到害羞或笨拙，如同和自己一直想認識的人在一起。「我不知道你翻譯了這篇論文。」他說道。

「翻譯、編輯，潤飾一些比較粗糙的地方，把遺漏的部分做些連結，諸如此類，花了幾十天。你應該以此為傲，這本書的基礎，大多來自你的想法。」

這本書裡全部都是薛維克與阿特羅的想法。

「是的。」薛維克看著手說道。不久又說：「我想要出版這一季寫的論文，有關可逆性。應該給阿特羅看看，他會很感興趣的，因為他在因果律方面仍停滯不前。」

「出版？在哪兒？」

「用依歐語。我是說，在烏拉斯出版。把論文送給阿特羅，就像這份一樣，他會將它放在其中一份期刊裡。」

「還沒在這裡出版以前，不能在那裡出版。」

「但是這份論文不就是這樣嗎？這本尚未在此問市以前，除了我的反駁，所有的意見都登在《優恩評論》。」

「那我阻止不了，但你有沒有想過我為什麼要趕快發表這份論文？你不會以為產管調節會的每一個人都同意我們這樣跟烏拉斯交流意見吧？你是這樣認為的嗎？安全部堅持，離開這裡登上運輸船的每一個字，都必須由產管調節會認可的專家批准。此外，你以為那些沒辦法用這種方式傳送文件到烏拉斯的偏狹物理學者不會嫉妒我們這麼做嗎？你以為他們不會羨慕？有很多人排隊等著，等著看我們出錯。如果我們被捉到，我們將會失去烏拉斯運輸船這個通訊管道。你現在了解狀況了嗎？」

「學會一開始是怎樣弄到這個通訊管道？」

「十年前，皮格維進入產管調節會。」皮格維一直都是個以溫和著名的物理學家。「我一直都他媽小心維持這一切，懂嗎？」

薛維克點點頭。

「不管任何情況，阿特羅不會想讀你寫的東西。那論文我已經看過，而且幾十天前就還你了。你何時才能停止把時間浪費在葛菲羅所堅持的反動理論上？難道你看不出她把一輩子的時間都浪費掉了嗎？如果你繼續下去，就是在耍你自己，當然這是你的權利，別人無法干涉，但是你不能耍我。」

「那麼，如果我用帕微克語寫論文，交給這裡的出版社呢？」

「浪費時間。」

薛維克輕輕地點點頭表示了解。他站起來，瘦長的身形骨瘦如柴。他站了一會兒，若有所思。他現在把頭髮往後綁成辮子，冬天的陽光不留情地照在他的頭髮以及平靜的臉上。他走到書桌前，從小堆新書裡拿了一本：「我想送一本給米諦斯。」

「想要多少都拿走。聽著，如果你認為你比我還清楚你在做什麼，那麼就把論文交給出版社吧，不需要經過同意！你知道的，我們這裡沒有什麼階級制度。我無法阻止你，我能做的只有給你忠告。」

薛維克說道：「你是出版社聯合工會物理原稿的顧問，我想，現在問你是在節省每個人的時間。」

他的溫順帶著不妥協，因為他不會和別人爭奪主導權，但他絕不屈服。

「省時間，你是什麼意思？」薩布爾粗聲問道。但他也算是個歐多人，因而痛苦地扭動身體，彷彿身體上的痛苦是來自他的偽善。他轉身避開薛維克，又回過身，聲音因憤怒而濁重，悻悻然說道：「你愛怎樣就怎樣！把那該死的東西交出去啊！我會告訴他們我沒有能力擔任顧問，我會告訴他們去跟葛菲羅商議，她才是共時原理的專家，我不是。那個神祕的瘋子！宇宙如同巨大的豎琴線，在存在之間進進出出地搖擺！順帶問一句，彈奏什麼樣的音符呢？我猜，是從《數字和諧曲》裡面挑幾節來彈吧？事實上我是無能的，換句話說，我沒有意願替產管調節會跟出版社為那些知識糞便提供意見！」

薛維克說：「我跟隨葛菲羅研究共時原理，而我為你做的研究，就來自其中的一部分。如果你要這樣東西，就必須忍受另一樣。我們在北區常說：『穀物在大便裡長得最好』。」

他站了一會兒，沒有得到薩布爾口頭上的回應，於是說了再見隨即離開。

他知道自己沒使用明顯的暴力就輕易贏了一場戰役，但終究還是用了暴力。

如米諦斯預料，他是「薩布爾的手下」。薩布爾從幾年前開始就不再是個有能力的物理學家了，他徵收別人的想法以建立自己的聲望。薛維克就是在創造想法，而薩布爾接收了這個功勞。

這顯然是個在道德上令人無法忍受的情況，以前的薛維克一定會告發他，不再為他做事，但結果卻相反。他需要薩布爾，他想要出版自己寫的東西，然後送給那些看得懂的烏拉斯物理學者。他需要他們的意見、批評，並共同合作。

所以他和薩布爾達成協議，如同投機商般進行交易。這並非一場戰爭，而是一樁交易：你給我這個，我給你那個；你拒絕我，我就拒絕你。成交嗎？成交！薛維克的成就如同他的社會存在一樣，靠的是利益合約的續存，這個合約十分重要，而且不能公開承認。這不是互助合作與團結的關係，而是利用；不是有機的，而是機械式的。不當的社會運作中能產生真正的社會功能嗎？

起風而灰濛濛的下午，薛維克穿過購物中心往住所中庭走去，一邊在心中抗辯著：「但是我只想把工作完成，這是我的職責，是我快樂的泉源，也是我全部生命的意義。我必須和一個喜歡爭權奪利的人一起工作，一個汲汲營營於支配他人的人，一個牟取不當利益的人。我無法改變。如果我想要工作，就只能跟他一起。」

他想起米諦斯和她的警告，想起北區學會和他離開前一晚的歡送會，那些情景離現在好像很遙遠，像是天真的寧靜與安全感。他因鄉愁而流下眼淚。他經過生命科學大樓的走廊，一個擦身而過的女孩瞄了他一眼。薛維克覺得她好像那個女孩子——她叫什麼……那個短髮、在歡送會那晚吃了許多炸餅的女孩。他停下來，轉過身，但女孩已消失在轉角。不管怎樣，這個女孩子留著長髮。消失、消失，每樣東西都消失了。他走出騎樓，風迎面而來，和著零星的雨。這是一個乾枯的世界，乾枯、蒼白而有害。「有害的！」薛維克用依歐語大聲叫道。他以前從未聽過這種語言，聽起來很奇怪。打在他臉上的雨就像碎石一般，這是有害的雨水。他突然感到喉嚨痛，頭也痛得無法忍受。回到四十六號房，躺在床上，感覺床好像比平常低矮。他打著顫，停都停不下來，拉緊裹住身體的橘色毛毯，蜷起身子試著想入睡，卻一直抖個不停。他覺得原子彈從四面八方不斷襲來，當溫度增加，攻擊就愈甚。

他從未生病，身體最糟的狀況僅止於疲勞，從不知道發燒是怎麼一回事。他在意識還清晰的漫漫長夜裡，以為自己快要瘋了。因為對瘋狂的恐懼，他終於在白天來臨時向外求援。他夜裡曾不由自主胡言亂語，所以不敢向同住一條走廊的鄰居求救，只有拖著身子前往八條街外的地區診所。寒冷的街道因陽光而明亮，神聖的光也照在他身上。診所把他的瘋狂診斷為輕度肺炎，要他去二號病房的床上躺著。他抗議，但助手指責他這樣是自我本位的表現，向他解釋如果他回家，就必須麻煩醫生去家裡探訪他，還得為他安排私人看護。他去了二號病房，裡面全都是老人。助手給他一杯水跟一顆藥丸。薛維克懷疑地問道：「這是什麼？」他的牙齒又開始咯咯作響。

「退燒藥。」

「做什麼用？」

「退燒。」

「我不需要。」

助手聳聳肩：「好吧。」隨即離開。

安納瑞斯大多數的年輕人覺得生病是件丟臉的事；政府預防疾病太過成功，才會導致這樣的結果；也或許是「健康」與「生病」這兩個詞的類比用法所產生的迷惑而造成。他們自然而然就將生病視為一種罪。向犯罪的衝動屈服，以及要醫生來幫忙解除痛苦，都是不道德的。他們抗爭藥丸與注射所帶來的羞辱。到了中年與老年，大多數人就會改變想法，因為疼痛比羞辱更難以忍受。助手把藥給二號病房的老人，老人跟她開著玩笑。薛維克看著他們，表情因不理解而顯得呆滯。

稍後，有個醫生拿著注射針筒走過來。「我不需要這個。」薛維克說。醫生說：「不要再固執了！把袖子捲起來。」薛維克最後還是屈服了。

接著有個女人拿一杯水給他，但他抖得太厲害，水濺出來弄濕了毛毯。他說：「不要管我。妳是誰？」女人告訴他，但是他聽不懂。他說自己覺得非常好，要她走開，然後跟她解釋為什麼「周期假設」是他對共時原理的可能理論所採用的主要方法、是一個「基礎」，但是它本身不具效用。他一下子用帕微克語說，一下子用依歐語說。他怕其他人會誤解這個「基礎」，於是用粉筆在石板上寫下公式，這樣女人跟其他人才能理解。女人撫摸薛維克的臉頰，幫他把頭髮綁在腦後；她的手很冷。在一生當中，沒有任何事比她的觸碰更令薛維克感到愉快。薛維克伸出手想去摸她的手，但是她已經不在，走掉了。

過了很長一段時間，他醒過來，呼吸變得順暢，覺得自己好得不得了，完全沒事了。他不想移動，因為移動會破壞這種完美而穩定的時刻，破壞世界的平衡。冬天的陽光灑在天花板，那種美麗實在無法言喻。他躺著看；病房角落的老人皆咯咯笑著，低啞的聲音聽來很悅耳。那個女人進來坐在他的床邊，他看著女人微笑。

「你覺得怎麼樣了？」

「如同新生。妳是誰？」

女人也笑著說：「母親。」

「再生的話，我應該要有副新軀體，不應該還是舊的這副。」

「你到底在說什麼？」

「不是到底，是到烏拉斯。再生是他們宗教的一部分。」

「你還在頭昏。」她碰觸薛維克的額頭，「沒有發燒。」她說話的聲音狠狠衝撞著薛維克生命的深層，一個黑暗的所在，一個用牆圍住的地方；她的聲音就在那裡不斷迴響。他看著這個女人，害怕地說：「妳是蘿拉。」

「跟你說過好幾次了！」

她的表情依舊冷淡，甚至有點幽默。薛維克毫無疑問地保持原姿勢，畢竟他沒有力氣移動，但他毫不隱藏自己的害怕，迴避著蘿拉，彷彿蘿拉不是他的母親，而是死神。就算她注意到這個微妙的動作，她也沒任何表現。

蘿拉是個漂亮的女人，膚色黝黑，身材姣好，絲毫看不出歲月的痕跡，雖然她一定超過四十歲了。她的個性和睦且低調，聲音低沉、音色優美。她說：「我不知道你在亞博奈，或是在哪個地方，也不知道你到底還在不在人世——我在出版社倉庫瀏覽新刊物，為工程圖書館挑選書籍時，看到由薩布爾與薛維克合著的書籍。我當然知道薩布爾，但薛維克這名字為什麼聽起來這麼耳熟？我一時之間沒有想起來，很奇怪，不是嗎？可是那不合常理，我認識的薛維克應該只有二十歲而已，不可能跟薩布爾合著後設宇宙論論文。但其他叫薛維克的人都不到二十歲！所以我要去看看。住所裡的一個男孩說你在這裡——這個診所人手短缺得嚇人，我不懂為什麼理事們不要求醫學聯合工會多派一些人手過來，或是削減病人數量。這裡的某些助手跟醫生一天工作八小時！當然，有些醫療界的人要的就是這樣，這種自我犧牲的推動力。很不幸，這樣可沒有帶來最大的效能……找到你是件很奇怪的事。我從來都不認識你——你跟巴雷特還有聯絡嗎？他還好嗎？」

「他死了。」

「喔。」蘿拉的語調沒有假裝震驚或是悲傷，單調的口氣平淡如常。這一刻，薛維克被她的語氣撼動，真的把她當成一個人看待。

「他什麼時候死的？」

「八年前。」

「他應該不超過三十五歲。」

「大平原區發生地震。我們在那兒住了大約五年，他是社區的建設工程師。地震毀了學習中心，他跟其他人試著把困在裡面的小孩救出來，結果餘震讓整個建築倒塌下來，死了三十二個人。」

「你也在場嗎？」

「地震前十天，我去地區學會受訓。」

她沉思，臉色平靜而柔和。「可憐的巴雷特！然而，這就像他，跟別人死在一起，成為統計數字三十二其中的一個……」

「如果他沒有進去救人，死亡人數會更高。」薛維克說。

她看著薛維克，眼神中無法辨認出她是否有任何情緒。她這話可能不經意說出，也有可能經過深思熟慮，但是無從分辨。

「你很喜歡巴雷特。」

薛維克沒有回答。

「你長得不像他。事實上，除了膚色，你看起來比較像我。我以為你看起來會像巴雷特，不過那只是我的假設。不知道人是如何用想像力去做出這些假設，真怪。那麼，他跟你一起生活？」薛維克點頭。

「他很幸運。」蘿拉沒有嘆息，但是聲音裡的確有壓抑的嘆息聲。

「我也很幸運。」

他們沉默了片刻。蘿拉虛弱地笑道：「是的，我應該跟你們保持聯繫，但是我沒有這麼做，你會因此而恨我嗎？」

「因此而恨妳？我根本就不認識妳。」

「你認識。你斷奶後，我們三人還一起住在宿舍裡，我跟他都想住在一起。在一個人出生後幾年的時間裡，人與人之間的接觸是必要的，心理學者後來也證明確實如此。生命開端充滿情感，人才能完全社會化——我很樂意繼續那份夥伴關係，所以試著把巴雷特弄到亞博奈來。他的工作一直都沒有著落，而沒有工作徵召他就不來，他總是這麼頑固……起先，他有時還會寫信把你的情況告訴我，後來就斷了音訊。」

「那無所謂。」年輕人說道。他的臉因生病而消瘦，覆滿細小的汗珠，臉頰跟額頭看起來閃閃發亮，就像塗了油一樣。

兩人又再次陷入沉默。蘿拉用果決而愉快的聲音說：「你說錯了，以前重要，現在仍然重要。巴雷特一直都跟你在一起，看著你漸漸長大。他是你的支柱，是你的親人，但我不是。對我而言，工作第一，一直以來都是如此。薛維克，我很高興你現在在這裡，也許我可以幫助你些什麼。我知道亞博奈在剛開始是個令人難以融入的地方。一開始會覺得失落、孤單，也缺少小城鎮所擁有的單純人際聯結。我認識一些很有趣的人，也許你會想見見他們，他們對你可能會有所幫助。我認識薩布爾，所以大概知道你跟他以及整個學會之間可能會碰到什麼樣的困難。他們都玩權力支配的遊戲，要知道如何勝過他們，需要經驗。無論如何，我真的很高興你在這裡，這是一種我從未有過的快樂……一種喜悅……我讀過你的書，那是你寫的吧？為什麼薩布爾會跟一個二十歲的學生合寫？這個問題難倒我了，我只是個工程師。我承認我為你感到驕傲，很奇怪，對吧？不合常理，甚至像個財產主義者，因為這麼說就好像你是我的所有物一般！但當人漸漸變老，會需要某些再次給予的保證，這些保證並非一直都是全然合乎情理，一切完全是為了繼續走下去。」

他看見蘿拉的寂寞與痛苦，對此感到厭惡。這威脅到他，也威脅到他對父親的忠誠，而那沒有瑕疵且永恆不變的愛，正是自己生命的泉源。當巴雷特需要幫助時，蘿拉離開他；她現在有什麼權利為了自己的需求跑來找巴雷特的兒子呢？薛維克什麼都沒有，什麼都沒辦法給她或是任何人。他說：「如果妳也把我想成一個統計數字，也許會好一點。」

「唉。」柔軟的聲音，如往常般平淡回應，她看向別處。

病房盡頭的老病人們很欣賞她，正互相用手肘相互推擠，以引起她的注意。

她說：「我猜，我是試著在要求你，但是我原本是想，如果你要的話，可以向我提出要求。」

薛維克不發一語。

她的臉上又露出淡淡的微笑，「當然，除了生物上的血緣關係，我們不算真正的母子。你不記得我，而我記憶中的寶寶也不是現在這個二十歲的大男孩。經過時間的洗禮之後，一切早已變得毫無關連。但此時此刻，我們可以說是姊弟的關係，這才是重要的，不是嗎？」

「我不知道。」

蘿拉坐在那，沉默了一會兒後，站了起來。「你需要休息。我第一次來的時候，你還相當虛弱。他們說你現在好多了，我想我不會再過來了。」

他依舊沉默。「薛維克，再見了。」蘿拉邊道再見邊轉身離去。薛維克原本對她的臉孔只有一瞥或是如噩夢般的想像，而這些在她說話時，全都徹底改變。這些意象全都打破，碎成一片片。她用一個漂亮女人應有的優雅步伐走出病房，薛維克看見她停下來，帶著微笑在走廊跟一個助手說話。

他陷入跟隨蘿拉而來的恐懼之中。那種恐懼是一種不守誓言的感覺，以及時間的不連貫。他崩潰了，哭了起來，試著把臉埋在臂彎裡，因為他沒有力量轉身。其中一個老病人走過來坐在他床邊，拍拍他的肩膀，說道：「兄弟，沒關係的，小兄弟，一切都會沒事的。」他低聲安慰著。薛維克聽著他說的話，感受到他的觸碰，但是都沒有覺得好過一點。在痛苦的時刻之中，在內心牆角下的黑暗之中，即使是兄弟都沒有辦法給予安慰。

第五章

卸下觀光客的身分讓薛維克鬆了口氣，優恩大學的新學期也開始了。現在他終於可以在「天堂」安定下來、工作，而不只是以外來者的角度觀察。

他開了兩堂研究討論課、一堂公開講演的課程。原本沒有人要求他開課，是他去問可否教書，於是行政人員安排了研究討論課給他。公開講演的課程不是行政人員或他的意思，而是學生派代表要求他授課，他馬上同意。這是安納瑞斯學習中心的課程編排方式：由學生要求，或老師主動提出，或是兩者一起。他發現行政人員因此苦惱，笑出聲來。「他們期望學生不變成無政府主義者嗎？這些年輕人還能怎麼做？當你在基層，你就必須從基層往上建立組織！」他無意在課堂外還受操控，他以前就打過這種戰爭了。他把自己的堅持傳達給學生，學生也給予堅定有力的支持。為了避免造成負面的宣傳效果，校長終於讓步，讓他開課。第一天上課大約來了兩千人，但人數急遽減少。因為他一直把焦點放在物理學上——而且是頗艱深的物理，從未偏離本行，涉入私人事務或政治。仍然有幾百名學生繼續聽課，有些只是出於好奇心，想看看從衛星來的人長什麼樣子；其他人則是從他的言談中對其人及所支持的自由意志有了粗略了解，因而深受吸引，即使跟不上他教授的數學，也可以從他的言談裡感受到他對自由的熱愛。不過，能同時跟上他的哲學觀點與數學的人數，也多得讓人意外。

這些學生受過精良的訓練，心智纖細、敏銳、機靈，不必工作的時候就休息，不會因其他零碎的義務而變得遲鈍或分心。他們從不會因前一天的輪流例行工作太過疲勞而在課堂上打瞌睡。社會讓他們完全免於貧困、分心與煩惱。

然而，他們的自由也是個問題。薛維克發現他們缺乏主動的精神，正如同他們也不受義務的束縛。別人向他解釋考試制度，他嚇到了——填鴨地吸收知識，需要時再將答案吐出來，很難想像有比這更抑制學習欲的模式。剛開始他拒絕任何考試或成績考核，但這樣讓行政人員萬分苦惱。為了不對東道主失禮，他只好讓步，要求學生針對他們感興趣的物理問題寫一篇論文，而他都會給他們最高的分數，好讓那些官僚有東西寫在表格上。出乎意料，有許多學生來跟他抱怨，要他設定問題，因為他們不想自己去想問題，只想寫出他們所學的東西。有些人強烈抗議他不應該給每個人相同的分數。這麼一來，要怎麼判別聰明或愚笨的學生呢？辛勤工作又能得到什麼好處？如果沒有競爭上的差異，他們可能就什麼都不做。

薛維克困擾地說：「好吧，如果你們不想做這個功課，就不要做。」

他們忿忿然離去，但仍保持應有的禮貌。這些男孩令人感到愉快，坦率有禮。薛維克根據他所讀的烏拉斯歷史，認為他們就是「貴族」。事實上，這個詞現今已不常用了。在封建時代，貴族會將兒子送到大學念書，賦予大學優越地位；現今則反過來：大學讓人擁有優越感。他們驕傲地告訴薛維克，優恩大學的獎學金競爭一年比一年要激烈，證明社會有必要實行民主制度。薛維克回道：「你們是把另一個門鎖上，然後稱這是民主。」他喜歡那些聰明有禮的學生，但是他對任何一個都沒有親切感。那些學生計畫著將來的事業，有的人想當學者，有的人想當工業科學家，他們從薛維克這裡所學的知識，不過是追求功名的手段。至於薛維克提供的其他東西，有的人已經擁有，有些人則認為毫不重要。

就這樣，他發現自己除了為三個班級備課，根本沒有其他事情要做，剩下的時間完全由自己支配。除了他二十歲出頭、待在亞博奈學會的最初幾年外，再也沒有這種情況。那幾年，他的社交與私人生活變得愈來愈複雜，對他的要求也增多。他不再只是物理學家，也是別人的夥伴、父親、歐多人，最後成為社會改革者。他一直都沒有受到庇護，也從未奢望過能夠逃避他所承受的憂慮和責任。不管什麼事，他沒有「不做」的權力，只有「做」的自由。在這兒卻是另一種方式。他跟所有的學生和教授一樣，除了用腦的工作以外，無事可做。不誇張，真的什麼事都沒有。有人幫忙鋪床，房間打掃得乾乾淨淨，大學的例行活動是照他們的需要而設計，一切辦得妥妥貼貼。沒有妻子或家庭，這裡完全沒有女人。大學裡的學生不准結婚；已婚的教授一週授課五天，通常都住在校園的單身宿舍，週末才會回家。沒有其他事務讓他們分心，全部的閒暇都用來工作。所有東西皆唾手可得：知識上的刺激、辯論、談話，想要的時候就有，不會感受任何壓力。這裡的確是天堂！但他似乎無法著手工作。

他覺得，是自己缺少了什麼，不是這個地方的問題。他還沒有承受這一切的能力，也不夠堅強，無法接受這麼大方的供給。他覺得自己乾枯了，如同美麗綠洲裡的沙漠植物。安納瑞斯的生活困住了他，關閉了他的靈魂；此處，生命之泉在四周湧出，他卻沒辦法喝下。

他強迫自己工作，即便如此，還是沒有踏實感。他似乎失去了判斷力，失去了追根究柢、尋求線索看清問題核心的能力，失去這些他一直認定自己優於其他物理學家的特質。在這兒，他似乎失去了方向感。他在光學研究室工作，大量閱讀，夏、秋兩季寫了三篇論文——以一般標準而言，這半年算是多產。但事實上，他知道自己並未真正做了些什麼。

的確，他在烏拉斯住得愈久，這個世界就變得愈不真實。抵達首日，從窗內看到的這個生氣勃勃、動人、豐饒的世界，似乎都從他笨拙的指縫間溜走。這令他感到迷惑。他再次看著自己的手，手裡卻正握著某種不同的東西，是他從來就不想要的，一種浪費的紙、包裝紙、垃圾。

他靠寫論文獲取收入。國家銀行帳戶裡的一萬元國際貨幣，是席奧文獎的獎金；依歐政府也給了他五千元。教授的薪水，還有大學出版社付給他三篇專題論文的稿費，也讓戶頭內的數字增加。剛開始，一切似乎都很滑稽。漸漸地，他覺得不自在起來。他不能把這裡重要的事看成荒誕不經。他試著讀基礎經濟學的教科書，然而其沉悶卻超過可以忍受的範圍，就像是聽某個人沒完沒了地敘述一個又冗長又蠢的夢境。他沒辦法強迫自己去理解銀行的運作，或諸如此類的事，因為所有資本主義的運作機制對他而言，如同原始宗教的儀式，都毫無意義，也都如此野蠻、繁瑣、累贅。人為神明所付出的犧牲裡，至少還有一種錯誤、可怕的美。但在金錢交易的事務中，貪婪、懶惰、嫉妒是所有行為的動力，這些可怕的事物變得再平常不過，這樣卑劣的行徑令人毛骨悚然。薛維克輕視地看著這一切，毫不感興趣。他不認同這一切，也沒辦法認同。事實上，這嚇壞了他。

他在愛依歐的第二個星期，薩歐．巴耶帶他去「購物」。雖然他不想剪去長髮（頭髮畢竟是他的一部分），但是他想要一套烏拉斯風格的服裝和一雙鞋，他再也不想看起來像是外來人。舊衣服的儉樸看起來實在很招搖，而他那柔軟而粗陋的沙漠靴子跟依歐人腳上新奇的鞋子一比，真的很奇怪。因此，在他的要求下，巴耶帶他去信德里迷亞區，那裡是尼歐艾沙亞的精品零售街，有裁縫師和製鞋匠可以為他量身訂做。

這整個經驗實在令他相當迷惑，只好盡快將一切拋諸腦後。但之後好幾個月，他都會做這些噩夢。信德里迷亞區有兩哩長，到處擠滿人潮、車流，以及待售或拍賣中的商品，例如那些在不同場合（睡覺、游泳、玩遊戲、下午派對、晚宴、鄉村聚會、旅行、上戲院、騎馬、從事園藝、接待客人、划船、吃飯、打獵）穿的各樣衣著（外套、衣服、禮服、長袍、長褲、馬褲、襯衫、短衫、帽子、鞋子、襪子、領巾、圍巾、背心、披肩、雨傘），剪裁、樣式、顏色、質地、材料，有上百種花樣；還有香水、時鐘、燈臺、雕像、化妝品、蠟燭、圖像、相機、遊戲、花瓶、沙發、水壺、猜謎遊戲、枕頭、洋娃娃、過濾器、腳凳、珠寶、地毯、牙籤、日曆、嬰兒用的水晶手把白金波浪鼓、電子削鉛筆機、鑲鑽手錶、小雕像、土產、小飾品、紀念物、便宜貨、古董……每件東西不是原本就毫無用處，就是以裝飾掩蓋了原本的功用。這裡到處都是奢侈品，到處都是廢物。薛維克停在第一個街口，看見陳列服飾與珠寶的華麗櫥窗裡有一件毛茸茸的斑點外套。「這件外套要八千四百元？」他不可置信地問道，因為他最近才在報上看到維持生活的基本工資每年約兩千元。「喔，那是真的毛皮。因為那種動物已經列入保護，所以很少見了。」巴耶說，「很漂亮，不是嗎？女人都愛毛皮大衣。」他們繼續往前走。過了下一個街角後，薛維克感到精疲力竭，再也看不下去。他想遮住自己的雙眼。

最奇怪的是，這些有如夢魘的街道雖然出售無數東西，卻沒有一件是在那裡製造，只是在那裡販售而已。工作坊和工廠在哪兒呢？農夫、工匠、礦工、織工、藥劑師、雕刻師、染工、設計師、機械師……這些製造者在哪呢？在某個看不到的地方，在牆後面。商店裡的人不是買方就是賣方，他們對貨物除了擁有，沒有其他連結。

薛維克發現，只要告知自己的尺寸，就可以用電話訂購任何可能會用到的東西，所以他下定決心，永遠都不要再到夢魘街了。

套裝與鞋子一週內就送到了。他站在房內的全身鏡前：合身的灰色禮服外套、白襯衫、黑馬褲、襪子與擦亮的鞋子，這些都成了他瘦長身形的一部分，也成了細長的腳的一部分。他小心翼翼觸碰鞋子的表面，鞋子的材質跟另一個房間裡覆蓋在椅子上的東西是一樣的，摸起來就像皮膚。他最近問人那是什麼，得知那**的確**是皮膚──他們稱之為「動物皮革」。他對鞋子的觸感皺了皺眉，弄挺身上的衣服。轉身離開鏡子前，卻仍舊看到這一身打扮的自己，跟母親蘿拉愈來愈像。

學期到了秋季中旬有一段長假，很多學生都回家過節。薛維克跟一群人到密堤的山區進行為期數天的健行活動，成員包括學生及光學研究室裡的研究人員。回來後，他要求使用大型電腦幾個小時，因為學期間電腦一直由他人使用。但是，他因為厭倦工作毫無進展，所以沒有努力工作。他睡得比平常多，散步、閱讀。他告訴自己，問題在於他很多時候都過得太匆促了，人沒有辦法在幾個月內掌握一個全新的世界。大學裡的草地和樹叢很美、很茂盛，金色的葉子閃閃發光，在柔和的灰色天空下，隨著飄雨的風搖曳。薛維克找出依歐偉大詩人的作品，細細閱讀。他現在可以體會詩裡談論花朵、鳥兒飛翔、森林在秋天時的色澤了；這種體會對他而言是一種強烈的喜悅。黃昏時回到房間是件愉快的事，房裡那份安靜的美感一直都讓他很滿足。他現在習慣了這種優雅安適的生活。吃的東西也一樣。剛開始，食物的種類與數量之多讓他感到猶豫；現在服務生都知道他的喜好，會自動幫他送上他愛吃的食物。他還是不吃肉；之前試過，部分出於禮貌，部分是為了證明自己沒有不理性的偏見，但是他的胃有自己嫌惡肉食的理由，而那是理性無法探究的。徹底失敗幾次後，他放棄嘗試，繼續當個健康、誠摯的素食者。他非常喜歡吃。自從來到烏拉斯，他已經胖了三、四公斤。他現在看起來狀況很不錯，山區的探險讓膚色變黝黑，假期讓他得到充分的休養。餐廳裡，挑高的天花板沒入陰影之中，鑲著控制板和掛著畫像的牆、桌子的蠟燭火光和瓷器銀器相互輝映。當他從餐桌前站起來，一向都是個很顯著的目標。他跟另一桌的人打招呼後就離開，臉上的表情溫和而平靜。當他走過餐廳，奇佛里斯格看到他，跟在身後，在門邊趕上他。

「薛維克，你有辦法挪出幾分鐘的時間嗎？」

「可以啊，到我的房間？」他現在對所有格的固定用法已經習慣了，會不自覺脫口而出。

奇佛里斯格似乎猶豫著。「圖書館如何？你順路，而且我想去那裡拿本書。」

他們越過中庭，來到高等科學圖書館；高等科學是物理學的舊稱，即使在安納瑞斯，有些時候仍沿用這個舊稱。他們並肩走在一起，夜裡的雨水發出啪嗒啪嗒的聲音。奇佛里斯格撐著傘，但薛維克走在雨中，就跟依歐人走在陽光下一樣，帶著愉悅的心情。

「你會淋濕的！」奇佛里斯格咕噥埋怨，「你不是肺不好嗎？要好好保重自己。」

「我很好。」薛維克說，跨步走在清新的毛毛雨裡，臉上露出微笑。「你知道，政府派來的醫生為我做呼吸治療。很有用，我都不咳了。我請醫生將療程和藥方透過無線電傳送給亞博奈的醫療機構，他樂意地照辦了。這是一件再簡單不過的動作，卻可能讓許多人免除粉塵性咳嗽的痛苦。為什麼不早一點做？奇佛里斯格，為什麼我們不能合作？」

這個夙烏人帶著嘲諷輕哼一聲。他們進到圖書館的閱覽室，雅致的雙拱形大理石下，昏暗的通道兩旁擺滿舊書籍。閱覽用的長桌上擺著雲花石膏做成的平滑球形燈。沒有人在這兒，只有管理員從他們身後急忙趕來點燃大理石壁爐，確定他們沒有別的需求後才離開。奇佛里斯格站在火爐前，看著火種點燃，小眼睛上的眉毛倒豎著，粗糙、黑黝黝而睿智的臉龐看起來比平常蒼老。

「薛維克，我要變得討人厭了。」他用嘶啞的聲音說道，隨後又加了一句：「我想，這應該沒有什麼好奇怪的。」薛維克不曾在他身上發現這樣的謙遜。

「怎麼了？」

「我想知道，你知不知道你在這裡做什麼。」

薛維克過了一會兒才說：「我想我知道。」

「那麼，你察覺到自己被買下來了？」

「買？」

「如果你喜歡的話，也可以說成『被收編』。聽著，不管一個人多麼聰明，他都沒辦法看到他不知道要怎麼看的事情。這裡實行資本主義的經濟、財閥式的寡頭政治，你怎麼會懂你現在的情況？你來自太空中那個理想主義的小公社，你如何看清整個情況？」

「奇佛里斯格，我跟你保證，安納瑞斯上的理想主義者已經不多了。沒錯，那群開墾者是理想主義者，他們離開這裡去到我們的沙漠，但那已是七個世代以前的事了！我們的社會很實際，有可能太實際，只關心生活。當社會合作與互助變成生存的唯一方法，還有什麼理想可言呢？」

「我沒辦法跟你爭論歐多主義的價值觀，不是我不想！你知道，關於歐多主義，我懂一些。在我的國家，我們比這邊的人更貼近歐多主義。在八世紀的時候，相同的偉大革命運動造就我們，我們就跟你們一樣是社會主義者。」

「但是你是政府主義者。夙烏的中央集權比愛依歐更嚴密。一個有力的組織統治一切——政府、行政、警察、軍隊、教育、法律、貿易、製造業，而且你們有金錢經濟。」

「金錢經濟的原則主要是依照勞力的價值，付給每個勞工他們應得的薪資——不是由勞工被迫去服務的資本家決定，而是由勞工所屬的國家決定！」

「勞工可以創造自己的勞動價值嗎？」

「你為什麼不親自來一趟夙烏，看看真正的社會主義是怎麼運作的？」

「我知道真正的社會主義是怎麼運作的，我可以告訴你，但是你的政府會讓我在夙烏解釋嗎？」薛維克問道。

奇佛里斯格踢著尚未著火的木料。他凝視火堆，表情苦澀，鼻梁與嘴角旁的紋路顯得更深。他沒回答薛維克的問題，稍後才說：「我不是要跟你玩遊戲，這沒有益處，不管如何，我是不會玩的。我要問的是，你願不願意去夙烏？」

「奇佛里斯格，現在不是時候。」

「你在這裡能完成什麼事呢？」

「完成我的工作。還有，我很接近世界政府議會的位子了……」

「世界政府議會？他們被愛依歐把持有三十年了，別指望他們會救你！」

薛維克遲疑了一下：「那麼，我置身於危險之中嗎？」

「你連這個都不了解？」

又是一陣沉默。

「你要我防著誰？」薛維克問道。

「首先，防著巴耶。」

「噢，對，巴耶。」薛維克將手扶在裝飾華麗、鑲著黃金的壁爐架上。「巴耶是個相當優秀的物理學者，也非常親切，但我不相信他。」

「為什麼？」

「這個……因為他會閃躲。」

「沒錯，真是敏銳的心理判斷。巴耶這人很狡猾，但是這不會對你造成威脅；他對你來說很危險，是因為他是個忠誠而有野心的依歐政府探員。他會定期跟國家安全部——也就是祕密警察部門——報告你跟我的一切。天知道我不會低估你。但是難道你看不出來嗎？你習慣一個人、用個體與每個人相處的習慣，在這裡並不管用？你必須了解個人背後宰制的力量。」

當奇佛里斯格說話時，薛維克放鬆的姿勢變僵硬了。現在他跟奇佛里斯格一樣，站得直挺挺，看著火堆。他說：「你怎麼知道巴耶的事？」

「因為那是我的工作。用同樣的方法，我還知道你的房間跟我的一樣，都被裝了隱藏式麥克風。」

「你也是你政府的探員嗎？」

奇佛里斯格面無表情，然後突然轉向薛維克，帶著恨意輕輕說道：「是的，我當然是。如果不是，我就不會在這裡。這是每個人都知道的事。我的政府只把信任的人送出國，而他們可以相信我！因為我沒有被收買！不像這些富有、可惡的依歐教授。我相信我的政府、我的國家，我對他們有信心。」他帶著一種痛苦擠出這些話。「薛維克，你必須注意你的四周。你就像一個小孩，置身於一群小偷之中。他們對你好，給你好的房間、課程、學生、金錢，帶你去參觀古堡、模範工廠和漂亮的村莊。全部都是最好的，全部都這麼迷人而美麗！但是為了什麼？為什麼他們把你從衛星帶來這裡？為什麼要褒揚你，印製你的書，讓你在課堂教室、工廠和圖書館都這麼都安全舒適？你以為他們做的這一切是出自於科學的無私立場、出自於手足之愛嗎？薛維克，這是個利益經濟！」

「我知道，我正是來這和它討價還價的。」

「討價還價——什麼？為什麼？」

薛維克換上和離開帝奧堡壘時一樣的冷酷嚴肅表情。「奇佛里斯格，你知道我要的是什麼，我要我那邊的人民不再被流放。我來這裡是因為我認為你們夙烏要的不是這樣。你們害怕我們安納瑞斯，害怕我們會帶回革命——古老而真實的革命、為正義而起義。革命是你們發起的，然後中途放棄。愛依歐的人比較不怕我，因為他們已經遺忘了革命，再也不相信它了。他們認為只要人擁有足夠的物質，就會滿足地住在監獄裡，但我可不這樣認為。我要摧毀這些牆，我要團結，人類的團結，要烏拉斯和安納瑞斯之間能夠自由貿易。我在安納瑞斯為此而努力，現在，我在烏拉斯努力完成這個目標。在那裡，我採取行動；在這裡，我與之折衝妥協。」

「憑什麼？」

「噢，奇佛里斯格，你知道的。」薛維克壓低聲音，靦腆地說道：「你知道他們想從我這得到什麼。」

「我知道，但是我不知道你辦到了。」這個夙烏人同樣壓低聲音說道。他那尖銳的聲音變成更刺耳的沙啞低語，全都是氣音跟摩擦音。「那麼，你想出來了嗎？廣義時間論？」

薛維克看著他，也許帶有一點諷刺。

奇佛里斯格毫不讓步地問：「已經寫出來了嗎？」

薛維克又看了他一分鐘，直接回答：「沒有。」

「好啊！」

「為什麼？」

「如果寫出來了，他們就會拿走。」

「你的意思是？」

「就是我說的那樣。聽著，歐多不是說過，有財產的地方就有小偷？」

「『賊盜出自物主；犯罪源於法律。』《社會組織結構》裡寫道。」

「好啦。也就是說，上鎖的房間裡有論文，就會有擁有鑰匙的人！」

薛維克畏縮了：「沒錯，這真是討厭。」

「對你而言，不是對我。你知道，我沒有你那個人主義的道德顧忌。我知道你沒有把那個理論寫出來。如果我以為你有，我會想盡辦法從你那邊拿到，偷拐搶騙樣樣來——前提是綁架你不會跟愛依歐引發戰爭。用盡辦法，這樣我就可以從這些痴肥的依歐資本家手中將它拿走，交到我國的中央常務委員會手中。為了國家的力量與福利，我會永遠為她服務。」

薛維克平靜地說道：「你說謊。我覺得，你確實是個愛國者，但是你把對真理以及科學真理的尊敬放在愛國主義之前，也許對個人的忠誠也一樣。你不會背叛我。」

「如果我可以我就會！」奇佛里斯格殘酷地說。他舉步離開，但停了下來，最後生氣而認命地說：「你高興怎麼想隨便你，我無法替你打開你的眼睛。但是要記住，我們要你。如果你最後看清了這裡，就來夙烏吧。你選錯人當兄弟了！而且如果……這實在不關我的事，但是算了。如果你不來夙烏，起碼不要把你的理論交給依歐，不要給那些勢利鬼任何東西！離開這裡，回家去。把你的東西給你的人民！」

薛維克毫無表情地說：「他們不要。你以為我沒試過嗎？」

四、五天後，薛維克問起奇佛里斯格，得知他已回夙烏。

「要待在那裡嗎？他沒告訴我他要走。」

「夙烏人從不知道何時會接到常務委員會的命令。」巴耶說，就是他告訴薛維克這個消息。「他只知道命令來的時候最好趕快跳上交通工具，路上不要因跟任何人告辭而耽誤。可憐的老奇佛！不知道他做錯了什麼？」

薛維克每一、二週就會去探望阿特羅，他住在一間舒適的小房子裡，位於校園的邊緣，有幾個跟他一樣老的僕人和他住在一起照顧他。將近八十歲的他是一流物理學家的楷模。這是他自己努力得來的，雖然他的人生事業不像葛菲羅不受認可，但他光憑年紀，也培養出葛菲羅的無私態度。最起碼，他對薛維克的好感完全是私事，是種友誼。他是第一個接受薛維克如何理解時間的時序論物理學家。他曾用薛維克的武器為薛維克的理論戰鬥，反抗整個科學權威。這場抗爭持續了好幾年，直到未加刪減的《共時原理》出版。然後，共時原理的勝利馬上到來。那場戰爭是阿特羅生命的高峰；只要不是真理，他就不會起身而戰，但是他熱愛作戰更勝於真理。

阿特羅的家族歷史長達一千一百年，當中有一般平民百姓、王子，一直到今日的大地主。在汐省這個愛依歐最有鄉村風味的地區，他的家族至今還擁有七千畝地產和十四個村莊。阿特羅說著鄉村的語言——也就是古語，而這是他的驕傲。財富一點都無法吸引他。當提到國家的整個政府機構，他稱之為「蠱惑民心的煽動家，以及諂媚奉承的政客」。他的尊敬是金錢買不到的，他卻會大方獻給任何一個他認為有「正直名聲」的傻瓜。在某些方面，薛維克完全無法理解他。他是一位貴族，一個謎，但是因為他打從心裡輕視金錢與權力的態度，薛維克對他有更親近的感覺，那是薛維克在其他烏拉斯人身上所感受不到的。

圍著玻璃的陽臺栽種許多種稀有或不合季節的花卉。有一次，他們坐在那裡，阿特羅改變措辭說道：「我們賽提人……」薛維克針對這個說法問道：「賽提——那不是代表鳥餌嗎？」「鳥餌」指的是專門給工人讀的報刊雜誌、新聞報紙、廣播以及小說。

「鳥餌！」阿特羅重複著他的話，「我親愛的盟友，你從哪裡學來這種粗俗的語言？我說的『賽提族』，的確就是那個報刊作者與讀者都懂的字彙，指的就是烏拉斯與安納瑞斯！」

「我很訝異你會使用外來語。事實上那不是賽提人的語言。」

「不談定義的話，」老先生刻意用輕鬆的態度迴避，「一百年前，我們是不需要這個詞的，用『人類』就可以了。但是六十多年前，情況變了。我記得很清楚，那時我十七歲，在初夏的一個晴天裡，我正騎著馬，姊姊從窗戶那裡叫道：『電臺正在跟一位外星人講話！』我可憐的母親覺得我們全部的人都完了。你知道，我們認為那些外星人是惡魔。但那只是瀚星人在談論和平與手足之情而已。嗯……現在『人類』一詞的用法有點太過廣泛。要定義『手足之情』也只有『非手足之情』能加以解釋——居然是將消去法用在定義上！親愛的，你和我是親戚啊！幾個世紀以前，當我們的人民在汐省過著遭受壓迫的農奴生活時，你們的人民有可能正在山上放牧羊群，但我們都是同一族啊。為了弄清事實，只好與一個外星人會面，去了解他的話。那一個從其他太陽系來的生物，也就是所謂的『人』，跟我們沒有相同之處，除了有實際用途的兩隻腳、兩條手臂，以及一個裡面裝著某種腦袋的頭顱！」

「但是，難道瀚星人沒有證明我們是……」

「五十萬年前、或是一百萬、兩三百萬年以前，瀚星人到外星開墾拓荒，所有具有外星血統的人都是他們的後代，這一點我知道。證明！薛維克，你講的話怎麼聽起來像是神學院的新生！面對如此漫長的時間跨度，怎麼可能真的討論歷史的論證呢？那些瀚星人玩弄千禧年就像在丟手球一樣，但那全都是花招。『論證』，當然了。祖先的宗教對我有相當的影響力，它讓我知道我是賓拉歐德的子孫。賓拉歐德被上帝驅逐於伊甸園之外，因為他居然敢計算手指、腳趾的數目，一直算到二十，讓時間得以在宇宙中開展。如果我可以選擇，我寧願這是外星人的故事！」

薛維克大笑，阿特羅的幽默帶給他許多歡樂。但這個老人很嚴肅，他輕拍著薛維克的手臂，如同他平時受感動的時候一樣，挑起一邊眉，咬著唇說：「親愛的，我希望你也有同樣的感覺，我誠心盼望。我相信，在你的社會，這樣的故事很多，而且很精彩，但是那些事沒有教你如何分辨是非；畢竟『辨別』是我們經由文明洗禮得到的最好事物。我不要那些可惡的外星人透過你關於手足之情和互助的想法來看透你。他們會對你喋喋不休一大堆有關『普遍人性』與『所有世界的盟約』的事。我不樂見你輕易相信他們的話。生存的法則就是競爭、對抗、消除弱者，也是一場殘酷的生存之戰。我希望看到最好的物種存活下來，也就是我知道的物種：賽提人。你和我，烏拉斯與安納瑞斯。現在，我們領先所有瀚星人、塔拉人，還有那些不管他們自稱為什麼的人，我們必須保持領先地位。他們帶給我們星際旅行，但我們現在能夠製造更精良的太空船。當你要發表你的理論時，我衷心希望你可以想想你對你的人民有何責任。我的意思是，你應該要對他們忠誠。」阿特羅半盲的眼裡湧現淚光，薛維克把手放在老先生的手臂上，像是對他提出保證，卻不發一語。

「當然，他們最後還是會得到你的理論，那是他們應得的。科學的真理最終還是會出現，你沒有辦法把太陽藏在石頭後面。但在他們拿到之前，我要他們付出代價！我要我們得到應得的地位與尊重，而你可以為我們贏得。跳躍原理——如果我們可以掌控跳躍的原理，他們的星際旅行就會變得一文不值。你知道，我要的不是金錢，我要的是賽提科學的優越性獲得承認——賽提人的頭腦是最優越的。如果一定要有星際文明，以上帝之名，我不希望我的人民成為它的低階成員。我們應該手捧一份大禮，以貴族姿態進入這個文明，這才是正確的。好了好了，有時候我都會因為這個話題而太激動。對了，你的書進行得如何？」

「我一直在研究薩斯克的重力假設，我覺得他用的偏微方程式是錯的。」

「可是你上一篇論文不就寫了重力嗎？你何時才會著手寫你的主題？」

「你知道，對我們歐多人而言，方法就是結果。」薛維克輕聲說，「此外，一個不包含重力的理論不算好，我不能提出那種理論，不是嗎？」

「你是說你要一點一滴零碎給我們？」阿特羅懷疑地問道，「這我還沒想過，我最好去看一看上一篇論文，裡面有些東西我還不是很有概念。這幾天我的眼睛實在很疲勞，我用來閱讀的那個該死的放大投影器，應該是出了問題，投射出來的字不再那麼清晰了。」

薛維克帶著孺慕之情與良心的責備看著這個老人，但是沒有再跟他談起論文的情況。

每天都有宴會、紀念典禮、開幕會等邀請函寄給薛維克，有一些他會去，因為他來到烏拉斯是有任務的，而且必須完成。他必須力倡手足之情的觀念，以自身為表率，來展現兩個世界的團結。人們聽他發表言論後會說：「的確如此。」

他想不通政府為什麼沒有阻止他發表言論。奇佛里斯格為了自己的目的，一定是誇大了政府控制與監視的範圍。他談論的是完全無政府主義，卻無人阻止他。但他們有需要這麼做嗎？他發表言論的對象似乎都一樣：穿戴華麗、吃得豐富、教養良好、面帶微笑。烏拉斯上只有這一種人嗎？「痛苦，將人們結合在一起。」薛維克站在他們面前說道，而他們點著頭，說：「的確如此。」

他開始對這些人感到憎恨，當他有此領悟，馬上拒絕所有邀請。

但這麼做就是接受失敗，也增加了自己的孤獨感。他來到這裡卻沒有做自己應該做的事。他告訴自己，不是他們拒絕他；一如以往，是他自己將人隔絕在外。處在每天接觸的人當中，他總是孤獨的；這種孤獨令人鬱悶難受。問題就在於他沒有「接觸」；他覺得在烏拉斯的這幾個月，自己沒有接觸到任何的人、事、物。

有一天晚上，在資深教師餐廳裡，薛維克在餐桌上說道：「我真不知道你們在這裡是怎麼生活的。從外面，我可以看到你們私人的房子，但是從裡面我只知道你們在會議室、餐廳、實驗室裡的非私人生活。」

隔天，歐伊拘謹地問薛維克下週末是否可以去他家吃晚餐、過夜。

歐伊的家位於亞摩依諾，那是一個距優恩大學有幾哩路的小村莊。依烏拉斯的標準，歐伊的住所是個樸素的中產階級房屋，也許比大多數房子都要老舊，約三百年前以石頭建成，房間鑲了木製牆板。門窗都是依歐式的雙拱造型，房間看來樸素而寬敞，配上一大片磨光的地板，精簡的裝潢馬上令薛維克眼睛一亮。舉行宴會與演講的公共建築裝潢奢華，完全符合便利的考量，但身處其中總是讓他感到渾身不自在。烏拉斯人有品味，但那股炫耀金錢的衝動總是和品味相互衝突。經濟競爭的衝動扭曲了追求自然與美麗事物的天性，而衝動的產物就表現在東西的品質上。到最後，只是在追求機械的奢侈享受。相反地，這裡經由節制達到了一種優美的感覺。

一名侍者在門邊替他們拿外套。歐伊的太太原本在地下室的廚房吩咐廚師，特地前來迎接薛維克。晚餐前的談話中，薛維克發現自己幾乎只有跟歐伊的太太說話；他抱持友善的態度，希望能討她喜歡。這個發現令他自己感到驚訝。但是，能夠再跟一個女性說話，感覺真的太好了！難怪他會有孤立、不自然的感覺，因為身邊都是男性，只有男性，總是缺少了男女之間那種緊張與吸引力。希娃．歐伊很迷人，頸背與太陽穴之間的線條優雅。女性剃光頭是烏拉斯的時尚，他對此原本非常反對，現在卻不再有此感覺。她很沉靜，也相當羞怯，薛維克試著要讓她在跟他相處的時候能夠自在一點。方法奏效時，他真的很開心。

吃晚餐時，有兩個孩子加入。希娃．歐伊抱歉地說：「實在是沒有辦法在這個地區找到合適的保母。」雖然不知道什麼叫做保母，薛維克仍表示贊同。他看著這兩個小男孩，心情也相當輕鬆，相當開心。自從離開安納瑞斯，他幾乎沒看過小孩子。

這兩個安靜的小孩看來非常乾淨，穿著藍色的絲絨上衣和短褲。你對他們說話，他們也會給予回應。他們用敬畏的眼神看著薛維克，把他當成是一個從外太空來的生物。九歲的哥哥對七歲的弟弟很嚴厲，低聲囑咐弟弟不要瞪著人看。弟弟不聽話，哥哥就會用力掐他。小的那個也會掐回來，還試著在桌下踢哥哥，腦袋瓜裡顯然還未建立長幼次序的概念。

歐伊在家裡就變了一個人，臉上看不到閃躲的神情，說話也不再是懶洋洋的樣子。他的家人很尊敬他，而他也用同等的尊敬對待他們。薛維克聽了很多歐伊對女人的觀點，所以當他看到歐伊有禮、甚至謹慎地對待太太，感到很吃驚。「這是騎士精神。」薛維克心想。這個詞是最近才學的，但他隨即認為這個詞語仍有不足之處。歐伊很愛太太，也很相信她。他對太太及孩子的溫柔體貼，就跟安納瑞斯人做的一樣好。事實上，他在家裡突然變成一個單純而親切的人，一個自由的人。

對薛維克而言，這似乎是一種範圍很小的自由，是種很狹隘的家庭生活。但他感到非常自在，而且這種極度的解放讓他不願批評任何事情。

在交談間的短暫片刻裡，較小的孩子用他稚嫩而清澈的童音說：「薛維克先生沒有禮貌。」

「為什麼？」薛維克在歐伊的太太責備孩子之前問道，「我做了什麼嗎？」

「你沒有說謝謝。」

「為什麼要說呢？」

「因為我把醬菜遞給你。」

「音尼！安靜！」

那語氣聽起來就像是：「沙蒂！不要自我本位！」

「我以為你是要跟我分享那些醬菜。那些算是禮物嗎？在我的國家，只有收禮時才會說謝謝。我們用行動分享東西，而非用言語，懂嗎？你想拿回醬菜嗎？」

「不要，我不喜歡。」小孩說，黝黑而清澈的眼睛看著薛維克的臉龐。

「這樣一來，分享就容易多了。」薛維克說。較年長的男孩因克制著掐音尼的欲望而顯得坐立難安，但是音尼開懷大笑，露出小小的白色牙齒。在一會兒之後的短暫沉默裡，他傾身向前對薛維克低聲問道：「你要不要看看我的水獺？」

「好啊。」

「牠在後面的花園。媽媽覺得牠可能會打擾你，就把牠放出去。有些大人不喜歡動物。」

「我的星球沒有動物，我很想看看。」

「你們沒有？」哥哥瞪大眼睛說道，「爸！薛維克先生說他們什麼動物都沒有！」

音尼也瞪大眼睛：「那你們有什麼呢？」

「其他的人、魚、蟲，還有赫侖樹。」

「什麼是赫侖樹？」

他們聊了半個小時，而這是薛維克第一次在烏拉斯描述安納瑞斯的情況。雖然是小孩子問的，但是歐伊夫婦也聽得津津有味。薛維克小心翼翼避開倫理道德，因為他不是來這跟這家的小孩子傳教，只簡單描述在滿是塵土的城市中，過的是怎樣的生活；亞博奈看起來是個怎麼樣的城市；他們穿的衣服是什麼樣式；當他們要新衣服時該怎麼做；小孩子在學校裡做什麼等等。不管他的目的為何，最後講的這一項還是有宣傳作用。音尼和艾維陶醉在他描述的課程裡，包含了耕作、木工、汙水循環利用、印刷、裝設水管、修路、寫劇作，以及成人社會裡的其他職業。另外令人著迷的一點，就是沒有人會因為任何事而被懲罰。

他說：「雖然有時候會讓你獨處一下子。」

「但是，你們如何維持社會秩序呢？他們為什麼不會去搶劫或是殺人？」歐伊突然問道，好像這個問題按捺已久，壓迫之下才爆發出來。

「沒人有東西可以搶。如果你想要什麼，你就去倉庫拿。至於暴力，嗯……歐伊，我不知道。如果沒什麼事，你會殺了我嗎？如果你真的要這麼做，有什麼法律可以阻擋你嗎？要維持治安，高壓制度是成效最差的方法。」

「好吧，那你們怎麼讓人去做骯髒的工作？」狀況外的歐伊太太問道：「什麼骯髒的工作？」

「像收集垃圾、挖墳墓。」歐伊說。薛維克補充了一句：「掘汞礦。」「糞便處理」這個詞幾乎要脫口而出，但是突然想起淫穢的言語是依歐語的禁忌。他回想起剛到烏拉斯時，得知烏拉斯人住在廢物堆成的山群上，卻絕口不提。

「嗯……我們每個人都做，但是沒有人需要長期做，除非他喜歡那個工作。我們一個週期為十天，其中的一天裡，社區管理委員會、大樓委員會或是任何需要你的人都可以要求你參加這樣的工作。他們會列出一張輪流的名單。像掘汞礦、磨坊這種討厭或是危險的工作，通常只做半年。」

「但是新手也會包含在內吧。」

「是的，效率並不高，但還有其他的辦法嗎？如果有個工作，幾年內就會讓人殘廢或死亡，你不能要某人一直去做吧？他有什麼義務要做呢？」

「他可以拒絕命令？」

「歐伊，那不是命令。他可以去跟勞動部說：『我想做這個、那個，你們這裡有什麼缺？』他們就會告訴他哪裡有工作。」

「但是，你們為何願意做那些骯髒的工作？甚至接受十天一次的工作徵召？」

「因為大家會一起去完成那些工作——還有其他的原因。你知道，安納瑞斯上生活不如這裡富足。小社區裡沒有很多娛樂，但是有很多工作需要完成。所以，如果你的工作主要都是在處理織布機，那麼每十天到外面與一群不同的人埋管線或是耕田，都是快樂的事……然而挑戰也在這裡，對於金錢的需要或是對利益的渴望是工作的誘因；但是那裡沒有金錢，真正的誘因為何，或許就更清楚了。人們喜歡做事，喜歡將事情做好。會有人選擇危險、艱困的工作，是因為他們以此為傲，可以對那些較弱的人『展現自負』。這是我們的說法，這裡稱之為炫耀？『嘿！小鬼，看！看看我有多強壯！』懂嗎？人喜歡做他擅長的事——但真正的問題就在於方法與目的。畢竟，工作是為了工作，那是生命中永不停止的快樂。這種事，就靠個人的良心，社會良知，還有鄰人的看法。在安納瑞斯，沒有其他報酬，沒有其他法律，有的只是個人的快樂與其他人的尊重。當情況是如此時，你就會知道鄰人的意見變成一種很強大的力量。」

「沒有人反抗嗎？」

「也許反抗的情形不夠多吧。」薛維克回答。

「那麼，每個人都很努力工作嗎？」歐伊的太太問，「如果有人就是不合作會怎樣？」

「嗯，他就要離開。其他人會對他感到厭煩，會取笑他，或是對他很粗暴、揍他。在小社區裡，大家有可能將他從用餐名單中除名，他就必須自己照料三餐。那是一種羞辱，所以他會搬離，在其他地方住一陣子，也許再度搬離。有些人的一生皆是如此，大家稱之為『流浪者』，我也算其中之一吧。為了逃避自己的工作，我來到這，搬得比大多數人都還要遠。」薛維克平靜地說著。如果他的聲音裡帶有苦澀，小孩子難以察覺，大人也無從解釋起。他講完後，隨之而來的是一陣沉默。

他繼續說：「我不知道在這裡是誰做骯髒的工作，也從未見過誰做，真奇怪。是誰做呢？他們為什麼要做這種工作？得到的錢比較多嗎？」

「危險的工作有時候錢比較多。如果只是卑賤的工作，錢反而拿得較少。」

「他們為什麼還願意做呢？」

「因為拿得少比拿不到好。」歐伊說，聲音裡有很明顯的苦悶。他的妻子緊張地想轉開話題，但是他繼續說：「我的祖父是清潔工，長達五十年的時間都在一家旅館裡掃地換床單，每天十小時，一星期六天。得做這個工作，他跟家人才有飯吃。」歐伊突然住口，用原有的神祕及不信任的眼神看著薛維克，然後用一種幾乎是挑戰的態度看著妻子。她沒有和歐伊的眼神交會，而是臉上帶著微笑，用童稚的聲音緊張地說道：「迪瑪瑞的爸爸是個很成功的人，他過世前擁有四間公司。」她的微笑帶著痛苦，黝黑而纖細的手緊緊交握。

「我不認為安納瑞斯有成功的人。」歐伊極度諷刺地說。接著，廚師進來換盤子，而他馬上打住。音尼好像知道，只要廚師還在，這麼嚴肅的話題就不會繼續。他說：「媽媽，晚餐後，可以讓薛維克先生看看我的水獺嗎？」

回到客廳後，他們允許音尼將寵物帶進來，那是一隻體型中等的水獺，在烏拉斯是常見的動物。歐伊解釋著，自史前時代以來，水獺就一直被人類馴養，最初用來捕魚，然後才當成寵物。這隻生物有著短短的腿，弓著背，身上的黑棕色毛皮平滑而有光澤。像這樣沒有關在籠子的動物，薛維克還是第一次這麼靠近看，而他顯然比小動物還要害怕。那亮白而尖銳的牙齒令人印象深刻。因為音尼堅持，薛維克小心翼翼撫摸水獺，水獺坐著看他，閃閃發亮的黑眼珠裡有著金棕色，慧黠、好奇與純真。「阿摩……兄弟。」薛維克低聲說著，跨越物種之間的鴻溝，被這樣的凝視吸引住了。

水獺發出低沉的叫聲，好奇地站起來檢查薛維克的鞋子。

「牠喜歡你。」音尼說道。

「我也喜歡牠。」薛維克略帶憂傷。每次看到動物，看到鳥兒飛翔，看到秋樹的美麗，憂傷就會襲上心頭，歡樂戛然停止。在這種時刻，他並不會有意識地想起塔克微，他不去想她不在身邊的這個事實。反倒是不想她時，就會感覺她還在身旁。烏拉斯那些動植物的美麗與奇異就好像塔克微送來的消息。她從未見過這一切，而歷代七世的祖先也不曾撫摸過動物的溫暖毛皮，不曾看過樹蔭裡有鳥類棲息。

他在這裡度過一晚，房間裡氣溫很低。大學的房間一直都處於過熱的狀態，所以這樣子的低溫反倒令人開心。房間裡有一張彈簧床、書架、櫃子、椅子跟一張上漆的木桌。他覺得自己只要不理會彈簧床高度、柔軟的床墊、精美的毛毯、絲綢床單、衣櫃上的象牙飾品、皮革裝訂的書本，感覺就像回家了。事實上，這個房間、房間裡的每件東西、整個房子與土地，都是私人財產。雖然迪瑪瑞．歐伊沒有親手建造房屋，也沒有擦洗地板，但這些都是他的私人財產。這是間很棒的房間，跟住處的單人房沒有多大差別。

在這間房裡，他夢到塔克微，夢見他們一起躺在床上，她的手環抱著薛維克，兩人的身體互相依偎——但是，是哪個房間，是在哪一間房？身在何處？他們一起在冷冽的衛星上走著。那是個平坦的地方，整個衛星覆蓋一層青白色的雪。雪薄薄的一層，很容易就可以踢開，露出發光的白色地面。那裡一片死寂，沒有生氣。「不是真的像這個樣子。」他告訴塔克微，知道她在害怕。他們正走向遠方的某樣東西，那道遙遠的線看起來輕薄、閃閃發亮，就像是塑膠，那個幾乎看不見的屏障，在遠方橫跨鋪滿白雪的平原。在他內心深處，他害怕靠近，但是他告訴塔克微：「我們很快就到了。」然而塔克微沒有回答。

第六章

薛維克在醫院待了十天之後，被送回住處。住在四十五號房的鄰居過來探訪。他是個數學家，身形高瘦。他有斜視，所以你根本弄不清他是在看你，或只是你在看他而已。他跟薛維克比鄰而居，和平共處了一年；在這段期間內，雙方從未說上一句完整的話。

迪薩進了房，看著薛維克——或者說，是看著薛維克的旁邊，問道：「沒事吧？」

「我很好，謝謝。」

「要不要從公共餐廳帶晚餐過來？」

「跟你一起吃嗎？」薛維克問，口氣被迪薩電報式的說話方式所感染。

「好啊。」

迪薩從學會餐廳拿了兩盤晚餐，一起在薛維克的房間吃了起來。接下來三天，每個早晨跟晚上他都做同樣的事，直到薛維克覺得自己可以出門為止。薛維克很難理解迪薩為什麼要這麼做，他並不友善，手足之情對他幾乎不算一回事。他對人如此淡漠的一個理由，就是要隱藏他的不誠實。他懶得令人吃驚，很明顯地，他也是個財產主義者。四十五號房裡堆滿東西，而他根本沒有任何權利或理由保存這一切：食堂的盤子、圖書館的書、從手工藝倉庫拿來的一套木雕工具、實驗室裡的顯微鏡、八條不同的毛毯、裝滿衣服的衣櫥；有些衣服顯然不適合他穿，而其中有些，看起來像是他八歲或十歲時穿的衣服。這一切就好像是他去倉庫隨手抱回來的，也不管自己是否用得著。薛維克第一次進這個房間時就開口問道：「你留著這些垃圾做什麼？」迪薩看著他，含糊地說：「只是布置一下而已。」

迪薩選的數學領域很冷門，以致於學會或是數學同盟會裡根本沒有人可以真的查看他的進展；這也是他選擇這個領域的原因。他假設薛維克的動機也一樣。他說：「天啊，工作？現在這個差事可是好得很。時序論、共時原理都是屎。」薛維克有時喜歡迪薩，有時很討厭他，不過理由都一樣。他離不開迪薩，刻意依附著迪薩，作為他改變生活的一部分方法。

生了一場病讓他了解，如果繼續當獨行俠，他所有的一切都將毀滅。以他的道德尺度來看，他覺得自己是個冷酷的人。一直以來，他只為自己奉獻，反抗應負的道德義務。薛維克在二十一歲時，的確還不是個道貌岸然的人，因為他的道德感高昂而激烈，但仍符合刻板模式，也就是純粹的歐多主義，一種由平凡的大人教給小孩子的觀念，一種內化的教條。

他一直都錯了，現在他必須改正過來，他也確實這麼做了。

十天裡，他只准自己碰物理五天。他自願到學會宿舍管理委員會工作；出席物理學同盟會和學會成員聯合工會的會議；參加機能循環療法的活動以及腦波訓練。到餐廳的時候，他不再一個人坐在小桌子、前面自顧擺著書本，反而強迫自己坐到大餐桌。

結果令人吃驚，大家似乎都在等待他。他們接納他、歡迎他，邀請他當床伴和朋友，把他當成團

體的一分子。三十天內，他在亞博奈知道的東西比過去一年還多。他跟幾群活潑的年輕人去運動場、

手工藝中心、游泳池、慶典、博物館、戲院，還有音樂會。

音樂會是種啟示，是種讓人震撼的喜悅。

他之前從未去過亞博奈的音樂會，一部分是因為他認為音樂是種動手做的事，而不是去聆聽。他還是個孩子的時候，常常在地方歌唱隊和合唱班唱歌，或是演奏各種樂器。他很喜歡音樂，但是沒什麼音樂才華，而他所知道的音樂也僅止於此。

學習中心教導所有藝術操作的技術，如歌唱、作詩、跳舞，使用毛筆、鑿子、小刀、車床等等物品的訓練，全部都是實用的技巧，讓小孩子學習如何觀察、表達、聆聽、行動、掌握。藝術與技能之間沒有分別。人們不認為藝術在生活裡占有一席之地，只不過是一項生活的基本技能，類似表達能力。因此建築物很快地自由發展起來，形式一致，潔淨樸素，比例也很精細。繪畫與雕刻在建築及城市設計的基本要素裡，占了很大一部分。至於詩、故事這類的文字藝術形式都很簡短，通常與歌曲及舞蹈結合，只有戲劇獨撐大局。一直以來，也只有戲劇被稱為「藝術」——一種本身即萬事皆備的事物。這裡有許多地方劇團和巡迴劇團，有演員、舞者、戲劇公司，通常劇作家也會跟著這些團體。他們表演悲劇、自由發揮的喜劇和默劇。他們受歡迎的程度，就跟降在久旱城市的雨水一樣，所到之處，就等於為他們帶來了一整年的榮耀。他們具體展現出安納瑞斯精神：孤獨與共同體的精神。戲劇代表了不可思議的力量以及精湛的技藝。

然而，薛維克對於戲劇沒有多少感覺。他喜歡口語的華麗，但是表演的整個想法並不合他的意。

最後，在亞博奈的第二年，他才發現自己的藝術：時間構成的藝術。有人帶他去音樂聯合組織的音樂會，隔天晚上他又去了。每個音樂會他都去。如果可能，還會跟新認識的朋友一起去。必要的話，就一人獨自前往。他對音樂的需要，比友誼更為急迫，帶給他一種深深的滿足感。

他努力打破自己原本對大眾的疏遠態度，但是很清楚自己終究還是失敗了。他沒有死黨；跟幾個女孩子上過床，但是性交無法帶給他應有的快樂。那只是一種需要的抒解，就像是一種宣洩，而事後他都會感到羞恥，因為那意謂你把別人當作玩物。他比較喜歡自慰，對他這種人而言，這是更合適的做法。孤獨是他的命運，他落入了遺傳的困境當中。蘿拉說過：「工作第一。」她的口氣冷靜，如同陳述一件無力改變的事實；她無法自冰冷的性格中破繭而出。同樣的情況也發生在薛維克身上。他的心渴望接近那些親切的年輕人，他們會稱他兄弟，但是他無法打入他們的世界，他們也到不了他的世界。他生來注定孤獨，注定要成為一個可惡而冷淡的知識分子，一個自我中心的人。

工作第一，卻沒什麼成效。工作和性一樣，應該帶來快樂，但是實際情形並非如此。他在相同的問題上絞盡腦汁，對於涂的「時間悖論」的解答卻還是一點概念也沒有；更別說是共時原理了，去年他以為自己已經能完全掌握共時原理，現在則是覺得連邊都還沾不上，完全喪失自信。他真的以為自己二十歲就有能力發展一套理論，藉此改變宇宙物理的基本原則？在發燒之前，有很長一段時間，他就已經精神錯亂了。他參加了兩組數學哲學的團隊，說服自己需要他們。不管是哪一門課，他都拒絕承認自己的程度其實和講師一樣足以擔任指導者的角色，也盡可能避開薩布爾。

下了這些決心之後，一開始他花了許多時間在葛菲羅身上，希望從她身上學到更多，她也盡可能回應薛維克的需求。然而這個冬天對她來說實在很難熬。她病了，耳朵也聾了，而且更蒼老。春天時，她開了一門課，但不久就放棄。她的狀況時好時壞，有一次幾乎認不出薛維克來。每次赴夜晚談話的約，薛維克變得心不甘情不願，簡直是拖著腳步前往她的住所。他的知識多少已超過葛菲羅了，也發現兩人之間的漫談變得難以忍受。葛菲羅一直重複的東西，他早已知道，不然就是不贊同，逼得他必須強忍厭煩的感覺，要不然就得試著直接矯正她的說法，而這一定會傷害到她，令她困惑。這已經超過薛維克這個年紀所能擁有的耐心與圓滑，因此他盡可能躲著葛菲羅，即使良心總是感到不安。

沒有人可以跟他談論他的本行。學會裡的人對於時間物理的知識完全無法與他匹敵。他很樂意傳授這份知識，卻一直得不到教職。學會教職員暨學生聯合工會斷然回絕他的請求，因為他們不想跟薩布爾有過節。

在這一年，他花很多時間寫信給阿特羅還有烏拉斯其他的物理學家與數學家。能寄出去的信少之又少，有些信寫完就撕了。因為在看羅伊安所寫的《時間幾何》時，漏掉羅伊安的自傳式序言，於是寫了一封長達六頁有關時間可逆性的論文給他，後來才發現原來他二十年前就死了。薛維克想盡辦法讓烏拉斯來的運輸船幫忙送信，卻被安納瑞斯航站的主管擋下。航站運作包含各個聯合組織之間的協調，所以隸屬於產管調節會，而協調人也必須懂得依歐語。由於這些航站監督人擁有特殊知識與重要地位，往往會有官僚氣息，如機械般回答：「不行。」那些寫給數學家的信看起來就像密碼，而且沒有人敢保證那並非密碼，因此這些主管對薛維克的信便採取不信任的態度。薩布爾是他們的顧問，如果他允許，那些寫給物理學家的信就可以寄出去。信的內容只要與時序物理學不相關，他就不會授與同意，因為那並非他掛名的專長領域。「這不在我的能力範圍內。」他會如此低吼，對信置之不理。但無論如何，薛維克還是會將信拿給航站主管，然後信件會被退回，上面標記著「未獲輸出認可」。

薛維克將這件事呈報薩布爾很少出席的物理學同盟會，但是沒人重視自由通訊的議題——尤其通訊對象是意識型態上的敵人。有些人會訓斥薛維克工作的領域太冷門，以致於沒有人可以在他的世界裡與他匹敵，他本人也承認這的確是個冷門的領域。「但這個領域只是新穎而已。」他說道，然而這句話毫無用處。

「如果這是新的理論，跟我們一起分享，而不是跟那些財產主義者！」

「這一年來，我每一季都試著想開課，但你們總說對這方面的需求並不多。因為它是新的，所以你們害怕嗎？」

他因此沒交到任何朋友，反倒讓他們心懷憤恨。

即使寫的信都寄不出去，他還是不停寫信給烏拉斯的人。信是寫給有可能會懂的人，也有可能那個人本來就懂這一切——這種動力讓他繼續寫信與思考。要是不這麼想，他根本做不到。

日子一天天過去。一年中，他會收到兩、三次回應：信來自阿特羅，或是愛依歐、夙烏的物理學家。長長的信，精確的內容、精確的論點，從問候語到信後簽名，所有的理論都是極度深奧的「後設數學倫理宇宙時間物理學」，用的語言是他無法在不熟識的人面前言說的依歐語。內容激烈，想要與他的理論鬥爭並摧毀它。他們是他社會的敵人、對手、陌生人，也是兄弟。

接到信的那幾天，薛維克的情緒會變得陰晴不定，日夜不分地工作，思緒更如泉源般不斷湧出。

然後，慢慢地，隨著絕望的衝刺與掙扎，他又會回到現實，回到乾枯的地面繼續生存。

葛菲羅死的時候，他在學會也已經三年了。他要求在葛菲羅的追悼儀式上演說。依照習俗，追悼儀式通常都在死者的工作場所舉行。她的追悼會就是在物理實驗大樓的教室裡舉行，薛維克是唯一的演說者。葛菲羅已經兩年沒教書了，所以沒有學生到場。來賓有學會幾個較年長的成員，還有葛菲羅的兒子，他已屆中年，是個在東北區工作的農業化學家。薛維克站的地方，就是她往常授課站的位置。冬天讓他染上感冒，連帶聲音也變得沙啞。他告訴這些人，葛菲羅為時間科學建立了基礎，是曾在學會工作的宇宙論科學家中，最偉大的一位。他說：「現在，在物理學方面，我們有了歐多了。我們擁有她，卻不曾榮耀她。」後來，一個老婦眼含淚水向他道謝，說道：「每一期的工作中，她跟我總是一起擔任大樓管理員，我們擁有過的聊天時光都是這麼美好。」當他們走出大樓，冰冷的寒風讓老婦瑟縮了一下。那個農業化學家低聲含糊地寒暄幾句後，便急著趕車回東北區。悲傷、失去耐性與白忙一場的無力感，帶來憤怒的感覺，他沒有興致在城市裡隨意亂逛。

在這裡三年了，他成就過什麼？完成一本書，卻被薩布爾竊用；五、六篇未出版的論文；以及為一個被浪費的生命在喪禮上演說。

他做的事完全不被了解，說得更坦白一點，他做的事一點意義都沒有。對個人或是社會而言，他完成的任務都是不必要的。事實上，他二十歲時就失去了熱情，這在他的研究領域裡是尋常現象。將來他也做不了什麼大事。他面臨一堵永遠跨越不了的牆。

他停在音樂聯合組織的禮堂之前，讀著這一期的節目表。今晚沒有表演。他掉頭離開，迎面遇上貝德普。

貝德普的防禦心總是很重，近視很深的他沒有認出薛維克。薛維克一把抓住他的手。

「薛維克！天啊，真的是你！」他們互相擁抱、親吻後又抱了一次。愛的喜悅漲滿了薛維克的心。為什麼？在地區學會的最後一年，他甚至不是很喜歡貝德普。這三年來，他們也沒寫過信。他們的友誼只是孩提時代的那一部分。然而，愛出現了，就像從將熄的炭火中重新燃起。

他們邊散步邊聊天，完全沒注意走到哪了。他們的手在空中揮舞，不停打斷對方的話。亞博奈寬闊的街道在冬天夜晚很安靜。每個街口都有昏暗的路燈，照射出一灘銀色的光亮。在每一個路口，地上的白雪聚集如銀白水池，像是有成群的慌張小魚在身後追逐他們的影子。下過雪後，吹起的風寒冷刺骨。凍僵的嘴脣與格格作響的牙齒開始打斷他們的談話。最後，他們趕上十點的末班車回到學會。貝德普的宿舍在城市東方的邊境，要在這麼寒冷的天氣回到那裡，會是艱辛的長途旅程。

看著四十六號房，貝德普帶著諷刺，納悶地說道：「薛，你生活的方式就像是墮落的烏拉斯人，一個牟取不當利益的人。」

「拜託，哪有那麼糟，指給我看看有什麼是不必要的。」事實上，這個房間跟薛維克剛搬進來時一模一樣。貝德普指出：「那條毛毯。」

「我來的時候就在這兒了。那是手工做的，上一個人沒將它帶走。在這樣的夜裡，有一條毛毯是這麼過分的事嗎？」

「那個顏色絕對是不必要的。」貝德普說，「身為一個功能分析者，我必須指出沒有用橘色的需要。在社會有機體裡，不管是細胞層面、有機體層面、完全有機體或是最主要的道德功能裡，橘色都沒有提供任何必要的功能。就此而言，和捨棄相比，容忍稱不上比較好的選擇。兄弟！把它染成暗綠色吧！那些是什麼東西？」

「筆記。」

貝德普問道：「用密碼寫的？」他冷漠地看著那本筆記；薛維克記得冷漠是他的個性。跟大多數安納瑞斯人比起來，他甚至不大有隱私的概念，也就是擁有私人物品的觀念。貝德普不會隨身攜帶他最喜歡的鉛筆，也沒有因為喜歡某件舊衣服而不捨得丟掉。有人送他禮物時，他都會顧及對方的感受，將禮物收下，即使總是會把東西弄丟。他對自己這樣的特性很清楚，曾說這表示他不像大多數人那麼原始，是應許者早期的典範、真實而純粹的歐多人。但他的確有隱私的概念，也就是頭腦。不管是他的或是別人的，都是完整的。他從不窺探別人的想法。他開口道：「記不記得以前你參加造林計畫時，我們都會用密碼寫信？」

「那不是密碼，是依歐語。」

「你學過依歐語？你為什麼要用依歐語寫？」

「因為這個星球上沒有人懂我在說什麼，也沒有人想知道，僅有的那個人三天前死了。」

「薩布爾死了？」

「沒有，是葛菲羅。薩布爾還沒死，真是好屎運！」

「出了什麼問題？」

「薩布爾的問題嗎？一半是嫉妒，一半是無能。」

「我以為他在時序論方面的著作應該都是一流的。你不是這麼說過嗎？」

「在我讀到原始資料以前，我是這麼想的。然而那些全都是烏拉斯的觀念，也都不是新的理論了。二十年來，他都沒有自己的想法。或許連澡都沒洗。」

貝德普把手放在筆記本上，看著薛維克，問道：「那你自己呢？」他的眼睛很小，幾乎是瞇著眼，臉龐堅毅而身軀矮胖。因為經年咬指甲的習慣，粗短的指尖只剩下一小片指甲。

「沒有，我入錯行了。」薛維克坐在床板上說道。

貝德普露齒而笑：「你？」

「我想，這一季結束後，我會接受新的工作徵召。」

「換到哪？」

「教職、工程，都無所謂。我不要再碰物理了。」

貝德普坐在椅子上，咬著指甲，說：「聽起來好奇怪。」

「我知道自己的限度在哪。」

「我都不知道你有限度呢——我是說物理方面。你有各式各樣的限度與缺點，但是在物理方面可沒有。我知道我不是時間學家，但是想了解魚不需要學會游泳，想了解星星並不用發光……」

薛維克看著朋友，突然脫口而出從來無法對自己清楚說出的話：「我想過自殺……很想……今年……那會是最好的解決方法。」

「從痛苦的另一面看來，那幾乎解決不了問題。」

薛維克僵硬地笑了：「你還記得？」

「恍如昨日。對我來說，那是一次非常重要的談話。我想，對塔克微還有狄瑞林都是一樣的。」

「是嗎？」薛維克站起來。這個房間的空間只夠跨四步，不過他沒辦法靜靜待著。他站在窗邊說道：「那對我也曾經很重要，但是在這裡，我已經變得不一樣了。這裡就是不對勁，我說不出個所以然來。」

貝德普說道：「我知道，是瓶頸，你遇到一堵牆了。」

薛維克轉過身，眼裡帶著恐懼：「牆？」

「對你而言，薩布爾以及他在科學組織的後盾和產管調節會，似乎就是你的牆。至於我，我在亞博奈待了四十天，這麼長的一段時間已足夠讓我看清楚，就算在這兒待上四十年，我也將一事無成。我想增進科學知識，但是我知道那完全不可能，除非事情有轉機，或是我加入敵方。」

「敵方？」

「那些小人！薩布爾的朋友！他們都擁有權力。」

「德普，你在說些什麼啊？我們根本沒有權力結構。」

「沒有？那是什麼讓薩布爾這麼有影響力？」

「反正不會是權力結構，也不是政府，畢竟這裡不是烏拉斯。」

「好吧，我們沒有政府跟法律。但是據我了解，從來也沒有法律和政府可以控制思想，即使是烏拉斯也一樣。如果真可以控制，歐多是怎麼理出自己的想法呢？歐多主義如何變成世界運動？首腦們試著用暴力鎮壓，但失敗了。你沒辦法用壓制的手段摧毀思想；要摧毀它，唯一的方法就是漠視，拒絕思考、拒絕改變，而這就是我們的社會正在做的事！薩布爾在能力所及之處利用你；不及之處，便禁止你出書、教學，甚至工作。是吧？換句話說，他的權力大過你的。他從哪裡得到權力呢？不是來自得到授權的政府，因為根本沒有這種東西；也不是知識上的優越，因為他一點內涵都沒有；是一般人與生俱來的怯懦給了他力量，也就是大眾意見！這就是權力結構，而他是其中的一分子，也知道要如何運用這種力量。就是這個不被認同、也不能認同的政府，藉由壓制人心來統治歐多社會。」

薛維克將手靠在窗臺上，透過玻璃上模糊的反射，看向窗外的一片黑暗。他說道：「德普，這真是瘋狂的言論。」

「不，兄弟，我頭腦很清醒。試著活在現實世界之外，才會讓人們瘋狂。現實是很可怕的，它會毀掉你；只要有足夠時間，它的確會毀了你。你說過，現實是很痛苦的。但是，讓你瘋狂的是現實裡的謊言與藉口，是謊言讓你想結束自己的生命。」

薛維克轉過身面對他：「但是，你不能真的像這樣討論政府，尤其是在這裡！」

「在涂瑪的定義裡，政府就是『為了維持、擴大權力而合法使用的權力』。將『合法』換成『慣例』，你就能了解薩布爾、課程組織與產管調節會。」

「產管調節會！」

「現在的產管調節會基本上是獨斷式的官僚政治。」

過了一會兒，薛維克不自然地笑道：「拜託，德普，這個說法很有趣，但是有點病態，不是嗎？」

「薛，你有沒有想過病態的同義字是什麼？叛離社會、不滿、疏離，這些都可以稱之為痛苦。當你談到痛苦時，你指的是什麼？那麼，痛苦在社會群體生活中，不也提供必要的功能嗎？」

「不！」薛維克激動地說，「我談的是個人精神層面的東西。」

「但你說的是身體的痛苦、一個遭火吻而瀕死的人。我說的才是精神上的痛苦！人們眼看自己的才華、工作、生命都被糟蹋；有才的人屈服於愚蠢之人；嫉妒、對權力的貪婪、對改變的恐懼，全都扼殺了力量與勇氣。改變是自由，是生命。在歐多思想裡，還有什麼比自由更重要？但是，這裡不再有改變了！你明明就知道我們的社會生病了，你正為它的病態而受苦，那是一種自我毀滅的病！」

「夠了，德普，別再說了。」

貝德普沒再說些什麼，他開始有系統而仔細地啃咬指甲。

薛維克又在床邊坐下，把臉埋在手裡，房間裡持續一段很長的沉默。雪停了，乾冷的風在黑暗裡吹打著窗玻璃。房裡很冷，兩人都沒有脫掉外套。

「兄弟，聽著。讓個人創造力受挫的不是我們的社會，是安納瑞斯的貧窮，這個星球沒辦法支撐文明的發展。如果我們讓別人沮喪、不為大眾利益著想，而堅持個人慾望，在這片光禿禿的世界中就沒有什麼可以拯救我們，什麼都沒辦法。人類的團結是唯一的解決方法。」

「是的，團結！在烏拉斯，食物都會從樹上掉下來。即使是在那裡，歐多都說人類團結是我們唯一的希望。但是我們已經跟那個希望背道而馳，我們讓合作變成了服從。在烏拉斯，政府由少數人組成；在這裡，我們的政府是由大多數人所組成，但是這還是政府啊！社會良知已不再是個活體，而是一部機器，一部由官僚體系所控制的權力機器！」

「你或者是我可以接受義務工作徵召，要不就是看看有沒有運氣在幾十天內就被委任到產管調節會去。這會讓我們變成官僚體系之下的人嗎？會讓我們變成政黨領袖嗎？」

「薛，個人是不會被調到產管調節會的。他們大多數的人跟我們很像，或者說，所有的人跟我們都太像了：善良而天真。而且，也不只是產管調節會，安納瑞斯上到處都是學習中心、學會、礦坑、磨坊、漁場、罐頭工廠、農業發展、研究局、工廠、單一製品工業區，到處都是，而那些職務需要專業知識和一個穩定的機構。但是，穩定性讓獨裁主義得到存在的機會。在開墾初期，我們對此有所察而保持警覺，在事物管理與人民統治這兩方面分得非常清楚。由於他們做得太好了，以致於我們現在忘了支配的慾望和互助合作的本能對人類都一樣重要，而且在每個新世代，每個人都必須受到這方面的訓練。沒有人生來文明，也沒有人生來就是歐多人，但是我們都忘了這一點。沒有人教我們自由。教育是社會有機體裡最重要的活動，但它變得死板、衛道，而且獨裁。小孩子把歐多的話當成法律來學習，這真是最大的褻瀆。」

薛維克遲疑了。孩提時，他對於貝德普傳達的這種教義已經聽過太多。不管是當時或是在學會這裡，他都有能力反駁貝德普的指責。

貝德普無情地抓住時機，繼續說道：「不想太多總是能讓人好過一點。找到一個令人愉悅而安全的階級組織後，就安心地處在那個環境下。不改變、不冒險反對，不讓組織代表為難……讓你自己受到控制一直都是最簡單的事。」

「德普，但它不是政府！專家和老手會管理工作人員或是聯合組織，他們很了解工作內容。畢竟，工作還是得完成啊！至於產管調節會，好吧，如果它的組成沒有做好確實的防範，它有可能成為階級組織，一個權力體系。不過，看看它是如何組成的吧！那些志工都是從一大群人中抽籤決定，經過一年的訓練，擔任四年的職務，然後退位。從統治者的觀點看來，在那樣的系統裡，只有四年的時間擔任職務，沒有人可以得到權力。」

「有些人待超過四年的時間。」

「顧問嗎？他們沒有投票權。」

「投票權不重要，有人在幕後……」

「少來了！那全都是你的狂想！在幕後怎麼做？什麼幕後？每個人都可以參加產管調節會的會議。如果某個委員感興趣，他還可以參加辯論並且投票！你想要假裝我們這兒有政客嗎？」薛維克對貝德普實在感到憤怒，忍不住拉高音調，招風耳也變得通紅。時間已晚，宿舍裡的燈都熄了。四十五號房的迪薩在牆上敲了敲，示意他們安靜點。

貝德普壓低聲音說：「我說的都是你知道的事，真正在運作產管調節會的都是像薩布爾這種人。一年接著一年。」

薛維克壓低聲音，尖銳地指責貝德普：「如果你知道，那你為什麼不把實情說出來呢？如果你有證據，為何你沒有在聯合工會裡召開批評會呢？如果你的意見承受不了公眾的檢驗，我不希望這個話題成為我們的深夜對話內容。」

貝德普的眼睛瞇得更小了，就像是小鋼珠一般。他說：「兄弟，你實在很自以為是，一直都沒變過。就一次也好，不要用你那可惡的良心來看這一切！我來這跟你聊天是因為我知道我可以信任你，你真的很可惡！我還可以跟誰說？難道我想要跟狄瑞林有一樣的下場嗎？」

「像狄瑞林？」薛維克嚇了一跳，聲音不自主地提高。貝德普指了指牆壁，示意他安靜。「狄瑞林怎麼了？他在哪？」

「在塞格米那島的亞細崙。」

「在亞細崙？」

貝德普側坐在椅子上，雙手環抱著弓起的膝蓋，抵住下巴。他有點不情願、平靜地說：「你走了的那一年，狄瑞林發表了一齣戲。那部戲很爆笑、很瘋狂，你知道他的東西就是這個樣子。」貝德普解開髮辮，用手梳理他那粗糙的紅黃色頭髮。「如果你是個愚笨的人，那齣戲看起來就像是反歐多。很多人都這麼笨。大家小題大作，譴責他。我以前從未看過這樣的事，每個人都到你的組織會議去罵你。以前他們都是用這樣的方法來壓制一些跋扈的領班或是縮減經理人數。現在只用來要求個人停止自己的思想。情況真的很糟，狄瑞林根本受不了這一切，我想，他是有點被逼瘋了。最後，他覺得每個人都在跟他作對，便開始大發議論——尖酸的言論。他的談話並非不理性，但一直都具有批判性，而且憤世嫉俗。他在學會完成學業，得到數學教師的資格後，要求工作徵召。他得到一個工作，到南區去當修路工人，他抗議說那弄錯了，但勞動部電腦確認無誤，他只好去了。」

「我認識狄時，他才十歲，從沒見過他做戶外的工作。他總是巧妙地得到室內工作，勞動部還是相當公平嘛。」薛維克插嘴說道。

貝德普對此沒有回應。「我真的不知道那裡發生了什麼事。他寫了好幾次信給我，每次都跟我說他又被重新委派工作，一直都是去邊疆各個小型社區的身體勞動。他寫信跟我說要放棄工作，回來北區看我。他沒有來，也沒再寫信。最後，我透過亞博奈勞工檔案尋找他的消息。他們送來他的檔案卡副本，而最後一句就只寫著：『心理治療。塞格米那島。』心理治療！狄瑞林有殺人嗎？有強暴誰嗎？沒做那些事的他，為什麼要被送到亞細崙？」

「沒有人會被送到亞細崙，都是提出申請調派到那裡。」

「別跟我說些廢話，」貝德普突然憤怒地說，「他從沒有要求去那兒工作！他們逼瘋他，再將他送到那裡。我說的是狄瑞林！你還記得狄瑞林嗎？」

「我比你更早認識他。你認為亞細崙是間監獄？那只是個避難所。如果那裡有殺人犯和長期不工作的人，也是因為他們自己要求到那裡去。在那個地方，他們沒有壓力，也不會受到懲罰。但你一直說的他們是誰？哪些人？『就是他們逼瘋他的』。你想說整個社會組織都很邪惡？你想說那些迫害狄瑞林的他們、那些你的敵人，其實就是我們——這個社會組織？」

「如果你的良知可以把狄瑞林當作是個放棄工作的人而打發掉，我想我們就沒什麼好談的了。」

貝德普弓起身子坐在椅子上。他的聲音所傳達的直率與哀傷讓薛維克因正直而升起的憤怒停了下來。

他們兩個有一陣子都沒說話。

貝德普舒展僵硬的身軀，站起來，「我還是回家好了。」

「別傻了，從這裡走回去要一個小時的路程。」

「反正，我想……既然……」

「別傻了好不好。」

「好吧，廁所在哪？」

「左手邊第三間。」

貝德普回來時，提議說要睡在地板上，但是地上沒有地毯，而且只有一條毛毯。就如薛維克不斷重複說的，這個主意很傻。他們兩人都很陰鬱而且生氣。那種惱火的樣子就好像他們打過一架，但是尚未將憤怒發洩完。薛維克攤開寢具，兩個人躺了下來。熄燈後，一片銀色的黑暗湧進房內。地面的雪反射月光，讓城市的夜晚看起來沒有那麼黑暗。天氣寒冷，他們汲取著對方溫暖的體溫。

「我收回對這條毛毯的批評。」

「德普，聽著，我不是故意要……」

「我們早上再談吧。」

「好吧。」

他們更貼近彼此，薛維克翻了身，不到兩分鐘就睡著了。貝德普掙扎著要讓意識保持清醒，卻滑進那一片溫暖中；他毫無防備地在信任感中睡去。夜深時，其中一個因做夢而大聲叫了起來，另一個帶著睡意握住對方手臂，在他耳邊低喃撫慰的話語，碰觸所帶來的溫暖與重量，幫助他戰勝了所有恐懼。

隔天晚上他們又碰面，談論他們是不是應該要跟青少年時期一樣，當一陣子床伴。這是需要討論的，因為薛維克是個貨真價實的異性戀，而貝德普是個同性戀，所以貝德普最能享受這種快樂。然而，薛維克也非常願意這麼做，以重新確認他們之間原本的情誼。他發現在兩人的關係之中，性事對貝德普很重要，便主動引導，用一種相當溫柔而強勢的態度，來確定貝德普願意再與他共度春宵。他們在市中心宿舍要了一間單人房，在那兒一起住了十天，然後再分開。貝德普回到他的宿舍，薛維克回到四十六號房。他們之間沒有任何一方有強烈的性慾望想持續這段關係，只是再次確認了彼此的信任。

然而當薛維克幾乎每天都去見貝德普時，有時候會納悶自己喜歡他什麼？信任他什麼？貝德普的觀點令他嫌惡，堅持要討論某些議題的態度更令他討厭。每一次相處，他們幾乎都有激烈的爭吵，帶給彼此莫大的痛苦。薛維克離開貝德普的時候，常常會指責自己何必過度耽溺於忠誠，然後生氣地發誓不再見面。

事實上，他還是孩子的時候，從未喜歡貝德普到這種程度。無能、固執、獨斷、具毀滅性——這些都是貝德普的特質，但他擁有心靈自由，這是薛維克渴望獲得的，即使薛維克並不喜歡這樣的表現。薛維克知道德普改變了自己的生活，知道自己最後會走下去，是貝德普帶給他堅持下去的力量。

路上的每一步，他們都會彼此爭鬥，但他還是繼續去跟德普爭論，傷害他，也傷害自己；在憤怒、否定與拒絕中，去發現他尋找的東西。他不知道自己要找的是什麼，但知道要去哪兒找。

他意識到這段時光跟之前一樣令人不愉快。工作還是沒有進展。事實上，他完全拋棄了時間物理學，退居卑微的實驗室工作中，在放射線實驗室裡進行不同的實驗。跟他一起工作的技術人員學的是次原子速度，安靜而機敏。這是一個大眾熟知的領域，他著手這個領域的時間算是相當晚，大家以為他終究還是停止創新。學會成員聯合工會給了他一門課，教導初級數學物理學。雖然他最後得到一門課，卻沒有勝利的感覺。對他而言，只算是得到了教授這門課的許可，沒有其他事可以讓他感到安慰。他的道德良知標準愈來愈高，但不能帶給他應有的慰藉。他迷失了，而且覺得好冷。可是他無路可退，也無處可躲，所以他在寒冷中繼續前進，讓自己愈來愈迷惘。

貝德普交了好多朋友，那群人脫離常軌而且叛逆，其中有些人喜歡薛維克這個害羞的男人。跟學會那些傳統的人比起來，薛維克對他們一樣有著疏離感，但他們內心的獨立令他感興趣。即使因異於常人而付出代價，他們對是非觀念仍保有自主權。有些人是聰明的流浪者，不會在同一工作崗位上長期服務。薛維克還沒有跟他們往來以前，相當不贊同他們的行為。

其中有一人是作曲家，叫做撒拉司，他跟薛維克都想從對方身上學點東西。撒拉司僅懂數學的皮毛，但只要薛維克用類比或是實證方式解說物理，他就會變成一個急切而聰敏的聆聽者。撒拉司述說任何音樂理論、播放錄音帶或用攜帶式樂器演奏時，薛維克也總是洗耳恭聽。但撒拉司跟他說的某些東西令他覺得大有問題。撒拉司接受的工作徵召，是到亞博奈東邊的提瑪平原當一個挖掘河道的工人。每週期三天的休假他都會來到城市，跟不同小妞一起度過。薛維克以為他接受這個工作是因為他想要做點戶外工作好換換口味，卻發現撒拉司除了當個不需技巧的工人以外，從未做過有關音樂的工作。

「勞動部的名冊上，你登記的是什麼？」他迷惑地問道。

「一般的勞工服務。」

「但是你身懷技藝啊！你在音樂聯合組織辦的音樂學校待過七、八年，不是嗎？他們為什麼不派你去教音樂？」

「有啊，但是我拒絕了。接下來的十年，我也還沒有教書的打算。記住，我是個作曲家，不是個表演者。」

「一定有給作曲家的工作啊。」

「在哪？」

「我想，音樂聯合組織處應該有吧。」

「但是音樂委員不喜歡我作的曲，目前也沒有什麼人喜歡。我沒辦法只靠自己一個人組成聯合組織吧，不是嗎？」

撒拉司是個骨瘦如柴的小個子男人，前額和頭頂都禿了，脖子後面和下巴蓄著短而柔軟的灰棕色毛髮。他的笑容很甜，笑的時候整個臉都皺了起來。「你看，我寫的東西不是我在音樂學校學的那一套，而是沒用的音樂。」他笑得比往常更甜了。「他們要的是聖歌，而那正是我痛恨的東西。他們要的是像賽色那種廣闊的和諧，而我卻痛恨賽色的音樂。我正在寫一首室內樂，也許會取名為〈共時原理〉。五種樂器各自演奏重複的旋律，沒有旋律之間的時序關係。前進的過程完全由各部位所構成，成了一曲動聽的和聲。但是他們不聽，以後也不會聽，因為他們聽不懂！」

薛維克沉思片刻，說道：「如果你把它叫做〈團結的喜悅〉，他們會聽嗎？」

「去他的！薛，這是你這輩子第一次說出這麼憤世嫉俗的話，歡迎加入我們！」在一旁聆聽的貝德普說。

撒拉司笑道：「他們會聽，但拒絕錄成唱片，也不會在地區演奏會上演出，那並不是有機形式。」

「難怪我住在北區時，從沒聽過專業的音樂。但他們要怎麼證明這樣的監督方式是正當的？你是在創作音樂！音樂是種合作的藝術，就社會定義而言是有機的。在我們能做的社會行為裡，它有可能是最高貴的形式，也是個人所能從事的一種最高級的職業。而且以它的本質或任何藝術的本質來說，都是種分享。藝術家分享他行為的本質。不論你的委員怎麼說，勞動部怎麼可以不給你專長領域的工作？」

「他們不想分享我的音樂，因為那嚇壞他們了。」撒拉司愉快地說。

貝德普較為嚴肅地說：「他們可以辯稱音樂不具備任何功能。你知道，挖掘河道是很重要的事，而音樂只是裝飾品。一切又惡性循環，回到最卑鄙的功利主義，一切只為貪圖利益。複雜性、生命力、自由的創造力、進取心，這些都是歐多思想的中心，我們卻全都丟到一旁，回到初始的野蠻：如果出現新事物，就遠離它；如果是不能吃的東西，就丟掉！」

薛維克想著自己的工作，無話可說。然而，他卻沒有辦法認同貝德普的批評。貝德普逼著他了解自己事實上是個革命分子，但他深深覺得，自己只是一個憑藉教養和教育所塑造出來的一個歐多人、一個安納瑞斯人。他沒有辦法反抗社會，因為社會的原始精神就是革命，一場永久、進行中的革命。為了重新聲張社會的正當性與力量，他認為人的行為動力必須源自靈魂深處，對懲罰不感到害怕，對報酬不抱持希望。

貝德普跟一些朋友正在討論休假十天，去納賽羅斯健行，他說服薛維克跟他們一起去。薛維克盼望自己能有十天的時間待在山裡，但不希望這十天都要聽貝德普的議論。他的談話太像一個批評會了，而那是薛維克一直以來都很討厭的社區活動，每個人站起來數落社區運作的缺失，有時還七嘴八舌地討論鄰居的性格有何缺點。假期愈接近，期盼就愈少；他在袋子裡塞了一本筆記，以便假借工作隨時離開。

凌晨，他們在東邊的貨車站碰面，有三男三女參加。薛維克一個女生都不認識，而貝德普只介紹其中兩位。他們開始往山區前進時，他排在第三個女生旁邊。他向女孩介紹自己：「我叫薛維克。」

女孩回道：「我知道。」

薛維克覺得自己以前一定在哪兒看過她，而且應該知道她的名字。他的耳朵漲紅起來。

貝德普走到他左邊，問道：「你在開玩笑嗎？在北區學會時，塔克微都跟我們在一起啊。她已經在亞博奈住兩年了。你們兩個到現在才碰面嗎？」

「我看過他幾次。」塔克微說，嘲笑著薛維克。她張大嘴，孩子氣地笑著，那笑容讓人覺得她是個喜歡美食的人。她很高，相當瘦，有著圓潤的手臂及臀部，不是很漂亮，但黑黝黝的臉看來聰明，令人感到愉快。她的眼裡有一抹深遠的陰暗；不是那種不透光的黑眼睛，而是帶著深度，非常深沉、優美，非常柔軟。一看到她的眼睛，薛維克就知道自己犯下一個不能原諒的錯誤，那就是忘記她；但了解的同時，也知道自己已經被原諒。幸運女神正眷顧著他，好運來了。

他們往山區邁進。

旅程的第四天，寒冷的晚上，他和塔克微坐在峽谷上方光禿禿的陡峭斜坡上。四十公尺深的峽谷下方，山泉洪流往山谷奔流而去，發出轟隆聲響，濺起的水花打濕了岸邊岩石。安納瑞斯上的河流很少，地下水位在大多數地方都偏低，河流也都很短，只有山區才有洶湧奔騰的水流。河水的怒吼聲、隆隆聲、如歌唱般的聲音，對他們來說真的很新鮮。

他們整天在山裡的峽谷爬上爬下，實在是累壞了。其他人都待在瓦史爾特，那是一間石造小屋，由度假的人所建，專門給度假的人住，一直維護得很好。安納瑞斯那些「具有如詩畫般景色」的區域相當有限，都有志工團負責管理和保護，其中，納賽羅斯聯盟是最主動的。有一個火災管理員夏天會住在那裡，他幫貝德普及其他人從庫存充足的食品儲藏室中拿了許多晚餐。塔克微和薛維克分別先後走到屋外，沒有告知其他人要去哪裡，或者他們根本沒有目的地。

薛維克發現她在陡峭的斜坡上，坐在月棘林柔軟的樹叢之間，它們長得就像山腰上的蝴蝶結，硬挺而易碎的樹枝在薄暮下閃閃發光。東邊山頂的天空發出蒼白的光芒，原來是月亮升起了。河流在安靜、光禿禿的高山上顯得更加吵鬧。沒有風也沒有雲，山上的天空就像紫水晶，冷冽、清澈而深邃。

他們坐了一會兒，什麼話都沒說。

「自從我們開始這趟旅程後，我發現這一生當中，沒有一個女人像妳這般吸引我。」薛維克的聲調冷淡，幾乎帶了點憤慨。

「我無意破壞你的假期。」塔克微說道，孩子氣地大笑。笑聲在黃昏時分顯然太大聲了點。

「才不是這樣！」

「那就好，我以為你是說我打擾你了。」

「打擾？根本就像是地震。」

「謝謝。」

「不是妳打擾我，是我自己。」薛維克粗聲說。

「是你自己那麼想的。」

接著是一陣稍長的沉默。

她說：「如果你想跟我性交，為什麼不開口問？」

「因為我不確定那是我真正想要的。」

「我也是。」塔克微的笑容消失了，「聽著，我應該要告訴你。」她的聲音很柔軟，沒有太多音色，而她眼裡也有相同特質的柔軟。她應該要告訴薛維克的事，過了一會兒還是沒說出口。薛維克最後用懇求而恐懼的眼神看著她，她才急忙說了出來：「嗯，我指的是，我現在不想跟你或是任何人性交。」

「妳發誓不再有性生活了嗎？」

「不是！」她生氣地說道，但沒有進一步解釋。

「我或許已經決定不再有性生活，不然就是性無能。」薛維克將小石頭丟進河流裡。「已經有半年的時間了，這之間我只跟德普有過關係。事實上，已經將近一年了。不滿足的感覺一次強過一次，直到我放棄嘗試為止。費力嘗試並不值得。然而我……我記得……我知道那應該是什麼感覺。」

塔克微說：「是啊，就是這樣。十八、九歲以前，我為了尋樂而有過的性生活多到可怕。那很刺激、有趣、愉快，但之後……我不知道。就像你說的，變得令人無法滿足。我不想要享樂，我是說，要的不只是享樂而已。」

「妳要小孩？」

「是的，等時機成熟。」

他把另一個石塊投進河流裡，河水隱匿在峽谷的黑影中，只留下吵鬧的聲響，不協調的聲響組成不停息的和聲。

「我想完成一項工作。」他說。

「獨身有幫助嗎？」

「有影響，但我不知道到底是什麼影響，只知道不是因果關係。這段時間，性漸漸讓我感到乏味。工作也是，三年來毫無進展，一點結果都沒有，不管哪一方面都一樣。眼前所見盡是荒野中殘酷太陽灑落的刺眼強光，這片荒野沒有生氣、不見人跡、沒有價值、沒有性交，只落滿了不幸旅客的屍骸。」

塔克微沒笑他，而是發出嗚咽般的笑聲，好像受了傷。薛維克試著想看清她的臉。她身後的天空冷冽而清晰。

「塔克微，歡愉有什麼問題？為什麼妳不想要？」

「沒什麼問題，我是想要歡愉的，只是不需要。如果我得到不需要的東西，就永遠都得不到需要的東西。」

「妳需要什麼？」她看著地上，用指甲刮搔露出的礦脈，不發一語。她傾身向前要撿起一根月棘林的小樹枝，但是沒有拿起來，只是把手輕輕放在上面，感受莖葉上柔軟的細毛。薛維克緊張地看著她的動作，她正用盡全力抑制即將爆發的情感，才有辦法說話。她用低沉的聲音，帶著一點點嘶啞說道：「我需要真正的契約。不僅是身體和心靈的結合，還要是一輩子的契合，一樣也不能缺少，其他什麼都不需要。」

她用挑釁的眼神看著薛維克，帶著些許怨恨。

喜悅奇妙地在薛維克的心裡升起，就像是流水發出的聲響與味道在黑暗中升起一樣。他覺得無拘無束，心境澄明，全然清晰，有如獲得自由。塔克微身後的天空隨著月亮升起而亮了起來，遠方銀色的山頂潔淨無雲。「是的，就是這樣。我以前從未體會過。」他無意識地脫口而出，絲毫沒有察覺自己是在跟別人說話，只是隨口說出腦海中浮現的事物。

塔克微的聲音中還是帶有一絲怨恨，說道：「你從來都沒必要體會。」

「為什麼？」

「我想，你應該從未真正體會到那種可能。」

「妳指的是哪一種可能？」

「命中注定的人！」

他心裡想著塔克微的話。他們之間的距離有一公尺遠，各自抱著自己的膝蓋。天氣愈來愈冷了，吸入的空氣就像是冰水。在月亮逐漸升起的夜晚，可以看到彼此呼出的氣息變成淡淡的霧氣。

塔克微說：「你離開北區學會的前一晚我就體會到了。你記得吧，我們舉辦了一場歡送會，一堆人聊了整晚。但那都是四年前的事了，而你連我的名字都不知道。」她的聲音裡已沒有怨恨，似乎是想原諒他了。

「那麼，妳在我身上看到的，跟這四天以來我在妳身上看到的一樣嗎？」

「我不知道，我說不上來，那不只是性。我以前是帶著慾望的眼光注意你，但這不同。我看清你，可是我不知道你現在看清了什麼，而我也不是真的很清楚自己看到什麼。我對你不是很了解，只有在你說話的時候，我才可以把你看得更透徹，看進你內心深處。但是現在的你有可能已經跟我原本以為的你不同了。不過那畢竟不是你的錯，」她補充道，「我知道，在你身上所看到的東西是我需要的，不只是想要而已。」

「妳在亞博奈兩年了，沒有……」

「沒有什麼？全是我自己一廂情願，你甚至連我的名字都不知道。光一個人沒辦法訂定契約！」

「妳是怕如果來找我，我可能不願意跟妳訂契約。」

「不是怕，我知道你是個……無法勉強的人……好吧，我是害怕，怕你。不是怕犯錯，我知道這個決定不會錯。但你知道，你很獨特，跟大多數人都不一樣。我怕你是因為我知道我們是同類！」她的語調非常激動，但是過了一會兒，口吻又變得和善而溫柔。「薛維克，你知道，這真的都不重要了。」

這是他第一次聽到塔克微叫他的名字。薛維克轉過身面對她，幾乎說不出話來，結結巴巴地喊道：「不重要？妳先跟我說……跟我說什麼是重要的，什麼是真正重要的，告訴我一生當中需要的是什麼……然後妳又說那不重要！」

他們面對面，但沒有碰觸彼此。

「那麼，那是你需要的嗎？」

「是的，要契約，要這個機會。」

「從現在，到永遠？」

「從現在到永遠。」

寒冷的黑暗中，湍急的河流碰撞石塊，訴說著永恆。

薛維克和塔克微從山上回來後，隨即搬進一間雙人房。學會附近的街區沒有空房間，但塔克微知道在城市北緣的一棟舊住宅裡有間空房，離學會不遠。為了要到一間房，他們去找街區的住房負責人。亞博奈大約分成兩百個地方行政區，稱為「街區」。這個負責人在家做鏡片磨製拋光，三個小孩跟她一起待在家，因此她把住房檔案夾放在櫥櫃的架子頂端，以免被小孩子拿去玩。她查到一間房登記為空房，於是薛維克和塔克微將之登錄在名下。

搬家過程很簡單：薛維克帶了一箱文件、一雙冬天的靴子以及那條橘色毛毯；塔克微則必須搬三趟。第一趟到地區衣物倉庫幫他們兩人各拿一套新衣服，這個舉動讓她自己也很費解，但強烈覺得這是開始這段夥伴關係的基本要素。接著又到舊住所，一次是拿她的衣服和文件，再一次是跟薛維克一起去拿一堆奇特的物品。那些東西由金屬線做成，是複雜的同心圓形狀。掛在天花板上，那些金屬線會慢慢往內側轉動、改變形狀。那是她用廢棄的金屬線以及手工藝供給站拿來的工具做成，稱為「進駐無人空間」。房間裡有兩張椅子，其中一張已經壞了，所以他們拿到修補工場，另外選了一張堅固的。接著是選家具。新房有挑高的天花板，因此通風良好，也有地方掛那一堆「進駐無人空間」。住處建在亞博奈的山丘上，房間裡有一個角窗朝向西邊，夕陽、城市景色、街道與廣場、屋頂、翠綠的公園、遠處的平原，盡收眼底。

長期孤獨後的親密、突如其來的歡愉，都在試煉薛維克和塔克微的恆心。剛開始，薛維克的情緒起伏不定，塔克微則會突然發脾氣，兩個都過分敏感而且毫無經驗。他們深切了解對方後，緊張的狀態逐漸消失。他們對性生活一直都有強烈的渴望；思想與情感的交融日日更新，每天都令人滿足。

現在的情況對薛維克來說很明朗了：在這個城市裡所度過的悲慘歲月，是現在快樂時光的一部分，指引他走到現在的狀況，為這一切做好準備。如果他有不同的想法，他一定會覺得自己很蠢。以前歷經的每件事，都是現在的一部分。塔克微不是個時間物理學者，她不覺得時序因果之間有任何晦澀的關連。她把時間單純地看成一條攤在眼前的路，一直往前走，就會到達某個地方；如果夠幸運，就會到達一個值得的地方。

薛維克了解她的比喻之後，將她說的話改成自己的詞彙解釋給她聽。「除非記憶與目的用現在的一部分組成過去與未來，否則以人類的詞彙來說，是不可能有道路的，根本無路可去。」話講到一半，她點著頭接道：「沒錯，這就是我這四年來在做的事。幸運並非一**切**，只是一部分而已。」

她二十三歲，比薛維克小六個月，在東北區農業社區長大，也就是圓谷，一個與世隔絕的地方。塔克微去北區學會之前，比大多數安納瑞斯的年輕人都要勤奮。圓谷缺乏人力。由於這個社區不算大，以一般經濟狀況而言，生產力也不夠強，所以在勞動部的電腦裡，這個地方無法取得安排人手的優先權，必須自己照顧自己。塔克微八歲時就在磨坊的穀粒中撿稻草和石頭，每天學校上課三小時後，還要工作三小時。身為一個小孩，沒有獲得太多充實個人的務實訓練；個人只是社區努力求生存的一部分。每到播種與收割的季節，所有十到六十歲的人整天都要在田裡工作。十五歲時，她負責管理工作表，將圓谷的人分配到四百個農場工作。她也在城區餐廳裡幫助營養學家設計食譜。這些事都很平常，她也沒想太多，但這對她人格與觀念的形成當然有影響。薛維克很高興自己完成了勞力徵召，因為塔克微很輕視那些逃避勞動工作的人。她會說：「看看帝南，他被徵召四十天，去收割赫侖樹，卻一直在那裡哭哭啼啼的。他這麼嬌弱，簡直就像魚卵！他到底有沒有碰過泥巴？」塔克微並不特別寬厚，個性愛恨分明。

她在北區地方學會學生物學，取得資格後便決定到中央學會深造。一年後，她受邀參加一個新的聯合組織，設立實驗室，研究如何提升安納瑞斯三大洋裡食用魚類的數量。要是有人問她是做什麼的，她會說：「我是個魚類遺傳學家。」她喜歡工作。工作結合了兩項她認為有價值的東西：準確的事實研究、增加或改善特定目標。沒有這樣的工作，她就不會滿足，但她還是從不滿足。她心裡想的東西，大部分跟魚類基因幾乎沒什麼關係。

她對景色與生物有強烈的關心，這樣的關心，只能勉強稱為「自然之愛」。對薛維克而言，那似乎是比愛情更廣義的愛。他想，靈魂是離不開母體的，他們從不會與宇宙切斷關係，也不認為死亡是敵人，只期盼能腐爛後變成腐植土。看到塔克微手上拿著一片葉子，甚或一顆石頭，都是件奇妙的事。她已經變成自然的延伸，自然也變成她的延伸。

她帶薛維克去看實驗室裡的海水槽，裡頭有超過五十種魚，有大有小，有土色而俗氣的魚，也有雅緻而怪異的魚。他深深著迷，也帶著幾分敬畏。

雖然安納瑞斯的陸地毫無生機，三大洋裡卻充滿生命。海洋已有數百萬年的時間沒有與外界接觸，所以生命的演化過程是封閉的，種類的形式令人困惑。薛維克從不知道生命的繁衍可以這麼具有野性，這麼活力充沛。的確，活力充沛也許就是生命的本質。

陸地上，植物的種類稀少，外貌一律多刺。當行星的氣候進入乾燥與充滿灰塵的千禧時代，動物幾乎都滅絕了。細菌存活下來，大多數都吃石頭；還有幾百種蠕蟲與甲殼類動物。

人類小心翼翼地使自己適合這種生態，冒險進入這個狹小的生態圈。不貪圖魚獲，主要使用有機肥栽種。人類可以適應這種生活，但沒辦法讓任何動物適應。這裡沒有草供草食動物吃；沒有草食動物供肉食動物吃；沒有昆蟲幫助繁花盛開，引進的果樹都是用人力施肥。這裡沒有從烏拉斯引進動物，以免為這種微妙的生物平衡帶來危險。只有開墾先民帶來了最少量的私人動物及植物，裡裡外外努力擦洗過，連一隻跳蚤都沒有帶進安納瑞斯。

塔克微在魚缸前對薛維克說道：「我喜歡海洋生物，因為它們很複雜，是一個真正的生物網。這種魚吃那種魚，那種魚吃小魚，小魚吃纖毛蟲，纖毛蟲吃細菌，然後再循環。如果不把人算在裡面，陸地動物只有三門，全部都是無脊椎動物。以生物學的角度來看，這種情形很奇怪，有些違反自然法則。安納瑞斯像是被孤立了。在舊世界裡，陸地上的動物有十八門，還有綱。光是昆蟲的種類就多得數不清，有些種類的數量還多達好幾十億。想想看，放眼望去到處都是動物，各式各樣的生物，大家一起跟你共享土地與空氣，這樣你會更覺得是其中一**分子**。」她看著微暗的水槽，目光追隨一條游動的藍色小魚。薛維克試著跟上小魚的行進與塔克微的思考路線。他在水槽間徘徊了很長一段時間。之後他常跟塔克微來到實驗室，身為物理學家的驕傲已臣服於渺小而奇特的生物之下。有些生物存在於此時此刻，那就是永恆。牠們不為自己解釋，也從不用向人類辯解自己的生活方式。

多數安納瑞斯人一天工作五到七小時，每工作十天休息二到四天。規律的任務、準時的休假等諸如此類的工作方式，讓個人與工作團隊、某一群人或聯合工會等等工作都能有效率；每個層面的合作與效能都能以最佳方式達成。塔克微獨自進行研究計畫，但是工作和魚又各自有著必須符合的要求。她一天在實驗室待上二到十個小時，全年無休。薛維克現在有兩份教職，分別在學習中心和學會教高級數學，兩門課都在早上，中午就會回家。通常塔克微這個時候還沒回來。屋裡非常寂靜，面向西、南兩方的窗戶可以俯瞰城市與平原。太陽在此時尚未曬到這個方向，因此房裡又冷又暗。精緻的雕塑品高高低低地掛在天花板上，靜靜往內轉動，就像是神祕的生物器官，或是進行中的思考過程。薛維克會坐在窗下的桌邊工作，閱讀、做筆記，或是計算。陽光慢慢照了進來，越過他的手，灑在桌面的紙上，讓整個房間亮了起來，而他則繼續工作。錯誤的開始與過去這幾年的徒勞，到頭來都是基礎工作，而現在正好好擱置在黑暗裡。現在這些工作必須有條有理且小心謹慎地進行，但是他所展現的熟練與確定似乎不屬於他自己。事實上，是知識透過他在運作，把他當成工具，建立起共時原理那美麗而堅實的結構。

就像其他與開創的靈魂為伴的男男女女一樣，塔克微有時候並不好過。雖然塔克微的存在對薛維克而言是必要的，但也會讓他分心。她不喜歡太早到家。只要她一回到家，薛維克通常就會放下工作，她覺得這是不對的。等他們都步入中年、一切變乏味了，他可能會忽視塔克微，但是才二十四歲的他還沒有辦法這麼做。因此，她會在實驗室工作，待到下午再回家。但這也不是最完美的安排，因為他需要人照顧。白天沒課時，等到塔克微回到家，他有可能已經在桌子前坐了七、八個鐘頭。當他站起身，會因疲勞而腳步蹣跚、手發抖，整個身體好像不是他的一樣。開創的靈魂會很粗暴地使用其所盛載的容器，使其精疲力盡後，拋棄了再換一個新的。對塔克微而言，卻沒有任何替代品。當她看到薛維克被利用得這麼徹底，便會出聲抗議。她會大聲叫喊，如同歐多的丈夫亞斯歐所呼喊的一樣：「女孩，看在上帝的分上，妳對真理的付出不能少一點嗎？」不同的是，她是女孩，而且她也不認識上帝。

他們聊天、出外散步或泡澡，再到學會的公共餐廳吃晚餐。有時晚餐後會參加集會、音樂會，或是拜訪朋友——貝德普、撒拉司和他們那個圈子的人、迪薩和學會的其他人、塔克微的同事及朋友等等。但集會和朋友對他們只是枝微末節，夥伴關係對他們而言已經足夠了。這是無法掩蓋的事實，卻似乎沒有冒犯到其他人，而且情況正好相反。貝德普、迪薩及其他人會來找他們，就像是口渴的人見到泉水一般。那些人對他們不重要，他們卻是那些人的中心。他們付出得不多，也沒比其他人親切或比較出色。然而，朋友愛他們，依賴他們，不停帶禮物給他們：手織圍巾、一小塊鑲嵌著深紅石榴石的花崗石、陶瓷工聯工廠所做的手拉坯花瓶、一首情詩、一套木雕鈕釦、一個從梭洛巴海邊撿來的小貝殼。那些小東西在這些人當中互通有無。他們什麼都沒有，也什麼都有。他們會把禮物給塔克微，說道：「拿去，薛維克可能會喜歡這個紙鎮。」或是把禮物給薛維克，說道：「拿去，塔克微會喜歡這個顏色。」在贈與的過程中，他們追求分享薛維克與塔克微彼此分享的東西，同時慶賀與讚美。

這年是安納瑞斯開墾以來的第一百六十年，夏天很漫長，溫暖而明亮。春天豐沛的雨水讓亞博奈的平原轉綠，灰塵也平息下來，因此空氣變得異常清澈。白天的陽光很溫暖；夜晚的星星則閃耀著強烈光芒。當月亮高掛天空，螺旋狀的雲朵閃動著耀眼光芒，你還可以清楚看到海岸線。

「為什麼這景致看起來這麼美？」塔克微問。她躺在薛維克身邊，蓋著橘色毛毯，房內的燈全熄了。上方懸掛著那些「進駐無人空間」，四周微暗，明亮的滿月高掛在窗外。「我們知道它跟我們一樣只是個行星，只不過它有更好的氣候和更差勁的人民——我們知道他們全都是財產主義者、有戰爭、制訂法律；有人有東西吃，有人卻挨餓。但不管怎樣，他們跟這裡的人一樣都會變老、會不幸、會得風濕、腳趾頭會長雞眼——當我們知道這一切，為什麼生命還是可以如此快樂，彷彿生命就是注定要這麼快樂？我沒辦法看著那光輝，想像住在那裡的可怕小小人兒有著油膩膩的袖子，有著和薩布爾一樣的邪惡心靈。我就是沒辦法。」

月光籠罩他們赤裸的手臂和胸膛。優美而微弱的光照著塔克微，在她臉上形成一片模糊的光暈。她的頭髮跟陰影一樣都是黑色。薛維克碰觸她的手臂，兩人的手都因月光照射成了銀色。在寒冷的夜，那撫摸的溫暖令他感到驚奇。

「如果妳可以把東西當成一個整體來看，它看來似乎就會永遠美麗。行星、生命——但靠近點看，卻只是個布滿泥土與石塊的世界。日子一天天過，生命成了艱辛的工作，妳會厭倦，看不見生命的模式，這時便需要一點距離。要去看看這個星球有多美，就把它當作月亮來看。要看一個生命有多美，就善用死亡的觀點。」

「烏拉斯很好，就讓它留在那當月亮——我根本就不要它！我也不要站在墓碑上，看著芸芸眾生，然後說：『噢，真是美麗啊！』我想身處生命之中，在此時此刻，看這個整體。我根本不在乎永恆。」

薛維克毛茸茸的細瘦身軀被銀色月光與黑暗同時籠罩。他笑著說：「那跟永恆沒有關係，妳該做的，就是把生命看成一個終有盡的個體。我會死，妳也會死，到那時候我們怎麼相愛？太陽總有一天會殞滅，到時候還有什麼可以讓它繼續發光？」

「噢！你的演說都充滿你那可惡的哲學觀！」

「演說？這不是演說，也不合乎理性。這是手的碰觸，我摸到整體、握住它。哪一個是月光？哪一個是塔克微？我為什麼要怕死？當我握住它，當我手裡握住光……」

「不要像個財產主義者……」塔克微嘟噥抱怨。

「親愛的，別哭。」

「我沒有哭，是你在哭，那些是你的眼淚。」

「我好冷，月光好冷。」

「躺下來吧。」

當塔克微用手環住他，他的身體一陣顫抖。

「塔克微，我好怕。」他低語著。

「噓，兄弟，我的愛人。」

這個夜晚，許多的夜晚，他們都睡在彼此的懷抱裡。

第七章

薛維克在他從夢魘街某家商店訂購的那件羊毛外套口袋裡找到一封信。他完全不知道這封信怎麼會在那裡。這封信自然不在每天三次投遞給他的郵件當中；通常他收到的都是烏拉斯各地的物理學家的手稿和複印本、邀請函、學童天真的留言。他這次收到的是一張折起來、沒放在信封裡的薄紙，上面也沒有那三家競爭的郵遞公司中任何一家的郵戳。

他隱約感到不安地打開信件，裡面寫著：「如果你真是一個無政府主義者，為何要和那些背叛你的世界、背叛歐多主義希望的權力體系合作？或者你來這裡是要帶給我們那『希望』？我們飽受不義和壓迫之苦，期待我們的姊妹世界能為黑夜帶來自由之光。我們是你的弟兄，加入我們的行列吧！」信裡沒有署名，也沒有地址。

這封信在道德和理智上都徹底撼動了薛維克：不是驚訝，而是恐慌。他知道他們也在這裡，但是到底是哪裡呢？他沒遇過、看過他們任何一個人，他連一個窮人也沒碰過。他不知不覺讓一道牆在身邊築了起來，他接受了庇護，儼然像個財產主義者。他就像奇佛里斯格所說的，「被收編」了。

但是他不知道如何拆掉這道牆。而且，如果他真的辦到了，又能去哪裡呢？剛剛的恐慌更加緊密地貼近。他能投靠誰呢？他的身旁到處都是有錢人的微笑。

「艾福，我想和你談談。」

「是的，先生！很抱歉，請容許我將這擺好。」

僕人輕巧地端著托盤，掀開碟蓋，倒出液狀巧克力，讓汁液帶著泡沫上升到杯口，沒有滴出或濺出杯外。顯然，他很喜歡這樣的早餐儀式和自己擺設早餐時的熟練；他不希望過程中有人打擾。他能說一口清晰的依歐語，但一聽到薛維克要和他談話，脫口而出的立刻變成城市方言斷斷續續的口音。薛維克能稍微跟上。音調的轉換還算一致，聽習慣就好，除了尾音省略的部分讓薛維克摸不著邊際；將近有一半的詞語都省略了，他覺得有如密碼。尼歐人（他們這樣稱呼自己）似乎不想被外人了解。

男僕站著等候薛維克的差遣。他早在第一週就已經摸透薛維克的個性，知道薛維克不會要他幫忙拉開椅子或吃東西的時候在一旁侍候。他那筆直專注的姿勢讓人不敢抱持任何隨性的希望。

「你要不要坐下，艾福？」

「如果您同意的話，先生。」僕人如此回答，隨即將一張椅子移動了約半吋，但沒有真的坐下。

「這就是我想談的。你也知道我不喜歡對你下什麼命令。」

「先生，您可以不用煩惱命令的事，就能夠將一切料理妥當。」

「你……我不是那個意思。你知道的，在我們國家，沒有人下任何命令。」

「是的，先生，我有所耳聞。」

「那麼，兄弟，我就把你當成平輩看待。你是我在這裡認識的人當中，唯一不富裕的人——不是個擁有者。我很想好好跟你談談。我想了解你的生活……」

他看見艾福布滿皺紋的臉上露出受辱的表情，絕望地停下話來。他覺得自己犯了所有可能的錯誤：艾福似乎將他當成是一個好施恩惠、刺探祕密的傻瓜。

他用一種無助的姿勢將雙手放在桌上。「啊，去他的！很抱歉，艾福，我沒說好我真正想說的話，請別理會。」

「如您所願，先生。」艾福退了下去。

事情就這樣結束。所謂的「無產階級」對他而言，和他在北區學會的歷史課程中所讀到的一樣遙遠。

同時，他已經答應歐伊一家人，在冬季與春季課程之間和他們共度一個星期。自從第一次拜訪之後，歐伊已有好幾次邀他吃晚餐。歐伊總是表現得相當拘謹，像是在執行待客任務，或者是政府的命令。雖然他在自己家裡從未完全忘記保持對薛維克的某種防衛，卻表現得誠心友善。第二次拜訪時，歐伊的兩個兒子已經把薛維克當老朋友看待，他們對於薛維克的回應抱持的信賴讓歐伊感到困惑，甚至讓他不安。他一方面無法完全贊同，另一方面卻也無法說那種信賴毫無道理。薛維克像是老友、兄長一樣地對待他們；他們崇拜他，老么音尼還迷戀上他。薛維克很善良、認真、誠實，會說關於衛星的好聽故事；但是，不只如此，他對小孩子而言，代表某些音尼無法描述的東西。音尼或許會發現，這種孩童時代的迷戀，將為往後的人生帶來深刻而不為人知的影響，卻仍然找不到適當的文字描述，只有某幾個詞彙能抓住那影響的回音，像是「旅者」、「放逐」……

那週降下了整個冬季唯一一場大雪。薛維克從未看過超過一吋的積雪：暴風雪鋪張的肆虐讓他感到興奮不已。他整個人沉浸在過量風雪的狂歡之中——如此白皙，如此冰冷、寂靜、冷漠，最忠誠的歐多人也無法說那是廢物。只有氣度狹小的靈魂才無法體會那樣純真的壯闊。天氣一放晴，他馬上跑到外面的雪地裡，小孩也跟著他，好像他們也有相同的感受。他們繞著家裡寬敞的後花園到處跑，丟雪球，用雪搭建隧道、城堡、堡壘。

希娃・歐伊和她的小姑維依站在窗邊，看著小孩、那個男人和小水獺玩耍。小水獺把自己當成雪塊，靠著雪堡一邊的牆，興奮地用肚子一次又一次由上往下滑。兩個小孩的臉頰像是著了火一樣。那個男人的灰褐色長髮用一條帶子往後綁，耳朵凍得通紅，精力充沛地挖掘隧道。「不是這裡！……挖**那裡！**……鏟子到哪去了？……冰塊跑到我的口袋裡了！」小孩持續發出高亢的叫聲。

「那就是我們的外星人。」希娃笑著說。

「目前世界上最偉大的物理學家，」小姑說，「真是滑稽。」

薛維克進門後，吹了幾口氣把身上的雪片抖掉，呼出只有剛離開雪地的人才享受得到的新鮮、冰冷的活力和幸福，接著和小姑見面。他伸出冰冷結實的大手，用友好的眼神俯看維依。「妳是迪瑪瑞的妹妹？是啊，妳和他長得很像！」如果是別人這般評論，維依或許會覺得無聊，現在她卻感到非常高興。「他是個男人，」她那個下午一直不斷想著，「道道地地的男人！他到底是怎樣的人呀？」

按照依歐語方式，她的全名是維依・杜英・歐伊。她的先生杜英是某大型工業集團的首腦，常以政府商業代表的身分出差，在外面度過大半年的時間。這是維依的說詞。薛維克一邊聽一邊看著她。

在她身上，迪瑪瑞．歐伊那瘦小蒼白的膚色和橢圓形眼睛轉化為一種美感。她的胸部、肩膀、手臂都如此圓潤、柔軟、白皙。晚餐時，薛維克坐在她旁邊，一直注視著她那由緊身內衣所撐起的赤裸堅挺酥胸。在這麼冰冷的天氣裡，會想到這種幾近半裸的裝扮著實是個放肆的念頭，跟風雪一樣放肆。小巧的酥胸帶有一種純真的潔白，雪般潔白。頸部的曲線平順地上升，與那驕傲、清爽、細緻的頭顱曲線相接。

她真的很吸引人，薛維克這樣告訴自己。她就像這裡的床那麼柔軟，雖然有點故做姿態。她為什麼故意那樣子說話？

薛維克緊緊跟隨著她細薄的聲音和做作的姿態，彷彿在深水裡緊緊抓住一具救生艇，完全不知道，完全不知道自己正在往下沉。晚餐後她就要搭火車回尼歐艾沙亞，她只待這半天，薛維克恐怕再也看不到她了。

歐伊得了感冒，希娃忙著照顧小孩。「薛維克，你可不可以陪維依走到車站？」

「老天爺啊，迪瑪瑞！不要叫這個可憐人保護我！你不會以為會有野狼出沒吧？難道會有蠻族冥鬼流竄到鎮裡，把我綁架到他們的後宮嗎？或者我明天早上會淪落在站長家門口，眼中含著冰凍的淚水，僵硬的小手緊握一束凋謝的花？啊，我倒希望是那樣！」維依的笑聲如潮水般蓋過她那叮叮咚咚的講話聲，有如一波陰暗、平順、強大的潮水，沖走一切，只留下空蕩蕩的沙灘。她不是自然而然地笑，而是在嘲笑自己。那是一種身體的陰暗笑意，將文字拭去的笑。

薛維克在大廳穿上外套，在門口等她。

他們安靜走過半條街。雪片在他們腳下發出碎裂的聲響。

「你真的太有禮貌……」

「為什麼這麼說？」

「以一個無政府主義者而言，」她用她細薄、故意拉長的聲音這麼說，就像巴耶與身處大學時的歐伊一樣。「我很失望。我原本以為你會是危險而粗野的。」

「我是啊。」

她從側面盯著薛維克看。她裹著一條鮮紅色頭巾，雙眼在那醒目的顏色和四周白雪映照之下，顯得格外黑亮。

「但是你現在正溫馴地陪我走到車站，薛維克博士。」

「是薛維克，」他溫和地說，「不要叫『博士』。」

「薛維克是你的全名嗎？」

他微笑點頭。明亮的天空、身上高級外套的溫暖、身旁女人的美麗，都讓他感到舒服有活力，完全沒有憂慮和沉重思緒的束縛。

「你們真的是用電腦取名字的嗎？」

「是的。」

「多無趣啊，用機器取名字！」

「為什麼無趣？」

「太機械化了，沒有個人特質。」

「但是我們的名字都不會有其他人使用，還有什麼比這個更有個人特質？」

「沒有其他人？你是唯一的薛維克？」

「至少我活著的時候是如此。在我之前有其他人用過。」

「你是指親戚嗎？」

「我們不那麼重視親戚，每個人都是親戚。我不知道他們是誰，除了在開墾時代初期的某個人之外——她設計了一種重機械使用的軸桿，那軸桿也叫做薛維克。」他又笑了，這次更開懷。「真是滿不錯的永垂不朽。」

維依搖搖頭。「老天爺啊！那你們如何分辨男人女人呢？」

「嗯，我們發明了一些方法……」

過了一會兒，她突然發出那既柔軟又沉重的笑聲。她抹去在冰冷空氣中冒出的淚水。「是啊，你或許真的沒教養！他們是不是都取了杜撰的姓名，然後學習杜撰的語言——所有事物都是新的？」

「安納瑞斯的開墾者嗎？是的，他們是一群浪漫的人，我覺得。」

「你不是嗎？」

「不，我實事求是！」

「你可以兩者皆是。」

他沒預期維依的心思會這麼細膩。「是的，妳說得沒錯。」

「還有什麼比你孤單一個人、身無分文地來到這裡，為你的人民請命更浪漫呢？」

「然後，再因為奢華的享受而墮落。」

「奢華？在大學裡嗎？噢，老天啊，你這個小可憐！難道他們沒帶你去一些比較體面的地方嗎？」

「很多地方，但是完全都一樣。我希望能更了解尼歐艾沙亞。我只看到城市的表面，就像只看到一層包裝紙。」他會使用這個詞彙，是因為他從一開始就深深著迷於烏拉斯人用乾淨夢幻的包裝紙、塑膠、紙板或箔片將每一樣東西包起來的習慣。送洗衣物、書本、蔬菜、衣服、藥品，每一樣東西都放進一層又一層的包裝紙裡，沒有一樣東西會碰撞到其他東西。他也開始覺得自己被小心包裹住了。

「我知道。他們帶你去歷史博物館，參觀多邦奈紀念碑，到參議院聽演講。」薛維克笑了，因為那的確是去年夏季裡某一天的行程。「我就知道！他們招待外國人的方式很笨拙。我應該留意一些，讓你能看到真正的尼歐。」

「那樣倒是不錯。」

「我認識各種了不起的人。我收集人，而你卻受困於這些乏味的教授和政客……」她繼續說個不停。他從維依那種瑣碎的談話中得到樂趣，就像他能夠在陽光與雪地裡得到樂趣一樣。

他們走到亞摩婁車站。她拿著回程車票。火車隨時都會到站。

「別等了，你會凍僵的。」

他沒回答，繼續站在原地。身上穿的羊毛外套讓他看起來有些壯碩；他和善地看著維依。

她低頭看著外套袖口，拍掉繡花上的雪片。「薛維克，你有妻子嗎？」

「沒有。」

「連一個家人都沒有？」

「啊！有的，有一個夥伴，還有我們生的小孩。很抱歉，我想到別的事去了；我以為只有烏拉斯才有『妻子』。」

「『夥伴』是什麼意思？」維依抬起頭，淘氣地看著他的臉。

「我想你們可能會稱之為丈夫或妻子。」

「她為什麼沒和你一起來這裡？」

「她不想來。我們的小孩現在只有一……不，是兩歲。而且……」他有些猶豫。

「她為什麼不想來？」

「她在那裡才有工作，在這裡沒有。如果我事先知道這裡有許多她可能會喜歡的事物，我會要她和我一起來，可是我沒有這麼做。妳也知道，會有安全問題。」

「在這裡會有安全問題？」

他又猶豫了。最後他說：「我回家時也會。」

「你會發生什麼事嗎？」維依張大眼睛問道。火車出現在鎮外的山丘上。

「哦，也有可能沒事。但有些人把我當成叛徒，因為我嘗試和烏拉斯交好。我回家時，他們可能會製造一些麻煩。我不希望這樣的狀況牽連到她和小孩。我離開之前就碰到一些。那樣已經夠了！」

「你是說你真的會有危險？」

他將身體往前傾，想要聽清楚維依說的話，因為這時候火車已經開進車站，發出車輪與車廂的磨擦碰撞聲。「我不知道，」他微笑著說，「妳應該知道我們的火車和這些火車看起來很像吧？一項好的設計是不需要改變的。」他們一起走向頭等車廂。她沒有開門，所以薛維克幫她開了，站在她身後，將頭伸進車廂裡四處觀望。「裡面就不大相像了。這是妳私人專用的嗎？」

「哦，是的。我討厭三等車廂，那些人都在嚼口香糖、隨地吐痰。在安納瑞斯有人嚼口香糖嗎？一定沒有吧！啊，我真的很想多知道一些關於你和你國家的事。」

「我也很想說，只是沒人問我罷了。」

「那麼，我們再見面好好聊一聊吧！你下次來尼歐會打電話給我嗎？答應我，你會！」

「我答應妳。」他充滿善意地回答。

「好！我知道你不會失信——關於你，這是我目前知道的事情當中最確定的一點，我看得出來。再見了，薛維克！」他抓著門沒放手，而維依將戴著手套的手放在他手上。火車引擎發出兩聲汽笛聲。他把門關上，看著火車駛離車站，維依的臉成了在窗邊一閃而過的白色與鮮紅色。

他帶著一種輕鬆的心情走回歐伊家，和音尼玩雪球大戰直到天黑。

般畢利爆發革命！獨裁者潛逃！

反叛軍領袖掌控首都！

世界政府議會召開緊急會議。

A－一〇措施可能介入運作。

鳥餌報紙以最大的標題刊登，拼字和文法都丟到一邊。報導的文字就像是艾福在說話一樣，「截至昨夜，叛軍已控制麥斯克堤西部所有區域，正向政府軍發動猛烈攻擊……」這就是尼歐人的口語表達形式，過去式和未來式完全混雜成一種亢奮、不穩定的現在式。

薛維克讀完報紙，在一本世界政府議會百科全書裡查到有關般畢利的描述：這個國家形式上是一個國會民主政體，但事實上是由軍事將領掌權的軍事獨裁政體。是西半球的大國；主要地形為高山和大草原；未開發的貧窮國家。「我之前應該去般畢利的。」因為薛維克現在想去，才會覺得先前就應該去。他想像著蒼白平原上呼嘯的風。這些新聞很詭異地煽動了他。他仔細聆聽收音機的公告——自從他發現這裡的收音機主要用來廣告之後，他就很少收聽了。收音機的報導以及官方公告的新聞都很簡短枯燥，而大眾報紙的每一頁都叫喊著「革命」，兩者形成一種怪異的對比。

總統哈維維特將軍已乘著他那著名的鋼甲座機安全逃離，但是一些較低階的將軍被逮捕而後閹割；般畢利傳統偏愛閹割刑更甚死刑。敗逃的軍隊沿途燒毀同胞的田地和城鎮；游擊隊員不斷襲擊政府軍；在首都麥斯克堤的革命分子大開監獄，釋放所有囚犯。讀到這裡，薛維克內心雀躍不已。「還有希望，還有希望……」他持續關注遠方革命的報導，心情也愈來愈激動。到了第四天，他看著一篇關於世界政府議會辯論的通訊報導，看見依歐派駐世界政府議會的大使發表聲明，指出愛依歐支持般畢利民主政府，並派遣武裝部隊支援總統哈維維特將軍。

般畢利革命軍大多是非武裝部隊，而依歐軍隊將帶著機槍、裝甲車、飛機和炸彈前去。薛維克在報紙上讀到裝備的報導，感到反胃。

他覺得噁心又憤慨，但找不到人聊。巴耶根本不可能；阿特羅是個好戰的軍事主義分子；歐伊是個有道德的人，但是他個人的不安，以及身為一個財產擁有者的焦慮，又促使他緊守一些僵化的法律與秩序的概念。他只有拒絕承認薛維克是個無政府主義分子，才能容許自己對薛維克抱持好感。他說，歐多社會自稱為無政府主義社會，但實質上不過是一些原始的民粹主義分子。歐多社會之所以不靠政府就能運作，是因為他們的成員不多，也沒有鄰近國家；財產受到野心勃勃的敵人威脅時，要不是被現實驚醒，就是被消滅。般畢利革命分子現在正被現實驚醒，他們正在體會若沒有機槍當後盾，就沒有自由的可能。歐伊在某一次涉及這個主題的討論中，對薛維克解釋道：對般畢利人而言，誰主政，或誰自認主政，其實都沒有多大差別；現實的政治只牽涉愛依歐與夙烏之間的權力鬥爭。

「『現實的政治』？」薛維克複述，他看著歐伊，「一個物理學者會用這樣的詞彙倒是滿稀奇的。」

「一點都不會。政治人物和物理學者處理的都是事物本身、真實的力量與世界的基本法則。」

「你們制訂一些瑣碎悲哀的『法則』保護財富、你們的機槍和炸彈的『力量』，你居然把這些和能量與重力法則擺在同一個句子裡？我原本以為你的智慧不只如此呢，迪瑪瑞！」

歐伊刻意忽視這樣鄙視的攻擊。他不再說什麼，薛維克也是。但是歐伊永遠都無法忘記這件事。從此之後，這件事成為他一生中最可恥的一刻，深深烙印在他心中。如果像薛維克這樣容易相信他人、心思單純的烏托邦主義者都能夠如此輕易地讓他語塞，他真是太可恥了。但是，如果只把薛維克當成物理學家，是他無法不喜愛、景仰的人；他希望能得到薛維克的尊敬，一種當今無處可尋的更高等級的尊敬。如果這樣的薛維克鄙視他，那麼他所受的恥辱將無法忍受，所以他必須加以掩飾，在餘生中都將之鎖在靈魂中最陰暗的房間裡。

般畢利革命的話題也凸顯出薛維克的一些問題，特別是他的沉默。

他很難不信任共處的人。他成長在一個總是依賴人類團結與相互援助的文化中。即便他在某些方面感到和那個文化之間格格不入，即便對現在自己所處的這個文化也一樣感到疏離，這種一生的習慣依然完好如初。他認定人類總會伸出援手。他相信他們。

但是，奇佛里斯格的警告一直出現在他的腦海裡，儘管他不想理會，但自己的見解和直覺又繼續強化。不管願不願意，他都必須學習不信任，他必須保持沉默，必須保留自己的資產，必須維持講價的權力。

這些日子以來，他沒說多少話，寫得更少。他的筆記都在身上，在許多口袋中的一個，書桌上只擺滿不重要的文件。離開桌上型電腦前，他一定會先清除檔案。

他知道自己即將完成依歐急於取得的「廣義時間論」，好利用它進行太空旅行，累積權勢。他也知道自己還沒有達成目標，甚至有可能不會達成。他到目前為止還沒有清楚對任何一個人坦承這當中的任何一件事實。

離開安納瑞斯之前，他一直認為一切都在掌握之中。他已經推算出公式。薩布爾知道這件事，主動示意言歸於好與認同，做為薛維克答應讓他將公式付印、沾一點光榮的回報。他拒絕了薩布爾，但是這算不上什麼偉大的道德行動。將公式交給他在主動權聯合工會裡的出版社才算真正的道德行動，但是他也沒有這麼做。他還不大確定該不該出版，好像有什麼地方不大妥當，必須更進一步修飾。反正他已經投注了十年時間在這個理論，再拖久一點，弄得更完善、更通順，一點也無妨。

那個有點不大對勁的地方愈看愈有問題。由推理上的小瑕疵變成大缺陷，再變成穿透所有基礎的裂縫……離開安納瑞斯的前一晚，他燒掉所有關於廣義理論的文章，一無所有地來到烏拉斯。用他們的話來說，他有大半年的時間都在唬弄他們。

或者，他是在唬弄自己？

「廣義時間論」非常有可能只是個虛幻的目標。當然，連續性和共時性將來也有可能統合在一種廣義理論之中，只不過完成這項任務的人不是他而已。他已經花了十年的時間都還無法完成。身為智慧運動員的數學家和物理學家，都在很年輕的時候就已完成他們的鉅著。他非常有可能已經精力耗盡。結束了。

他相當清楚，在他創造力到達最高峰之前，也有過相同低落的心情和失敗的宣告。他發覺自己試著用這過去的經驗鼓舞自己，而後又對於自己的天真感到憤怒。對一個時間科學家而言，將「時序」詮釋為一種「因果關係的秩序」是很愚蠢的。他是不是已經不中用了？他最好還是去研究一些小的、實用的題目，像是修飾「間隔」概念，或許對其他人還會有一些用處。

但是，即使如此，即使在和其他物理學家討論的時候，他總覺得自己有所保留，別人也看得出這一點。

他厭倦了保留，厭倦了不說話、不談論革命、不談論物理學、不談論任何一件事。

他在前往講課的路上穿越校園。小鳥在剛長出新葉的樹上唱歌；整個冬天他都沒聽到牠們的歌聲，那甜美的曲調。瑞——滴——，牠們唱著，啼——滴滴滴，這是我的財產——這是我的土地——屬於我——

薛維克站在樹下聽了一會兒。

然後，他轉身離開，從另一個方向穿過校園，走向車站，搭上清晨的火車，前往尼歐艾沙亞。在這該死的星球上總該有一扇門會為他而開！

他坐在火車上，想著要逃離愛依歐。到般畢利去？也許吧。但是他並未認真思考這個念頭。他得搭船或飛機，他會被跟蹤和阻止。唯一能讓他躲過他那些仁慈、保護欲強盛的東道主的目光之處，就是他們的大都市，就在他們眼下。

那並非真正的逃脫。即便他逃出這個國家，他仍然會被關住，困在烏拉斯。你不能說那是逃脫，不論那些有著神祕的國家界線觀念的無政府主義者會怎麼稱呼它。但是當他想到那些仁慈、保護欲強盛的東道主可能會短暫地以為他已經逃走，他突然感到很愉快。他已經好幾天都沒有這樣的心情了。

這天是春季以來第一個溫暖的日子。田地一片翠綠，閃爍著水光。草地上的每一頭牲畜都有幼獸相伴。小羊特別可愛，像是白色的橡皮球般彈跳著，尾巴不停畫圈圈。公羊、公牛或公馬之類有粗厚項頸的公畜獨自在圈樁裡，像是閃電烏雲那麼強而有力，肩負了傳宗接代的任務。海鷗掠過盈滿的池塘，是湛藍之上的一抹潔白；白雲照亮了淡藍色天空；果園裡的樹枝頂端掛著點點鮮紅。有些花朵已經綻放，玫瑰色和白色。從火車車窗望去，薛維克發覺自己煩躁與叛逆的心情甚至連眼前這幅美景都抗拒。這是一種不公平的美！烏拉斯人憑什麼能配得上？為什麼這樣的美景如此輕易、優雅、豐沛地贈與了烏拉斯人，而他自己的人民得到的卻是那麼地稀少匱乏？

我的想法像烏拉斯人，他對自己這麼說，像是個該死的財產主義者，好像「配得上」代表了一切，好像一個人可以賺得美麗或生命。他試著什麼都不想，讓自己隨著火車前進，觀賞溫和天空中的陽光，以及在春天田地上跳躍的小羊。

尼歐艾沙亞，一個人口約五百萬的都市，在河口區的綠色沼澤對岸豎起精細光亮的高樓；整座城市看起來就像用霜霧和日光建造而成。火車平順地飛奔過長長的高架橋，城市更高、更亮、更完整地聳立在眼前，直到整輛火車突然被包圍在一條同時容納二十條鐵軌的地下通道裡，進入喧囂的黑暗之中，然後再和車上的乘客一起被釋入中央車站巨大光亮的空間裡，就在象牙和碧空的中央圓頂下。據說那是人類世界裡人力建造的最大型圓頂。

薛維克漫步走過廣闊拱頂下方的磨亮大理石地面，來到一長排出入口。人群不斷在這裡進進出出，目標明確，彼此保持距離。對他來說，他們看起來有些焦慮。他經常在烏拉斯人臉上看到那種焦慮，總是讓他想不透。是不是因為不管他們擁有多少錢，他們總是操心能否多賺一些，以免死於貧困？會是罪惡感嗎？因為不管他們的錢少到什麼程度，總還會有人的錢更少？不管是什麼原因，所有人的臉上都有某種相同的表情；身處這些人之中讓他感到非常孤單。在他逃離嚮導和護衛的同時，他沒有考慮到在一個彼此不互相信任、基本的道德立場不是互相援助、而是互相侵犯的社會中，他獨自一人會是怎樣的情形？他感到些微驚慌。

他茫然想像自己在城市裡四處漫遊，和人聊天——那些無產階級的人（如果這裡有這種人），或是他們所說的勞動階級。但是每個人都好像為了什麼要緊的事匆忙趕路，一點都不想和其他人閒聊，也不想浪費寶貴的時間。他們的匆忙感染了他。當他走出車站，走進陽光和莫伊街擁擠的壯觀景象之中，他突然覺得自己非得去某個地方不可。哪裡呢？國家圖書館？動物園？但是他不想觀光。

他仍猶豫不決，於是在車站附近一家賣報紙和雜物的商店前面停下腳步。他看見報紙頭條寫著「夙烏派遣軍隊援助般畢利叛軍」，但是他沒有任何反應。他注視的是架上的彩色照片，而非報紙。他突然想起，到目前為止，他都還沒有任何烏拉斯的紀念品。出外旅行總該帶一些紀念品回家吧！他喜歡上那些照片：愛依歐的風景照、他爬過的山、尼歐的摩天大樓、大學教堂（幾乎是從他的窗戶往外拍攝的畫面）、一個身穿鄉村服飾的農家小女孩、拉德區的高塔……還有一張最先吸引他的目光：一頭小綿羊在開滿鮮花的草地上踢著腿，顯然笑得很開心。小碧露應該會喜歡那頭小綿羊。每一種他都各挑了一張，然後拿到櫃臺結帳。「五張五十，加上小綿羊總共六十，還有地圖一張，先生，總共一單位四十。好日子，春天終於來了，不是嗎？沒有更小面額的嗎，先生？」薛維克拿出一張二十單位的鈔票，接著摸索買車票找的零錢，稍微研究了一下紙幣和硬幣的面額，算齊一單位四十。「沒錯，先生。謝謝光臨。祝您有個美好的一天！」

錢真的可以買到禮貌，還有明信片和地圖？萬一他是按照安納瑞斯的方式，像走進貨物貯藏室般進到店裡，拿了一些他要的東西，對著登記員點點頭，然後走出去，這時店員會多有禮貌呢？

沒用，這樣想一點用也沒有。在財產主義者的土地上，想法就得像個財產主義者，穿著、飲食、行為都得像個財產主義者、是個財產主義者。

尼歐市區沒有公園。這裡的土地價值太高，無法浪費在休閒的用途上。他持續深入那些他已經被帶著逛過好幾次的華麗大街。他走到信德里迷亞街，匆忙穿越街道，不想在大白天重複同樣的夢魘。現在他到了商業區，銀行、辦公大樓、政府辦公大樓林立。難道尼歐艾沙亞就只是這樣？巨大閃亮、由石塊和玻璃組成的盒子，寬廣的、雕琢的、巨形的包裹——但卻空虛、空虛！

他經過一樓窗戶標示著「藝術博物館」的建築物，走了進去，想藉此躲避在街道上發作的道德幽閉恐懼症，再次在博物館裡發掘烏拉斯的美。但是博物館內所有圖畫的畫框上都貼著標價。他注視著一幅畫工精細的裸體畫，標價四千烏拉斯幣。「這是大師裴特的畫。」一個無聲無息出現在他身邊的黑人這麼說，「上星期我們有五幅這樣的畫，一下子就成為藝術市場上的搶手貨，保證是值得的投資，先生。」

「四千單位可以讓兩個家庭在這個城市裡生活一年。」薛維克說。

那個人仔細打量薛維克，拉長聲音說：「是的，但是你也知道，先生，這是一件藝術品。」

「藝術？人之所以創造藝術是因為他不得不那麼做，這幅畫為何而做呢？」

「你是藝術家，我認了。」那個人說，公然表現出無禮與傲慢。

「不是的。我不過只是個看到爛貨時會知道那是爛貨的人罷了。」那個商人往後縮。等他退到了薛維克碰不到的範圍，他開始說起關於警方的事。薛維克做了一個不屑的表情之後，大步走出商店。

走了半條街之後停下來。他不能繼續這樣走下去。

但是，他能去那裡呢？

去找某人……去某人那裡，另一個人，人類，某個願意給予、而非出售援助的人。誰呢？哪裡呢？

他想到歐伊的小孩，那兩個喜歡他的小男孩，他一時也想不到別人。接著，有個影像浮現在他心中，如此遙遠、細小卻清晰。歐伊的妹妹。她叫什麼名字？「答應我，你會打電話給我。」她曾說過這樣的話。而且之後她也曾以她毫無修飾、稚氣的筆跡用帶著香味的厚紙寄了兩次晚宴邀請函給他。他把它們和其他陌生人的邀請函一起忽略了。現在他又想起來。

他同時也想起另外那個神祕出現在他外套口袋裡的訊息：「加入你的兄弟吧！」但是他無法在烏拉斯找到任何兄弟。

他走進最近一家商店。那是一家賣甜點的商店，到處裝飾著金色渦卷形裝飾和粉紅色灰泥。有好幾排玻璃櫃，裡頭擺滿糖果和果醬盒子、罐頭和籃子，粉紅色、棕色、乳白色和金色。他請站在櫃子後面的一個女人幫他查一個電話號碼。他在藝術商店發過脾氣之後，現在收斂許多，很卑微地擺出無知和生疏的姿態，成功說服那個女人幫他。女人不只幫他在一本厚重的電話簿裡找名字，甚至還用店裡的電話幫他撥通。

「喂？」

他回答「薛維克」，然後停住。電話對他來說是一種用來傳遞緊急需求、通知死亡、出生和地震訊息的工具。他不知道該說什麼。

「誰？薛維克嗎？真的是你？你的電話真是寶貴！如果是你，我一點都不介意被你的電話叫醒。」

「妳在睡覺？」

「睡得可熟了。我還躺在床上。又溫暖，又舒服。你現在到底在哪裡？」

「我應該是在凱席克街。」

「你跑去那裡幹麼？現在幾點了？天啊，快中午了！我知道，我得在半路上和你碰面，在舊皇宮花園的划船池旁邊，你找得到嗎？聽著，你得留下來，我今晚有一場絕對算得上是天堂般的晚宴。」她繼續聒噪了一會兒。他同意維依說的每一句話。當他走出來經過櫃臺時，女店員對著他笑。「先生，你是不是最好買一盒甜點送她？」

他停下來。「我應該嗎？」

「先生，不會有什麼損失的！」

她的聲音裡有一絲厚顏，有一絲和善。店裡的氣氛很甜美溫暖，好像春天所有的香氣都湧進店裡。薛維克就站在那些裝著漂亮精品的箱子之間，又高又重、夢幻般的箱子，就像是圈椿裡的動物，被春天渴望的溫暖息迷昏的公牛公羊。

「我幫你打點。」那女人說，然後在一個塗上精緻琺瑯的小金屬盒中擺滿小葉形狀的巧克力和玫瑰花造型的棉花糖。她用紗紙把盒子包起來，放進一個銀色紙盒裡，再包上大量的玫瑰色紙，最後繫上綠色絨布彩帶。從她輕巧的動作中可以感覺到某種幽默和善解人意的親切。當她把弄好的包裹交給薛維克，而薛維克接過之後小聲道謝、轉身準備離開的時候，「六十元，先生。」她提醒薛維克，聲音裡沒有一絲絲銳利。她原本或許會就這樣讓他離開，同情他，就像女人總會同情強者。但是他乖乖回來，並且把錢算好。

他搭乘地下鐵到舊皇宮花園，到了划船池。那裡有許多打扮得很體面的小孩乘坐著小玩具船；船身有一些絲製的繩索和像是珠寶的銅片，看起來很不可思議。他看見維依就在寬廣明亮的圓形水池對面，於是繞著池邊走向她。他注意到陽光、春風，和公園裡暗色的樹掉下的翠綠色嫩葉。

他們在公園裡一家餐廳吃午餐，坐在覆蓋高聳玻璃圓頂的露臺。在穿透玻璃屋頂的陽光下，長滿樹葉的楊柳樹垂掛在水池之上，樹上棲息著體態豐盈的白鳥，以一種傲慢貪婪的神情注視著他們，似乎在等待餵食。維依沒有點菜，表明要薛維克負責。熟練的服務生慢條斯禮地給他一些建議，使他覺得好像是他自己在打點所有事情。還好他口袋裡有不少錢。菜色相當豐富，他從未吃過如此精緻的口味。他一直習慣一天只吃兩餐，通常不像烏拉斯人一樣要吃午餐，但是今天他把整頓飯都吃完，反倒是維依一直挑挑揀揀。他最後不得不停下來；維依嘲笑他悔恨的表情。

「我吃太多了。」

「散步一下就沒事了。」

他們走得很慢，在草坪上漫步了十分鐘。然後，維依優雅地在矮樹叢高起的坡地陰影底下躺下，那兒開滿金黃色花朵。他在她身旁坐下。當他看著她那以白色高跟鞋修飾的纖細雙腳，塔克微用過的一個詞彙浮現在他心頭：「身體投機者」；塔克微這樣稱呼那些把自己的性徵當作武器來和男人進行權力鬥爭的女人。他看著維依，覺得她就是那種終結所有男人的身體投機者：鞋子、衣服、化妝品、珠寶、姿勢，她身上的一切都在宣示、挑逗。如此雕琢與賣弄，使得她看起來一點都不像人類。她是性慾的化身，是所有依歐人壓抑到夢境、小說、詩歌、畫不完的女性裸體、音樂、加上曲線和屋頂的建築、糖果、浴室、床墊裡的性慾。她是餐桌上的女人。

她把整個頭刮得乾乾淨淨，灑上一些帶有雲母粉的爽身粉，因此點點微弱的亮光模糊了整個赤裸的輪廓。她披著一條輕薄的披肩或披風，蓋住了原本裸露的手臂，手臂的形態和質感顯得格外柔軟。披肩也蓋住她的胸部。依歐女人不會袒胸露乳地外出，她們的赤裸只保留給擁有她們的人。她的手腕上戴著金質手鐲，喉嚨中間有一顆寶石，在柔軟皮膚的襯托下發出藍色的光芒。

「那是怎麼弄的？」

「什麼？」反正她自己看不到那顆寶石，當然可以假裝沒注意到，薛維克只好用手指或是把手伸到她的胸部上面觸摸那顆寶石。「是用黏的嗎？」

「哦，那個啊？不是，我在那裡鑲進一個磁石，然後它的背面附了一小片金屬；或者是反過來？總之我們黏在一起就是啦！」

「妳的皮膚下面有一塊磁鐵？」薛維克帶著單純的反感提出疑問。

維依微笑著把藍寶石拿開，他因此看到那個地方只有一小塊下陷的銀色疤痕。「你完全不認同我的做法——真令人感到新奇。我覺得不管我說什麼、做什麼，我在你心中的評價都不可能更低了，因為已經到了最低等。」

「不是這樣。」他抗議。他知道維依是說著玩的，可是他不大了解遊戲規則。「不，不。我知道那是道德恐懼的反應。就像你剛剛的樣子。」她裝出一臉怒容，然後他們都笑了。「我真的和安納瑞斯的女人有那麼不同嗎？」

「哦，是的，真的很不同。」

「她們都渾身強壯的肌肉嗎？她們都長了一雙大扁腳、穿靴子和平實的衣服，而且每個月才剃一次毛嗎？」

「她們不剃。」

「從來不剃？哪裡都不剃？天啊！我們還是聊些別的吧！」

「聊妳。」他傾身靠近長滿草的坡地，更靠近維依，使他能夠被維依身上自然和人工的香味包圍。

「我想知道烏拉斯的女人是不是都心甘情願扮演弱勢的角色。」

「比誰弱勢呢？」

「男人。」

「噢——這個啊！什麼原因讓你這麼認為呢？」

「在你們的社會裡，似乎所有事情都是由男人完成：工業、藝術、管理、政府、決策。還有妳們一輩子都必須冠上父親和丈夫的姓氏。男人上學，妳們不上學。所有老師、法官、警察和政府人員都是男人，不是嗎？妳們為什麼讓他們控制一切？妳們為什麼不做妳們喜歡做的事？」

「我們有啊？這裡的女人一直都在做她們喜歡做的事，只是不以把自己的手弄得髒兮兮的，或是戴上銅製的頭盔，或是閒站在理事會裡大吼大叫為手段。」

「那妳們做了什麼？」

「還用問嗎？當然是駕馭男人嘍！而且你知道吧，跟男人這樣說也沒關係，因為他們絕對不會相信。『哈哈！妳這滑稽的小女人！』然後摸摸你的頭，讓身上的獎章晃來晃去，大搖大擺地走開，百分百志得意滿。」

「妳也和他們一樣對自己很滿意嗎？」

「是啊！」

「我不相信！」

「因為那不符合你的原則。男人總是有一大堆理論，而現實必須符合他們的理論。」

「不，不，不是因為理論的緣故，因為我看得出來妳並不滿足。妳總是焦躁不安、不知足、危險。」

「危險？」維依笑得很燦爛，「這可真是個了不起的讚美！為什麼我是危險的，薛維克？」

「為什麼？因為妳知道妳在男人眼中是一個物品，一個被擁有、購買、出售的物品。因此妳一心一意只想玩弄擁有妳的人，或是復仇……」

她故作姿態地把小手放在薛維克的嘴巴上。「噓……我知道你不是故意這麼粗鄙。我原諒你。但是你已經說夠了。」

他對維依的虛偽感到不悅，同時也領悟到自己可能真的傷害了她。他仍然可以感覺到維依的手和他嘴脣的短暫碰觸。「對不起！」

「不，不！你來自月球，怎麼可能會了解？你不過只是個男人。反正……我還是會告訴你一件事。如果你帶著你遠在月球的某個『姊妹』，給她機會脫下靴子，讓她泡精油浴，把毛剃掉，穿上一雙漂亮的涼鞋，肚子上戴上一顆寶石，噴上香水，她準會愛死的！你也會愛死的！啊，但願你會！可你就是不願意這樣，你這個墨守理論的可憐人。所有人都是兄弟姊妹，都沒有樂趣。」

「妳說得沒錯，」薛維克說，「沒有樂趣。在安納瑞斯，我們整天都在礦坑裡挖鉛礦，晚上吃過用一大匙鹽水煮出來的穀粒飯之後，我們輪流吟唱《歐多格言錄》，一直到就寢的時間。這些事我們都獨自完成，穿著靴子。」

他的依歐語還不夠流利，無法像用自己的語言一樣說出這段話（這是他以前在安納瑞斯的突發奇想，聽過幾次的塔克微和沙蒂早已習慣），但是不管他剛剛的話說得多笨拙，都讓維依大吃一驚。她再次爆出低沉、隨興的笑聲。「天啊，你好好笑喔！你還有什麼沒做過的嗎？」

「推銷員。」他說。

她微笑著仔細打量薛維克。她的姿態中有某種專業、女演員般的氣質。一般人不會在近距離內如此專注地看對方，除非是母親對嬰兒，或醫生對病人，或情人之間。

薛維克坐了起來。「我想再走走。」

維依把手伸向他，要他攙扶起身。這樣的動作有些慵懶誘人，但是她說話的聲音卻帶著些微不確定的溫柔：「你真的很像是個兄弟……拉著我的手，我讓你再多走一下。」

他們沿著大花園裡的步道散步。他們走進皇宮，這裡現在已被當成保存古代皇室的博物館，維依說她喜歡到這裡觀賞珠寶。狂妄君主的畫像從鋪蓋著錦緞的牆壁和雕刻的壁爐架盯著他們看。所有房間都擺滿銀器、黃金、水晶、稀有的木材、刺繡和珠寶。守衛就站在天鵝絨繩後，身上穿著黑紅配色的制服，和這裡的豪華景象、金色紡紗的窗簾和羽毛被倒是滿一致的，但是他們的臉卻很不搭調：他們的表情乏味、厭倦，厭倦了在陌生人當中站上一整天，執行一項毫無意義的任務。薛維克和維依走到一個玻璃櫃前，裡面放著黛宜皇后的斗篷，以活生生從一些叛徒身上剝下的人皮曬乾縫製。一千四百多年前，那位可怕而目中無人的女人和她飽受瘟疫折磨的人民一起祈求上帝結束他們的災難時，正是穿著這一件斗篷。「我覺得看起來很像是山羊皮。」維依說，仔細觀察放在玻璃櫃裡那塊褪色、歷盡風霜的破布。她抬頭看薛維克。「你還好吧？」

「我想要到外面去。」

到了外面的花園之後，他的臉變得比較不那麼蒼白，但是他以一種厭惡的眼神回頭看皇宮的圍牆。「為什麼你們的國人還不肯放棄你們的恥辱？」他說。

「不過是歷史罷了。那樣的事情現在已經不可能發生。」

維依帶他到劇院看午後場演出。那是一齣關於一對新婚夫妻和岳母的喜劇，情節充滿和性愛相關的笑話，但是又沒有真正提到性愛。維依笑的時候，薛維克也試著和她一起笑。之後，他們到市中心一家餐廳，那裡的富裕景象令人難以置信。晚餐花了他們一百單位的烏拉斯幣。薛維克吃得很少，因為他已經吃過午餐。但是他在維依的敦促下喝了兩、三杯酒。酒比他原先預期來得爽口，而且好像對他的思考沒有造成有害的效果。他的錢不夠支付晚餐的費用，但是維依沒有示意要分攤，只是建議他開支票，他也遵照維依的意思那麼做。他們叫了一輛車到維依住的地方，她也讓薛維克支付車資。他感到納悶，維依會不會是個妓女？她會不會是那種神祕的身分？但是歐多描寫的妓女都是貧窮的女人。維依顯然並不窮。「她的」廚師、「她的」女僕和「她的」管家已經準備好她提過的宴會。此外，大學裡的人提到妓女的時候，都像是提到一些骯髒生物那樣地不屑。然而，儘管維依持續散發著誘惑，她對於公開談論任何和性有關的話題卻相當敏感，因此薛維克謹慎說話，彷彿之前在家鄉時和一個十歲大的害羞孩子談話那樣。總之，他不了解維依到底是什麼樣的女人。

維依的房間既寬敞又奢華，可以看得到尼歐市區燈光閃爍的夜景，房間的裝潢全部都是白色，連地毯都是。但是薛維克對奢華的生活早已麻木，而且他非常想睡。賓客還要再一個小時才會到達。維依去換衣服的時候，他在客廳裡的一個白色大沙發上睡著了。女僕在餐桌邊喋喋不休的說話聲吵醒了他，他正好看到維依已經換好衣服回來。她現在穿的是正式的依歐女仕晚禮服，褶裙從臀部垂墜地面，軀幹完全裸露，肚臍上有一顆閃閃發亮的寶石，就像二十五年前他與狄瑞林和貝德普在北區科學學會裡的一些圖片上看到的一樣，就是那麼……他在半夢半醒的狀態下注視著維依。

維依也回看他，面露微笑。

維依在他身旁一個有坐墊的矮凳坐下，能夠直接清楚地看著他的臉。她整理裙襬，蓋住腳踝，然後說：「現在，告訴我安納瑞斯的男人和女人之間的情況。」

真是難以置信。女僕和管家的手下都在房裡。她知道薛維克有個伴侶，而薛維克也知道她知道。他們沒提到任何一句和性交有關的話，但是她的穿著、動作、音調——如果不是公然的邀約，又是什麼呢？

「男人和女人之間的事，都是他們想要讓它發生的事。」他粗略地說，「每一件，雙方面。」

「那麼，那是真的？你們真的沒有道德？」她問，似乎感到又震驚又高興。

「我不知道妳指的是什麼。傷害一個人，在我們那裡和在這裡都是一樣的。」

「你的意思是，你們還保留著相同的舊規則？你看，我相信道德不過只是另一種迷信，和宗教一樣。是一定要拋棄的東西。」

「但是在我們的社會，」他完全搞迷糊了，「是要努力企及道德。拋開道德判斷，是啊！拋棄規則、法律、刑罰，人才能夠看清善與惡，做出選擇。」

「所以你們拋棄了所有『可以』和『不可以』。但是你知道，我認為你們那些歐多主義者完全弄錯了重點。你們拋棄了牧師、法官、離婚法還有其他東西，卻保留了那些東西背後真正的麻煩，你們把它塞到裡面，塞進你們的良知。它還是在那裡，你們一直都還是奴隸，你們還不算真正自由！」

「何以見得？」

「我曾經在雜誌上讀到一篇關於歐多主義的文章，」她說，「而且我們今天一整天都在一起。我不完全了解你，但是我知道一些關於你的事。我知道你的腦袋裡有一個……一個黛宜皇后，就在你長了頭髮的腦袋裡。她無時無刻都在對你發號施令，就像以前的暴君對他的農奴那樣。她說『做這件事』，你就得做；『不准』，你就不做。」

「她只能存在在那裡，」他笑著說，「就在我的腦袋裡。」

「不，最好把她擺到皇宮裡，你才有可能反抗她，像你的先人那樣——至少他們逃到月球上。但是他們還是帶著黛宜皇后一起離開，所以你到現在都還擺脫不了她的糾纏。」

「或許吧！但是她在安納瑞斯已經學到教訓，如果她要我傷害別人，我會傷害到我自己。」

「還是換湯不換藥的虛偽！生命是一種戰鬥，只有最強壯的人才能贏得勝利。所有的文明都只會用美麗的辭藻掩飾血腥和仇恨。」

「妳的文明，也許吧！我們的文明不掩飾任何東西，完全明明白白。黛宜皇后披的是她自己的皮。我們遵守一條法則，唯一的一條，那就是人類演化的法則。」

「人類演化的法則就是最強者生存！」

「沒錯，但是在所有社會性物種當中，最強者就是最社會性的，用人類的詞彙來說，最道德的。妳看，在安納瑞斯，我們既沒有俘虜，也沒有仇敵，我們只有彼此。傷害別人不會增加自己的力量，只會讓自己更加虛弱。」

「我不管什麼傷不傷害，我不在乎其他人，沒有人會在乎的，他們只是假裝他們會。我不想假裝，我要真正的自由。」

「但是，維依……」他受維依對自由的呼求所感動，正要開始用一種溫柔的態度說話，但就在這個時候，門鈴響起。維依站起來，整理裙子，帶著微笑迎接到場的賓客。

接下來的一小時內，陸續約有三、四十個人到達。剛開始薛維克覺得有些不悅、不滿與乏味，這不過又是一個大家都拿著酒杯、站著微笑和大聲說話的宴會。但是宴會變得愈來愈有趣，討論和爭執開始熱烈展開，賓客紛紛就座談話，就像個家庭宴會。精緻的點心、肉塊和魚片四處傳送，酒杯隨時都有體貼的服務人員倒酒。薛維克拿了一杯飲料。他看烏拉斯人狂飲已有好幾個月的時間，好像也沒有人因此生病。那杯飲料嘗起來像藥水，但是有一個人對他解釋說那主要是碳酸水。他喜歡碳酸水，剛好也感到口渴，於是立刻喝下那杯飲料。

有幾個人決意要和他聊物理學。其中一個舉止相當有禮，薛維克故意迴避他，因為覺得和不精通物理學的人談物理學是很困難的一件事。另外一個人有些蠻橫傲慢，薛維克無法躲開他，但發現惱怒的情緒反而使得談話更容易進行。那個人什麼都知道，很明顯地是因為他很有錢。「如我所見，」他告訴薛維克，「你的共時理論只不過否定了關於時間的一個最明顯的事實：時間會消逝。」

「嗯，在物理學的領域裡，我們都會小心處理所謂的『事實』，那和做生意是不同的。」薛維克用極溫和友善的口氣回應，然而在他溫和的口氣中有某種東西，讓正和另一群人談話的維依轉過頭來聽。「用共時理論嚴謹的術語來說，時間的延續在物理層次上不被當成是客觀的現象，而是一種主觀的經驗。」

「你可別再嚇狄亞瑞了。用小孩的話告訴我們那到底是什麼吧！」維依說。她的敏銳讓薛維克會心一笑。

「好吧，我們認為時間『經過』，從我們身邊流過。但是，萬一是我們從過去走向未來、不斷發現新時間呢？你看，那會有點像是在讀書。書就是一直在那裡，在封面之間，但是如果你想讀故事，並且了解它，你必須從第一頁開始，然後往後讀，按照頁數的順序。因此整個宇宙就會是一本巨大的書，而我們則是渺小的讀者。」
「但是**事實上**，」狄亞瑞說，「我們經驗到的是宇宙的延續、流動。在那樣的情形下，你這種關於在某個較高的層次上它會永恆存在的理論又有什麼用處？或許你們這些理論家會覺得有趣，但是那樣的理論無法實際應用，和真實的生活一點相關都沒有。除非它的意思是，我們可以建造出時間機器！」他故意在話語中加入一種僵硬而虛偽的愉快。
「但是我們不只經驗到宇宙中延續的現象。」薛維克說，「你從來都不做夢嗎，狄亞瑞先生？」就這麼一次，他為自己還記得稱呼別人「先生」感到驕傲。
「這和你的理論有什麼關係？」
「我們似乎只在意識中才能經驗到時間的存在。小嬰兒無法體會時間，他無法和過去保持距離，了解過去和現在的關係，或者規畫現在和未來的關係。他不知道時間的流逝，他不能體會死亡。成年人潛意識的心靈還是像那種狀態。在夢裡，時間並不存在，延續性完全改變，原因和結果也完全混雜在一起。神話和傳說也沒有時間。故事告訴我們的『很久很久以前』，指的到底是哪一段過去？所以，當一個神祕主義者將他的理智和潛意識重新聯結，他會把所有變異都看成一體，並且理解了永恆復返。」
「是啊，神祕主義者！」那個比較害羞的男人熱心地說，「狄波瑞思，第八千禧年，寫了『潛意識心靈與宇宙並存』。」
「但是我們並非嬰兒，」狄亞瑞打岔，「我們是理性的大人。難道你的共時理論不過是種神祕的退化論嗎？」

這時候薛維克自己拿了一塊並不是真的想吃的酥餅，他們的談話因而暫時中斷。他今天已經發過一頓脾氣，也讓自己成了個傻瓜。一次已經足夠。

「或許，你可以把它當成一種求取平衡的企圖。你知道的，時序理論用很完美的方式解釋了我們對直線時間的感覺和演化的證據；它也涵蓋了創世與生死。但是僅止於此。它處理了所有變化，儘管它無法解釋事物為何會持續。它只提到時間之箭，從未提到時間之循環。」

「循環？」那個比較有禮貌的人發出疑問，帶著一種明顯的求知慾，薛維克因此幾乎已經把狄亞瑞拋在腦後，比手畫腳地想要讓他的聽者真的看到他所說的箭頭、循環和擺盪。「時間同時以循環和直線的方式進行。你知道星球會運轉嗎？每轉一圈，每繞太陽一周，就是一年，不是嗎？我們可以算出無窮盡的運轉軌道，觀察家做得到。事實上我們就是用這樣的體系計算時間，它構成了**時鐘**這種計時器。但是，在這個體系內、循環之內，時間又在哪裡呢？開端或終點在那裡？無窮盡的重複是一個非關時間的過程，它非得類比成其他循環或非循環的過程才能夠被視為與時間相關的。嗯，你知道，這很奇特，也很有趣。原子都會進行循環性運動。穩定的化合物都是由一些相對具有規律性、週期性運動的單位所構成。事實上，正是原子細微的可逆性循環，使物質具備足以產生演化的恆久性，而細微的恆久性聚合之後則構成時間，然後形成大規模的整個宇宙。你也知道，我們認為整個宇宙是一種循環的過程，是擴散與凝縮之間的擺動，沒有真正的之前與之後。我們只存在於眾多大循環其中一個**之內**，也只有在那裡才有直線時間、演化與變動。因此，時間具有兩個面向。其中之一像箭頭、河流，否則就沒有變動、沒有前進、沒有方向、沒有創世。另一個面向是循環，否則就只是混沌、無意義的片段延續，一個沒有時鐘、季節和前景的世界。」

「你不能對同一件事同時提出兩種相互矛盾的論述。」狄亞瑞以一種暗示著優越知識的平靜口氣這麼說。「換言之，你所說的兩個面向只有一個是真實的，另一個則是虛構的。」

「很多物理學家都這麼說。」薛維克表示認同。

「但是你怎麼說呢？」那個想了解真相的人問。

「嗯，我認為這是解決難題的簡單途徑……我們能夠將『本體』或『變異』當作虛構並加以排除嗎？沒有本體的變異是無意義的；缺少變異的本體是最單調乏味的狀態——如果心靈能夠同時體驗這兩個面向，那麼真正的時間學也能提供一個場域，使我們可以理解時間的兩個面向或過程之間的關係。」

「但是這種『理解』到底有什麼用處？」狄亞瑞說，「如果它無法導引出實際的科技應用，不過就是咬文嚼字罷了，不是嗎？」

「你發問的樣子就像是個牟利者。」薛維克說。在場沒有任何一個人知道他已經用他辭藻中最輕蔑的文字羞辱了狄亞瑞。而狄亞瑞也真的點點頭，很滿意地接受薛維克的稱讚。

然而，維依已經察覺到這種緊繃的狀態，於是打斷了討論：「我實在不懂你到底在說些什麼。如果我**真的**了解你之前所說的書——所有事物**現在**都確實存在——那如果它已經在那裡了，我們是不是就可以預知未來了呢？」

「不，不對！」那個比較害羞的人以一種一點都不算害羞的方式說道，「那完全不像一張椅子或一棟房子。時間不是空間，你不可能繞到裡面。」維依爽朗地點點頭，好像很放心地屈就。那個害羞的男人好像因為從較高的思想領域反駁了女人，而獲得某種勇氣，轉頭對狄亞瑞說：「我認為時間物理學可以應用在倫理學的領域。你同意嗎，薛維克博士？」

「倫理學？哦，我不大清楚。你知道的，我大多只針對數學。你無法算出道德行為的公式。」

「為什麼不行？」狄亞瑞說。

薛維克忽略他的問題。「但是，時間學的確牽涉到倫理學。因為我們的時間感包括區分原因與結果、方法與目的的能力。嬰兒和動物不知道他們現在所做的和將來可能導致的結果之間有何關係。他們無法製造滑輪組，也無法做出承諾。我們可以，因為我們能夠了解**現在**和不是**現在**之間的差異，所以能夠建立關聯，也因此出現道德的問題：所謂的責任。如果不好的方法可以導致好的結果，就像是在說如果我拉動這個滑輪組具上的繩索，可以舉起另一個組具上的東西。違背承諾等於否定過去的事實，也因此否定了真正未來的希望。如果時間和理性是彼此交互運作的結果，如果我們是時間的生物，那麼，我們最好知道這一點，並且發揮它的最佳效用，採取負責任的行動。」

「但是，你看，」狄亞瑞明白地顯露出自滿於自己的敏捷，「你剛剛提到在你的共時理論裡沒有過去和未來，只有一種永恆的現在，你又如何為那本已經完成的書負責呢？你所能做的不過是去讀它罷了。沒有選擇，也沒有行動自由。」

「那是決定論的兩難。你說得沒錯，這確實是共時主義思維中的盲點，但是時序理論也同樣有它的兩難。就像這樣：假想一個無聊的畫面，你把一塊石頭丟向一棵樹。如果你是共時主義者，石塊早已經擊中樹；如果你是時序主義者，石塊永遠都不會命中目標。那麼，你要選擇哪一種？你或許偏好不加思索地丟出石塊，不加以選擇。我比較喜歡讓事情更困難，我兩種都選。」

「你如何……如何同時處理兩種可能？」害羞的男人很認真地提出問題。

薛維克幾乎是絕望地笑著：「我不知道。我已經在這方面投注了很長一段時間。反正石塊就是擊中樹。不論是用純粹的時序和純粹的統一性都無法解釋。我們不需要純粹性，我們需要的是複雜性，原因與結果、方法與目的的關聯。我們的宇宙模型必須像宇宙本身一樣永不衰竭。需要一種複雜性，能同時涵蓋延續和創造、存在和變異、幾何學與倫理學。我們不是要追尋解答，而是要探討如何提出問題……」

「很好。但是工業界就是需要解答！」狄亞瑞說。

薛維克慢慢地轉身看著他，一句話也沒說。

此時出現了一陣氣氛凝重的沉默，維依因此再次介入，姿態優雅、漫不經心，重提預言未來的話題。其他人被這個話題吸引，開始七嘴八舌地談他們求教靈媒和特異功能人士的經驗。

薛維克決定不管被問到什麼問題，他都不再做任何回應。這時候他感到非常口渴。他讓服務生把杯子倒滿，喝下爽口、嘶嘶起泡的飲品。他環顧整個房間，想藉由觀看其他人排解憤怒和緊繃的情緒。但以依歐人的標準來說，他們的行為也很情緒化——吼叫、大聲狂笑、互相打岔。在一旁角落，有一對男女正放肆地進行性交的前戲，薛維克覺得很噁心，趕緊把目光轉移到其他地方。他們性交時是不是也都很自我呢？在沒有夥伴的人面前愛撫交媾，和在飢餓的人面前吃飯一樣粗鄙。他再次把注意力移回身旁的人。他們已經結束預言的話題，開始談起政治。大家都在爭論關於戰爭的事：夙烏接下來會採取什麼行動、愛依歐該如何應對，以及世界政府議會又會怎樣。

「你們為什麼只談一些抽象的事？」他突然這樣問，儘管他還想不透為什麼他明明決定不再說話，最後卻還是說了。「戰爭不是國名的問題，那是人們在互相殘殺。士兵為什麼要上戰場？為什麼有人會殺死陌生人？」

「可是那就是士兵存在的目的啊！」一位肚臍上別了一顆蛋白石的嬌小美女說道。好幾個男人開始對薛維克解釋國家主權的原則。維依突然插話：「讓他說。薛維克，你認為要如何解決這場混戰呢？」

「解決之道顯而易見。」

「在哪裡？」

「安納瑞斯！」

「但是你們那些月球人所做的並不能解決我們這裡的問題啊！」

「人類的問題都是一樣的。生存、物種、群體、個人。」

「國家防禦……」有人大叫。

他們爭論，他也爭論。他知道他想把話說出來，他也知道他所要說的話必能說服在場每一個人，因為事實顯而易見。但他就是無法把話說得很恰當。每個人都在吼叫。那個嬌小的美女拍拍她所坐的椅子的寬椅臂，於是他就坐在上面。她那剃光、纖柔的頭在他的手臂下方探望著。「你好，月球人！」她說。前一會兒維依加入另一群人，而現在她走回薛維克身邊。她的臉頰有些泛紅，眼睛看起來大大的、水汪汪的。他覺得他看到巴耶在房間另一端，但是有太多臉孔混在一起，分不清到底誰是誰。所有事情都在瞬間發生，只間歇出現一些空隙，彷彿他獲准從幕後親眼目睹老葛菲羅所假設的循環宇宙運作。「法律權威的原則必須要維護，否則我們就會退化為無政府狀態！」一個皺著眉頭的胖男人發出怒吼。薛維克說：「是啊，是啊，退化！我們到現在為止已經享受退化一百五十年了！」一那位嬌小的美女穿著銀色涼鞋，腳趾頭從她縫滿小珍珠的裙子下方露出來。維依說：「告訴我們關於安納瑞斯的事……那**到底**是個怎樣的地方？真的有那麼好嗎？」

他坐在椅臂上，維依則是蜷身坐在一張跪墊上，靠著他的膝蓋，保持著挺直柔順的姿態，柔軟的雙峰用它們失明的眼睛瞪著他，暈紅的臉上露出滿意的微笑。

某個陰暗的東西在薛維克心中翻轉，讓一切陷入昏暗之中。他覺得口乾舌燥，他把剛剛服務生為他倒滿的飲料喝完。「我不知道。」他覺得舌頭好像失去味覺。「不，那裡一點都不好。那是個醜陋的世界，和這裡不同。安納瑞斯只有布滿塵土、乾燥的山丘。到處都很貧瘠乾燥。那裡的人也不美。他們都大手大腳，就像我和那邊那個服務生一樣，但是沒有大肚子。他們很髒，一起洗澡。這裡沒有人像那樣。城鎮很小、很無趣、很沉悶。沒有皇宮。生活乏味，都是苦工。你無法經常擁有你想要的、甚至你需要的，因為那裡什麼都不夠。你們烏拉斯人擁有充裕的生活：充裕的空氣、充裕的雨水、草地、海洋、食物、音樂、建築、工廠、機器、書籍、衣物、歷史。你們是富裕的，你們擁有。

我們是貧窮的，我們匱乏。你們有，我們沒有。這裡的一切都是美麗的，只有臉孔不美。安納瑞斯的一切都不美，除了臉孔——別人的臉孔，男人和女人。除此之外我們一無所有，除了彼此以外什麼都沒有。在這裡你們看到珠寶，在那裡你看到的是眼睛。從他們的眼中你看到光輝，人類靈魂的光輝，因為我們的男人和女人都是自由的。他們一無所有，他們是自由的。而你們這些擁有者卻是被擁有的。你們都活在牢籠裡。每一個人，孤單地獨自守著各自擁有的東西。你們活在監獄裡，死在監獄裡。那就是我從你們的眼中所看到的——牆，牆啊！」

所有人都看著他。

他聽到他高亢的聲音仍然在一片寂靜中不斷迴響。他覺得雙耳熾熱。陰暗、空白再次在他心中翻轉。「我覺得頭暈。」他說，站了起來。

維依扶著他的手臂：「走這裡。」她屏住氣息微微一笑。他跟隨維依穿越人群。他現在覺得他的臉非常蒼白，暈眩的感覺也還在。他希望維依正要帶他到盥洗室，或是可以讓他呼吸新鮮空氣的窗邊。但是他們走進一個昏暗的大房間，牆邊擺著一張大床，另一面牆上有一半是鏡子。房間裡的布幔床單散發出一種親暱甜美的香味，是維依用的香水。

「你太了不起了！」維依說，在昏暗中帶著那抹屏息的笑意，更正面貼近他，仰視他的臉。「真的太了不起了……你簡直是令人難以招架……太棒了！」她把雙手放在薛維克的肩膀上。「啊！他們臉上的表情！為了這一點，我非得親吻你！」她踮起腳尖，送上她的雙唇，她白皙的脖子，還有裸露的酥胸。

薛維克抱住她，吻了她的嘴，迫使她的頭往後仰；接著吻她的頸部和胸部。剛開始維依像是沒有骨頭地順從他，然後扭動了一下，發出笑聲，輕輕推著他，接著開始說話。「不，不，規矩一點！別這樣！我們得回到宴會會場！不，薛維克，冷靜下來！這樣不行！」他絲毫不理會維依，拉著她一起往床鋪前進，維依儘管還是繼續說話，卻也跟著他走。他單手胡亂拉扯身上複雜的衣服，努力解開褲子。接著是維依的衣服，低垂卻緊綁的裙帶；他無法解開。「馬上住手！」她說，「現在給我聽著，薛維克！現在不行！我沒有做好避孕措施。如果我懷孕就慘了。我丈夫再兩週就回來。不要！放開我！」但是薛維克就是不願放開她，臉龐緊緊貼住她那柔軟、汗水淋漓、芳香的肉體。「聽著，別弄亂我的衣服，其他人會察覺的！看在老天的分上！等一下！等一下，我必須留意我的聲望。我不信任女傭。等一等！現在不行……現在不行！不行！」最後，維依被他盲目的急躁和力量所驚嚇，使出所有的力量，用雙手貼住他的胸膛，將他推開。他往後退了一步，對於維依突如其來高亢而充滿恐懼的音調和反抗感到困惑。但是他就是停不下來。維依的反抗只讓他更加激動。薛維克把她抓向自己，精液噴在她衣服的白色絲綢上。

「放開我！放開我！」她不斷重複相同的尖聲低語。薛維克放開她，她驚訝地站在那裡。薛維克摸索著他的褲子，想要重新扣好。「我……我……很抱歉……我以為妳想要……」

「天啊！」維依說，低頭看著昏暗燈光下的裙子，用力撫順裙摺。「真是的！我現在非得換一套衣服了！」

薛維克站著，嘴巴微張，呼吸困難，雙手垂盪。突然之間，他轉身離開陰暗的房間，回到光亮的宴會廳，跌跌撞撞走過擁擠的人群，踩到一隻腳，覺得行進路線被許多身體、衣服、珠寶、胸脯、眼睛、燭火、家具阻擋。他撞上一張桌子，桌上的銀盤擺滿了肉、奶油、香草口味的糕點，圍成一些同心圓，像是一朵淡色的巨大花朵。薛維克彎著腰，喘著氣，吐得盤子裡到處都是。

「我帶他回家。」巴耶說。

「快，看在老天的分上！」維依說，「你在找他嗎，薩歐・巴耶？」

「哦，算是。還好迪瑪瑞打電話找妳。」

「他看到你肯定很高興。」

「他不會惹什麼麻煩的，已經昏倒在大廳裡。我離開之前可以借用妳的電話嗎？」

「代我向老大問候。」維依頑皮地說。

歐伊和巴耶一起來到維依住的公寓，然後和薛維克一起離開。他們坐在政府部門豪華轎車的中間位置。座車隨時聽候巴耶差遣，去年夏天薛維克也是搭這輛車離開航空站。他現在躺在後座。

「他今天一整天都和令妹在一起嗎，迪瑪瑞？」

「很明顯地，從中午開始。」

「感謝上帝！」

「你為什麼會擔心他深入貧民區？隨便哪個歐多主義者都早就深信我們是一些受壓迫的薪水奴隸，如果他看到一些些證據，又有什麼差別呢？」

「我不管他到底看到什麼，我們只是不希望他**被看到**！你看過鳥餌新聞了嗎？或者上星期在舊城流傳、關於『先驅者』的傳單？神話──『在千禧年前夕到來的人，異鄉客，邊緣人，流浪者，赤手握著未來的時光』，他們這樣引述。老百姓完全被他們該死的啟示論語氣所迷惑，正在找尋領袖、帶動者。大家都在談論全面罷工。他們還沒學到教訓。他們一樣都需要教訓，那些該死的、反叛的畜牲！統統把他們派去和夙烏人打仗！我們也只能從他們身上得到這樣的好處。」

接下來的路上，兩人不再交談。

資深教師宿舍的夜班警衛幫忙把薛維克抬到他的房間。他們把他放到床鋪上，他馬上開始打鼾。歐伊留下來把薛維克的鞋子脫掉，為他蓋上毛毯。喝醉的薛維克呼出難聞的氣息，歐伊從床鋪往後退了幾步，心中浮現對薛維克的恐懼和關愛，彼此交戰著。他怒瞪著薛維克，喃喃罵道：「骯髒的笨蛋！」然後把燈關掉，回到另一個房間。巴耶這時正站在書桌前翻閱薛維克的一些文件。

「別動它們。」歐伊說，顯露著深刻的厭惡之情。「走吧！已經凌晨兩點了。我好累。」

「迪瑪瑞，你覺得這個混蛋到底在幹麼？還沒寫出任何東西，一點也沒有！他會不會是個不折不扣的騙子？我們會不會被一個烏托邦來的該死蠢農夫給騙了？他的理論到哪去了？我們要的同步太空航行在哪裡？我們勝過瀚星人的優勢又在哪裡？我們餵食這個混蛋已經九、十個月，結果什麼也沒有！」他跟著歐伊走到門口之前，順手把桌上的一份文稿放進口袋裡。

第八章

他們六個人來到亞博奈市北區公園的運動場，這個傍晚很漫長，一片金光，炙熱又塵土飛揚。他們個個酒足飯飽，因為整個下午幾乎都在進行餐會，一場在街道上舉行的火烤餐宴。那是仲夏季節的慶祝節日——起義日，紀念烏拉斯紀元七四〇年在尼歐艾沙亞發生的第一次重要起義。在這一天，廚師和餐廳工人被其他社區成員奉為座上佳賓，因為起義導因於廚師和服務生聯合工會所發起的罷工。安納瑞斯有很多類似的傳統習俗和節日，有些是開墾者制定的，其他例如豐收節和天極宴則源自於星球上的生命韻律和那些一起工作、一起慶祝的居民的需求。

他們交談著，大家都漫不經心，只有塔克微除外。她已經跳舞跳了好幾個小時，吃了很多烤麵包和醃菜，感到非常有活力。「為什麼杜芮泊可以留在這裡繼續研究，而柯偉格就要被派到恪崙海的漁場？他到那裡不就得一切從頭來過嗎？」她問道。她的研究聯合會已經納入由產管調節會直接掌控的計畫當中。她也變成貝德普某些理念的捍衛者。「因為柯偉格是一個優秀的生物學家，不認同席瑪斯那堆過氣的理論，而杜芮泊不過只是個在席瑪斯洗澡時幫他擦背的馬屁精。等著瞧，看席瑪斯退休後是誰繼續督導研究計畫。一定是她，一定是杜芮泊，我敢打賭！」

「那是什麼意思呢？」某個對社會批判感到不舒服的人提出質疑。貝德普因為腰部肥了一圈，對運動頗為熱中，現在正認真地在遊戲場上小跑步。其他人則坐在樹下昏暗的土丘上，用嘴巴運動。

「那是依歐語的動詞，」薛維克說，「烏拉斯人玩的一種或然率的遊戲。猜對的人可以拿走別人的財物。」他早就不管薩布爾禁止他提起他的依歐語研究。「他們的用語怎麼會跑到帕微克語裡？」

「開墾者，」另一個人說，「成年人必須學帕微克語。他們一定在很長一段時間裡都是用古老的語言思考。我曾經在某個地方讀到帕微克語詞典裡沒有『該死』這個詞語，那也是依歐語。法里格維發明語言時，沒有提供任何粗話。如果他那麼做，恐怕電腦也不了解有那樣的必要。」

「那『地獄』又是什麼意思？」塔克微問，「我一直以為那是指我成長的城鎮裡的糞坑。『下地獄吧！』指的是最糟的去處。」

數學家迪薩已經取得學會成員的永久職位，卻仍然和薛維克混在一起。他雖然很少和塔克微說話，卻用他密碼般的風格說：「指的是烏拉斯。」

「在烏拉斯，它表示你被詛咒的時候所去的地方。」

「就是夏天被外派到西南部工作的意思。」戴魯斯說；他是一位生態學者，也是塔克微的老友。

「它在依歐語裡是一種宗教語態。」

「我知道你得讀依歐語，薛，但是你也得研究宗教嗎？」

「一些古代的烏拉斯物理學全都是用宗教語態撰寫而成。像那樣的概念經常出現。『地獄』指的是『絕對罪惡之所在』。」
「圓谷的糞便儲存所，」塔克微說，「我認為是這樣。」
貝德普氣喘吁吁地出現，身上都是灰塵，汗流浹背。他重重地在薛維克身邊坐下，上氣不接下氣。
「說幾句依歐語吧，」薛維克的學生李查特發問，「聽起來怎樣呢？」
「你知道的，『下地獄吧！去死吧！』」
「但是不要對我說粗話，」女孩子傻笑著說，「說出一個完整的句子吧！」
薛維克和藹地說了一個依歐語的句子。「我不是很清楚要怎麼發音，」他補充說，「我只是用猜的。」
「那句話是什麼意思？」
「『假設時間的推移是人類意識的特性，過去和未來則是心靈的功能。』出自前時序主義者克里姆丘。」
「以為別人在說話，而你卻一句都聽不懂，這感覺真的很怪！」
「他們甚至無法互相了解。他們使用數百種不同的語言，那些月球上的瘋狂的無政府主義者……」
「水……水……」貝德普說，還是喘個不停。
「沒有水，」戴魯斯說，「已經將近六個月沒下雨。確實的數字是一百八十三天，亞博奈市四十年來最長的乾旱期。」
「再持續下去，我們恐怕得回收尿液了，就像紀元二十年的人那樣。來一杯尿怎樣，薛維克？」

「別說笑了！」戴魯斯說，「那是我們正在走的路。雨水會夠用嗎？南區的草本作物早已嚴重受災。那裡已經將近十個月沒下雨。」

他們全都抬頭看著迷濛的金黃色天空。他們坐在樹下；那些大樹移植自舊世界，沾滿灰塵的鋸齒狀樹葉因為乾枯而蜷縮，不斷從樹枝上掉落。

「不會再有大乾旱了，」迪薩說，「有現代的淡水廠。預防措施。」

「淡水廠或許有助於緩和乾旱。」戴魯斯說。

那一年的冬天來得很早，北半球的氣候又冷又乾。風中冰凍的灰塵散落在亞博奈市空曠的大街。洗澡用水的配給很嚴苛，因為解決飢渴先於清潔。安納瑞斯兩千萬人口的食物和衣物完全來自赫侖樹的樹葉、纖維和樹根。倉庫和儲存所還有一些紡織品存貨，但是備用食糧一向不多。水流到土地裡，植物因此得以存活。都市上方無雲，天色本應清朗，卻因為從較乾旱的土地向南和向西吹的灰塵而變黃。有時候風從北邊、從納賽羅斯吹下來，一掃黃色塵霧，留下一片閃耀而空曠的天空，天頂從深藍轉為紫紅色。

塔克微懷孕了。她大多時間都很想睡覺，也變得很親切。「我是魚，」她說，「水裡的魚。我在我體內的嬰兒的裡面。」但是她有時候會因為工作而體力透支，或是因為公用餐廳略為減少的食物配給而挨餓。懷孕的婦女與孩童、老人一樣，每天十一點還可以另外加一餐點心，但是她經常因為工作計畫太緊湊而沒能領到。她可以錯過午餐，她實驗室儲水槽裡的魚卻不可以錯過。朋友經常給她一些晚餐刻意留下或公共餐廳剩餘的食物，有時候是包餡的圓麵包或一小片水果。她總是很感激地全部吃光，但是她一直都想吃一些甜食，而甜食的供給卻相當短缺。當她疲倦的時候，她會變得很焦慮，容易沮喪，隨便一句話就會讓她大發脾氣。

薛維克在晚秋時完成了《共時原理》草稿，交給薩布爾，等候批准付印。薩布爾把草稿壓了十天、二十天、三十天，完全沒再提起。薛維克問他情況到底怎樣，他的答覆是他一直還沒有時間看，他太忙了。薛維克繼續等待。冬季過了一半。乾燥的冷風日復一日吹著，地面結冰，好像一切都暫停，一種讓人不安的暫停，等待雨水、等待生命的到來。

房裡很陰暗，只有從城裡照進來一些光線，在高懸的暗灰色天空下看起來有些黯淡。塔克微走進房間，把燈點亮，穿著外套蜷縮在暖氣口旁。「天啊，好冷！太可怕了！我的雙腳好像走在冰河上。在回家的路上，腳痛得我差點哭出來。那些牟利者做的爛靴子！為什麼我們做不出一雙好靴子？你為什麼坐在黑暗中？」

「我不知道。」

「你去過公用餐廳了嗎？我回家的時候在剩菜廳吃了一點東西。因為還沒孵化，我得留下來等。我們得把魚苗從水槽裡拿出來，以免成魚把牠們吃掉。你吃過了嗎？」

「還沒。」

「別生悶氣了！今天晚上請你別生悶氣！如果再有什麼不對勁，我會哭的！我已經受夠了動不動就掉眼淚。該死的、愚蠢的荷爾蒙！我真希望像魚那樣生小孩：把卵生下來後游開，然後就結束，除非我再游回去把它們全部吃掉……拜託你不要像雕像一樣坐在那邊。我受不了了！」她窩在暖氣口的熱氣旁邊，試著用凍僵的手指鬆開靴子，掉下了幾滴眼淚。

薛維克沒說話。

「**到底**怎麼了？你不能只是坐在那裡呀！」

「薩布爾今天把我叫去。他不會推薦出版或出口《共時原理》。」

塔克微停下她和鞋帶的糾纏，靜靜坐著。她回頭看著薛維克，最後說：「他到底說了什麼？」

「他寫的評論在桌上。」

她站起來，穿著一隻靴子拖著腳走到桌前，靠著桌子，雙手放在外套的口袋裡，就這樣讀起文件。

「『在歐多社會中，時序物理學是時間思想的正規路線，這是從安納瑞斯開墾時代以來已獲共識的原則。此原則的一致性不容許有任何自我中心的偏離，否則只會導致不具社會有機效用且不切實際的假設不停空轉，或者重複烏拉斯「牟利合眾國」那些不負責任的奴隸科學家的宗教迷思……』啊，牟利者！這個心胸狹窄、善妒的小歐多傳聲筒！他會把這篇評論交給出版社嗎？」

「他已經這麼做了。」

她跪下來扯掉靴子。她抬頭看了薛維克幾次，但是她沒有走過去，或想要碰他。有好一會兒的時間她都沒說什麼。當她開口說話時，聲音不像之前一樣大聲而緊繃，反而是原有的沙啞柔軟特質。

「你打算怎麼辦，薛？」

「還能怎麼辦？」

「我們自己印。組織一個印刷聯合工會，學放鉛字，然後把書印出來。」

「紙張的配給太少。除了產管調節會的出版品，不可能進行非必要的印刷，一直到林木種植不受危害為止。」

「你能不能稍微改變一下表達方式？偽裝你要說的話，用一些時序理論的小玩意兒裝飾一下，他或許就會接受了。」

「不可能把黑的裝成白的。」

塔克微沒有繼續問可不可能躲過薩布爾或耍他一招。在安納瑞斯沒有人可以耍任何人，不可能有任何奇招。如果你不能和你的聯合工會團結一致，你就得孤軍奮鬥。

「要是……」她停住。她站起來把靴子放到暖氣旁烘乾，脫掉外套掛起來，把一條手織的厚圍巾披在肩膀上。她在床板坐下，臀部接近床板時口中咕噥了幾句。她抬頭看著側身坐在她和窗戶之間的薛維克。

「要是你讓他當合著者呢？就像你寫的第一篇論文那樣。」

「薩布爾不會在『宗教迷信的冥想』上簽名的。」

「你確定嗎？你確定那不正是他所要的？他知道你完成的是什麼。你一直都說他很狡猾。他知道你的書會把他和整個時序學派都丟進垃圾桶，但是如果他能夠和你共享，共享榮耀呢？他這個人就只知道自我。如果他能說那是『他的』作品……」

薛維克苦澀地說：「恐怕我一和他共享那本書，接著就得和他共享妳了！」

「不要用那種方式看待這件事情，薛。真正重要的是書，是觀念。聽我的話。我們希望生下我們的孩子，我們希望能好好愛他。但是，如果不知怎地我們自己養育他會讓他死去，他就必須在育嬰房長大。如果我們從此無法再見到他或知道他的名字……如果我們可以選擇，我們該選擇什麼？會選擇流產？或者讓生命能夠延續？」

「我不知道。」他把頭放在雙手中，痛苦地揉著額頭。「是的，沒錯。是的。但是，這……但是我……」

「兄弟，親愛的。」塔克微緊握雙手放在大腿上，沒有要伸向他的意思。「書上有什麼名字並不重要。大家都會了解。真理就是那本書。」

「我就是那本書。」他說，然後緊閉雙眼，動也不動地坐著。塔克微走向他，有些膽怯，溫柔地撫摸著他，像是在撫摸傷口。

紀元一六四年年初，經過大幅度改寫、未完成的《共時原理》在亞博奈市印行，作者為薩布爾和薛維克。原本產管調節會只印行必要的紀錄和指令，但是薩布爾透過他在出版部和產管調節會資訊部門的影響力，說服他們相信那本書在國外的宣傳價值。他說烏拉斯正在慶祝安納瑞斯的乾旱與可能出現的饑荒。上一批飛船載來的依歐報刊寫滿關於歐多主義經濟體立即瓦解的預言。還有什麼反駁比得過出版一部純思想的鉅作。「科學的里程碑，」他在改寫的評論裡說道，「超越物質困境，以證明歐多社會永不枯竭的生命力，及其在所有人類思想領域戰勝財產主義的事實。」

著作就這樣發行了。三百本當中的十五本由依歐運輸太空船全心號運走。薛維克自己從未翻開印好的書。然而，他在出口的郵包裡放了一份完整的原版手稿，封面上的字條指明將稿件交給優恩大學高等科學院的阿特羅博士，並附上作者本人的問候。薩布爾最後確認郵包內容時，當然會發現多出來的東西。至於他最後會把手稿拿走或留在郵包裡，薛維克就不確定了。他可能會出於惡意沒收，也有可能因為知道他對文稿所做的閹割式刪減無法對烏拉斯的物理學家造成預期的效果，因此放行。他沒有對薛維克提起手稿的事。薛維克也沒有問他。

那年春天，薛維克和任何人都沒說太多話。他來到南亞博奈市一家新成立的水資源回收廠服志願役。白天的時間大多都外出工作或教書。他重拾次原子的研究，晚上經常和一些原子專家待在學會裡的加速器或實驗室。和塔克微及朋友相聚的時候，他總是很沉默、嚴肅、溫和但冷淡。

塔克微的肚子變得很大，走路的樣子像是捧著一個又大又重、裝滿換洗衣物的籃子。她繼續留在魚類實驗室工作，直到她找到、並且訓練了適當的替代人選，然後回到家中待產，比預產期晚了十天以上。薛維克在中午回到家裡。「你可以去找助產婆了，」塔克微說，「告訴她，收縮的間隔大約四到五分鐘，但是加速的跡象還不很明顯，所以不用趕時間。」

他匆忙離開。當他發現助產婆不在，他完全陷入驚慌狀態。助產婆和街區的醫生都不在，也都沒有像往常一樣在門上留字條，說明到哪裡可以找到他們。薛維克的心跳急劇加速，每件事突然都變得清晰可怕。他意識到這種求助無門的情況是一個不祥的徵兆。自從冬天決定如何處理那本書以來，他就一直刻意避開塔克微。她變得愈來愈安靜、被動、有耐性。他現在終於了解那種被動是她死亡的準備。是她在迴避他，而他也沒有試著跟隨在她身邊。他只看到自己心中的痛苦，卻無視她的恐懼與勇氣。他讓她獨處，因為他自己想獨處。她就這樣自己一個人，愈走愈遠，走得太遠了，將永遠繼續孤單獨行。

他一路跑到診所，到的時候上氣不接下氣，腳也站不穩，診所裡的人以為他心臟病發了。他把情況解釋清楚。他們把訊息傳給另一個助產婆後叫他回家，因為他的夥伴可能需要有人陪在身邊。他照他們的話回家，每走一步，心中的驚慌和恐懼都不斷增強，愈來愈確信自己會失去。

但是等他回到家裡，他卻無法跪在塔克微身邊乞求她原諒，即便他心裡不顧一切地想這麼做。塔克微已經沒有時間參與任何激情演出。她很忙碌。她清理了整個床鋪，只留下一張乾淨的床單，準備迎接小孩誕生。她沒有吼叫和尖叫，好像沒感覺到絲毫疼痛。她總是用控制肌肉和呼吸的方式捱過每一次的收縮，然後呼出一大口氣，像是用盡全力舉起重物那樣。薛維克從未看過任何工作需要用上身體這麼大的力量。

薛維克覺得如果不幫點忙，實在無法繼續觀看接生過程。當她需要抓東西施力時，薛維克可以當成她的手把或支柱。他們經過一些嘗試之後也發現這樣行得通，於是就一直保持下去，直到助產婆到來。塔克微雙腳著地蹲著，臉貼著薛維克的大腿，雙手把他的手臂當成支柱緊緊抓著。「快了！快了！」助產婆在塔克微用力發出引擎般的呼吸聲時這麼說，並且拉住已經探出頭的嬰孩，黏滑、但仍看得出來是人類的新生兒。一些血水接著噴出，還有一團不是人類、不成形體、沒有生命的東西。已經被遺忘的恐懼加倍回到薛維克心中。他親眼目睹的是死亡。塔克微放開他的手臂，整個人癱在他腳邊。他俯身攙扶，還是有些害怕和悲傷。

「好了，」助產婆說，「幫她移到旁邊，我好把這清理一下。」
「我想清洗。」塔克微虛弱地說。
「喏，幫她清洗。那些是無菌衣……那裡。」
「哇哇哇……」另一個聲音出現。
房間裡好像擠滿了人。
「現在，」助產婆說，「喏，把小孩抱給她，放在胸前，幫她止血。我得把這個胎盤送回診所的冷凍庫裡，十分鐘後再回來。」
「那個……那個……在哪裡？」
「在嬰兒床！」助產婆說完隨即離開。薛維克找到了那張很小的床，它早已經在角落裡擺了四十多天。小嬰兒就在那裡。在一連串突發事件發生的同時，助產婆還是有時間將小嬰兒清洗乾淨，甚至為嬰兒穿上外衣，所以現在看起來不像剛開始那麼像一條滑溜溜的魚。下午的天色已經變暗，時間一如往常在不知不覺中流逝，燈也亮了。薛維克抱起孩子，走向塔克微。嬰孩有一張令人無法置信的小臉，還有看起來很脆弱、緊閉的大眼皮。「給我，」塔克微說，「快！快抱過來給我！」
他抱著小孩走過房間，小心翼翼放在塔克微的肚子上。「啊！」她輕輕地說。那純粹是一種勝利的呼喊。
「男孩還是女孩？」一會兒之後，她疲倦地問道。
薛維克坐在她身邊的床板上。他仔細檢查。嬰兒外衣的長度和極為短小的軀體形成強烈對比，讓他有些吃驚。「女孩！」

助產婆回來了，在房間裡四處打點。「你們完成了一件一流的工作！」她同時對兩人說。他們溫和地表示同意。「早上我再過來看看。」她說完隨即再次離開。寶寶和塔克微都睡著了，薛維克低下頭靠近塔克微的頭。他習慣了塔克微皮膚上那種聞起來很舒服的麝香味，但是現在的情形不大一樣。原來的味道成了另一種芬芳的味道，有些濃重，又有點清淡，充滿熟睡的氣息。塔克微側躺著讓小孩靠在她的乳房，薛維克輕輕用手環抱她。他就這樣在凝結了生命氣息的房間裡睡著。

歐多主義者會接受一夫一妻制，就如同他也有可能會接受產界的合併企業，或者芭蕾舞會和肥皂劇。夥伴關係和其他關係一樣都是自願組成的聯合體，只要它能運作，它就有用；如果它無法運作，它就無法存在。它是一種機能，不是制度。除了個人的良知之外，沒有任何制裁力量。

這完全符合歐多主義社會理論。「承諾」深植於歐多思想的脈絡之中，即使是無限期的承諾，也都被認定是確實可靠的。雖然歐多堅持追求改變的自由，表面上好像會使承諾或誓言的概念失去效用，但是實際上，自由卻賦予承諾意義。承諾是選定的方向，是選擇的自我限制。誠如歐多指出，如果沒有任何方向，如果故步自封，就不可能發生任何改變。選擇與改變的自由將失去效用，就像是被囚禁在監獄裡，一座自己建造的監獄；也像是一座迷宮，不可能在裡面找到一條比其他更好的路徑。於是歐多將承諾、誓言、忠誠的觀念視為自由的複雜狀態中不可或缺的要素。

許多人認為這種忠誠的觀念被誤用於性生活。他們認為歐多的女性身分使她轉而拒絕真正的性自由。在這個議題上，歐多沒有為男性寫下什麼。許多人，不分男女都這樣批評：看來歐多不了解的不是男性，而是一整個類型或部位的人類，那些認為實驗是性快感精髓的人。

雖然歐多可能不了解他們，甚至可能認為那些人是悖離常態的財產主義者——人類就算不受配偶制限制，至少也受時間約束——比起對於那些嘗試長時間配偶關係的人，她仍較優待雜交者。沒有法律，沒有限制，沒有刑罰，沒有懲戒，沒有對任何一種性行為施以責難，除非有人強暴幼童或女人，而施暴者沒有馬上接受診療中心較為寬厚的處置，其他人才有可能對他採取即時的報復行動。但是在這個社會裡，完全滿足成為青春期之後的常態，性侵害反而極為罕見。性活動唯一的社會限制是一種偏好隱私的溫和壓力，一種維護群體生活必要的莊重。

另一方面，不管是異性戀或同性戀，那些嘗試形成或維持夥伴關係的人都面臨了那些滿足於隨意性生活的人所經驗不到的問題。他們必須面對的不只是嫉妒、占有慾，和其他以一夫一妻制為最佳媒介的感情病症，還有社會組織的外在壓力。維持夥伴關係的雙方都知道，他們可能隨時會因為勞力分配的需要而被迫分離。

掌管勞力分配的勞動部盡量不拆散夥伴，盡可能在符合勞動力的需求下盡快讓他們重聚。但是實際情況並非總是如此，特別是緊急徵召，而且也沒有人期待勞動部會為此重新設定程式，讓電腦列出完整的名單。為了生存，為了繼續生活，安納瑞斯人知道自己必須隨時準備好配合工作的需求，到任何需要他的地方。在成長的過程裡，他也了解到勞力分配是生活的主要要素，一種立即的、永恆存在的社會需求；婚姻生活則是私事，一種只有在更大的選擇之中才能做的選擇。

但是一旦自由選擇、並且全心遵行某個方向之後，所有事情似乎都會延續著朝同一方向進行。所以，分離的可能和事實常常強化了夥伴之間的忠誠。要在一個沒有對不忠設下法律或道德制裁的社會裡保持真正的忠誠，要在可能隨時發生或可能持續數年的志願分離狀態中保持忠誠，是一大挑戰。但是人類樂於接受挑戰、在逆境中尋求自由。

紀元一六四年，許多從未追求過自由的人終於嘗到自由的滋味，喜歡上試煉和危險的自由。紀元一六三年夏天開始的乾旱，到了冬天都還沒有緩解的跡象。到了一六四年夏天，情況依舊艱困，而且如果乾旱持續下去，將有可能發生災難。

配給十分嚴格，勞力徵召都是緊集命令。為了種植足夠的食物和分配食物，不得不放手一搏。但是人民並未放棄希望。歐多曾經寫到：「脫離財產制度之罪惡與經濟競爭重擔之孩童，將得以養成為所當為之意志力，與樂於所為之能力。無益之作為使心靈黯淡無光。撫育幼童之母親、學者、成功之獵人、優良之廚師、技藝卓越之工匠，任何妥善完成必要工作之人所領略之喜樂——此等長遠之喜樂實為人類感情與整體社會之至深根源。」在這樣的思想脈絡下，那年夏天，亞博奈市有著一股喜樂的暗流。不論工作有多困難，每個人工作時都表現出一種輕鬆的態度，隨時都能拋開所有憂慮，只要能完成可以完成的任務。舊時代的團結口號再次響起。所有的挑戰反而更加強化了人與人之間的結合，到處一片振奮的氣息。

產管調節會早在初夏就張貼了公告，要人民每天縮減一小時左右的工作時數，因為公用餐廳的蛋白質養分供應已不夠應付正常的能量消耗。城市街道上原本生氣勃勃的活動趨緩下來。很早就下班的人在廣場閒逛，在乾旱的公園裡玩滾球遊戲，坐在工廠門口和路過的人聊天。都市人口明顯下降，因為有數千人志願或緊急被派任到農場工作。但是互信舒緩了沮喪或焦慮。「我們將因此共度難關。」他們誠懇地說。強大的生命動力就在表層底下流動。當北部郊區的水井無法運轉，不論有無專業技術，不論成年人與青少年，義工利用閒暇時間，在三十小時內鋪設好從其他地區連接過來的臨時管線。

薛維克在夏末接到農場的緊急徵召，派任到南方高地的紅泉社區。赤道暴雨季降下的雨水帶來一些希望，因此他們要趕在下一次乾旱來臨之前種植並收割一些穀物。

他早就在等待緊急徵召，因為他的營建工作已經完成，而且他也自願被列入可用的勞動人力名單。整個夏季他都在教課、讀書、參與街坊或城市的志願工作、回家陪塔克微和小孩。塔克微在休息了五十多天後回到實驗室工作，工作時間只有上午。因為哺育嬰兒的需要，她有權在用餐的時候多分配到一些蛋白質和碳水化合物的補充養分；她也都利用這樣的機會好好補充營養。她的朋友無法再幫她，因為已經沒有多餘的食物。她的體型瘦削，不過精力充沛。嬰兒塊頭小小的，但是很結實。

薛維克從小嬰兒那裡得到很多快樂。早上只有他看護小嬰兒——只有在他教課或做志工的時候，才會把孩子留在育嬰室。他有一種被需要的感覺，那是當父親的負擔與報酬。小嬰兒很機靈，很有反應，傾聽薛維克受到壓制的語言幻想（塔克微說這是瘋狂傾向），是個完美的聽眾。他把小嬰兒抱在膝上，對著她發表一些古怪的宇宙論演說，講解時間何以是空間的外化、時間質素是量子外翻的內容物、距離是光線的一種偶發特質等等。他給小嬰兒取了許多誇張、不斷改變的小名，對著她朗讀一些可笑的記憶術：時間是一種枷鎖，時間是殘暴的、高度機械的、超有機的……砰！聽到這個聲音，小嬰兒會發出尖叫，揮動肥肥的雙掌，微微彈起。兩個人都從這些活動中得到很大的滿足。工作命令下來時，對他卻成了折磨。他原本希望工作地點能靠近亞博奈，而不是在南方高地附近那一帶。但是伴隨著必須離開塔克微和小孩六十多天的痛苦而來的，是再回到她們身邊的一種穩固信念。只要他能維持那種信念，他就不再有任何怨言。

在他離開的前一晚，貝德普來訪，和他們一起在學會裡的餐廳用餐，然後一起回到房裡。他們在炎熱的夜裡坐著聊天，沒有點燈，開著窗。貝德普平常都在小型公共餐廳吃飯，要廚師做一些特別安排並不困難。他省下十天份特別飲料的配給，換成一公升裝的瓶裝果汁。他很驕傲地拿出來：一場餞別宴會。他們把飲料傳來傳去，捲起舌頭肆意品嘗。「你記不記得，」塔克微說，「你離開北區前一晚的宴會食物？我吃了九塊炸餅！」

「妳那時剪了短髮。」薛維克說，對於自己從未把那個女孩跟塔克微聯想在一起感到驚訝。「那真的是妳嗎？」

「要不然你覺得是誰？」

「真要命，妳那時候還那麼小！」

「你也一樣，都十年了！我把頭髮剪掉，讓自己看起來特別一些，更有趣一些。好處很多。」她發出響亮愉快的笑聲，又很快壓抑住，以免吵醒正在簾幕後嬰兒床睡覺的小嬰兒，雖然嬰兒只要一睡著就不會被吵醒。「我以前一直很想讓自己特別一點。我想不透為什麼。」

「那是有道理的。在二十幾歲的時候，」貝德普說，「妳得選擇妳在以後的人生中要不要和其他人一樣，或者要不要讓妳的獨特性成為妳的優點。」

「或者，至少心甘情願地接受那些特質。」薛維克說。

「薛維克正陷入認命的狂熱，」塔克微說，「年紀大了。步入三十歲一定很可怕！」

「別擔心，妳即使到了九十歲還是不會認命的！」貝德普輕輕拍著她的背，「妳是不是已經心甘情願地接受了小孩的名字呢？」

中央註冊電腦公布的那些名字對每一個人都算是獨一無二的。那些名字取代了數字，儘管一個使用電腦的社會一定得把某些數字附加在它的成員身上。安納瑞斯人除了名字外不需要任何識別，因此名字被認為是自我的重要部分。但是沒有人可以自己選擇名字，就像沒有人可以選擇自己的鼻子和身高。塔克微不喜歡小嬰兒分配到的名字「沙蒂」。「那名字聽起來像是塞了滿嘴的沙子，」她說，「完全不適合她。」

「我喜歡那個名字，」薛維克說，「聽起來像是長著一頭烏黑長髮、高䠷纖細的女孩。」

「我看是一個矮胖、還沒長出頭髮的女孩！」貝德普說出他觀察到的事實。

「給她一些時間吧，兄弟！聽著，我要發表演說了！」

「演說！演說！」

「噓……」

「幹麼噓？即使天翻地覆，小嬰兒還不是睡得好好的！」

「保持安靜，我現在的情緒有點激動。」薛維克舉起裝著果汁的杯子，「我想說的是……我想說的是：在這艱困的一年，在艱困的時代裡，我們需要兄弟情誼的時候，我很高興沙蒂誕生了。我很高興她在此時此地出生，我很高興她是我們的一分子，一個歐多人，我們的女兒，我們的姊妹。我很高興她成為貝德普的姊妹。也成為薩布爾的……甚至是薩布爾的姊妹！我謹以此杯祝福她：但願她活著的每一天，都能喜樂地愛著她的姊妹與弟兄，就和我今天晚上充滿喜樂一樣。也希望天降甘霖……」

產管調節會是廣播、電話和郵務主要的使用者，他們統合了遠距通訊設施，如同他們對遠距旅行和航運的控制。就行銷、廣告、投資、投機買賣等層面而言，安納瑞斯沒有商業活動。郵件主要都是工業和職業聯合工會之間的通訊往來，加上一些產管調節會的指令和新聞稿件，還有少量私人信件。安納瑞斯人生活在一個任何人隨時隨地都可以任意移動的社會，所以大家通常都會直接到朋友現在、而不是曾經住過的地方找他。社區裡很少有人使用電話；大部分社區都沒那麼大。即使是亞博奈也維持緊密的「街區」模式，一種半自主的地區規畫，只要步行就可以找到任何人或任何東西。因此電話大多供長途聯絡用，而且都由產管調節會經手。私人電話必須事先寫信預約，有時根本也不是談話，而是留在產管調節會中心的訊息。一般的信件都沒有封緘；不是法律的規定，而是習俗的緣故。長途的個人通訊耗費大量物資和勞力，而且既然個人和公共經濟沒有差別，大家普遍對於不必要的信件或電話都心存反感，認為那是瑣碎無用的習慣，隱含利己主義和個人主義的意味。這也是信件都不封緘的原因：你無權要求別人為你傳遞他們不能看到的信件。如果運氣好，信件會登上產管調節會專用的郵政飛船，運氣不好就是運貨火車。信件最後會到達目的地的郵件處理中心，然後就擱在那裡，沒有郵差，一直到有人告訴收件人有他的信件，然後他才會去拿信。

但是，個人還是會決定什麼是必要與不必要的。薛維克和塔克微固定通信，大約是每十天一次。他寫道：

這趟旅行還不壞，三天全程都坐客運車廂。這是一次大規模徵召，據說有三千人。乾旱在這裡造成的災害更嚴重。倒不是因為物資短缺。公共餐廳的食物和在亞博奈市的配給相同，只是這裡每天兩頓飯都得吃綠色調理食品，因為地方上的生產還有剩餘，我們因此也開始覺得我們的食物有剩餘。慘的是這裡的氣候，就是「塵暴」。空氣乾燥，風一直吹。有一些陣雨，但是在雨後一小時之內，土地就開始鬆動，然後塵土就吹了起來。此時的雨水還不到往年年平均雨量的一半。開墾計畫裡的每一個人都有嘴脣乾裂、流鼻血、眼睛過敏和咳嗽的症狀。很多住在紅泉的人都得了粉塵性咳嗽。小嬰兒更不好過，很多都有皮膚和眼睛紅腫發炎的現象。我不知道我在半年前會不會注意到這種情形。身為人父多少會變得比較敏銳。工作的話，就只是那樣，每個人都是好同志，但是乾燥的風卻不斷磨損人的精力。昨天晚上我想到了納賽羅斯；晚上的時候，這裡的風聲聽起來就像是溪流的聲音。我並不後悔這次的分離；它讓我體會到我的付出已經開始變少，感覺像我擁有妳，妳擁有我，再沒有什麼需要完成。事實和擁有無關。我們所做的是維護時間的完整。告訴我沙蒂都做些什麼。我在空閒的時候開了一門課，對象是一些主動要求上課的人，其中有一個女孩是個天生的數學家，我想我應該要向學會推薦她。

妳的弟兄，薛維克

塔克微回信道：

我正在為一件怪事操心。三天前，第三季的課程已經貼出來，我想去看看你在學會裡的課表，卻找不到你教的科目和上課教室。我以為是他們的疏失，所以去了會員聯會。他們說要你上幾何學，我又去了學會教務處。那個大鼻子的老女人一直說她什麼都不知道，要我去勤務調派中心。我跟他們說這簡直是鬼扯。然後我去找薩布爾，但是他不在物理學辦公室。我到目前都還沒見過他，雖然我已經去過兩次，和沙蒂一起，她戴著一頂白帽子，是戴魯斯用拆開的紗線編成的，看起來非常迷人。我拒絕到房間、蟲洞，或者任何薩布爾住的地方找他。或許他也被派去做義工了。哈哈！也許你應該打電話給學會，弄清楚他們到底擺了什麼烏龍？其實我到過勞動部勤務調派中心，但是那裡沒有你新職務的派用公告。那裡的人都還好，只是那個大鼻子老女人很沒效率，幫不上什麼忙，而且也沒有其他人對這件事有興趣。貝德普說得沒錯，我們讓官僚體系爬到身上了！回來吧，必要的話，帶著那位數學天才女孩一起回來！分離的確有教育意義沒錯，但是你的出現才是我所需要的教育。我現在每天可以分配到半公升果汁外加一些鈣質養分配給，因為我的奶水愈來愈少，沙蒂一天到晚大叫。大博士！

薛維克一直都沒收到這封信。他早在信件到達紅泉郵務處理中心之前，就已經離開了南方高地。紅泉到亞博奈大約有兩千五百哩的距離。個人的遷移大多靠搭便車。所有運輸工具都在可容納的範圍內盡可能多載一些旅客，但是因為同時有四百五十人被重新調配到他們在西北區固定的工作單位，所以有一輛火車專門載送他們。火車由一些客運車廂或者至少是暫時用來載送旅客的車廂聯結而成。最不受歡迎的是最近才剛運送過醃魚的車廂。

儘管運輸工人努力配合需求，經過一年的乾旱之後，正常的運輸路線已經不足。他們是歐多社會裡最大的聯合團體，由一些和地區與中央產管調節會有往來的代表統合，組成自發性區域聯合工會。運輸聯合工會所維護的網路在平時或局部的緊急狀態都還能發揮作用，頗能變通，適應不同的狀況。運輸工會裡有某種團隊與專業的自負。他們給他們的引擎和飛船取一些像是「不屈」、「堅忍」、「叱風」的名號；他們有一些標語，例如「我們總會到達目的地」、「永不滿足現況！」但是現在如果食物無法從其他地區運過來，整個星球會立即受到饑荒威脅，再加上大規模的緊急勞力調派必須更動，運輸的需求就更大了。交通工具明顯不足，駕駛人員短缺。聯合工會所有空中或地面的設備資源都被迫加入服務行列，一些新手、退休工人、義工和急難救助人員全都在幫忙卡車、火車、船艦、航空站，以及工場的運作。

薛維克搭的火車常常只快速前進一會兒，就要停下來等好一陣子，因為所有運送補給品的火車都有優先通行權。停車的時間總共有二十小時。某個過度勞累或是訓練不足的調配員擺了個烏龍，導致軌道上又有事故發生。

火車停留在一個小鎮，鎮裡的公用餐廳或倉庫沒有額外的食物。那地方不是農村社區，而是一個工業小鎮，專門製造混凝土和泡沫石，建造在石灰沉積層上，有一條可航行的河流經過，是個天時地利的地點。那裡有一些菜圃，但食物還是需要仰賴外來運輸供給。如果火車上的四百五十人要用餐，當地的一百六十個鎮民就沒得吃。理想的狀態是他們共享食物，所有人都半飢半飽。如果火車上只有五十人，或者甚至是一百人，當地或許還有可能留一些烤麵包給他們。但是，四百五十人？如果鎮民提供食物給那麼多人吃，他們不出數日就會斷糧。而且下一批的補給過幾天還會來嗎？會不會有足夠的穀物？他們沒提供任何食物給路過的旅客。

那天早上，旅客沒有任何東西可以吃，因此他們未進食的時間總共長達六十小時，一直到火車路線上的事故排除之後，他們才能夠用餐。他們的火車跑了一百五十哩才到達一個有為旅客設置餐廳的車站。

那是薛維克第一次體驗飢餓。他工作的時候偶爾也會禁食，因為他不想因用餐而中斷工作。但是每天兩頓完整的餐點總是不虞匱乏，像日出和日落，固定每天都有。他不曾想過沒東西吃的日子怎麼過。他的社會裡的每一個人，世界上每一個人，都沒有挨餓的必要。

當火車在一座殘破不堪的礦場和廢棄工廠之間的支線停了好幾小時，他飢火更盛，對於飢餓的事實有了更嚴峻的理解，同時也體認到這個社會在饑荒的考驗下，可能會失去其凝聚力。資源充裕或恰好足夠的時候，要談分享是很容易的一件事。但是如果資源不足呢？那時外力就必須介入，靠力量導正形勢；權力及其工具；暴力及其最誠摯的盟友：刻意迴避的眼神。

乘客對鎮民的厭惡變得更加劇烈，但是和鎮民的行為相比還不算那麼令人不安。鎮民把「他們的」財產藏在「自家的」牆裡，無視火車的存在，看都不看它一眼。薛維克不是唯一感到陰鬱的乘客。暫停的車廂旁邊，此起彼落的冗長對話，人們加入、退出，或爭執或贊同，都和他思緒環繞的主題相同。有人認真地提出搶奪農場的建議，且經過熱烈討論，如果那時火車沒有響起離站的喇叭聲，真的非常有可能付諸實行。

當火車最後沿著軌道緩慢駛進車站，他們領到餐點——半條麵包和一碗湯——的時候，他們的陰鬱被振奮的情緒所取代。當你把湯喝到碗底，你會發現湯很稀薄。但是剛喝下第一口的時候，那種味道之美妙，值得你因此禁食。他們都同意這一點。他們都有說有笑地一起回到火車上。他們共度了難關。

一列貨櫃聯結火車在赤道嶺附近搭載往亞博奈的乘客，載著他們走了最後的五百哩。他們在初秋一個有風的夜晚到達市區。當時已近深夜，街上一片空蕩，風像是一條洶湧的乾河吹過，星星在微弱的街燈上方發出明亮閃爍的光芒。秋季乾燥的暴風和激情帶著孤單的薛維克在陰暗的都市裡穿過街道，他半跑半走了三哩路，一直到北區為止。他把門廊的三步臺階當成一步，跑過大廳，來到門邊，打開門。房裡很暗，星星在陰暗的窗口發光。「塔克微！」他聽到的是一片寂靜。在他打開燈之前，就在黑暗中，就在寂靜中，突然間他領悟了什麼是分離。

所有東西都在，沒有什麼東西不在，只有沙蒂和塔克微不在。「進駐無人空間」慢慢地轉動，從半開的門縫發出一點亮光。

桌上放著一封信。信很簡短。塔克微接到緊急工作徵召，被派到東北區的海藻食品實驗發展室，工作時間不確定。她寫道：

現在我的良知無法拒絕。我到勞動部和他們談，讀過他們送到產管調節會生態部的計畫。他們的確需要我，因為我以前研究過海藻—纖毛動物—蝦類—庫庫里魚生物循環。我向勞動部申請讓你到羅爾尼，但是他們要在你自己提出申請之後才願意這麼做。你或許會因為學會的工作而無法提出申請，那也沒關係。如果時間太長，我會要他們另外再找一位遺傳學者，然後我就會回去。沙蒂很乖，會把「燈」說成是「等」。不會太久的。

啊，來這裡吧，如果你能的話！

你的姊妹塔克微

另外一個留言寫在一張小紙條上：「薛維克，物理學辦公室，你回來後，薩布爾」。

薛維克在房裡走來走去。那陣狂風，讓他飛馳過街道的動力，還在他心裡，並且撞擊著牆壁。他無法再前進，但是他必須移動。他看看衣櫃，裡面只有他冬天的外套和一件塔克微親手為他繡製的襯衫，因為她喜歡精細的手工；她的少數幾件衣服都不見了。簾幕折了起來，露出空的嬰兒床。睡覺用的床板沒有鋪好，但是橘色毯子把鼓起來的寢具蓋得好好的。薛維克再度回到桌前，又讀了一遍塔克微寫的信。他的雙眼盈滿憤怒的眼淚，一種失望的憤怒震動了他，一種怒氣，一種不好的預感。

不是誰的錯。這反而是最糟的。有人需要塔克微，需要她和飢餓博鬥：她的、他的、沙蒂的飢餓。社會沒有和他們作對；社會為他們著想，和他們在一起；社會就是他們。

但是他已經放棄了他的書、他的愛人、他的小孩。一個男人能被要求放棄多少？

「該死！」他大聲說。帕微克語不是一種適合咒罵的語言。當性愛不被認為是骯髒的，而褻瀆又不存在，想要咒罵也很難。「該死！」他重複罵道。他充滿恨意地把薩布爾那張卑鄙的小字條揉成一團，緊握雙拳往桌上搥，一次、兩次、三次，激動地尋求疼痛，然而什麼事都沒發生。他沒什麼事可做，沒什麼地方可去，最後只能攤開寢具，自己一個人躺在床上慢慢入睡，毫無慰藉地做著噩夢。

早上的第一件事是班納來敲門。薛維克在門邊見她，沒有站到一邊讓她進到房內。她是住在大廳前面的鄰居，年紀大約五十左右的女人，航空引擎工廠的機械師。塔克微認為她頗具娛樂效果，但是她很讓薛維克惱火，原因是她一直在覬覦他們的房間。她說那房間當初一沒人住，她就提出要求，只是街區的住宅事務所人員看她不順眼，從中阻撓。她自己的房間沒有邊窗，因此他們的房間成了她永不休止的嫉妒目標。她的房間是雙人房，而且她自己一個人住，這在住宅短缺的情形下更能看出她的自私。如果不是她扯一大堆藉口，薛維克原本不想浪費時間給她一些教訓。她提出說明，一再說明。她有一個夥伴，終生的夥伴，「就像你們兩個一樣」，然後傻笑。但是她的夥伴又在哪裡呢？他總是出現在過去式的時態中。同時，每天晚上都有男人（不同的男人）出入班納的房門，彷彿班納還是個風華正盛的十七歲女孩，雙人房又有其道理。塔克微欽佩地看著進進出出的行列，班納則會過來告訴她一些男人的事，抱怨連連。無法入住角落的房間不過只是她數不盡的其中一件牢騷。她的心思陰險、令人不快；她總是能看到任何一件事壞的那一面，然後耿耿於懷。她工作的工廠是一團無能、徇私、有害的毒瘤，她所屬的聯合工會的會議都是完全針對她的不公正諷刺，整個組織都是為了迫害班納而存在。這讓塔克微感到好笑，有時候就當著班納的面笑得無法無天。「哦，班納妳真是太好笑了！」她喘著氣。而那女人——灰髮、薄唇和下垂的眼睛——則是淡淡一笑，沒被冒犯，一點都沒有，繼續她惡魔般的背誦。薛維克知道塔克微以笑回應是正確之舉，但是他沒辦法那麼做。

「太可怕了！」她說，連走帶跑地滑過薛維克身邊，直接走到桌前，想要看塔克微寫的信。她把信拿了起來，薛維克不動聲色地快速將信從她手中搶過來，讓她來不及反應。「真的太可怕了！連十天前的通知都沒給！只有『來吧，現在就來！』他們還說我們是自由的人民，我們被認為是自由的人民。天大的笑話！就這樣活生生拆散一對幸福的夥伴！那正是他們的目的。他們反對夥伴關係。他們故意把一對夥伴派到不同的工作地點，不管什麼時候你都能看到這例子；那也是我和拉貝克的情形，完全一樣。整個勞動部聯合起來對付我們，我們永遠都不可能重聚了。嬰兒床就空在那裡。可憐的小東西！她日以繼夜哭了四十幾天，弄得我晚上有好幾個小時都睡不著。當然啦，是因為配給短缺的緣故，塔克微又沒有足夠的母乳。想像一下：就那樣把一個還在哺乳的媽媽派到幾百哩以外的地方工作！我不覺得你能到那裡和她相會——他們把她派到哪裡了？」

「東北區。我要去吃早餐了，班納。我餓了。」

「他們是不是一向都會在你離開的時候那麼做？」

「我離開的時候怎樣？」

「把她派到別的地方呀——拆散夥伴！」她小心地把薩布爾那張皺成一團的字條攤平，讀了起來。「他們總是知道什麼時候可以介入。我看你現在就要離開這房間了，是不是？他們不會同意讓你一個人住雙人房。塔克微說她很快就會回來，但是我看得出來她那麼說是為了振作精神。自由，我們被認為是自由的。大笑話！被到處趕來趕去……」

「去他的，班納！如果塔克微不想接受工作徵召，她就會拒絕。妳也知道我們目前正面臨饑荒。」

「我懷疑她自己是不是也想做些改變。生完小孩的人經常會有這種狀況。我認為你早就該把小嬰兒交給育嬰房，她太會哭了。小孩的出現把夥伴雙方都綁得死死的。如你所說，即使她想做些改變也是一件自然的事。當她得到那樣的機會，她當然會迫不及待地接受。」

「我沒那麼說。我要去吃早餐了。」他大步走開。對於班納精準地擊傷他五、六個敏感部位感到驚慌。那女人可怕的地方，在於她說中了薛維克自己最感到厭惡的恐懼。班納還待在他身後的房間裡，或許正在盤算著搬進去住。

他今天睡過頭，到公用餐廳的時候，他們正要關門。薛維克因為剛結束旅程，飢餓未消，胃口還很大，所以他拿了兩份粥和麵包。供餐臺後面的男孩皺著眉頭盯著他看，這些日子沒有人會拿雙份餐點。薛維克也皺著眉頭回看他一眼，沒說什麼。他靠著兩碗湯和一公斤麵包捱過八十幾個小時，他有權補足他沒吃到的分。但是如果他想解釋清楚，他就會倒大楣。存在就是正當理由，需求就是權利。

他是歐多人，他把罪惡感留給牟利者。

他自己一個人坐下來，但是迪薩立刻走過來和他坐在一起，露出微笑，用一種倉惶的眼注視著他或他的身旁。「離開了一段時間。」迪薩說。

「農場徵召令，六十天。這裡的情況如何？」

「慘！」

「還會更慘。」薛維克不經意地說，因為他正在吃東西。粥的味道很棒。「挫折、焦慮、饑荒！」他的前腦思維區這麼說，但是他的後腦以一種毫無悔意的野蠻態度、蜷伏在頭顱的黑暗深處說著：「食物！現在要食物！很好！很好！」

「見過薩布爾了嗎？」

「還沒。我昨天深夜才回來。」他看著迪薩，用一種蓄意的冷淡口氣說話。「塔克微接到緊急饑荒徵召令。她必須在四天前就離開這裡。」

迪薩著實冷淡地點點頭。「聽說過。你有沒有聽說學會重組的事？」

「沒有。怎麼回事？」

數學家把他細長的雙手攤開在桌上，低頭看著。他的舌頭總是會打結，支支吾吾。事實上他有結巴的毛病，但那到底是語言上或是道德上的問題，薛維克無從判斷。正如他沒有任何原因地喜歡迪薩，所以他有些時候也會沒有任何理由地感到討厭。現在就是那樣。迪薩的嘴角露出一抹狡詐，還有他下垂的眼睛，和班納一樣的下垂眼睛。

「整頓。精簡人事。許培格被裁掉。」許培格是一個笨得出名的數學家，總是極力巴結學生，想藉此每學期都能開設必修課程。「他被調到某個地方學會。」「叫他去種樹，或許製造的傷害會少一些。」薛維克說。現在他已經吃飽，似乎開始覺得乾旱對整體社會而言也有某些作用。處理事情的先後順序不再模糊不清；虛弱和疾病都被清除，軟弱無力的社會機制再次回復正常運作，過量的脂肪也從體制內被刮除。

「學會會議時幫你說句話。」迪薩說，他抬頭，但是沒有和薛維克的眼神交會。雖然薛維克不了解迪薩的意思，但是他很確切地知道，迪薩在說謊。迪薩沒有幫他說好話，反倒是說了壞話。

他有時候會討厭迪薩的理由現在已經顯而易見：迪薩的性格中帶著某種純粹的惡意，而他以前不曾有如此體認。迪薩關愛薛維克，同時也想控制他，這一點現在一樣顯而易見，一樣令人感到厭惡。對他而言，偷偷摸摸地占有，曲折的愛恨情仇，都沒有意義。他狂妄、毫不寬容地穿越他們之間的牆，他沒有再和數學家說話，只是把早餐吃完，走過中庭，穿過初秋時節明亮的早晨，到達物理學辦公室。

他走到一間大家稱呼為「薩布爾辦公室」的裡間，那是他們第一次見面的房間，薩布爾也就是在那裡把依歐語文法書和字典交給薛維克。薩布爾警覺地從桌子的另一邊抬起頭看他，隨即又埋首處理文件，一副辛勤工作、埋頭苦幹的科學家的模樣；然後才讓薛維克的出現滲入他過度負荷的大腦，並表現出對他來說已經算熱情的態度。他看起來很瘦弱蒼老，站起來的時候，身體彎得比以前更低；那是一種刻意謙卑的姿態。「日子難過，」他說，「日子難過啊！」

「還會更難過。」薛維克淡淡地說，「這裡一切都還好吧？」

「不好，不好！」薩布爾搖一搖他那斑白的頭，「對純科學、對知識分子來說，都是一段難過的日子。」

「曾經好過嗎？」

薩布爾發出一陣不自然的傻笑。

「烏拉斯來的夏季貨運裡，有沒有什麼東西是給我們的？」薛維克問，順手在座椅上清理出可以坐的空間。他坐下來，雙腿交疊。他的淡色皮膚上有了日曬的痕跡，原本蓋住臉頰的細毛在他於南區的田裡工作時褪成銀白色。和薩布爾相比，他看起來更清瘦、健康、年輕。兩個人都發現了這個對比。

「沒什麼有意思的東西。」

「沒有關於《共時原理》的評論？」

「沒有。」薩布爾的音調很粗暴，比較像平常的他了。

「也沒有信？」

「沒有。」

「那就奇怪了！」

「有什麼奇怪的？你在期待什麼，優恩大學的授課資格嗎？席奧文獎嗎？」

「我期待的是評論和回應。有段時間了。」他說出這句話的同時，薩布爾說道：「還不到看到評論的時候。」

兩人的談話暫時停止。

「你必須了解，薛維克，光只是對正確性抱持信念，可不能證明一切。我知道你在那本書上下了一番苦功。我也很努力地做了編輯的工作，想要表明那本書不光光只是一種對時序論的不負責任攻擊，它還有一些正面的意義。但是如果其他科學家無法看出你的書的價值，你就必須開始反省你所堅持的價值觀，找出歧見到底在哪裡。如果它對其他人一無是處，那它有什麼好處？又有什麼功用？」

「我是物理學家，不是功能分析師。」薛維克溫和地說。

「每一個歐多人都必須是個功能分析師。你已經三十歲了，不是嗎？一個人到了這樣的年紀不只應該知道他自己的個體功能，還要知道他在整體組織的功能。他的最大功能是什麼，社會有機體就是什麼。你大可不必想太多，和大部分的人一樣就夠了……」

「不。自從我十歲或十二歲起，我就已經知道我必須做什麼工作。」

「一個小男孩認為他所喜歡做的，不見得就是社會需要的。」

「如你所說，我已經三十歲了，算是很老的男孩。」

「你是在一種有著不尋常保護的環境中到達這樣的年紀。先是北區地方學會……」

「還有森林計畫、農場計畫、實務訓練、街區委員會和旱災開始後的志願工作。正常分量的必要勞動。事實上，我喜歡做，但是我也研究物理。你到底想怎樣？」

薩布爾沒有回答，低垂油膩的眉宇之下顯露怒光。薛維克進一步說：「你或許可以把話說清楚，因為你不可能操縱我的社會良知以達到你的目的。」

「你認為你做的事發揮了任何功能嗎？」

「有的。『社會有機體之組織，愈嚴謹就愈集中化。集中化在此意謂實際功能的場域』，出自涂瑪的《定義》。既然物理學家努力組織一切事物，使所有人都能理解，當然可以界定為一種集中化的功能性活動。」

「這不會把麵包送進人民的嘴巴。」

「我才剛花了六十天幫忙做那樣的事情。若再受到徵召，我還是會去。同時，我也會堅守我的本業。如果還有什麼是物理學能做的，我都享有做的權利。」

「你必須面對的事實是，現階段沒有什麼是物理學能做的。不是你所做的那種事。我們必須更務實一些。」薩布爾在椅子上調整一下姿勢。他看起來有些陰沉和不安。「我們必須釋出五個人接受再徵召。很抱歉，你是其中一個。就是這樣了。」

「正如我預料。」薛維克說，雖然他到現在才知道薩布爾想把他踢出學會。然而，當他一聽到薩布爾所說的話，又覺得似曾相識。他就是不願意讓薩布爾從看到他受驚嚇中獲得滿足。

「有一些碰在一起的事在和你作對。你過去幾年內所做的那些詭祕、不合宜的研究，再加上某種感覺……不必然是理由，但是學會的許多學生和教師都覺得你的教學和你的行為反映出某種不滿的態度，某種程度的私人主義、非利他的態度。會議裡有人這麼說。當然啦，我有幫你說話，但我只不過是眾多代表中的一個。」

「利他主義什麼時候變成一種歐多人的美德了？」薛維克說，「算了，我知道你的意思。」他站起來。他再也坐不住了，不過還是克制住自己，用很自然的口氣說：「我知道你沒有推薦我接受其他地方的教職。」

「那又有什麼用呢？」薩布爾說。他的申辯幾乎稱得上悅耳動聽。「沒有人要新老師。整個星球上到處都有老師和學生齊心防堵饑荒。當然啦，這次的危機不會持續太久。再過大約一年的時間，我們會回顧這段日子，為我們所做的犧牲和完成的工作感到驕傲，我們心手相連、相互扶持。只是現在……」

薛維克筆直站著，態度輕鬆，從鑿空的小窗戶往外注視著空無一物的天空。他的心中有一股強烈的慾望，希望薩布爾下地獄，但是實際轉化為文字的是一種不同的、更深層的衝動。「事實上，」他說，「你有可能是對的。」他同時向薩布爾點頭示意，隨即離開。

他搭交通車前往市區。他依然匆忙，彷彿受到驅趕。他循著某種模式，想要到達終點，然後停下來休息。他到勞動部的勤務調派辦公室，申請到塔克微的社區工作。

勞動部裡面擺滿電腦，處理大量的工作徵召統整業務，占據了一整個廣場的空間。建築按照安納瑞斯的標準設計，精緻的線條頗為美觀。建築內部的勤務調派辦公室有挑高的天花板，像一座大穀倉。到處都有人員和活動，牆上貼滿徵召通告和行進路線說明，指示經辦不同業務的個別部門該往何處去。薛維克排隊等候，聽著前面的人談話，一個是十六歲大的男孩子，另一個是大約六十歲的男子。男孩志願接受饑荒防治工作的徵召。他充滿高尚的情操，將兄弟情誼、冒險精神和希望表露無遺。他很高興能夠志願接受徵召，將孩童生涯拋在腦後。他像個小孩般，用一種還未轉為深沉音調的聲音說了很多話。自由、自由！在他激動的談話、每一句話語之中不斷迴響。而那個老人的聲音則在其中不停咕噥著，有些調侃、但沒有威脅的意味，有些嘲諷、但沒有警告的口氣。自由，到某個地方做某些事的自由，正是年輕人身上受到老人所稱頌和珍惜的特質，即便老人有些嘲諷男孩自視過高。薛維克愉快地聽他們說話。他們打破了早上的一連串荒誕。

業務員一聽完薛維克說明他要去哪裡，馬上顯現出一種憂慮的神情，離開座位去拿了一本地圖，攤開在兩人之間的櫃臺上。「看吧！」她說。她是個醜陋矮小的女人，長著暴牙，雙手放在地圖的彩色頁上，看起來相當輕巧柔軟。「看吧，那就是羅爾尼，深入北提瑪海的半島，不過就是個海岬，除了頂端有一些海洋實驗室之外，什麼也沒有。看到沒？沿岸全是沼澤區和鹹水濕地，一直分布到哈莫尼，全長一千公里。西邊是巴倫斯海岸。你所能到達離羅爾尼最近的地點是山裡的某個小鎮。但是他們不需要緊急工作徵召；他們有能力自給自足。當然啦，你還是可以去。」她用一種稍微不一樣的口氣補充。

「那裡離羅爾尼太遠了。」他看著地圖說。他注意到東北方山區的一座孤立小鎮，名字叫做圓谷，那是塔克微長大的地方。「海洋實驗室不需要工友嗎？或者是統計人員？或是餵魚的人？」

「我查看看。」

勞動部設置的人力／電腦檔案網路相當有效率。業務員花了不到五分鐘的時間，就從不斷輸入輸出的資料庫中整理出需要的資料。資料庫記錄了每一件完成的工作、每一個職缺、每一個符合條件的工人，以及全球社會總體經濟中的每一個優先順序。「他們剛剛補滿一個緊急徵召——那就是你的夥伴，是不是？他們找到他們要的人，四位技術員和一位漁工。名額已滿。」

薛維克將手肘靠在櫃臺上，垂首搔頭，這是一種以自我意識掩飾的混亂和挫敗的姿勢。「那麼，」他說，「我不知道還能怎麼辦。」

「兄弟，你夥伴的工作徵召時間有多長？」

「不確定。」

「但那是一份饑荒防治工作，不是嗎？它不可能就這樣一直持續下去。不會的！今年冬天會下雨的！」

他抬頭看著他的姊妹那認真、同情、煩惱的臉。他笑了笑，因為不能不回應她為了尋求希望所做的努力。

「你們會重聚的。在這期間……」

「是的，在這期間……」他說。

她等著薛維克做出決定。

他得在無窮盡的選項中做出決定。他可以留在亞博奈；如果能夠找到一些志願的學生，他可以開設一些課程。他可以到羅爾尼半島和塔克微住在一起，雖然研究站裡沒有任何職位給他。他可以隨便找個地方住，什麼事也不做，然後每天出門兩次到公用餐廳把肚子填飽。他可以做他喜歡做的事。

帕微克語裡，「工作」和「遊戲」的定義當然具有相當強烈的道德意義。歐多早已看出在她的類比語言系統裡，「工作」這個詞彙的使用方式逐漸衍生出某種嚴苛的道德主義：細胞必須一起工作、有機體運作的最佳效果、每一個要素要完成的工作，諸如此類。「合作」與「功能」是《類比》裡的重要概念，兩者都有「工作」的隱喻。一項實驗的證明，實驗室裡的二十枝試管或月球上的兩百萬人，就這樣，有效嗎？歐多看出道德的陷阱。「聖人從不忙碌。」她曾經說過，或許帶著些許渴望。但是，永遠不可能單獨做出攸關社會生存的選擇。

「嗯，」薛維克說，「我剛解除饑荒防治的工作徵召。還有沒有像那樣的工作？」

業務員給了他一種老大姊的眼神，有些狐疑，但卻是寬容的。「這裡大約有將近七百個緊急徵召，」她說，「你要哪一個？」

「有沒有需要用到數學的？」

「大部分都是一些耕作和技術的勞力工作。你受過工程方面的訓練嗎？」

「不是很多。」

「嗯，工作整合，這當然需要有人處理數字。這個怎樣？」

「好吧！」

「在西南區，你知道的，就在塵暴區裡。」

「我以前在塵暴區待過，而且如妳所說的，總有一天會下雨……」

她點頭一笑，鍵入薛維克的勞動部記錄：亞博奈市——現職：中央科學學會——工作地：彎肘鎮，西南區，一號磷酸鹽場——緊急徵召五—一—三—一六五——任職期限：不確定。

第九章

教堂塔樓傳出晨禱用的「首位和諧」鐘聲，將薛維克從睡夢中喚醒，每個音符都像在敲打他的後腦。他想嘔吐，頭暈目眩，好一會兒都還無法坐起身。最後他還是努力拖著腳走進浴室，泡了好久的冷水澡，緩解頭痛。可是他的整個身體一直讓他感到不適——不知怎地，感到汙穢。他的思考一恢復運作，昨晚的片段立刻浮現心頭，維依家中宴會那鮮明、無意義的小場景。他試著別去回想，卻沒有辦法想其他事。一切、一切都變得汙穢。他在桌旁坐下，發呆了半小時，動也不動，感覺悲慘至極。

他常常受窘，覺得自己像個大笨蛋。年少時，意識到別人把他當成特立獨行的怪胎，總讓他痛苦。後來安納瑞斯的同儕對他既憤怒又輕蔑，這卻是他刻意招致。但他從未真正接受他們的評斷。他從未感到可恥。

他不知道這種痲痺他的羞辱感和頭痛一樣，是酒醉的後續化學反應。知不知道其實對他都沒有多少差別。恥辱——汙穢和自我疏離的感覺——是一種啟發。他的視界多了一種新的清晰感，一種可怕的清晰，超越了在維依家深夜裡那些支離破碎的記憶。不只有可憐的維依背叛他。他想吐出來的不只是酒精，還有他在烏拉斯吃過的所有麵包。

他把手肘靠在桌上，雙手抱頭，緊壓絞痛的太陽穴。他在羞恥中看著自己的生活。在安納瑞斯，他抗拒社會的期待，選擇做自己受召喚去做的事。為了社會賭上個人——這件事變成了「反叛」。

在烏拉斯這裡，這樣的反叛行動是一種奢侈，一種自我陶醉。在愛依歐當一個物理學家，所要服務的不是社會，不是人類，也不是真理，而是國家。

他在這房間的第一個晚上就用挑釁、好奇的口氣問過他們：「你們想把我怎麼樣？」他現在知道了。奇佛里斯格已經把簡單的事實告訴他。他們擁有他，而他還想跟他們討價還價，那是無政府主義者的天真想法。個人不可能和國家討價還價。國家所認可的貨幣只有權力，而且只有國家才能發行貨幣。

他現在看清了——從一開始的每個細節，一項接著一項——他到烏拉斯來根本就是個錯誤，他的第一個大錯誤，終其餘生都擺脫不了。既然他已看清這項事實，既然他已在心中複習了過去幾個月來一直壓抑和否認的所有證據……他因此動也不動地在桌前坐了好長一段時間，一直複習到他和維依那可笑又可鄙的最後一幕，然後再次經歷，感到自己整個臉發燙到耳朵轟轟作響。然後他做了了斷。即使因為宿醉流了許多淚水，他也毫不愧疚。一切都過去了，現在要想的是他該怎麼辦。他已將自己囚禁在監牢中，怎麼可能採取如自由人般的行動？

他不願意為政客做物理研究，這一點現在無庸置疑。

如果他不再工作，他們會讓他回家嗎？

想到這裡，他長嘆了一口氣，抬起頭心不在焉地望向窗外日照的綠景。這是他第一次把回家的念頭當真。那樣的念頭就快要衝破所有防備，將他捲入急迫的渴望之中。用帕微克語說話，和朋友說話，和塔克微、碧露、沙蒂見面，碰觸安納瑞斯的塵土……

他們不會讓他離開。他還沒付出代價。他自己也不願就這樣離開：放棄、逃走。

他坐在明亮晨暉照耀的桌前，雙手故意猛力順著桌緣往下滑，兩次、三次，面容平靜，若有所思。

「我該去哪裡呢？」他大聲說。

有人敲門。艾福拿著早餐托盤和晨報走進來。「一樣，六點進來，但你在睡覺。」他謹慎地說，非常熟練地擺好托盤。

「昨晚我喝醉了。」薛維克說。

「喝醉的感覺很美。」艾福說，「就那樣了，先生？好的。」他用同樣熟練的姿態離開，並向正要進來的巴耶鞠躬。

「無意打擾你吃早餐。我剛從教堂回來，想到要過來看一看。」

「坐下吧，喝點巧克力。」除非巴耶至少假裝要和他一起吃，否則他不可能吃得下。巴耶拿了一塊蜂蜜捲，在盤子上弄碎。薛維克還是感到頭暈，但他現在覺得很餓，大口大口吃著早餐。巴耶似乎覺得比平常更難開始交談。

「你還在收這種垃圾？」巴耶最後用一種愉悅的音調問道，摸一摸艾福擺在桌上的報紙。

「艾福拿進來的。」

「是他？」

「我要他這麼做的。」薛維克向巴耶投了偵察的一瞥。「這些報紙擴展了我對貴國的認識。我對你們的中下階級很有興趣。大部分安納瑞斯人都出身於中下階級。」

「是的，沒錯！」巴耶點點頭，看起來充滿敬意。他吃了一小片蜂蜜捲餅。「我也想來點巧克力。」他搖了一搖托盤上的鈴，艾福隨即出現在門邊。「再一杯！」巴耶說，沒有回頭看艾福。「先生，我們正期待能再帶你四處看看。最近天氣已經好轉，我們想讓你多看看這個國家，甚至到國外參觀。但是，恐怕這場該死的戰爭會讓所有計畫都無法實行。」

薛維克看著最上面的報紙頭條：愛依歐、夙烏　般畢利首都附近激戰。

「還有比電訊版更新的新聞，」巴耶說，「我們已經解放了首都。哈維維特將軍即將復職。」

「這表示戰爭結束了嗎？」

「還沒。夙烏還掌控東部兩個省。」

「我知道了。所以你們的軍隊和夙烏的軍隊還會在般畢利對戰。但不會在這裡打？」

「不會的！不會的！不論是他們入侵我們，還是我們入侵他們，都是一大蠢事。只有野蠻人才會把戰爭帶入高度文明的心臟地帶！而我們早已脫離那種野蠻狀態。權力的均衡靠這樣的警察行動維持。然而，就官方立場而言，我們正處於戰爭狀態。因此我不得不擔心以前那些討厭的管制措施很快又要開始施行了。」

「管制？」

「其中一項是針對高等科學學院的研究進行分類。沒什麼，不過只是政府的橡皮圖章。有時論文會延後出版，如果有高層人士認定那篇論文危險，就只是因為看不懂！旅遊也受到一點限制，我特別擔心你和其他一些非本國籍人士。只要戰爭狀態不結束，我想，沒有內閣大臣的特許證，你就不能離開校區。但是你不用理會那檔事。只要你願意，我還是可以帶你離開這裡，而且不必經過繁瑣的公文往返。」

「你有特殊管道？」薛維克說，露出真心的笑容。

「哦，我可是這方面的專家！我喜歡鑽法律漏洞，耍耍那些掌權者。或許我才是天生的無政府主義者，嗯？那老頭跑到哪倒我要的巧克力？」

「他一定得到樓下去倒。」

「那也不用花到大半天呀！我不等了，不想占用你早晨所剩的時間。對了，你看過最新一期的《太空研究基金會公告》了嗎？他們登了羅依莫的安射波計畫。」

「安射波是什麼？」

「那是他為一種同步通訊設備所取的名字。他說，如果時間學者——當然了，你就是其中之一——將來能運算出時間慣性公式，工程學家——也就是他自己——就能建造出那個該死的東西，進行測試，然後就有可能在幾個月或幾星期內證明理論的正確性。」

「工程學家自己就是因果可逆性存在的證據。你看，羅依莫在我提出原因之前，早就設定了結果。」薛維克又笑了，這次比較沒那麼真心。巴耶關上門後，薛維克突然站了起來。「你這個齷齪、唯利是圖的騙子！」他用帕微克語說，臉色因憤怒變得蒼白，緊握雙拳，克制住想拿起東西丟向巴耶的念頭。

艾福端著放著一只杯子和碟子的托盤走進來。他停住腳步，看起來有些驚惶。

「沒事的，艾福。他不要……他不要用杯子了。你現在可以把東西清走。」

「好的，先生。」

「聽著，我不想接見任何訪客！你能不能把他們擋住？」

「沒問題，先生。有任何特別對象嗎？」

「有，就是他。任何人，就說我在忙。」

「他會很樂於聽到這樣的話，先生。」艾福說。他的皺紋有一瞬間溶化在惡意中，然後轉為充滿敬意的親切。「任何你不想見的人都過不了我這一關。」最後又換上正式的禮儀：「謝謝你，先生！日安！」

食物，還有腎上腺素驅散了薛維克的痲痺。他在房間裡走來走去，非常焦躁不安。他想要採取行動。他已經花了一年的時間，除了當一個笨蛋之外，什麼事都沒做。現在是他有所行動的時候了。

那麼，他到這裡做什麼？

做物理研究。用他的天賦宣告任何一個社會中任何一個公民應享的權利：工作的權利，工作期間得到資助的權利，和所有需要的人分享工作成果的權利。做一個歐多人和人類的權利。

他那些仁慈的東道主讓他工作，在他工作期間也資助他，好吧。問題來自第三方。但是他還沒遭遇到。他還沒完成他的工作，他不能和別人分享他還沒擁有的東西。

他回到桌前坐下，從他時髦的緊身褲子上最難摸到、最少用到的口袋裡掏出幾張塗寫得滿滿的紙片，用手指將這些紙張展開。他突然覺得自己愈來愈像薩布爾：在紙條上寫一大堆小小的縮寫字。他現在終於知道薩布爾為什麼這麼做：他充滿占有慾，偷偷摸摸。安納瑞斯的精神病到了烏拉斯，竟變成一種理性行為。

薛維克再次坐在那裡不動，低著頭，仔細讀著兩張紙片，上頭記了某些廣義時間論發展到目前為止的基本要點。

接下來三天，他都一直坐在桌前盯著紙片。

他有時站起來在房裡四處走動，寫下一些東西，操作一下桌上型電腦，或叫艾福拿一些東西進來給他吃，或躺下來睡覺。

然後再回到桌前繼續坐著。

第三天晚上，他改坐到火爐旁的大理石座椅上。他進到這個房間——這個幽雅的牢房——的第一晚也曾坐在那裡，有訪客時也大都坐那張椅子。現在沒有訪客，但是他在想薩歐．巴耶。

巴耶和一般權力追求者一樣，非常短視。他的心智有種小家子氣、不成氣候的特質，缺乏深度、情感、想像力，簡直就是一件原始工具；但他心智的潛能卻真的存在過，雖然畸殘，卻未喪失。巴耶是相當聰明的物理學家，或者說得更精確一點，他在物理學上的表現非常聰明。他沒有任何原創的建樹，但是他的投機，他對利益所在的敏感，總能一次又一次引導他走向最具發展潛力的領域。他很懂得「從正確處下手」——和薛維克一樣；而薛維克敬重他這項與自己相同的才能，因為那是科學家才有的重要特質。正是巴耶把那本翻譯自塔拉語的相對論研討會論文集拿給薛維克，那些理論最近愈來愈深植到薛維克內心。或許他到烏拉斯只是為了和他的敵手巴耶見面？他來這裡是為了找巴耶，知道他可以從敵手身上接受到無法從兄弟和朋友身上得到的東西——沒有任何安納瑞斯人能夠給他的東西：異域的知識，新事物……

他暫時忘了巴耶。他想著那本書。他無法清楚對自己說明為何一本書會讓他如此振奮。書中大部分內容都是一些過時的物理學，使用的方法很繁瑣，外界看待的態度也不很友善。塔拉人一直都是知識帝國主義者、工於心計的築牆者。即使是理論創建人愛因賽坦也覺得必須提出警告，指出他的物理學只能援引物理模型，不能有任何形上學、哲學或倫理學的暗示。就表象而言，這樣的說法是正確的：他也使用了「數字」，那是理性與感知、心靈與物質之間的橋梁，誠如創立高等科學的前輩所說的「無可辯駁的數字」。就這層意義而言，採用數學就是採用已經成立、能導引出其他模型的模型。愛因賽坦了解這一點，並且以一種俏皮、謹慎的態度表示，他深信他的物理學的確描繪出事物的真實面貌。

既陌生又熟悉：薛維克對塔拉思想的每一次轉變都有這種感覺，也一直覺得迷惑。此外還有一點同情，因為是愛因賽坦也一直在探索一種統合的場論。他先將重力解釋為一種時空幾何函數，再企圖將這套綜合理論套用於電磁力現象。他並未成功，甚至在他一生，以及他死後的數十年內，他那個世界的物理學家都厭倦了他的努力及其失敗之處，轉而追求量子論華麗的不連續性及其高科技效益，最後完全專注於技術面的模型，以致於走進死胡同，導致一場想像力的災難性挫敗。然而，那些物理學家原先的直覺卻是可靠的：在他們所在的時間點，老愛因賽坦抗拒接受的不確定性確實展現出某種進步。但就長遠而言，愛因賽坦的抗拒也是對的，只是他缺少驗證的工具：薩依巴變數和關於無限速度與複雜變因的理論。他的統一場域的確存在——存在於賽提物理學中，但他不願意接受使之成立的條件，因為光速做為一種限制因素，對他的大理論很重要。他的兩種相對論在幾世紀之後依然美麗、有效、有用，但兩種理論卻建立在一種無法證實為真，而且可能會、也在某些狀態下證實為誤的假說之上。

然而，一個理論的所有元素皆證實為真，這難道不是一個簡單的恆真式嗎？只有在無法驗證、甚至是不被接受的領域，才可能發現打破循環和往前發展的契機。

就此而言，關於並時共存的假設是不是無法驗證——這是薛維克過去三年來、甚至是這十多年來一直絞盡腦汁、捶胸頓足而無法解決的問題——又有什麼意義呢？

他一直在摸索，想要確實掌握，好像那是他所能擁有的。他一直欲求著某種不容許的穩定、保證。就算容許，也會變成監牢。只要假定並時共存可驗證，他就能自由自在地使用美好的相對性幾何，也就可能有進展，下一步將會一目了然：連續的共存可用一組薩依巴變換數列處理。用這種方式切入，連續性和存在就不會再牴觸。時序論和共時觀點在基礎上的統一將不言可喻。「間隔」概念就可以連結宇宙的靜態和動態面。他怎麼會緊盯著事實十年卻沒看出這一點呢？繼續往前推進根本不成問題。他也的確已經往前推進。他已到了那裡。當他了解到遙遠過去中的一個錯誤，他首次在看似不經意之間瞥見可行之路。一切都在那裡，牆不見了，他的視野清晰、完整。他所看見的很簡單，比任何事物都簡單。他看見的正是簡單性：所有的複雜，所有的希望，都包含在其中。那是一種啟示，一條清楚的道路，回家的路。那就是光明。

他的靈魂像是個跑進陽光的小孩。沒有終點，沒有終點……

可是在輕鬆與快樂之中，他仍然感受到某種恐懼。他雙手顫抖，雙眼盈滿淚水，像是一直注視著太陽。畢竟肉體不是透明的，體會到生命已經完滿總是很怪異，怪異至極。

然而，他一直注視，一直往前走，帶著相同的童真喜悅，直到突然發現自己已走到盡頭。他往回走。淚眼看見房裡一片陰暗，高窗外滿天星斗。

那一刻消失無蹤，他親眼看著它消失，沒有嘗試緊抓住它。他知道他是時間的一部分，而非時間是他的一部分。他在時間的掌控之下。

過了一會兒，他搖搖晃晃起身，把燈點亮。他在房裡漫步了一會兒，摸一摸這個、那個、書背、燈影，很慶幸回到這些熟悉的物品中，回到自己的世界——此時此刻，這個星球和那一個星球、烏拉斯和安納瑞斯之間的差異對他而言，和海岸上兩粒沙子之間的差異一樣，都已無關緊要。不再有鴻溝，牆也不存在。再也沒有放逐。他已經看見宇宙的基礎，而那些基礎很穩固。

他有些不穩地慢步走進臥室，沒脫掉衣服就倒臥在床上。他用手臂墊著頭躺在那裡，偶爾預視、計畫未完工作的一、兩項細節，沉浸在一種莊嚴、愉悅的感激之情中，慢慢融入安詳的幻想，進入夢鄉。

他睡了十個小時，醒來的時候想到可用以表達「間隔」概念的等式，立刻走到桌前開始運算。他那天下午上了一門課。他在資深教師餐廳吃晚餐，和同事聊天氣、戰爭或任何他們提起的話題。他不知道他們是否察覺他的變化，因為他一點也不了解他們。之後他回房繼續工作。

烏拉斯人的一天為二十小時。八天當中，他平均每天在書桌前工作十二至十六小時，有時在房裡走來走去。他那淺色眼瞳常常望向窗戶，暖春的陽光、星星，還有黃褐色的黯淡月亮都在窗外照耀。

艾福端著早餐的托盤走進來，發現他衣衫不整地躺在床上，雙眼緊閉，嘴裡說著外語。艾福把他叫醒。他醒來時抽搐了一下，起身後搖搖晃晃走到另一個房間的書桌前，桌上空無一物。他盯著檔案已經清除的電腦，站在那裡，像是頭部受到重擊、還來不及反應。艾福攙著他讓他再躺下來。「發燒，先生。請醫生嗎？」

「不用了。」

「確定，先生？」

「不用！不要讓任何人進來。就說我生病了，艾福。」

「那麼，他們一定會請醫生來。可以說你正在工作，先生。他們喜歡那樣。」

「你出去的時候順手把門鎖上。」薛維克說。他那不透明的肉體讓他倒下。他因為體力透支而十分虛弱，也因此變得容易發怒、驚慌。他害怕巴耶、歐伊和警察搜索隊。他所聽到、讀到那些對烏拉斯警方、祕密警察的一知半解，都成了清楚、可怕的記憶，就像一個人在接受自己的病情時，會想起他所讀過的每一個和癌症有關的字。他用一種發燒的痛苦神情抬頭看著艾福。

「你可以信任我。」艾福用冷靜、嚴肅、簡潔的方式說道。他拿一杯開水給薛維克，然後走出去。房門上鎖的聲音在他身後響起。

接下來兩天，他照顧薛維克，老練的技術和僕人應有的訓練似乎沒有多大關係。

「艾福，你可以當醫生了。」薛維克說。這時他的虛弱已經轉為肉體的疲憊，不算太不舒服。

「我家的老母豬也這麼說。她生病的時候從來都不喜歡有人在旁邊照顧她，除了我。她說，『你抓得到感覺。』我想我的確是。」

「你做過看護病人的工作嗎？」

「沒有，先生。不想和醫院混在一起。我要是哪天死在他們那些害蟲的洞穴裡面，那就真是世界末日了！」

「醫院？有什麼不對勁？」

「沒事，先生。如果你的病情惡化，你不會被送到那種地方。」艾福溫和地說道。

「那麼你指的是哪一種？」

「我們的。髒得要命，像個髒鬼的屁眼。」艾福說，只是輕描淡寫，沒有絲毫粗暴。「舊得要命。小孩死在裡面。地板坑坑洞洞，大洞，燈光穿得過去。我說，『怎麼會這樣？』你瞧，老鼠從洞裡爬到床上。他們說：『老建築，六百年的醫院。』『聖音貧民安置所』，它的名字。不折不扣的臭屁眼！」

「你的小孩死在醫院裡？」

「是的，先生。我女兒拉雅。」

「怎麼死的？」

「他們說是心臟瓣膜。她沒活多久，死的時候才兩歲。」

「你還有其他小孩嗎？」

「生了三個，沒半個活著。老母豬很難過，但是現在她說：『啊，以後就不用再為他們傷心了，以後都沒事了！』還有什麼需要我為你效勞嗎，先生？」這突如其來的上流階級句法讓薛維克一震。他很不耐煩地說：「有的！繼續說！」

也許因為他只是脫口而出，或者因為他身體不舒服，理應遷就，所以這一次艾福沒有表現出僵硬的禮儀。「有一次也想過當軍醫，但是他們先逮到我。徵召令。說：『傳令兵！傳令兵！』我照做了。訓練有素，傳令兵。退伍後直接當管家。」

「在軍中你原本可以受訓成為軍醫？」談話持續，但是談話的語言和題材都讓薛維克很難跟上。他只是在聽一些自己沒親身經歷過的事。他沒看過老鼠、軍營、瘋人院、貧民收容所、當鋪、處決、小偷、廉價公寓、收租員、想工作卻找不到工作的人，或者水溝裡的嬰屍。這些事情都出現在艾福的回憶中，像是司空見慣，或司空見慣的可怕。薛維克必須運用所有的想像力，召喚出關於烏拉斯的所有知識碎片，才有辦法了解。但是在某方面，他對這些事感到熟悉——並非透過他在此地已見識過的事物，但他的確了解。

這才是他在安納瑞斯學校裡學到的烏拉斯。這就是他祖先離開的世界；他們選擇了飢餓、沙漠和無止境的流浪。就是這個世界形塑出歐多的心靈，也是這個世界因為歐多說出她的心聲而八度囚禁她。這就是人類的苦難，是他社會的理想根植之處、發展的源頭。

那不是「真正的烏拉斯」。他和艾福所在的這個房間，其氣派及美觀與艾福成長環境裡的骯髒一樣真實。對他而言，一個勞心者的工作不能為了否定某種事實而犧牲另一項事實，而是要容納與連接。這不是件簡單的事。

「看起來又有些疲勞，先生，」艾福說，「最好休息一下。」

「不，我不累。」

艾福觀察他一會兒。艾福回歸僕人身分時，那布滿皺紋、刮得乾乾淨淨的臉沒有半點表情。在最近一小時內，薛維克看著那表情經歷了嚴肅、風趣、憤世嫉俗，到痛苦的明顯變化。此時的表情有些同情，卻又疏遠。

「和你來的地方完全不同。」艾福說。

「非常不同。」

「那裡都沒有人失業嗎？」

他的聲音有某種輕微的反諷或質問意味。

「沒有。」

「也沒有人挨餓？」

「有人有東西吃時，不會有人挨餓。」

「啊！」

「但是我們挨餓過。我們經歷過饑荒，你知道嗎，八年前。我知道有個女人殺死她的孩子，就因為她沒有奶水，也沒有別的東西，沒有東西餵小孩。安納瑞斯不……不是豐饒的樂土，艾福。」

「我一點都不懷疑，先生。」艾福又用他那種有禮貌的措詞回話，然後扮了個鬼臉，咧開雙脣，露出牙齒：「一樣，那裡還是沒有他們。」

「他們？」

「你知道的，薛維克先生。你曾經說過的。擁有者。」

隔天晚上阿特羅來訪。巴耶一定一直都在監視，因為艾福讓老人進來之後沒幾分鐘，他就來了，詢問薛維克的病情，表現出極為同情的態度。「你這幾個星期工作太努力了，先生！你不能就這樣把自己累垮。」他沒坐下，反而很快離開，舉止完全符合禮儀的精神。阿特羅繼續談著般畢利的戰事，如他所說，戰爭逐漸變成「大規模的行動」。

「貴國人民支持這場戰爭嗎？」薛維克問，打斷了關於戰略的話題。對於報上沒有針對戰爭做出任何道德評價，他一直感到不解。他們已經不再大放厥詞。他們的措詞和政府發行的電子通訊報導完全一致。

「支持？你該不會認為我們會倒下來、讓該死的夙烏人從我們身上走過去吧？我們身為世界強權的地位就會搖搖欲墜！」

「但是我指的是人民，不是政府，而是……必須戰鬥的人民。」

「那又怎樣？他們早就習慣全面徵召。那才是他們存在的目的，我親愛的同伴啊，為他們的國家戰鬥！我告訴你吧，一旦受命出征，世界上再也沒有比依歐軍人更優秀的了！太平盛世的時候，他或許會表現出多愁善感的和平主義，不過膽量依然沒變，就在心中。一般兵一直都是本國最大的資產。這就是我們成為世界領袖的原因。」

「因為爬上一堆小孩的屍體？」薛維克說，但是憤怒——或者由於不願傷害到老人的情感——使得他的聲音有些模糊不清。阿特羅沒聽到他說的話。

「不，」阿特羅繼續說，「你會發現，當國家遭受威脅時，人民的靈魂會像鋼鐵那樣真實。尼歐和礦坑小鎮裡一些煽動暴民的人故意挑撥離間，但是國旗陷入危險的時候，人民不分階級、慷慨就義，這何等悲壯啊！我知道你不相信我說的。你知道，我親愛的同伴，歐多主義的麻煩就在於太過陰柔，不能涵蓋生命的陽剛面。誠如老詩人所說，『血水與鋼鐵，戰鬥之光』。歐多主義就是無法了解勇氣——對國旗的愛。」

薛維克沉默了一會兒，然後溫和地說：「那或許是真的，一部分。至少我們沒有國旗。」

阿特羅離開後，艾福進來把晚餐托盤拿出去。薛維克叫住他，走近他身邊：「不好意思，艾福。」然後把一小張紙放在托盤上，上面寫著：「這房間裡有麥克風嗎？」

僕人低著頭慢慢讀字條，抬起頭看薛維克——近距離的深深一眼——然後盯著火爐煙囪看了一眼。

「臥室呢？」薛維克用相同的方式發問。艾福搖頭，放下托盤，跟著薛維克走進臥房。他用一種好僕人的安靜方式把門關上。

「第一天發現那個，打掃的時候。」他咧齒笑著，臉上的皺紋馬上加深成粗糙的痕跡。

「這裡沒有？」

艾福聳肩。「沒發現過。可以把那裡的水龍頭打開，先生，像偵探故事那樣。」

他們走向黃金和象牙打造的華麗廁所。艾福打開水龍頭，環視四壁。「沒有，」他說，「不覺得會有。有監視我會發現。在尼歐為某人工作時碰過。碰過就不會找不到。」

薛維克從口袋裡拿出另一張紙條給艾福看。「你知道這是從哪兒來的嗎？」

是那張薛維克在外套裡面發現的紙條：「加入你的兄弟吧」。

艾福看得很慢，緊閉的雙脣微微蠕動，好一會兒後才說：「我不知道這是哪來的。」

薛維克有些失望。他突然覺得艾福有某種優勢，可以偷偷把東西塞進「主人」的口袋。

「知道可能是從誰那裡來的，大概。」

「誰？我要怎麼找到他們？」

再一次停頓。「危險的舉動，薛維克先生。」他轉過頭去，讓更多水從水龍頭急流而下。

「我不想把你牽連進來。如果你能告訴我——告訴我該到哪裡。我只有這個要求。即使只是一個名字。」

一次更長的沉默。艾福的表情有些焦慮、難過。「我不……」他欲言又止，聲音壓得很低。「薛維克先生，誰都知道他們要你，我們需要你。但是，你看，到處都可能有陷阱。你可以逃走，但是你躲不了。我不知道該跟你說什麼。給你一些名字，沒問題。你隨便問任何一個尼歐人，他就會告訴你該往哪邊去。我們已經受夠了，我們需要呼吸一些空氣。但是萬一你被抓，被槍殺，我會怎麼想？我為你工作了八個月，我漸漸喜歡你、崇拜你。他們老是找我商量，我說：『不行，放他一馬吧！他是好人，不該和我們的麻煩有任何牽扯。讓他回到他來的地方，人民過著自由生活的地方。總該有人遠離我們住的這個被上帝詛咒的監牢吧！』」

「我不能回去，還不行。我想見這些人。」

艾福安靜站著。或許那是他的僕人習性，必須聽命行事。他最後點頭輕聲說：「都歐．梅達，你要找的人，玩笑巷，舊城，雜貨店。」

「巴耶說我不能離開校區，要是他們看到我去搭火車，他們會阻止我的！」

「計程車吧，也許可以。」艾福說，「我幫你叫。你走樓梯下去。我知道卡伊．歐蒙正在站崗。他了解的。但是我不確定。」

「好吧，就趁現在。巴耶剛來過，有看到我，他覺得我會待在房裡，因為我生病。現在幾點了？」

「七點半。」

「如果我現在就走，我還有一整晚的時間找到我該去的地方。叫計程車吧，艾福。」

「我來整理行李，先生。」

「要行李做什麼？」

「你需要衣服。」

「我已經有穿衣服了！快去吧！」

「你不能什麼都不帶就離開。」艾福抗議，這比任何一件事都更令他焦急不安。「你身上有錢嗎？」

「啊，對呀！我應該帶些錢。」

薛維克已經準備動身，艾福抓著頭，看起來有些嚴肅、悶悶不樂，但還是到前廳打電話叫計程車。他回來時發現穿好外套的薛維克站在前廳門邊等著。「下樓吧。」艾福說，有些不情願，「卡伊會守著後門，五分鐘。叫計程車走園林路，那裡不像大門口有崗哨。不要走大門，他們一定會把你攔下來。」

「他們會把事情怪在你頭上嗎？」

兩個人都輕聲說話。

「我不知道你已經不見了。早上，我會說你沒起床，在睡覺，擋他們一會兒。」

薛維克搭住他的肩膀，擁抱他，握著他的手。「謝謝你，艾福。」

「祝你好運。」艾福說，有些困惑。而薛維克已經離開。

薛維克和維依昂貴的一天已經花掉他大部分現金，搭計程車到尼歐又花掉十單位的錢。他在一處地鐵大站下車，靠著地圖搭地鐵到舊城，他從未來過城市的這一區。玩笑巷不在地圖上，所以他在舊城的中央站下車。他走出寬廣的大理石車站，走進街道時，感到有點錯亂，於是停下腳步。這裡看起來不像尼歐艾沙亞。

這時下起一陣霧茫茫的細雨，天色變得很昏暗。沒有街燈；有燈柱，但燈沒亮，或者已經壞掉。低垂的光線從四處的百葉窗縫隙流瀉。街道旁，有光線從敞開的大門灑出，一群人聚在那裡閒晃，大聲說話。人行道因為雨水而變得泥濘，散落紙屑和垃圾。他勉強辨認出街上的商店，店面都很低矮，還覆蓋了厚重的金屬或木製遮板，只有一間被火燒過、漆黑空蕩，玻璃碎片還卡在窗框上的商店除外。行人來來往往，有如安靜疾行的陰影。

有個老女人從他身後的樓梯走上來。他轉頭向老女人問路。在標示著地鐵入口的黃色球形燈光下，他清楚看到女人的臉：蒼白，布滿皺紋，帶著一種厭煩的敵視眼神。大玻璃耳環在她臉頰兩側晃動。她很費勁地爬著樓梯，可能因為疲勞、關節炎或某種脊椎的殘疾而有些駝背。但是她並不老，薛維克這麼想。她甚至不到三十歲。

「請問玩笑巷怎麼走？」薛維克問她，有些結巴。她冷冷地看著薛維克，爬到最頂階時還加快速度，什麼話都沒說就走開。

他開始隨意漫步。突然的決定和逃離優恩大學所帶來的興奮已變成一種恐慌，一種被追趕、被圍捕的感覺。他避開聚在門口的那群人：他的本能警告他，落單的陌生人不要靠近那樣的人群。他看見前面有一個獨行的人，便趕上前去重複相同的問題。那人說：「我不知道。」然後走開。

除了繼續走，別無選擇。他走到一處光線比較充足的十字街口。街道兩端迂迴曲折地隱入茫茫雨霧，點亮的招牌和廣告看板看起來模糊、俗豔得可怕。有很多酒舍和當鋪，有些還在營業。街上人群熙來攘往，擦肩而過，在酒舍進進出出。有個人躺在水溝裡，鼓起來的外套蓋住頭部，躺在雨中，睡了，病了，死了。薛維克害怕地看著他和那些連看都不看就走過去的人。

他愣住不動時，有人在他身旁停下腳步盯著他的臉。那人年約五、六十歲，身材矮小，鬍子沒刮，歪著脖子，眼眶泛紅，張開沒有牙齒的嘴巴笑著。他站在那裡傻呼呼地笑著身材高大、受到驚嚇的薛維克，用顫抖的手指著。「你那堆頭髮哪來的，嗯，頭髮，你那堆頭髮哪來的？」他咕噥著。

「你能不能……能不能告訴我玩笑巷怎麼走？」

「是啊，玩笑，我在開玩笑，我破產可不是玩笑！喂，今晚這麼冷，賞幾個角子喝酒吧！你一定有角子的！」

他靠得更近。薛維克閃開，看到他伸出手，無法理解。

「別這樣嘛！開個玩笑，先生，給幾個角子吧！」那人沒有威脅，也沒有懇求，只是機械地咕噥著，張開嘴巴露出毫無意義的笑容，伸出他的手。

薛維克這下子懂了。他掏了掏口袋，找到僅剩的錢，塞進乞丐手裡，然後因為一股不是為他自己而恐懼的恐懼，他冷酷地推開那人，快步走開。乞丐還在喃喃自語，甚至伸手想抓住薛維克的外套。薛維克趕緊衝進最近一間開著門的商店。店門上掛的招牌寫著「典當與最有價值的二手貨」。店裡擺滿破舊的外套、鞋子、圍巾、裝電池的工具、破掉的檯燈、古怪的盤子、罐子、湯匙、串珠、一堆破破爛爛的東西，每樣垃圾上面都標有價格。他站在那裡試著集中精神。

「找什麼嗎？」

他再把問題說了一遍。

店員是一個和薛維克差不多高，但身體有些駝背的瘦削男人。他仔細打量了薛維克。「你去那裡幹麼？」

「我要找一個住在那裡的人。」

「你從哪裡來的？」

「我必須到那兒去。玩笑巷離這裡很遠嗎？」

「你從哪裡來的，先生？」

「我來自安納瑞斯，月球！」薛維克生氣地說，「我必須到玩笑巷，現在，今晚！」

「你就是那個人？那個科學家？你他媽的在這裡幹什麼？」

「躲警察！你要告訴他們我在這裡或是要幫我的忙？」

「他媽的！」那人說，「他媽的！等一下……」他猶豫了一會兒，好像想說些什麼，又想說些別的，最後他說：「你繼續說吧！」接下來的口氣不變，但心情大為不同：「好吧！我要關門了，帶你去吧！你等會兒！他媽的！」

他在後面翻箱倒櫃、關燈，和薛維克走到店外拉下鐵門並鎖上，說道：「來吧！」隨即邁開快步。

他們走過二、三十個街口，更深入舊城心臟地帶曲折巷道的迷霧中，霧茫茫的雨輕輕落在照明不均的黑暗裡，處處散發潮濕石頭和金屬腐鏽的味道。他們轉進一條沒有照明、沒有路牌的小巷，兩邊是高聳的舊公寓，一樓大多是店鋪。薛維克的嚮導停下腳步，輕敲一扇拉下窗簾的窗戶：上頭寫著「V．梅達，夢幻雜貨」。過了一會兒，門打開了。當鋪商和門內的商人談了幾句，然後向薛維克示意，兩人都走進店裡。接待他們的是個女孩。「都歐在後面。來吧。」她抬頭就著店內後廊微弱的光線審視薛維克的臉。「你就是那個人嗎？」她的聲音有些薄弱、急迫。她露出詭異的笑：「你真的是他嗎？」

都歐．梅達是個年約四十、皮膚黝黑的男人，有張緊繃、聰明的臉。他原本正在書上寫字，在他們進來時很快合上書站起來。他叫著當鋪商的名字，和他打聲招呼，但視線一直沒離開薛維克。

「都歐，他到我店裡問我到這裡的路，」當鋪商說，「他就是從安納瑞斯來的那個人。」

「你是那個人，是嗎？」梅達慢條斯理地說，「薛維克，你在這裡幹什麼？」他用警覺、發亮的眼神盯著薛維克。

「尋求援助。」

「誰叫你來找我的？」

「我問的第一個人。我不知道你是誰。我問他我可以去哪裡，他就說我可以來找你。」

「還有誰知道你在這裡？」

「他們不知道我已經離開。明天才會發現。」

「去叫雷米維。」梅達對女孩說。「坐下吧，薛維克博士。你最好告訴我發生什麼事。」

薛維克在一張木椅上坐下，但沒脫掉外套。他感到很疲倦，因而有些顫抖。「我從大學，從監獄裡逃出來。我不知道該去哪裡。也許這裡全都是監獄。我來這裡是因為他們談到中下階級、勞動階級，聽起來很像我的同胞，願意互相幫助的同胞。」

「你在尋求什麼樣的援助？」

薛維克嘗試集中精神。他看了看整個零亂的小辦公室，還有梅達。「我有他們要的東西，一種想法，一套科學理論。我從安納瑞斯到這裡，是因為我認為我在這裡可以進行研究和出版。我不知道在這裡想法是國家擁有的財產。我不為國家工作。我無法接受他們給我的錢和其他東西。我想到外面來，但是我不能回家。所以我到了這裡。你們不要我的科學，或許你們也不喜歡你們自己的政府。」

梅達笑著說：「的確，我是不喜歡我們的政府，但是我們的政府也不怎麼喜歡我。你沒能選對最安全的地方，對你或對我們……別擔心，就是今晚，我們會決定該怎麼辦。」

薛維克拿出他在外套口袋裡找到的字條交給梅達。「就是這帶著我到這裡的。這是你認識的人留的嗎？」

「『加入你的弟兄吧』……我不清楚。可能吧。」

「你是歐多主義者嗎？」

「部分是。聯合主義者，自由主義者，我們也和夙烏主義者、社會主義勞工聯盟在一起，但我們都是反中央主義者。你來的時機非常敏感，你知道。」

「戰爭嗎？」

梅達點頭。「有場示威遊行已經進行了三天，反對徵召、戰爭稅、物價上漲。尼歐艾沙亞有四十萬人失業，他們卻提高稅收，哄抬物價。」他在談話中一直看著薛維克，現在好像檢查完畢，眼光於是移往別處，身體靠回椅子。「這城市準備放手一搏。我們需要來一場罷工，全面大罷工，還有大規模的示威遊行，就像歐多領導的九月罷工潮那樣。」他帶著一種乾澀、緊繃的微笑補充說明：「我們現在可以再來一個歐多，但這一次沒有月球收留我們，我們只能在這裡開創正義，別無去處。」他看了薛維克一眼，隨即換成較柔和的語調：「你知不知道你們的社會在這一百五十年當中，對住在這裡的我們有什麼意義？你知不知道這裡的人要是想互祝好運的時候都會說，『祝你下輩子生在安納瑞斯！』知道有那樣的社會存在，一個沒有政府、沒有警察、沒有經濟剝削的社會，他們就不會再說那只是幻象，只是理想主義者的夢想。薛維克博士，我不確定你是否完全了解他們為什麼要把你好好藏在優恩。為什麼他們不准你出席對群眾開放的會議？為什麼他們會在發現你離開之後、像獵犬追趕兔子那樣搜捕你？不只是因為他們要你的想法，而是因為你本身就是一種想法，一種危險的想法，有血有肉的無政府主義思維，就行走在我們之間。」

「那麼，你已經擁有你的歐多。」那女孩用急促、安靜的聲音說。梅達說話時，她已重回辦公室。「畢竟歐多只是一種想法。薛維克博士才是證據。」

梅達沉默了一會兒。「一個無法說明的證據。」他說。

「怎麼說？」

「如果人們知道他在這裡，警察馬上就會知道。」

「那就看他們是不是有辦法來這裡把他抓走。」女孩笑著說。

「示威遊行絕對是非暴力的，」梅達突然大聲地說，「即便是社會主義勞工聯盟，也已經接受這點！」

「我還沒接受，梅達！我不打算讓那些黑衣服的打爛我的臉或轟爆我的腦袋。如果他們敢傷害我，我就要以牙還牙！」

「如果妳真喜歡他們的方法，就加入他們呀！武力是不會達成正義的。」

「不抵抗也不會獲得權力。」

「我們要的不是權力，我們要的是終結權力。你覺得如何？」梅達請教薛維克，「手段就是目的，歐多一生都這麼說。只有和平才能帶來和平，只有正義的行動才能帶來正義。我們不能在行動前夕還在這點上立場分歧。」

薛維克看著他、女孩子，還有站在門邊聚精會神傾聽的當鋪商人。他以疲憊、輕緩的聲音說：「如果我還有一點用處，那就利用我吧。或許我可以針對這一點，在你們的文宣發表一篇聲明。我不是來烏拉斯躲藏的。如果所有人民都知道我在這裡，說不定政府就不敢公然逮捕我？我不知道。」

「就這樣，」梅達說，「沒問題。」他黝黑的眼睛閃爍著興奮的光芒。「雷米維那個傢伙死到哪去了？希蘿，去叫他妹妹，要她把她哥哥找出來、滾來這裡……就寫你為什麼要來這兒，寫一些有關安納瑞斯的事，寫你不會把自己賣給政府，寫你是怎樣的人，我們會把它印出來。希蘿！順便也把麥思提叫過來……我們會把你藏起來，但是會讓愛依歐的每個人都知道你在這裡，你是我們一夥的！」這些話從他口中連串傾瀉而出，他雙手抽搐著，在房裡急步走來走去。「然後，示威結束後，罷工結束後，我們再看看，或許形勢到時候會變。或許你就不必再躲著了。」

「或許所有監獄的大門都會打開。」薛維克說，「好吧，拿紙給我，我來寫。」那個叫希蘿的女孩走到他身邊，微笑著彎下腰，好像在對他鞠躬。女孩看起來有些膽怯，她親吻了他的臉頰，然後走出去。他覺得女孩的嘴唇觸感冰冷，在臉頰上停留了很長一段時間。

他在玩笑巷一間公寓的閣樓裡待了一天，隨後又在一家二手家具行的地下室待了兩晚，那裡堆滿空鏡框和壞掉的床架，有些古怪陰森。他寫了那份文稿。他們在幾小時之後就把他寫的東西印好拿給他看。最初是刊登在《現代報》；後來報社被迫關閉，編輯遭到逮捕，於是改刊在地下印刷廠印製的傳單上，和示威遊行、大罷工計畫與鼓動文宣放在一起。他沒讀完自己的文章，也沒仔細聽梅達和其他人說話，任憑他們滔滔不絕地說報紙受到怎樣的歡迎、愈來愈多人接受罷工計畫，以及他在示威行動中現身世人眼前將帶來如何的效應。他們一行人離開後，他有時會拿出襯衫口袋裡的筆記本，看著以密碼書寫的「廣義時間論」註記和算式。他看著卻無法真的閱讀，他看不懂。他再次把筆記本放到一邊，雙手抱頭，靜靜坐著。

安納瑞斯沒有國旗可以揮舞，但是在宣示大罷工的看板及聯合工會、社會主義勞工聯盟的藍白旗幟中，出現許多自製標語，上面畫了綠色的「生命之環」，那是兩百多年前歐多主義運動的象徵。所有旗幟和標語在陽光下英勇地閃爍。

在上鎖的房間裡躲藏了一段時間，能到外面的感覺很棒，能邊走邊揮動手臂，呼吸春天早晨清爽的空氣也很棒。置身於這麼多人之中，如此廣大的群眾，數千人齊步往前，把整條廣闊的街道完全占滿，很嚇人、但也很振奮。他們歌唱的時候，振奮和恐懼都成了一種盲目的狂喜。淚水盈滿他的雙眼。那種感受很深刻，那數千人齊聲合唱的高亢歌聲，在深邃的街道上因開放的空間和距離而顯得柔和，難以辨識，氣勢磅礴。遊行隊伍前鋒遠在前方，後面跟著數不盡的群眾，他們的歌聲因為距離而顯得斷斷續續，旋律變得有些拖拉，又像卡農輪唱曲般重重疊疊，彷彿歌曲的每一段都同時唱出，雖然每個人都從頭唱到尾。

他不懂他們的歌曲，只是聽著，隨著樂音前進，直到遠處的前鋒傳來一種他聽得懂的曲調，像是一波接一波的潮浪傳回緩緩流動的人河。他抬起頭，用他自己的語言和他們一起唱著他也學過的《起義頌》。兩百年前在這些街道上，相同的街道上，這些人民，他的人民，也曾唱過同樣的歌曲。

東方之光啊！
喚醒沉睡的同胞啊！
黑暗將要破除，
希望長駐！

薛維克周圍的群眾靜下來聆聽他歌唱。他大聲唱著，和他們齊步向前進。

議院廣場上可能有十萬、甚至二十萬人。個體如同原子物理學裡的粒子，無法估算，他們的位置無法確認，行為也無法預測。但是那樣龐大的群眾行動，卻能符合罷工行動籌畫者的期待。人們聚集，很有秩序地往前進，唱著歌，占領整個議院廣場與周圍所有街道，在烈日當頭的時候，雖然有些不安，但還算有耐心地站著聆聽演說。演說者的單一聲音被放大音量後變得飄忽不定，在灑滿陽光的參議院和政府行政大樓之間迴盪，繼而在群眾連續、柔和、廣大的喃喃聲中嗡嗡作響。

薛維克覺得站在廣場的人比整個亞博奈的人口還多，但是這樣的想法毫無意義；這是一種想要把直接經驗量化的企圖。他、梅達和其他在行政大樓臺階上的人站在一起，在廊柱和高聳的青銅門前俯視一整片激動、嚴肅的臉孔，也和群眾一起聆聽演說。此刻的聆聽和理解並非個人以理性心智所感受與理解的，反而像是在觀看和傾聽自己的思維，或像是一種思維去感受和理解自我。他說話的時候，說和聽之間相差無幾。帶動他的不是自覺的意志力，自我意識也不存在。多重回音從遠處的擴音器和碩大建築的石立面傳回來，讓他有些分心，有時讓他感到猶豫，話說得很慢；但並非對自己要說的話感到猶豫。他用他們的語言說出他們的心、他們的本質，即便他所說的仍然是多年前出於自己的孤絕、出於自己本質的核心。

「我們的苦難讓我們在這裡相聚，而不是愛。愛不遵從心靈。愛受到壓迫會轉變成恨。讓我們在一起的是一種超出選擇的凝聚力。我們都是手足，我們因分享而成為手足。在每個人必須獨自承受的痛苦，以及飢餓、貧窮、希望之中，我們體會到我們之間的手足情誼。我們之所以體會是因為我們必須學習。我們了解到只有從彼此身上才能得到援助，我們若不伸出手，就得不到援助。你們伸出的手空無一物，如同我的手一樣。你們一無所有，你們沒有任何財物，你們是自由的，你們擁有的就是你們自己，以及你們的付出。

「我來這裡是因為你們在我身上看到希望，兩百年前我們在這都市創造的希望仍被保存著。我們在安納瑞斯保存這份希望。我們除了自己的自由之外別無他物。我們能給你們的也只有你們自己的自由。除了彼此互助這個單一原則之外，我們沒有其他法律。除了自由結盟這個單一原則外，我們沒有其他政府組織。我們沒有國家、沒有總統、沒有首相、沒有領袖、沒有將軍、沒有老闆、沒有銀行家、沒有地主、沒有工資、沒有慈善機構、沒有警察、沒有士兵、沒有戰爭。其餘種種也都沒有。我們是分享者，不是擁有者。我們不富裕，沒有人是富裕的，我們沒有人是有權力的。如果你們要的是安納瑞斯，如果這是你們追求的未來，那麼我告訴你們，你們必須雙手空無一物才能實現夢想。你們必須獨自走向它，全身赤裸，像小孩降臨人間、走向自己的未來那樣，沒有過去，沒有任何財產，完全依賴他人而活。你不能擁有你沒有付出的東西，你必須付出你自己。你無法買到革命，你無法製造革命，你只能成為革命；它就在你自己的靈魂內，否則它哪裡都不存在。」

他完成演說時，警方直升機嘈雜的聲響逐漸逼近，淹沒了他的聲音。

他從麥克風架往後退，抬頭面向太陽，瞇起眼睛。群眾當中有很多人也做了同樣的動作，他們頭手的動作看起來像是陽光下的一陣稻浪。

議院廣場巨大石箱裡的機器旋動葉片，發出令人難以忍受的噪音，劈啪作響、尖聲狂哮，像是一具機械怪物，回應著直升機噠噠的機關槍聲。即使群眾騷動的喧鬧聲浪拔高，仍聽得到直升機的拍擊聲，武器冷酷的吼叫，毫無意義的話語。

直升機的火力對準站在行政大樓臺階上或附近的人，建築物的廊柱頓時成了他們的掩護，不一會兒那裡全塞滿了人。人們驚慌地擠向連接議院廣場的八條街道，喧鬧聲已拔高成為一種如強風般的哀號。直升機近在頭頂，但是無法分辨是否已經停止掃射，或是仍在掃射。人群擁擠，連傷亡者都沒有倒地的空間。

行政大樓的銅門轟的一聲被撞倒，沒有人聽見。為了躲開從天而降的金屬雨，人群不斷踩過銅門，尋求掩護。數百人衝進高聳的大理石大廳。有些人蜷縮到看見的第一個掩避物旁，也有人繼續向內推擠，想找路從後門逃脫，還有人停下來在士兵到達前盡情破壞。士兵穿著整齊的黑色外套，踩著整齊的步伐走過死亡和垂死的男男女女。他們看到大廳灰白光亮的高牆上，在一般人視線高度的地方，有兩個用血抹成的大字：下臺。

他們開槍射擊躺在最靠近那幾個字的一個死者。行政大樓稍後恢復秩序，牆上的字用水、肥皂、抹布清除，但依然存在。話語已經說出，有了意義。

他的同伴愈來愈虛弱，已經開始跌跌撞撞，他知道不可能再和同伴繼續往前走。除了逃離議院廣場，他不知道還能去哪裡，也沒有地方可以停歇。群眾有兩次在米希大道重新整隊，企圖形成一道陣線抵擋警方，但是警方有軍隊的裝甲車作後盾，將群眾朝舊城的方向驅趕。即便還聽得到其他街道傳來槍聲，黑衣部隊這兩次卻都沒有開火。嘎嘎作響的直升機不斷在街道上空盤旋升降。沒有人可以逃離他們的監控。

同伴的呼吸帶有啜泣聲，上氣不接下氣、痛苦地往前走。薛維克攙著他走過好幾條街。他們現在已經落後群眾一段距離。趕上他們也沒什麼用。「這裡，坐下來。」他告訴同伴，幫他在某間倉庫地下室入口的臺階坐下。倉庫遮住的窗戶上用粉筆寫著很大的「罷工」二字。他走下臺階到地下室門口，試一試門，發現鎖住了。所有門都是上鎖的。財產是私有的。他拿起臺階角落一塊鬆落的石磚，撬開門把，沒有鬼鬼祟祟或心懷怨恨，而是像打開自家大門那種篤定的姿態。他朝裡看，地下室都是板條箱，一個人也沒有。他協助同伴走下階梯，把門關上。「在這裡坐著，你想躺下來也可以。我找找看有沒有水。」

這裡顯然是間化學倉庫，有一排水盆和救火用的水管設施。薛維克回到同伴身邊時，發現他已經暈厥。薛維克趁機用水管裡殘留的水滴把他的手洗乾淨，檢查他的傷口。情況比原本想像的更糟糕。命中的子彈一定不只一顆；兩根手指被扯斷，手掌和手腕也裂開了。裂開的碎骨像牙籤一樣突出來。直升機開始掃射時，那人站在薛維克和梅達附近，中彈後倒向薛維克，抓著他當支撐。

薛維克在逃離行政大樓的一路上都用手臂攙著他，在起初瘋狂推擠的人潮中，兩個人比單人更好走。

他用止血帶盡可能把血止住，包紮、或至少覆蓋住那隻已經毀掉的手，然後讓同伴喝些水。薛維克不知道他叫什麼名字。從他戴的白色臂章可以看出他是社會主義勞工的一員。他看起來和薛維克差不多年紀，四十或稍老。

薛維克在西南區礦場看過有人在意外中受到比這更嚴重的傷，他也知道人在重傷與劇烈痛苦中，會展現出超乎想像的耐力和求生意志。但是那些人都受到妥善照顧，那裡也有外科醫生進行截肢手術，有血漿可以輸血，也有病床可以躺。

同伴仍處於半失去意識的驚嚇狀態中。薛維克在他身邊坐下，看著四周堆排的板條箱、箱子之間的陰暗通道、前方牆上釘死的窗戶縫隙漏進來的日光、天花板上硝石的白色線條、工人的靴子和推車車輪在積灰的地板上留下的痕跡。一小時前，幾萬人在開闊的天空下齊聲歌唱；一小時後，兩個人躲在一間地下室。

「你很可恥，」薛維克用帕微克語對同伴說，「你撐不下去！你永遠都沒辦法自由。」他輕輕摸那人的額頭，很冷，一直冒汗。他把止血帶鬆開一會兒，起身穿過陰暗的地下室，走到門口，爬上階梯回到街上。裝甲車部隊已經過去，一些殘存的示威群眾走過，低著頭，匆忙行走在敵人的地盤上。薛維克試著叫住兩個人。終於，第三個人聽他的話停下來。「我需要醫生，有人受傷，你能不能叫一個醫生過來這裡？」

「最好把他弄出來。」

「幫我扶他。」

那人匆促地繼續往前走。「他們會經過這裡，」他回過頭說，「你最好趕快離開。」

再沒別人經過。此時薛維克看到一排黑衣人出現在街道遠處。他回到地下室，把門鎖上，回到傷者身邊，坐在灰撲撲的地板上。「該死。」他說。

過了一會兒，他從襯衫口袋裡拿出小筆記本開始讀。

下午，他小心翼翼地往外看，有輛裝甲車停在對街，另兩輛正要駛過十字路口到另一條街。這說明了為什麼他一直聽到吼叫聲：士兵在彼此傳令。

阿特羅對他解釋過這是如何進行的：士官如何對士兵下命令，中尉如何命令士官和士兵，上尉如何……以此類推，將軍可以命令任何人，不需接受任何人的命令，除了總司令之外。薛維克對此感到厭惡，很不以為然地聽著。「你說那叫組織？」他這樣問過，「你甚至說那是紀律？它什麼都不是！那只是一種極端沒有效率的高壓機制，一部一萬七千年前的蒸氣引擎！用這種僵化和脆弱的結構怎麼可能完成值得做的事？」阿特羅趁機提出戰爭可以培養出勇氣和男子氣概，淘汰不適應人員的論點，但他的論證也迫使他不得不承認由基層組織起來、自我約束的游擊隊更有效率。「但是那只有在人民覺得他們在為自己而戰的時候才會起作用，你知道，他們的家園，或某個理念，或其他什麼的。」老人這麼說。薛維克當時不想再和他爭論，此時卻繼續爭論了起來，在這陰暗地下室裡，四周堆滿存放裝有未標示之化學物品的板條箱，他對阿特羅說明他現在了解為什麼軍隊要用那種方式才能組織起來。那是必要的。任何一種理性的組織形式皆無法為這種意圖效勞。他只是無法了解，這種意圖竟會為了要人在接到命令時，能輕易殺死一大群沒有武裝的男男女女，而賦予那些人機關槍。他不懂這有什麼勇氣、男子氣概或合理性。

天色漸暗，他偶爾會和同伴說話。那人張眼躺著，有時發出哀號，孩子或病人般的哀號，讓薛維克很心疼。同伴先前英勇地試著加快步伐繼續前進，那時群眾推擠著進入行政大樓，他們身陷在群眾的恐慌當中，他們跑著，然後走向舊城。他將受傷的手護在外套裡面，緊靠著薛維克，竭盡所能前進、不拖累薛維克。他第二次哀號時，薛維克握著他另一隻完好的手低聲說：「別叫，別叫，安靜，兄弟！」只因為他無法忍受聽到那人的痛苦、卻又無能為力。那人或許以為薛維克的意思是，他如果不安靜下來，就會被警察發現行蹤，所以他虛弱地點頭、緊閉雙唇。

兩人在那裡捱過三天。那段期間，倉庫一帶曾發生零星戰鬥。軍方的路障繼續擺在米希大道上。戰鬥並未靠近他們的藏身處，而且附近已完全受控制，躲藏的人想要跑出去，根本不可能。有一次同伴清醒著，薛維克問他：「如果我們向警方投降，他們會對我們怎樣？」

那人露出微笑輕聲說：「開槍打死我們。」

有好幾個小時，遠近四處都聽得到槍聲。還有一次爆炸聲，直升機的聲音。同伴的意見很有道理，只是他微笑的理由就不那麼清楚了。

那天晚上，他因為失血過多而死，那時兩人還一起躺在薛維克用稻草桿鋪的草墊上取暖。薛維克醒過來，坐著傾聽陰暗、寬廣的地下室，以及外面街道上和整個都市安靜的氣息，死亡的寂靜，那時他同伴的身體已經僵硬。

第十章

西南區的鐵道大多架設在離平原至少一公尺高的路堤上，架高的路基上飄浮的灰塵較少，旅客更能觀賞到荒涼的美景。

西南區是安納瑞斯八個區中唯一缺乏大型水源的地區。沼澤地是由遙遠南邊極地的夏季融雪所形成。近赤道地帶只有廣闊鹽磐上的鹼水淺湖。沒有山脈；但每隔數百公里，就隆起一條南北走向的山丘，寸草不生、土地龜裂、處處風化成峭壁和岩塔。坡面上有一條條紫、紅相間紋理，峭壁表層則覆有岩苔，那是一種可適應極冷、極熱、極乾旱或風暴氣候的植物，在險峻的垂直崖壁上繁衍成一片灰綠，和砂岩的條紋形成格子圖案。放眼望去，景色一片暗褐，除了半覆沙塵的鹽磐微微發白。稀有的雷雨雲在平原上空移動，在紫色天空襯托下白得鮮明。但它們不帶來雨水，只落下陰影。路堤和閃亮的鐵軌從車廂前頭與後方一路筆直延展到平原盡頭。

「對西南區真的莫可奈何，」司機說，「只能越過它。」

同伴睡著了，沒有回答。他的頭隨著引擎震動而抖動，辛勞、被風霜凍成黑色的雙手攤在大腿上。放鬆的臉上布滿皺紋，看起來有些悲傷。他在銅山區上火車，因為沒有其他乘客，司機就要他到駕駛室作伴。他卻沒多久就睡著了，司機不時瞥他一眼，帶著失望、卻有些同情。司機過去幾年已看過太多飽受折磨的人，已經見怪不怪了。

那人在漫長的下午末了醒來，注視了沙漠一會兒之後，問道：「你都自己一個人這樣開嗎？」

「過去三、四年來。」

「曾經在這裡拋錨過嗎？」

「有幾次。櫃子裡有一些水和補給品。你餓了嗎？」

「還沒。」

「他們會在一、兩天內從孤寂鎮送一些修理器具過來。」

「那是下一個屯墾區嗎？」

「是的。賽德普礦區到孤寂鎮有一千七百哩，安納瑞斯兩個城鎮之間最長的距離。我已經在這邊跑了十一年。」

「不會厭倦嗎？」

「不會。喜歡自己一個人工作。」

乘客點頭表示同意。

「很穩定。我喜歡不變的日常。你可以想得到。一趟十五天，和住在新希望鎮的夥伴分開十五天。年復一年。乾旱、饑荒什麼的。沒有變化；這一路上一直都在乾旱。我喜歡開車。可不可以把水拿出來？冰水在櫃子底下後面。」

他們各自喝了一大口瓶子裡的水。水不怎麼甘甜、有鹼味，但是很冰。「啊，真棒！」乘客滿心感激地說。他放回瓶子，回到駕駛室前面的座位，伸展身體，雙手撐著車廂頂。「所以你是有夥伴的人。」他說。他說話的口氣有一種司機喜歡的簡潔。司機回答：「十八年。」

「才剛開始。」

「去他的！沒錯！有人竟然不了解。但是我知道，如果你在十幾歲時享受夠多性交，那也是你最能享受性交之樂的時候，然後你會發現那不過是去他的那麼一回事。當然也是件好事啦。但差別不在於性交這檔子事，而是另一個人。如果要體會『那種』差別，十八年不過是個開始而已。至少，如果你想了解的對象是女人。女人不會讓男人搞迷糊，但也許她們是唬人的……反正那就是樂趣所在。迷糊、唬人和別的。變化……不是到處跑就會有變化。我年輕時走遍安納瑞斯，到過每一個部門開車、運貨，在不同的城鎮認識過的女孩敢說有一百個。後來就無聊了。我回來這裡，年復一年，我每三十天跑完一趟車，穿越同一座沙漠：在這裡你無法分辨這一個和下一個沙丘有何不同；三千公里長的路，到處都一樣，不管你從哪裡看。然後回到同一個夥伴身邊。結果我從不覺得無聊。你不需要一直換地點才能感到有活力，而是要讓時間站在你這一邊，和它合作，而不是對抗它。」

「就是這樣。」乘客說。

「你的夥伴在哪兒？」

「東北，四年了。」

「太久了，」司機說，「你們應該徵召到同一個地方。」

「我沒有。」

「在哪裡？」

「彎肘鎮，然後是大峽谷。」

「我聽說過大峽谷。」司機現在以一種對生還者的尊敬看著眼前這位乘客。他看著乘客又乾又黑的皮膚，那是經歷風吹日曬到透骨的樣貌；在塵暴區捱過多年饑荒的人身上，也看得到這樣的皮膚。

「我們實在不該讓那些礦場繼續運轉。」

「需要磷酸鹽。」

「聽說補給火車在門鎮被攔下時，礦場仍繼續開工，人們在工作時餓死。只是稍微走到不擋路的地方，躺下來，然後死掉。是那樣嗎？」

那人點頭，沒說話。司機也沒再追問，但過了一會兒又說：「我在想，要是我的火車被搶，我會怎麼樣。」

「還沒被搶過嗎？」

「沒有。你瞧，我不載食物。最多一卡車貨，到上塞德普。這條路線是載礦產的，要是我載的是補給品，他們把我攔下來，我會怎麼做呢？輾過他們，把食物送到該送到的地方？但是，去他的，你要連小孩、老人都輾死？他們有錯，你就因此殺死他們？我不知道。」

筆直發亮的鐵軌在車輪底下快速掠過。西邊的雲層讓平原覆上抖動的幻影，那一千萬年前乾涸的湖泊夢境的陰影。

「有個工會會員就幹過那樣的事，我認識他好幾年了。在這裡的北邊，六六年。他們企圖把一整個貨櫃的稻穀從他的火車上搶下來。他倒車，在那些人把整個貨櫃搶光之前壓死好幾個人。他說他們就像腐魚上面的蟲，厚厚一群。他還說，有八百多個人在等著那箱稻穀。如果他無法送到，會有多少人因而餓死？不只是一、兩人，多更多。他似乎做得沒錯。但是，去他的，我不能那樣計算數字。我不知道把人當成數字計算到底對不對？可是，你會怎麼做？殺死那些人？」

「我在彎肘鎮第二年的時候負責列表。礦場工會刪減配給，工作六小時的人可以拿全額配給，勉強夠應付所需。做三個小時的人只能領到四分之三。如果有人生病或太虛弱，無法工作，就只能領一半。只靠那樣的配額，病根本好不了，也就無法回去工作。也許還能活著。我那時把一些人，那些生病的人，列為半數配額。我自己工作滿時數，有時甚至做八、十個小時，坐辦公桌的，所以我領到全額配給。我掙得那些配給，我靠列出該挨餓的名單賺到我的配給。」他的淺色眼睛往前看著乾燥的光線。「像你所說的，我把人當成數目計算。」

「你後來沒做了嗎？」

「是的，沒做了。去了大峽谷。但是有人接手彎肘鎮礦場的列表事務，總是有人樂意列表。」

「那是不對的！」司機大吼，眼冒怒火。他的棕色臉龐與頭顱光禿禿，雖然才四十歲出頭，臉頰和後腦杓之間已經沒有毛髮。那是一張強壯、堅毅、天真的臉。「大錯特錯！他們應該關閉礦場。你不能叫任何一個人去做那種事。我們不是歐多人嗎？人是會發火的！劫火車的人就是那樣，他們餓了，小孩餓了，餓太久了！有食物經過卻不是給你吃的，你當然會發火，想要搶過來。我那朋友也一樣，有人要搶他負責的火車，於是他大發脾氣，把火車往後退。他沒計算人數，那時沒有，後來也許有。因為他看到自己做了什麼而感到不安。但是他們叫你做的事，說這人可以活、那人該死，這不是任何一個人有權力去做或叫別人去做的事。」

「這是一個不幸的年代啊，兄弟！」乘客輕聲說，看著水的陰影在發光的平原上搖晃，隨風飄流。

老舊的貨車在山裡顛簸而行，然後停在吉德尼山上的機場。三名乘客在那裡下車。第三名乘客才一踏上地，地面隨即隆起，並開始震動。「地震。」他說。他是回到家鄉的當地人。「去他的！你看這灰塵，哪天我們回到這裡的時候，恐怕連一座山都沒了！」

另兩名乘客決定等候卡車把貨物裝滿後再上車；薛維克選擇步行，因為那個當地人說查卡就在山下大約六公里外。

整條路是一連串長彎道，彎道尾都接著一段短上坡路。路左側的升坡和路右側的降坡長著茂密的矮赫侖樹叢。一排排高大的赫侖樹則沿著山腰的地下水脈矗立，從樹木的間距看來，好像人工種植似的。在一段上坡的頂端，薛維克看到層層相疊的深色山丘上方，日落映照出一片純淨的金黃色。這裡除了一路下降沒入陰影的道路外，杳無人跡。他往下走的時候，空中發出一些隆隆聲響，頗令他感到怪異：不是什麼搖晃，也不是震顫，只是移位，事情確實有些不對勁。他跨出一步，地面就在那裡和他的腳相會。他繼續走，前方仍是下坡。他沒有面臨危險，但他從未如此明瞭自己離死亡這麼近。死亡在他心中，在他腳下。持久和可靠是人類心靈所創造的希望，而土地是如此不確定、不可靠。薛維克感到冰冷、清新的空氣就在他口中，在他的胸腔裡。遠處山中的急流在陰影中的某處發出巨響。

他在黃昏將盡時到達查卡。暗色山嶺上方的天空一片深紫色。街燈明亮、孤單地照耀。人造燈光下，房屋正面猶如速寫畫，屋後則是陰暗的荒野。空地很多，單人房舍也很多。這是座老鎮，墾荒鎮，孤立、逐漸廢棄。一個路過的女人為薛維克指出第八宿舍的方向，「往那方向，兄弟，醫院再過去，走到街底。」街道深入山腳下的一片漆黑，末端是一棟低矮建築的門。他走進門，眼前的小鎮宿舍接待室景象帶他回到童年，他和父親在自由鎮、鼓山、大平原區住的地方：昏暗的燈光、編織的草蓆；一塊布告板上釘著一張介紹當地技工訓練團的傳單、一張工會會議通知單和一張三十天前戲目的廣告；一幅擺在沙發上方的歐多獄中畫像；一臺自製風琴；貼在門邊的一張房客名單和鎮上熱水供應時間的通知單。

雪露、塔克微，三號。

他敲門，看著大廳燈光照在門板上的影子，那扇門好像不是真的掛在門框上。有個女人說：「請進！」他打開門。

門裡較亮的燈光就在她身後，因此薛維克有好一會兒無法看清楚她是不是塔克微。女人面對他站著，伸出雙手不知是要推開他還是擁抱他：一個不確定、未完成的姿勢。他抓住女人的手，接著兩人相擁，貼近彼此，在不可靠的地面上站著緊擁。

「進來吧，」塔克微說，「噢，進來，快進來吧！」

薛維克張開眼睛。房間裡端還是很亮，他看到一個小孩認真、警覺的臉孔。

「沙蒂，這位是薛維克。」
小孩走到塔克微身旁，抱住她的腿，開始放聲大哭。
「別哭，小寶貝，為什麼哭呢？」
「那妳為什麼哭呢？」小孩輕聲問道。
「因為我很快樂，只是因為我快樂。坐在我腿上。啊，薛維克，薛維克！你的信昨天才剛到。我本來想在帶沙蒂回去睡覺時順道去等你的電話。你信上只說你今晚會打電話，不是今晚來。啊，別哭，沙蒂！看，我沒哭了，不是嗎？」
「那個人也在哭。」
「是的。」
沙蒂用一種不信任的好奇眼神看著薛維克。她已經四歲，有圓圓的頭和圓圓的臉。她長得圓圓、黑黑、毛茸茸的，細皮嫩肉。
房間裡除了兩張床板，沒有其他家具。塔克微抱著沙蒂坐在其中一張床，薛維克坐在另一張，雙腿伸直。他用手背擦眼，伸出手讓沙蒂看他手指上的關節。
「妳看，」他說，「濕濕的，鼻子還在滴水。妳有手帕嗎？」
「有啊！你沒有嗎？」
「我有，可是在洗衣間弄丟了。」
「那你可以和我共用。」沙蒂頓了一下才說。

「他不知道手帕放在哪裡。」塔克微說。

沙蒂爬下媽媽的大腿，從衣櫃的抽屜裡拿出一條手帕。她拿給塔克微，塔克微再傳給薛維克。

「乾淨的。」塔克微說，露出燦爛的微笑。沙蒂專注地看著薛維克擦鼻子。

「剛才這裡有地震嗎？」他問道。

「你沒注意到，其實一直都在搖。」塔克微說。但是沙蒂很喜歡發布消息，用她沙啞的高音說：「沒錯，晚餐前有個大地震。地震的時候窗戶吱吱叫，地板搖來搖去。你要到走廊那裡，或者跑到外面。」

薛維克看著塔克微，塔克微也回看他。她老了不只四歲。她的牙齒一直都不好，現在掉了兩顆，上犬齒後面，所以笑的時候會露出縫隙。她的皮膚不再像年輕時那麼光滑細緻。往後梳得整整齊齊的頭髮沒有光澤。

薛維克清楚地看到塔克微已經失去年輕時的丰采。他看到的是一個樸素、疲憊，即將步入中年的女人。他比任何可能發現這點的人看得更清楚；在多年的親密、多年的渴望之後，沒有人比他更能看清楚塔克微的一切，他看得到塔克微，如同塔克微看得到他。

他們眼神交會。

「這裡……這裡還好嗎？」他問道，一下子臉紅起來，明顯地隨便說了一句話。她感受到明顯的波動，薛維克慾望的傾吐。她也有些羞澀，用沙啞的聲音微笑著說：「和我們在電話裡說的一樣。」

「那都已經是六十多天前的事了！」

「這裡還不都是老樣子。」

「這裡很美……那些山丘。」他在塔克微眼中看到陰暗的山谷，突然湧起一陣強烈的性慾，感到短暫的暈眩，然後他暫時克服危機，企圖壓制住勃起。「妳想留在這裡嗎？」

「我不在乎。」她用她奇特的沙啞聲音說。

「你的鼻子還在流鼻水。」沙蒂尖銳地表示，但不帶情緒偏見。

「還好已經流完了。」薛維克說。塔克微說：「噓，沙蒂，不可以太自我本位。」兩個大人都笑了。沙蒂繼續端詳薛維克。

「薛，我很喜歡這個小鎮，大家人都很好……很有個性。不過工作不多，都是一些醫院實驗室的事。技術人員短缺的問題很快就會解決，我很快就可以離開，也不會讓他們手忙腳亂。如果你也想，我想回亞博奈。你有再接到工作徵召嗎？」

「沒有申請，也還沒登錄。十幾天來我都在路上。」

「你在路上幹什麼？」

「旅行呀，沙蒂！」

「他從很遠的地方跑來，從南方，從沙漠，來找我們。」塔克微說。小孩笑了，更安穩地坐在她的大腿上，打了個哈欠。

「你吃過了嗎，薛？你累嗎？我得讓這孩子上床睡覺。你敲門的時候我們正好要離開。」

「她已經開始睡在宿舍了嗎？」

「這一季才開始。」
「我已經過四歲了。」沙蒂說明。
「妳要說，『我現在四歲。』」塔克微說。她輕輕把沙蒂放下，從衣櫃拿出她的外套。沙蒂站著，側對薛維克。她非常在意薛維克在場，一切反應都是針對他。「但是我已經過了四歲。我現在比四歲大一點點。」
「時間主義者，和爸爸一樣。」
「你不能同時是四歲和比四歲大，是不是？」小孩問道。她察覺自己得到稱讚。現在她直接對薛維克說話。
「啊，可以啊，很簡單，妳可以同時是四歲和快要五歲。」薛維克坐在床板上，讓頭部保持和沙蒂一樣高，這樣沙蒂就不用再抬頭看他。「但是我忘了妳已經快五歲。我上一次看到妳的時候妳還很小很小。」
「真的嗎？」她的音調無疑有些撒嬌。
「真的，妳那時這麼大！」他沒有把手伸得很長。
「那時候我會說話嗎？」
「妳只會說哇、哇，還有一些字。」
「我有像雀本的小嬰兒把每個人都吵醒嗎？」她問道，露出燦爛、愉快的笑容。
「當然有。」

「我什麼時候才學會說話？」

「差不多一歲半，」塔克微說，「妳的嘴巴從那時候開始就一直沒停過。帽子在哪裡，沙蒂？」

「在學校。我討厭我戴的帽子。」她告訴薛維克。

他們帶著小孩走過起風的街道，來到學習中心的宿舍，把她帶到大廳。那房間窄小簡陋，但是因為小孩的圖畫、幾個銅製的引擎模型、一堆玩具屋和上了顏料的木頭人而增色不少。沙蒂親吻母親道晚安，然後轉向薛維克，伸出雙臂。薛維克彎下身面對她。她紮紮實實地吻了他。「晚安！」她打著哈欠隨晚班管理員離開。他們聽到她的聲音和管理員輕柔的噓聲。

「塔克微，她長得很漂亮。漂亮、聰明、結實……」

「我有點擔心她給寵壞了。」

「不會，不會的。妳做得很好，非常好，在這樣的……時代。」

「這裡還不壞，和南方不同。」她說道，離開宿舍時抬頭看著他的臉。「這裡的小孩都有東西吃。伙食不算很好，但是夠吃。這裡的社區能夠自己種植食物。就算沒有別的，至少有赫侖樹。可以採集野生的赫侖種子，搗碎當食物。這裡沒有人挨餓。但是我太寵沙蒂。我到她三歲的時候都還在餵奶。當然啦，如果沒有別的好東西餵她，這麼做也沒什麼不好。但是在羅爾尼研究站，他們反對我這麼做，他們要我一整天都把她留在育嬰房裡，認為我對小孩的態度像是財產主義者，沒有把全部的精力貢獻給處於危機的社會。他們說得沒錯，只是他們太正直了，他們完全不了解寂寞。他們全都是群居者，不是個體。都是女人在跟我嘮叨一些育嬰的事，道地的身體投機者。在他們找到更適合的人替代我之前，我一直待在那裡，因為伙食還不錯，而且想試看看海藻好不好吃。有時可以領到超過配額的食物，即使味道有點像膠水。然後我到新開創鎮待了約一百天。那是兩年前的冬天。你那裡的情況非常糟，有好長一段時間沒有郵件。我在新開創鎮看到這個工作，就來了。沙蒂在今年秋天以前都還和我住在一起。我還是會想她。這個房間太安靜了！」

「妳不是有個室友嗎？」

「雪露，她人很好，但她在醫院上晚班。那時沙蒂也該離開了。和別的小孩住在一起對她比較好，她愈來愈害羞。她很能接受到那裡的安排，非常知道克制。小孩都知道克制。他們會因為撞到頭而哭，卻能忍受大事件。他們不像許多大人那樣喜歡無病呻吟。」

他們並肩走著。秋夜的星星已經出來了，難以計數、燦爛奪目，由於地震和風所揚起的灰塵而閃爍，甚至像在眨眼。整個天空因而彷彿在顫抖，搖動著鑽石碎屑，或是黑色海面上閃爍的陽光。在那種不安定的光芒之下，山丘看起來格外陰暗、沉穩，屋頂輪廓分明、街燈的光線顯得柔和。

「四年前，」薛維克說，「就在四年前我離開了南區的——叫什麼名字來著——紅泉，回到亞博奈。就像今天晚上，有風，有星星。我跑著，一路從平原街跑到宿舍。妳不在那裡，妳已經離開。四年了！」

「我一離開亞博奈就發現自己是傻瓜。管它饑荒不饑荒，我應該拒絕工作徵召的。」

「那也不會有什麼差別。薩布爾早就等著要告訴我，我在學會裡已經完蛋了。」

「如果那時我也在那裡，你就不會被派到塵暴區。」

「也許吧！但是我們也不會被派到相同的工作單位。有一段時間好像什麼事都無法一致，不是嗎？西南區的城鎮——那裡已經沒什麼小孩了，現在也沒有。他們把小孩送到北邊，到一些能生產食物或還有一絲機會的地方。他們還在繼續經營礦場和工廠。我們能熬過來真是奇蹟，不是嗎？所有人……但是，去他的，我現在得做我自己想做的工作了！」

塔克微挽住他的手臂。他停下腳步，好像對方的觸碰當場將他通電擊斃。塔克微搖了他一下，露出微笑。「你還沒吃東西吧？」

「沒有。噢，塔克微，我一直好想妳，好想妳！」

他們在街燈之間的陰暗街道上緊緊依偎，在星空之下用力相擁。他們突然分開。薛維克靠著最近的牆壁。「我最好找些東西吃。」他說。塔克微說：「沒錯，否則你會直挺挺地倒在街上。來吧！」他們走到下一條街的公用餐廳，那是查卡一帶最大的建築物。正餐的供應時間已經結束，但廚師還在用餐，可以提供旅客一碗燉肉和麵包。他們全都坐在最靠廚房的餐桌前，其餘餐桌已經清理過，準備隔天早餐時使用。大房間像一個洞穴，挑高的天花板沒入陰影中，房間遠端除了擺在一張陰暗桌子上的碗或杯子有微弱燈光照射，完全看不見其他東西。廚師和服務生都很安靜，因為一整天的工作面露疲態。他們吃得很快，沒說什麼話，也沒特別留意塔克微和另一個陌生人。他們一個接著一個吃完，站起來把餐盤拿到廚房裡的洗碗槽。一個老女人站起來時說：「別急，他們還有一個小時才會清洗碗筷。」她有張嚴肅的臉，看起來冷冷的，沒有母性，沒有仁慈，但是她說話時帶著同情，猶如平等的寬諒。她無法幫上什麼忙，只能說：「別急！」然後用一種兄弟般的關愛表情看了他們一會兒。

他們不能為她做些什麼，也不能為彼此多做些什麼。

他們回到八號宿舍，三號寢室，在那裡滿足了積壓已久的慾望。他們甚至沒打開燈。他們一向喜歡在黑暗中做愛。第一次，薛維克進入她的身體時，兩人同時到達高潮。第二次，他們掙扎著，狂吼出極端的喜悅，延長高潮時間，如同延後死亡時刻。第三次，兩人都在半睡半醒的狀態，繞著無限快感的核心，繞著彼此的生命，像是兩架飛機在陽光潮水之中盲目、安靜地繞著共同的重心，搖搖晃晃，無止境地繞圈子。

塔克微在黎明時醒過來。她靠著手肘，視線越過薛維克，望向窗戶灰色的四方形，然後再看著薛維克。他仰臥，安靜呼吸，胸腔幾乎沒有起伏，臉稍微後仰，在薄光中看起來有些遙遠嚴肅。塔克微暗自想著，我們走過遙遠的路途來到這裡相聚，我們一直都是這樣走過來的。走過遙遠的路途，走過長久的歲月，走過偶然的深淵。因為他來自遠方，所以沒有什麼可以拆散我們。沒有任何事、任何路途、任何歲月之間的距離會大過我們之間早已存在的距離，性別之間的距離，我們的存在、心靈的差異。我們用一個眼神、一個撫摸、一句話在鴻溝之間搭起橋，世上最簡單的一件事。看他現在在多遙遠的地方，在夢中；看他離我多遠，他一向如此。但現在他回到我身邊，他回來了，回來了……

塔克微把離職書交給查卡的醫院，等他們找到人選接替她在實驗室的工作後才會離開。她做的是八小時一班的工作。在一六八年的第三季，很多人都還在輪值緊急徵召的長時段工作，因為雖然乾旱期在一六七年就已終止，但是經濟尚未復甦。「長期徵召和一般短期徵召」對於負責技術工作的人仍然是慣例。不過現在的食物供應已足以支撐日間工作，這在一、兩年前都還不可能。

薛維克有好一段時間幾乎無所事事。他不覺得自己生病了；經過了四年的饑荒，每個人都把困頓和營養不良的生活視為常態。他感染了粉塵性咳嗽，那是南方沙漠區典型的地區疾病，一種慢性支氣管炎，也是他之前住的地方視為理所當然的現象，類似矽肺病和其他礦工職業病。如果他不想做任何事，那就沒有什麼事非做不可。他很喜歡這樣的事實。

有好幾天他和雪露在白天共用房間，兩人都一直睡到下午。雪露是個年約四十的沉靜女人，後來她和一個上晚班的女人搬到另一處，於是薛維克和塔克微在查卡的最後四十天裡有自己的房間。塔克微工作時，薛維克或睡覺，或到野外或城鎮上方的乾枯山丘散步。他會在傍晚前到學習中心看沙蒂和其他小孩在操場上遊戲，有時也會和其他大人一樣參加小孩子的活動：一群七歲大的瘋狂木匠，或兩個搞不懂三角算術的十二歲測量師。然後他會和沙蒂走回寢室，和下班的塔克微碰面，一起去洗澡用餐。晚餐後一、兩個小時，他和塔克微再把小孩帶回兒童宿舍，然後回到寢室。秋日陽光下，寧靜的山丘中，日子極端平靜。對薛維克而言，這段日子彷彿在時間之外，不真實、永恆，而且彷彿摻了魔法。他和塔克微有時聊到很晚，有時在天黑不久便上床睡覺，在山中的夜裡、深沉透明的寂靜之中，睡上九、十小時之久。

他帶著行李來到這裡：一只纖維板做成的破舊小手提箱，上面用黑墨水斗大地寫著他的名字。所有安納瑞斯人旅行時都會帶著同類型的手提箱，以橘色纖維板做成，上面有磨擦和凹陷的痕跡，裡面放一些文件、紀念品和換穿的靴子。他在箱子裡放的是一件從亞博奈帶的新襯衫、幾本書和一些文件，還有一樣古怪的東西，模樣像是一些線圈和玻璃珠的組合。他在第二天晚上曾經故作神祕地拿出來給沙蒂看。

「那是項鍊。」小孩敬畏地說。小鎮居民很常穿戴珠寶；但在高度發展的亞博奈市裡，遵守不擁有財物的原則和裝飾自己外表的本能之間多少存在著某種緊張。在那裡，一只戒指或別針已經算是展現品味的極限。但是在其他地方，沒有人會煩惱「美感」和「擁有」之間有什麼深層關聯，大家都大膽地裝扮外表。大部分地區都還有職業珠寶師以愛和名望為由工作；也有藝品店可以讓你用店裡供應的樸實材料搭配你個人的品味，如銅、銀、珠子、水晶，還有南方出產的深紅色和黃色鑽石。沙蒂從未看過發亮精緻的小東西，但是她知道項鍊，所以她認出薛維克拿給她看的是一條項鍊。

「不對！妳看。」父親說，慎重小心地捏住連接線圈的細線，把那東西舉高。那東西懸掛在他手上，像是有了生命，線圈任意轉動，描繪出層層的空氣軌跡，珠子則招引著燈光。

「啊，好美啊！」小孩說，「那是什麼？」

「掛在天花板的東西。有釘子嗎？掛外套用的也可以。我還沒到五金供應站拿釘子。妳知道這是誰做的嗎，沙蒂？」

「不知道……你做的。」

「她做的，媽媽做的。」他轉向塔克微，「這是我最喜歡的東西，我把它掛在書桌上，另一條送給貝德普。我才不會把它們留給住在走道旁邊的……她叫什麼名字來著？那個壞心眼的老女人。」

「班納！我已經好幾年沒想到這個人了！」塔克微發出顫抖的笑聲。她看著那個一直動個不停的東西，彷彿在害怕。

沙蒂站著看那東西靜靜地轉動著尋求平衡。「我希望……」她最後終於謹慎地說，「我在宿舍睡覺的時候可以讓我把它掛在床上一晚。」

「我可以做一條給妳，親愛的，每天晚上都可以掛。」

「妳真的會做嗎，塔克微？」

「我以前會。我可以特別為妳做一條。」塔克微的雙眼很明顯有淚水在滾動。薛維克用雙臂抱住她。他們兩人情緒還很激動，過度緊繃。沙蒂以平靜的好奇眼神看著他們互相擁抱，一會兒之後又回過頭去看「進駐無人空間」。

兩人晚上獨處時，沙蒂一直都是他們的話題。塔克微有點太專注在小孩身上，因為她缺乏其他親密關係，而且她的常識判斷被母性的野心和焦慮所遮蔽。這對她而言不大自然：競爭和保護在安納瑞斯的生活中都不是強烈的動機。她很高興能說出她的憂慮並擺脫它們，因為薛維克出現，她才有辦法做到。剛開始的幾個晚上，多半是她在說話，薛維克就像聽音樂或流水那樣，只是聽著她說，不常回答。這四年間，他話不多，他已經不再有交談的習慣。她將薛維克從靜默之中釋放出來，就像她以前所做的那樣。後來變成薛維克說得比較多，雖然總是依附著她的反應。

「還記得狄瑞林嗎？」有天晚上他問道。那時天氣很冷，冬天已經來臨，他們住的房間離宿舍的火爐最遠，即使把暖氣空調打開還是不夠暖和。他們裹著從兩塊床板上拿下來的床單，蜷縮在比較靠近暖氣的床板上。薛維克穿著一件洗了很多次的舊襯衫讓胸部保暖，隨興坐在床上。塔克微一絲不掛，只用毯子蓋住耳朵以下的部位。「那條橘色的毯子呢？」她問。

「真是個財產主義者！我沒帶過來。」

「你把它留給那個『嫉妒之母』嗎？真慘！我不是財產主義者，只是多愁善感罷了。那是我們用過的第一條毯子。」

「不對，不是，我們在納賽羅斯一定還用過別條毯子。」

「如果有，我也不記得了。」塔克微笑著說，「你剛剛問的是誰？」

「狄瑞林。」

「不記得了。」

「在北區，黑皮膚的男孩，獅子鼻……」

「啊，狄瑞林，我記得！我剛剛想到亞博奈去了。」

「我在西南區看到他。」

「你看到狄瑞林？他怎麼了？」

有好一會兒薛維克沒說話，只是用一根手指摸著毯子的波痕。「你還記得貝德普怎麼說他嗎？」

「說他接受特別徵召，居無定所，最後到了塞格米那島，是不是這樣？接著貝德普就失去了他的消息。」

「妳看過他的戲嗎？就是給他惹上麻煩的那齣？」

「是在夏季節、你走了之後嗎？噢，有。我不記得了，都過了這麼多年。那齣戲有點蠢。聽明——狄瑞林很聰明。但是很蠢。那是齣關於一個烏拉斯人的戲，沒錯。那個烏拉斯人躲在一架月球運輸船的水槽裡，靠一根吸管呼吸，吃植物的根。我跟你說，那真的很蠢！那人就用這種方法偷渡到安納瑞斯，然後到處跑，想在補給站買東西，想賣東西給別人。他一直把金塊存下來，一直到金塊太多走不動。所以他坐下來休息，蓋了一座宮殿，封自己為安納瑞斯之主。有一幕實在太滑稽了！他和一個女人想性交，女人張開大腿準備就緒，但他就是辦不到，非得先給她金塊才行。但是那女人不要他的金塊。很滑稽，那女人的雙腿晃來晃去，那男人撲向那女人，然後又像被什麼咬到似的跳了起來，說：『我不能這麼做！這不道德！不是一件公平的交易。』可憐的狄瑞林啊！他真的太好笑了，太有活力了！」

「那個烏拉斯人是他演的嗎？」

「是啊，他演得太棒了！」

「他把劇本拿給我看過好幾次。」

「你在哪裡碰到他？大峽谷嗎？」

「不是，更早，在彎肘鎮，他是礦場的工友。」

「是他自己的選擇嗎？」

「我想狄那時候沒辦法自己選擇——貝德普一直認為他被迫到塞格米那去接受治療。我不知道。我看到他的時候，他已經接受了好幾年的治療，整個人都毀了。」

「你覺得他們在塞格米那對他做了什麼……」

「我不知道。我覺得療養院的確提供了他一個避難所。從他們的工會出版品看來，他們至少還算有點良心，可是我懷疑他們把狄瑞林逼瘋了。」

「但他到底是怎麼瘋的？只是找不到他要的工作徵召嗎？」

「是那齣戲讓他發瘋的。」

「戲？那堆混蛋為了那齣戲把他逼瘋？啊，可是，會讓那種道德譴責逼瘋，表示他自己早就先發瘋了！他可以完全不予理會。」

「按照我們社會的標準，狄瑞林早就瘋了。」

「你是什麼意思？」

「我覺得狄瑞林是個天生的藝術家，他不是工匠，他是創造者，是發明家，也是毀滅者，那種非得把什麼都顛倒著說、反過來講的人。他是諷刺作家，一個用憤怒來歌詠事物的人。」

「那齣戲真有那麼棒嗎？」塔克微天真地問道，從被窩裡伸出一、兩吋，看著薛維克的側面。

「不，我不認為有多棒。那齣戲在舞臺上一定很滑稽。他寫那齣戲的時候才二十歲，後來他不停重寫。他沒再寫別的。」

「他一直寫同一部劇本？」

「沒錯，同一部劇本。」

「天啊！」塔克微憐憫又厭惡地說。

「每過幾個星期他就把劇本拿給我看。我看一看，或者假裝我在看，試著和他討論。他拚命地想談，但就是辦不到。他實在太害怕了！」

「為什麼？我不了解。」

「怕我，怕每個人，怕社會機制、人類、排斥他的兄弟們。當一個人覺得自己孤零零地對抗其他所有的人，他就會害怕。」

「你是說，就只是因為有人說那齣戲不道德，說他不該得到教職，他就認定所有人都和他作對？那有點蠢吧！」

「但是，又有誰站在他那一邊呢？」

「貝德普，還有他每一個朋友。」

「但是他失去他們。他被調走。」

「他那時候為什麼不拒絕？」

「聽著，塔克微，我想的正是同一件事。我們總是這樣說：妳說妳應該拒絕被派到羅爾尼。我一到彎肘鎮，我也這麼說：『我是一個自由人，我不想到這裡……』我們一直都這麼想、這麼說，但就是沒做。我們只是把我們行動的主動權塞在心裡某個角落——彷彿是個我們可以走進去的房間，然後說：『我不必做任何事，我可以自己選擇，我是自由的。』接著我們離開心裡的那個小房間，到產管調節會派我們去的任何地方，一直到有其他工作徵召為止。」

「薛啊，不是那樣！這只是乾旱開始以後的情形。以前的工作徵召需求不到現在的一半，大家只在想工作時才工作，並加入或者自己成立某個聯合工會，然後向勞動部登記。勞動部通常也只徵召那些比較想去一般勞力聯營的人。現在又要回到那種狀況了。」

「我不大清楚。也應該如此吧，當然。即使是饑荒以前，事情也不像妳所說的那樣，正好相反。貝德普是對的：每一個緊急狀況，每一次工作徵召，似乎都會讓產管調節會的官僚體制更加擴張，讓他們的行事風格更加僵化。事情就是這樣；事情也只能這樣……乾旱前工作多的是。五年的嚴格管制或許讓模式永久固定下來——妳不要露出這種懷疑的眼神！聽著，妳告訴我，有多少妳認識的人曾經拒絕過徵召——甚至在饑荒之前？」

塔克微想了一下這個問題。「流浪者不算嗎？」

「不，不，流浪很重要。」

「貝德普的幾個朋友——那個不錯的作曲家撒拉司，還有那些看起來髒髒的人。我還是小孩子的時候，有一些真正的流浪者到過圓谷，只是我一直覺得他們在騙人。他們說一些美麗的謊言、算命，每個人都很高興看到他們，留住他們，在他們停留期間給他們東西吃。但是他們總是停留不久。那時候總有一些人收拾行李離開鎮上，通常是一些小孩子，有些只是痛恨在田地裡工作的人，於是他們辭掉工作離開。到處都有人那麼做。他們往前走，尋找更好的事物。你不能說那算是拒絕工作徵召。」

「為什麼不能？」

「你到底想說什麼？」塔克微咕噥著，縮回被窩。

「這麼說吧。我們羞於說出我們拒絕工作徵召。社會良知完全控制個人良知，而不是和它求取平衡。我們不是合作，只是在『服從』。我們害怕成為邊緣人，被說成懶惰、沒有功用、自私自利，我們害怕鄰人的意見更甚於尊重自己選擇的自由。塔，妳不相信我說的，但是妳試看看，試著只是在想像中跨越界線，然後看看有什麼感受，妳就能體會狄瑞林的處境，為什麼他會那麼慘、那麼失落。他變成了罪犯。我們創造出罪孽，像財產主義者那樣。我們把一個人逼出我們認可的範圍之外，然後譴責他咎由自取。我們訂定了法律，傳統行為的法律。我們在我們四周築起圍牆，我們看不到牆的存在，因為那是我們思想的一部分。狄瑞林從來不會那樣。我從十歲就認識他，他從來不會那樣，他從來就不會搭起圍牆。他是一個天生的反叛者，他是一個天生、真正的歐多人。他是個自由人，而我們其他人，他的弟兄們，卻為了他的自由行動把他逼瘋。」

「我不認為。」塔克微裹在被窩裡反駁，「狄瑞林是個堅強的人。」

「錯了，他非常脆弱。」

他們好一會兒都沒有說話。

「難怪你一直對他念念不忘，」她說，「他的戲，你的書。」

「但是我比較幸運。科學家可以假裝他的著作不是他自己的，而是無我的真理。藝術家就無法隱藏在真理之後。他無處可躲。」

塔克微用眼角看了他一會兒，然後坐起身，拉起被子蓋住肩膀。「呃，好冷……我錯了，關於那本書我錯了，不該讓薩布爾刪除裡面的內容，把他的名字印上去！那樣子看起來似乎正確，似乎把作品擺在工匠之前、驕傲擺在虛榮心之前、群體在自我之前，但一點都不是那回事。那是一種妥協，是屈服於薩布爾權威的作風。」

「我不知道。但書確實因此得以印行。」

「目的是正確的，手段卻錯了。這件事我在羅爾尼想了很久，薛，我告訴你錯在哪裡。那時候我懷孕了。懷孕的女人沒什麼道德感，有的只是最原始的犧牲本能。去他的那本書，去他的夥伴關係，去他的真理，就是不准威脅到我體內的胎兒！那是一種延續種族生存的動力，但是它有可能會反抗群體：它是生物性的，不是社會性的。男人從沒有過這種體驗，男人可以心懷感激自己從來毋須受其掌控。但是他最好比女人更了解、並留意這個事實。我認為這也是為什麼古代文明會把女人當成一種財產。為什麼女人會甘願成為財產？因為她們一直都在懷孕，因為她們已經被擁有、被奴役！」

「好吧，也許吧。但是只要我們的社會真正體現出歐多的觀念，它就是真正的共同體。創造這個『希望』的是女人！妳在幹什麼──沉浸在罪惡感之中？在泥中打滾？」他用的詞其實不是「在泥中打滾」，安納瑞斯沒有動物，因此不會有打滾的動作。那是一個複合詞，字面上的意義是「一直被稠密的廢物裹住」。帕微克語的多變和精確，能夠讓詞語自己衍生出一些造字者無法預料的生動比喻。

「不，懷沙蒂很美好！但是我對那本書的做法錯了。」

「我們都錯了，我們總是一起犯錯。妳該不會認為是妳讓我那麼決定的吧？」

「單論那件事，確實是這樣沒錯。」

「不是的。事實是，我們都沒有決定，我們都沒有選擇，我們讓薩布爾為我們選擇：我們自己的、內化的薩布爾──傳統、道德、害怕被社會隔離、害怕和其他人不同、害怕自由。啊，我絕對不再重蹈覆轍！我學得很慢，但是我有成長。」

「你打算怎麼辦？」塔克微問，聲音中有一種愉快的興奮。

「和妳去亞博奈，創設聯合工會，印刷工會，出版一字不刪的《共時原理》。我們想出版什麼都可以。貝德普的《淺談科學開放教育》，產管調節會不准流通的那本書。還有狄瑞林的劇本。那是我虧欠他的。他讓我學到什麼叫監獄，誰建造了監獄。建造圍牆的人本身就是囚犯。我要發揮我在社會有機體當中真正的功能。我要拆掉圍牆。」

「這樣空氣比較流通。」塔克微蜷縮在被子裡說。她靠著薛維克，薛維克用雙臂抱住她的肩膀。

「我想會的。」他說。

那晚塔克微睡著很久後，薛維克還醒著。他把雙手枕在頭下，看著眼前的一片黑暗，傾聽寂靜。他想起離開塵暴區的漫長旅行，想起沙漠裡的地平線和幻影，禿頭、眼神誠摯的火車司機，還有司機說過人必須要能順應時間，而非對抗時間的那段話。

這四年來，薛維克對自己的意志為何已經有所體會。在挫敗中他學到力量，沒有任何社會和道德命令能夠相比的力量，即使是飢餓也無法壓制。他擁有愈少，他的需求就變得愈絕對。

他所體認到的需求，用歐多的術語來說，是他的「細胞功能」——個人獨特性的類比詞。他能做得最好的事代表他對社會最好的貢獻。一個健全的社會可以讓他自由發揮那種理想的功能，讓所有這類功能各得其所，展現應有的力量，並彼此統合。那是歐多在《類比》中所傳達的中心思想。雖然安納瑞斯的歐多社會沒有實踐這樣的理想，但是他對這個社會的責任卻未因此減輕；正好相反。拋開國家的神話之後，社會和個人真正的關聯與依存關係不言可喻。個人可以犧牲，但是絕對不能妥協，因為雖然只有社會能帶來安全與穩定，但只有個人才具有道德選擇的權力——那是改變的權力，生命的基本功能。歐多社會是一種永恆的革命，而革命源自思考的心靈。

薛維克思索的正是這一切，以歐多的語言，因為他的良知徹頭徹尾都奉行歐多主義。

他現在非常確定，用歐多的詞語來說，他那激進不合宜的創造衝動就是最好的證明。他對於自己工作的責任感並沒有如他原本所想，切斷他和同伴、和社會之間的關係，反而讓他更投入、與他們更加契合。

他也認為有這種責任感的人必須將之應用在一切事物上。把自己看成只是一種工具、犧牲所有其他義務，是一大錯誤。

塔克微剛剛說到她在懷孕時的自我體認也是這樣的犧牲。她說的時候帶有某種程度的恐懼、自我鄙視，因為她也是個歐多主義者。目的與手段分離，對她而言也是錯的。對她和薛維克來說，目的都不存在，只有過程，過程就是一切。你可能往一個充滿希望的方向前進或走錯方向，但是你不可能在出發時就期待會在哪裡停下來。因為如此，所有的責任、所有的信念才會堅實持久。

他對塔克微的信念以及他們的關係，也因此能夠在分離四年後依然充滿活力。在這四年的分離之中，他們都承受過很大的苦難，然而他們從未想過藉由否定信念來逃避苦難。

畢竟，他現在這麼想，躺在塔克微沉睡的溫暖之中，這就是他們一直夢寐以求的快樂——生命的圓滿。如果你逃避苦難，也就錯過了快樂的機會。你或許還會得到快感，許多快感，但是你的生命無法完整，你無法體會回家的感受。

塔克微在睡夢中輕輕嘆息，像是贊同薛維克的想法，然後轉過身繼續追求某個安詳的夢境。

圓滿，薛維克想著，是時間的作用。尋求快感是循環、重複、無時間性的。觀眾、尋求刺激的人和雜交者所追求的種種變化，最終還是會回到原地，那是有終點的，會到達某個終點，然後從頭來過。那不是旅程和歸鄉，而是一種封閉的循環，一間上鎖的房間，一間牢房。

在上鎖的房間外是時間的風景。在那裡，有勇氣和運氣的靈魂建造出脆弱、易變、不可能的道路和忠誠的都市：一個適於人居的地方。

一直要等到過去和未來的風景中出現某種行動，才會是人類的行動。忠誠宣示著過去與未來的延續，讓時間緊密結合成一個整體，那是人類力量的根源，沒有了它就不可能有善。

薛維克就這樣回顧過去四年，他看到的不是一段荒蕪的歲月，而是他和塔克微用生命所建造的宏偉建築一角。順應時間、而非反抗時間，他想著，意義就在於不虛擲光陰。即使痛苦也值得。

第十一章

亞凡省的舊都拉德是一座尖聳的都市：一座松木林，在松樹尖端之上還有一棟棟高聳入雲的塔樓。樹下的街道大多既暗且窄，長滿青苔，濃霧密布，只有從橫跨河面的七座橋才能夠抬頭仰望塔樓頂端。有些塔樓高達數百呎，有些則僅如樹苗般高，像是破落的民房。有的用石頭建造，有的使用瓷磚、彩繪玻璃、銅片、錫片或金箔，精雕細琢的程度令人難以置信，極為細緻，光彩奪目。世界政府議會在這些夢幻迷人的街道上矗立了三百多年；許多大使館和派駐世界政府議會與愛依歐的領事館也都聚集在拉德，距尼歐艾沙亞和中央政府所在地只有一個小時的車程。

塔拉大使館坐落在河堡內。整個城堡盤踞在尼歐公路與河流之間，突起的部分只有一座不起眼的低矮塔樓，有著方型屋頂和細長眼睛般的邊窗，城牆經歷了四百多年的武器和氣候摧殘，面向陸地的那一側長滿許多暗色樹木，其間有座吊橋橫跨城牆外的壕溝，吊橋放下，城門開啟。壕溝、河流、綠草、黑牆、塔頂的旗幟，都在陽光穿透河流地帶的濃霧時發出朦朧的亮光，所有塔樓七點一到就響起悠揚且和諧得幾近瘋狂的鐘聲。

一名職員坐在城堡內一張非常現代化的接待桌前，打了一個大哈欠。「我們要到八點才開門。」

他心不在焉地說。

「我要見大使。」

「大使正在吃早餐。你必須預約。」那職員說話時揉了揉濕答答的眼睛，這才真的看清楚站在面前的訪客。他盯著這位訪客看，下巴動了好幾次，說道：「你是誰？你從哪裡……你來這裡做什麼？」

「我要見大使。」

「你等一下！」職員用最道地的尼歐腔回話，繼續盯著他看，同時伸手拿起電話筒。

這時有輛車開到吊橋口和大使館大門之間，好幾人下車，他們黑外套上的金屬配件在陽光下閃閃發亮。另外有兩人正從堡內走進大廳，一面交談，長相和穿著都很奇特。薛維克趕緊繞過接待櫃臺跑向那兩人。「救救我！」他說。

他們驚訝地抬頭看他。一人往後退，皺起眉頭；另一人看著薛維克身後那群身穿制服、正要走進大使館的人。「快進去。」他冷靜地說，抓住薛維克的手臂，只跨了兩步、做了一個手勢，就把薛維克帶進旁邊一間小辦公室，動作有如芭蕾舞者那樣敏捷。

「怎麼回事？你從尼歐艾沙亞來的嗎？」

「我要見大使。」

「你是罷工者嗎？」

「薛維克。我叫薛維克，我來自安納瑞斯。」

黝黑臉上那雙異星人的眼睛立刻閃現明亮、聰慧的眼神。「我的天啊！」他屏住呼吸，用塔拉語大叫，再用依歐語說：「你是要尋求庇護嗎？」

「我不知道，我……」

「跟我來，薛維克博士。我帶你到可以坐下來的地方。」

膚色黝黑的男人握住他的手臂，帶他走過一些廳堂和樓梯。有人想脫下他的外套，他極力反抗，擔心他們拿走襯衫口袋裡的筆記本。某人用命令的口氣說了幾句外語，另一人對他說：「沒事的，他只是想看看你有沒有受傷。你的外套都是血。」

「別人，」薛維克說，「別人的血。」

儘管他覺得頭昏眼花，還是試圖坐直。他坐在一間有陽光的大房間的沙發上。顯然他暈倒了。幾個男人和一個女人站在他身旁，他不明就裡地看著他們。

「你目前在塔拉大使館，薛維克博士。你在塔拉的領土中。你百分之百安全，要在這裡待多久都可以。」

女人的膚色像是含鐵泥土的黃褐色，除了頭皮之外，其他部位都沒長毛髮；她沒有刮毛，但就是沒有毛髮。她的長相很奇特，很像小孩：小嘴巴、扁鼻子、豐滿的長眼瞼、圓滾滾的臉頰和下巴。整個人看起來很豐滿柔軟，像個小孩。

「你在這裡很安全。」她又說了一次。

薛維克想說話，但說不出口。一個男人輕輕壓他的胸口，說：「躺著！躺著！」他躺下，但是輕聲說：「我要見大使。」

「我就是大使，我叫做簡。我們很歡迎你到這裡來，你在這裡很安全。現在請好好休息，薛維克博士，有什麼事稍後再說，不急。」她的聲音中有某種特質，有如在歌唱，但有些沙啞，像塔克微的聲音。

「塔克微，」他用自己的語言說，「我不知道該怎麼辦。」

她說：「睡吧！」於是他睡著了。

薛維克睡了兩天，吃了兩天的餐點，再次穿上他那件灰色的依歐套裝，他們已為他清洗燙平。他被帶到大使位於塔樓三樓的私人會客室。

大使沒向他行禮，也沒和他握手，只是在胸前合掌對他微笑。「很高興看到你已經好多了，薛維克博士；不，我應該叫你薛維克就好，是不是？請坐！很抱歉，雖然依歐語不是你我的母語，我還是必須用它和你說話。我不會說你的母語。有人告訴我那是最有趣的一種語言，唯一用理性創造，而且是一個偉大民族所使用的語言。」

他在這個溫和的外星人身旁，覺得自己格外巨大、毛髮濃密。他在一張柔軟的深色椅子上坐下。簡坐下的時候愁眉苦臉。「坐在這些舒適的椅子上，」她說，「會讓我背部不舒服。」這時薛維克才了解她的年紀並非他之前所想的只有三十左右，而是六十多歲。她光滑的皮膚和小孩般的外型讓他產生錯覺。「在家裡，」她繼續說，「我們通常都會鋪坐墊坐在地板上。但如果我在這裡也那樣，就得常常抬頭看人。你們這些賽提人又都那麼高大！我們有個小問題。不是我們自己的問題，是愛依歐政府的問題。你在安納瑞斯的同胞——就是那些和烏拉斯維持無線電通訊的人——一直急著要和你通話，這讓依歐政府很尷尬。」她笑了，一種純粹高興的笑。「他們不知道該說什麼。」

她很冷靜，像一顆被流水磨平的石頭那樣靜靜地凝視。薛維克往後坐，花了很長一段時間才回應。

「依歐政府知道我在這裡嗎？」

「哦，還沒接到正式告知。我們什麼都沒說，他們也沒問。但是有好幾位依歐職員和祕書在大使館工作。所以呢，他們當然會知道你在這裡。」

「我在這裡會不會給妳帶來危險？」

「啊，不會的！我們大使館隸屬於世界政府議會，不是愛依歐國家政府。你有百分之百的權利到這裡來，其他議會所屬會員國會迫使愛依歐政府接受這點。就像我跟你說過的，這座城堡是塔拉領土的一部分。」她又笑了，光滑的臉擠出很多皺紋，然後又鬆開。「真是外交官的快樂奇想！這座城堡距離我的國家十一光年，這個房間在拉德的塔樓裡、在愛依歐、在恆星T賽提的行星烏拉斯上，但卻是塔拉的領土。」

「妳可以跟他們說我在這裡。」

「很好，這會讓問題單純許多。我必須徵求你的同意才能這麼做。」

「安納瑞斯有沒有……傳什麼訊息給我？」

「我不知道，我沒問。我沒有從你的立場想到這個問題。如果你擔心些什麼，我們可以對安納瑞斯發布訊息。我們知道你的同胞一直在用的無線電波頻，不過我們沒用過，因為沒有受到邀請，似乎最好不要強行使用。但是我們很輕易就能為你安排對話。」

「你們有發送器嗎？」

「我們會透過我們的船傳送，就是那些繞行烏拉斯的瀚星船艦。你知道，瀚星和塔拉有合作關係。瀚星大使知道你在我們這裡，他是唯一接到正式告知的人。所以，無線電隨時都可以為你服務。」

他簡單地對簡表示感謝，不去窺探主動提供的援助背後隱藏什麼動機。她端詳了薛維克一會兒，眼神很敏銳、直接、溫和。「我聽過你的演說。」

薛維克好像隔著遙遠的距離那樣瞅著她。「演說？」

「就是你在議院廣場大示威的那次演說。一星期以前。我們都會收聽地下電臺，聽社會主義勞工和自由主義聯盟的廣播。當然啦，他們報導了示威活動。我聽到你的演說，非常感動。然後突然出現一陣噪音，奇怪的噪音，還聽到群眾開始吼叫。他們沒有說明發生了什麼事。到處都是尖叫聲，又突然全都消失。那樣的聲音聽起來真的很恐怖。那時你在現場。你是怎麼逃走的？怎麼逃離市區的？舊城到現在都還在封鎖中。有三個軍團駐守在尼歐。他們每天都逮捕好幾百名示威者和可疑分子。你是怎麼到這裡的？」

他虛弱地笑著說：「搭計程車。」

「通過所有檢查哨？穿著那件沾滿血跡的外套？大家都知道你長什麼樣子。」

「我躲在後座底下。計程車被『強行徵召』，是不是這麼說？有人為我冒險。」他低頭看著放在大腿上握緊的雙手。他很安靜地坐著，很安靜地說話，但是有某種內在的緊繃表露在他雙眼和嘴巴周圍的線條。他想了一會兒，然後用相同疏遠的方式說話。「開始有點運氣。我離開藏身處時，很幸運沒有馬上被逮捕。但是我進入舊城後，運氣就不大好了。他們幫我想我可以去哪裡，他們計畫怎麼把我弄到那裡，他們冒著危險。」他用自己的母語說了一個詞，然後翻譯出來：「團結……」

「很奇怪，」塔拉大使說，「我完全不了解你們的世界，薛維克。你的同胞不准我去那裡，所以我都是從烏拉斯人的口中了解你們。我知道你們的星球常年乾旱、荒涼，還知道你們的開墾地如何建立；那是一種反威權的共產主義實驗，已經存在了一百七十年。歐多的著作我讀過一些些，不算多。我認為那種實驗對於現在的烏拉斯而言已經無關緊要，有些遙遠了，即便那是一場有趣的實驗。但是我的觀念不正確，對不對？那很重要。或許安納瑞斯是烏拉斯的解答——尼歐的革命分子也來自相同的傳統。他們的示威罷工不是為了爭取更高的工資，也不是為了抗議徵召制度。他們不只是社會主義者，還是無政府主義者。他們真正反抗的是權力。你看，示威的規模，大眾情感的強度，政府驚慌的反應，這一切看起來似乎都很難理解。為什麼會有這麼大的騷動？這裡又沒有獨裁政府。有錢人的確很富有，但窮人也沒有窮到一無所有，他們既非受奴役，也沒有挨餓，為什麼不能滿足於麵包和聽聽演說就好？他們為什麼那麼敏感……我現在開始體會到為什麼，但還是不了解為什麼愛依歐政府明明知道這種自由主義傳統存在的事實，知道工業都市的不滿，還讓你到這裡來，彷彿把火柴送到火藥廠。」

「他們不准我靠近火藥廠一步，把我和群眾隔離，要我和學者、有錢人在一起，不准我看到窮人，不准我看到任何醜陋的事物。把我用棉花包起來放在盒子裡，再裹上一層棉花，再用塑膠紙包起來，就像這裡的每一樣東西。我必須快樂，做我的工作，我在安納瑞斯沒辦法做的工作。工作完成後，我必須把成果交給他們，他們就可以用它來威脅你們。」

「威脅我們？你指的是塔拉、瀚星和其他星際政權嗎？用什麼威脅我們？」

「消除空間。」

她沉默了一會兒。「那就是你正在進行的工作？」她用她柔和愉悅的聲音說道。

「不，那不是我的工作！首先，我不是發明家、工程師，我是理論家。他們想從我身上得到的是一種理論，一種時間物理學上的通用場論。妳知道那是什麼嗎？」

「薛維克，你的賽提物理學、高等科學，完全超出我的理解範圍，我完全沒受過數學、物理學和哲學訓練，而這些還有宇宙學和許多其他的學科似乎都是構成你理論的一部分。但是我知道你所說的『共時理論』；我知道那和相對論是一樣的，我也知道相對論導引出一些重大的實用成果。所以我猜想你的時間物理學可以用來研發新科技。」

他點點頭。「他們，」他說，「要讓物質能夠進行跨越空間的同步轉移。跳越——也就是不須經過空間轉換和時間消逝的太空旅行。他們或許可以完成，但我不認為是透過我的算式。但是如果他們要，可以用我的公式製造出安射波。人類無法跳過巨大的斷層，但概念可以。」

「安射波是什麼，薛維克？」

「一種概念。」他的微笑沒帶多少笑意。「那是一種裝置，能夠讓空間中的兩點彼此通訊，完全沒有時間間隔。那種裝置當然不會傳遞訊號。共時性就是同一性。但是，就我們的認知，共時性可以發揮傳輸的作用，也就是說，我們可以用它來進行兩個世界之間的對話，完全不需要等待電磁動力發送訊號和接收回覆之間的時差。其實很簡單，就像是一種電話設備。」

簡笑了。「物理學家說得可真簡單啊！我可以拿起那個——叫什麼來著，安射波嗎——和我在德爾西的兒子通話嗎？甚至也可以和我的孫女通話？我離開的時候她才五歲，我搭乘近光速飛行船從塔拉到達烏拉斯時，她十一歲大。我還可以知道我家現在發生什麼事，而不是十一年前。可以做出決策，達成協議，共享資訊。我可以和奇非沃珥的外交官交談，你可以和瀚星的物理學家交談。概念要從一個世界傳送到另一個世界，不用花上一個世代的時間——你知道嗎，薛維克，我覺得你所說的簡單玩意兒可能會改變目前已知九大世界裡數十億人口的生活？」

他點頭。

「也會讓不同的世界組成聯盟或聯邦。我們一直任時間分隔，離開和到達之間、發問和回答之間要花上好幾十天。你就好像發明了人類的語言！我們可以交談——我們終於可以一起談話了！」

「到時候妳會說些什麼？」

他諷刺的口氣讓簡感到驚訝。簡默默看著他。

他坐在椅子上把身體往前傾，痛苦地摩挲額頭。「聽著，」他說，「我必須向妳解釋我為什麼來妳這裡，以及我為什麼來到這個世界。我為了理念而來，為了理念，為了學習、教導、分享理念。在安納瑞斯，我們將自己和其他世界隔離，我們不和其他民族、不與其他人類對話。我在那裡無法完成我的工作；就算我可以，他們也不會要。他們看不出有任何用處。所以我來到這裡，這裡就是我要的：對話、分享、在光學實驗室做實驗，證明以前無法證明的真理，一本來自外星世界有關相對論的書，我所需要的刺激。就這樣，我終於完成我的工作。還沒寫出來，但是已經完成了公式和驗證過程。對我而言，重要的並不只有腦海裡那些理論概念而已。我的社會也是一種概念，它塑造了我，一種自由、變化、人類凝聚力的概念，一種重要的概念。雖然我很笨，我最後還是透過鑽研物理學看清一個概念，卻背叛了另一個概念，我讓財產主義者從我身上**買走真理**。」

「你還能怎麼辦，薛維克？」

「除了出賣之外別無選擇了嗎？難道不可能有一種叫做『贈與』的行為嗎？」

「是的……」

「難道妳還看不出來我想把它送給你們——送給瀚星和其他世界——送給烏拉斯的所有國家嗎？給你們所有人！這樣它就不會被獨占——愛依歐一直都想這樣，想控制其他國家、增加財富或是打贏更多戰爭。送給你們，你們就無法利用真理牟取你們自己的利益，只能創造公眾的福祉。」

「最終目的是要堅持讓真理只為公眾福利而服務。」簡說。

「最終目的，是的，但我不願意等到最後。我只能活一次，我不願意將生命浪費在貪婪、營利和謊言之上。我不願侍奉任何一個主人。」

簡的沉默比剛開始談話時顯得更為刻意、不自然。薛維克的人格力量非常巨大，完全不受自我意識和自我防衛考量的抑制。簡受到他的震撼，帶著悲憫和敬畏看著他。

「那個社會，」她說，「那個塑造你的社會是怎樣的社會？我聽到你在廣場上提到安納瑞斯。我哭著聽你的演說，但並不完全相信你所說的。人們總會那樣說他們的家鄉，他們離開的土地——但是你不像其他人。你展現出一種差異。」

「概念的差異。」他說，「我也是為了那樣的概念才來到這裡。為了安納瑞斯。既然我的同胞拒絕向外看，我認為或許可以讓其他人看我們。我認為與其被圍牆隔離，不如成為其他社會的一分子，其他世界中的一個世界，施與受。但是我錯了——我徹底錯了！」

「為什麼會這樣？一定是……」

「因為在烏拉斯沒有什麼是安納瑞斯人所需要的。一百七十年前我們離開的時候，雙手空無一物。我們採取了正確的行動，我們沒有帶走任何東西，因為這裡除了政府和他們的武器、有錢人和他們的謊言、窮人和他們的苦難之外，什麼也沒有。在烏拉斯你無法用澄澈的心靈採取正確的行動，你所做的每一件事都無法擺脫利益、對失落的恐懼、權力慾。沒弄清楚或企圖證明你和另一人誰比較『優越』，你便無法和他互道早安。你無法像兄弟一樣對待他人，你只能控制他們、或命令他們、或服從他們、或玩弄他們。你不能碰觸另一個人，但是他們並不會對你善罷甘休。完全沒有自由，就像是一個盒子——烏拉斯是一個盒子，一個包裹，以藍天、綠地、森林和大城市做成的美麗包裝包覆。你打開盒子，看到裡面裝著什麼呢？一間布滿灰塵、裡面死了一個人的陰暗地下室！一個手被機槍打掉的人，就因為他對其他人伸出他的手。我最後還是到了地獄。迪薩說得沒錯，那是烏拉斯，地獄就是烏拉斯。」

他表現出某種受屈辱的感覺，明明白白訴說他的激動，而塔拉大使用一種防衛但帶著同情且驚奇的態度看著他，好像不知道如何面對薛維克的坦白。

「我們兩個在這裡都算是外星人，薛維克。」她最後終於開口，「我來自更遙遠的時間和空間，但是我開始覺得對烏拉斯來說，我的異質性反倒比不上你——讓我告訴你我如何看待這個世界。對我而言，對我那些看過這顆行星的同胞而言，烏拉斯是所有人類居住的世界當中，最友善、最多元、最美麗的行星。這個世界可以說是最接近樂土的世界。」

簡安靜、認真地看著他。他什麼話都沒說。「我知道這裡充滿罪惡，充滿人類的不公平、貪婪、愚昧、浪費，但是也充滿良善、美麗、活力、成就。它表現出世界應有的面貌！它是**活的**世界，活力十足的世界——因為有希望而活著，儘管有那麼多罪惡，不是嗎？」

他點頭。

「現在，你來自一個我無法想像的世界，你把我的樂土看成地獄，你不想問問我的世界像什麼嗎？」

薛維克沉默地看著她，眼神堅定。

「我的世界、我的地球是一座廢墟，一個已經被人類摧毀的星球。我們繁衍、狼吞虎嚥、爭鬥，直到什麼都沒了。然後我們死亡。我們沒有控制慾望和暴力，我們沒有適應環境，我們毀滅了自己。但是我們先毀滅了世界。我們的地球已經沒有森林，空氣是灰色的，天空是灰色的，氣候總是很炎熱。我們的地球可以居住，還能居住，但是和這裡完全不同。這裡是個有生命的世界、和諧的世界，我們的世界卻是紛亂的。你們歐多人選擇了沙漠，我們塔拉人製造了沙漠——我們在那裡和你們一樣存活了下來。人民都很堅強！我們現在的人口將近五億，以前曾經到達九十億。你還看得到舊城市散布。骨頭和磚頭化為塵土，但是小塑膠片不會，它們永遠都不會適應。作為一個物種，一個社會的物種，我們失敗了。我們現在能在這裡和其他世界的社會平等交往，完全是因為瀚星人伸出援手。他們來到我們的世界，帶給我們援助。他們建造船隻送給我們，讓我們可以遠離我們所毀滅的世界。他們溫和、仁慈地對待我們，像強者對待弱者那樣。瀚星人是非常奇特的民族，比我們任何一個人都老。他們有著用之不盡的慷慨，他們是利他主義者。儘管我們已經犯下那麼多罪行，他們卻受到一種連我們都無法體會的罪惡感驅使。我想，他們的行動都受過去、他們無盡的過去所驅使。我們在塔拉保留了所有能被保留的東西，在廢墟中創造出生命，我們別無退路：只有全面集中化。每一畝土地的使用、每一片金屬、每一盎司的燃料全面集中管理。全面的配給、控制生育、安樂死、全面勞力徵召，以種族延續為目標，對每個生命施加絕對的操控。瀚星人來的時候我們已經完成了那麼多。他們帶給我們……多一點點的希望。沒有很多。我們讓希望延續——我們只能從外部看著這個美麗的世界，這個充滿活力的社會，這個烏拉斯，這塊樂土。我們只有羨慕的分，或許有那麼一點點嫉妒，但不是很多。」

「那麼，簡，安納瑞斯……在妳聽到我演說時，安納瑞斯對妳有什麼意義呢？」

「沒有，什麼都沒有。薛維克。幾世紀前，甚至在安納瑞斯出現之前，我們就已喪失了成為它的機會。」

薛維克起身走到窗邊，塔樓其中一個狹長、水平窗戶下方的城牆裡有個密室，弓箭手可以躲在裡面，往前跨一步向下瞄準城門前的敵軍。如果不跨出那一步，除了陽光照射、霧茫茫的天空之外，什麼也看不到。薛維克站在窗戶下方往外看，光線盈滿他的眼睛。

「妳不了解時間，」他說，「妳說過去已經終了，未來不真實，沒有改變，沒有希望。妳認為安納瑞斯是一個無法到達的未來，就像妳的過去無法改變。所以只剩下現在，這個烏拉斯，富裕、真實、穩定的現在，此時此刻。妳認為這就是妳所能擁有的！妳有些嫉妒，妳認為這就是妳想要的。但是這並不真實，不穩定、不堅固，所有事情皆如此。事物會變化，變化，妳不可能真正擁有什麼——最不可能擁有的就是現在，除非接受現在的同時，也接受過去和未來：不只現在，還有未來；不只未來，還有過去！因為它們才是真實的，只有它們才能讓現在變得真實。除非妳能夠接受安納瑞斯的真實，長久的真實，否則就無法真正實現、甚至了解烏拉斯。妳說得沒錯，我們就是關鍵。但是妳剛剛說的時候，並不完全相信這個道理，不相信安納瑞斯。妳不相信我，雖然我和妳站在一起，在這房間裡，在此時此刻——在這一點上，我的同胞是對的，我錯了：我們不能走向你們，你們不會讓我們那麼做。你們不相信改變、機會、演化。你們寧可毀滅我們也不承認我們存在的事實，不承認還會有希望！我們不能走向你們。我們只能等你們走向我們。」

簡坐著，臉上露出一種驚訝、謹慎，或許有些恍惚的表情。

「我不了解……我不了解，」她最後說道，「你好像是從我們的過去來的人，舊時代的理想主義者，自由的先知。然而我不了解你，彷彿你剛剛是要告訴我一些未來的事。但是，就像你自己說的，你在此時、此地！」她並未失去她的機靈。一會兒之後她說：「你為什麼要到這裡來找我呢，薛維克？」

「把概念帶給妳啊！妳知道的，我的理論，避免它成為依歐的財產、投資或武器。如果妳願意，最簡單的做法就是盡快把公式對外公布，讓這個世界所有的物理學家、瀚星人和其他世界都知道。妳願意那麼做嗎？」

「豈止願意！」

「只有幾頁而已。驗證的部分和一些後續的延伸應用需要更長的時間完成，但是那可以晚一些。如果我無法完成，別人還是可以繼續進行。」

「但是你接著要做什麼？回尼歐嗎？那城市現在很安靜，表面上。暴動已經平息，至少目前是如此。但是我擔心依歐政府會把你當成暴動分子。當然還有夙烏……」

「不，我不想留在這裡。我不是利他主義者。如果妳願意幫忙，我也許會回家。或許依歐甚至也願意送我回家，那對他們會比較合理：讓我消失，否定我的存在。當然啦，他們也可能覺得殺了我或把我關一輩子會比較簡單。我還不想死，我一點都不想現在就死在這座地獄裡！如果死在地獄，靈魂會到哪裡去呢？」他笑了出來，再次展現溫文儒雅的姿態。「但是如果妳可以送我回家，我覺得他們也會鬆一口氣。妳知道，死掉的無政府主義者會變成殉道者，繼續活上好幾百年；但是消失的無政府主義者很快就會被遺忘。」

「我想我還知道什麼叫『務實』。」簡微笑著，但不是輕鬆的笑容。
「如果妳不知道希望是什麼，怎麼可能知道什麼是務實？」
「不要對我們做出太嚴苛的評斷，薛維克。」
「我完全不是在評斷你們，只是在乞求你們的援助，而我卻沒有什麼可以回報。」
「沒有什麼？你把你的理論說成『沒有什麼』？」
「用一個人靈魂的自由和它比一比重量，」他轉身面對簡，「哪邊比較重？妳分辨得出來嗎？我不能。」

第十二章

「我想引介主動權工會的一個計畫。」貝德普說，「你知道我們已經和烏拉斯進行了兩百天的無線電通訊……」

「抗議議程建議、防禦聯盟、其餘多數決！」

「沒錯。」貝德普端詳著發言人，但是並未對發言干擾提出任何異議。產管調節會的會議沒有規定議程，發言干擾有時比正式意見陳述更頻繁。整個議程和控制得當的行政會議相比，就像是一大片生牛肉和一張迷人的圖表。然而，生牛肉在它原本所屬的地方——活生生的動物體內——會比圖表更能發揮作用。

貝德普認識他在進出口議會裡所有的老對手。過去這四年當中，他一直都在議會裡和他們對抗。這個發言人是新來的，一個年輕人，或許剛抽中派任產管調節會的幸運籤。貝德普和善地看看他，繼續說：「我們不要老吵一些舊話題，可以嗎？我提出一個新的。我們從烏拉斯某個組織那裡收到一個有趣的訊息。它透過和我們聯繫的依歐人所使用的波頻傳送過來，但不在預先設定的時間，而且訊號很微弱，好像來自一個叫做般畢利的國家，而非愛依歐。那組織自稱『歐多學會』，看起來像是一群後開墾時代的歐多人，在烏拉斯的法律和政府的漏洞裡求生存。他們的訊息指名給『安納瑞斯的弟兄們』。你們可以在工會的告示板上看到，很有趣。他們問可不可以派人來這裡。」

「派人到這裡？讓烏拉斯人來這裡？當間諜？」

「不，是開墾。」

「他們希望重新開放開墾，是不是這樣，貝德普？」

「他們說他們受到政府的迫害，希望可以……」

「重新開放開墾！對自稱是歐多人的牟利者？」

完整報導安納瑞斯管理階層的辯論是件困難的事。會議進行的速度很快，常常有好幾人同時發言；沒有人能長篇大論，一大堆冷嘲熱諷，好多話沒辦法說完；語調很情緒化，極端私人；會議結束時常常沒達成任何結論，好像兄弟之間的爭吵，或者內心各種舉棋不定的想法在交戰。

「如果我們同意讓那些所謂的歐多人到這裡，他們打算怎麼來？」

說話的是貝德普所害怕的對手，那個冷酷而聰明的女人蘿拉，一直是他在議會裡最睿智的敵人。他瞥了一眼初次參加會議的薛維克，想引起他對蘿拉的注意。有人告訴過貝德普，蘿拉是個工程師，而他也的確在蘿拉身上看到工程師條理清晰和務實的頭腦，再加上機械師對複雜和不規律的厭惡。她在每一項議題上都站在反對主動權聯合工會的立場，甚至包括工會存在的權利。她的論證很充分，貝德普不得不對她敬重三分。有時當她提到烏拉斯的強大及從弱者的立場和強者打交道的危險，貝德普還會不由自主相信她所說的話。

有些時候，貝德普私底下不禁要懷疑，六八年冬天，他和薛維克一起討論受挫的物理學家怎樣才能出版著作、並且讓著作在烏拉斯的物理學家之間流通時，是否就開始引發一連串無法控制的事件。他們架設好無線電通訊設備，烏拉斯人熱烈地想和他們對話、交換資訊，超乎他們預期；他們將那些通訊資料印出來時，安納瑞斯方面強烈的敵意也在他們預料之外。兩個世界對他們的注意多到令人不舒服的程度。敵人熱情地擁抱你，同胞惡毒地排斥你，你不得不開始懷疑自己是不是已經變成叛徒。

「我猜他們會搭太空船來，」他回答，「像善良的歐多人，他們會搭便車，前提是他們的政府或世界政府議願意放行。他們會放行嗎？政權主義者會願意幫助無政府主義者嗎？這是我想知道的。如果我們邀請一個六或八人的小團體，最後會有什麼結果？」

「真是值得讚賞的好奇心啊！」蘿拉說，「好吧，如果我們更了解烏拉斯的狀況，就能更了解會有什麼危險。但是危險就在於了解。」她站了起來，表示想掌控整個會議。貝德普畏縮了一下，對薛維克使了個眼色。「當心這傢伙。」他咕噥。薛維克沒有任何反應。他在會議中向來都很保留、很害羞，毫無用處，除非他深受某件事的影響，才會變成一個令人驚訝的好演說家。他坐著，低頭看著雙手。但是蘿拉一說話，貝德普就注意到雖然蘿拉發言的對象是他，卻始終盯著薛維克看。

「你們的主動權聯合工會，」她說道，特別強調「你們的」，「架設發送器，對烏拉斯發送訊息，接收他們的訊息，還出版通訊資料。你們的所作所為全都違反產管調節會的多數決議，讓所有弟兄的不滿持續升高。我們到目前為止還沒對你們的設備和你們的人身做出任何制裁，我相信大致上是因為我們歐多人已經不知道該如何處置那些行徑傷害他人、還堅決不顧大多數人建議和抗議的人。這是很罕見的情形。事實上，在我們當中，你們最早表現出政權主義批評家預測人類在無法治社會中可能出現的行為：完全不顧社會福祉。我不想再針對你們已經造成的傷害多說些什麼，像是你們如何把科學資訊交給強大的敵人，如何在對烏拉斯的每一次通訊中暴露我們的弱點。但是現在想想，我們已經習慣你們的所作所為，而你們竟然還要提出更糟的建議。你們會說，用短波和一些烏拉斯人對話，跟在亞博奈市和一些人對話有什麼不同？有什麼不同？關閉的門和打開的門有什麼不同？何不讓我們把門打開？各位，這就是他要說的！讓我們打開門！讓烏拉斯人進來！六或八個假歐多人搭下一班運輸船。六十或八十個依歐牟利者搭下一班，來看看我們如何被瓜分成烏拉斯各國的財產。下一趟可能就會有六百或八百艘武裝船艦過來：機槍、士兵、侵占我們領土的軍隊。安納瑞斯完了！希望也完了！我們的希望存在了一百七十年，就在開墾條款裡：禁止開墾者以外的烏拉斯人入境，當時，或永遠！禁止混居！禁止接觸！此時放棄原則，等於是對曾經被我們擊敗的暴君說：『實驗已經失敗，再來奴役我們吧！』」

「不是這樣！」貝德普立刻接腔，「我們傳達的訊息很清楚：實驗已經成功，我們夠堅強，可以平等面對你們。」

整場辯論和以往大同小異，一直有各種議題不斷出現。整個會議時間不是很長。如同往例，沒有進行任何投票表決，出席的每個人幾乎都強調開墾條款的正當性。這種狀況一變得明朗化，貝德普馬上發言：「好吧，我接受你們達成的決議：不准任何烏拉斯人搭乘奎歐號或全心號來這裡。關於讓烏拉斯人到安納瑞斯的議題，很明顯，聯合工會的目標必須屈服於整體社會的大多數意見。我們徵詢過你們的意見，也將聽從你們的意見。但是關於這個問題，還有另外一點。薛維克？」

「我們的問題是，」薛維克說，「派一個安納瑞斯人前往烏拉斯。」

議場內到處有人大聲叫喊和質問。薛維克沒有提高聲音，他說話的聲音和喃喃自語差不多，但是口氣很堅決。「這不會傷害到任何一個安納瑞斯的居民。事實上，這是每一個人的權利，一種試驗。開墾條款沒有禁止我們這麼做。現在要禁止，純粹是產管調節會的假想，剝奪了歐多人採取對別人無害行動的權利。」

蘿拉往前坐，微微笑了笑。「任何人都可以離開安納瑞斯。」她說，淺色眼睛從薛維克掃到貝德普，再回到薛維克身上。「不管他隨時想去哪，只要牟利者的運輸船願意載他，他就可以去。但是他不准回來。」

「誰說他不能回來？」貝德普提出質疑。

「開墾封閉條款。沒有人可以在安納瑞斯航站界線之外的地方下船。」

「嗯，這個……那個條款針對的是烏拉斯人，而非安納瑞斯人。」老顧問費德茲說道。他想到什麼話就插嘴，即便有些離題也不管。

「從烏拉斯來的人視同烏拉斯人。」蘿拉說。

「法定主義！法定主義！你們還在瞎扯些什麼？」一個叫做崔碧兒的女人說。她沉穩、身材壯碩。

「瞎扯！」那位年輕的男性新成員大叫。他操著北方口音，聲音深厚有力。「如果你們不喜歡瞎扯，試試這個吧！這裡如果有人不喜歡安納瑞斯，就放他們走。我會幫忙。我會帶他們去航站，我還會把他們踢到那裡。但是如果他們想偷溜回來，我們就得派一些人去迎接他們，一些道地的歐多人。他們不會看到我們笑著說：『歡迎歸來，兄弟們！』他們會被揍到牙齒往喉嚨裡吞，他們的鳥蛋會被踢進肚子裡。你們了解了嗎？這對你們還不夠清楚嗎？」

「清楚？不！明白？是！像屁那麼明白！」貝德普說，「清楚是思想的功能。你要在這裡說話之前最好先讀讀歐多主義。」

「你不配提到歐多的名字！」那年輕人大叫，「你是叛徒，你的整個工會都是叛徒！安納瑞斯到處都有人在看著你們！你們以為我們不知道薛維克已經受邀到烏拉斯，去把安納瑞斯的科學出賣給牟利者？你們以為我們不知道你們這群哭哭啼啼的鼻涕蟲也想到那裡享受榮華富貴，讓財產主義者拍拍你們的背？可以啊！可喜可賀！但是如果你們還敢回來，我就會用『正義』迎接你們。」

他站著，整個身體往前橫過會議桌，直接對著貝德普的臉大聲吼叫。貝德普抬頭看著他說道：「你指的不是正義，是懲罰。你認為它們是一樣的嗎？」

「他指的是暴力。」蘿拉說，「如果有暴力，也是你們引起的。」

崔碧兒身旁一個瘦小的中年男子開始發言。他的聲音因為粉塵性咳嗽而變得沙啞，所以一開始只有少數人聽到他說話。他是來訪的西南區礦工工會代表，沒有人料到他會發言。「……他們應該得到，」他說著，「我們每個人都應該得到的一切，每一件曾經堆在已故國王陵寢的奢侈品。我們每個人也都不應該得到任何東西，連餓的時候吃一口麵包也不行。我們不都是在別人餓肚子的時候吃東西？你會因為那樣懲罰我們嗎？你會獎賞我們在別人吃東西的時候還餓肚子的美德嗎？沒有人受到懲罰，也沒有人得到獎賞。先讓你的心靈擺脫『應得』的觀念、『賺取』的觀念，你才能開始思考。」這些都是歐多《獄中札記》裡的話，但是用一種虛弱沙啞的聲音說出來，卻產生某種奇特的效果，好像那人努力把每一個字說出來，好像那些話是出自他的內心，慢慢地、辛苦地，像是水從沙漠的沙堆中慢慢、慢慢地流出來。

蘿拉聽著，頭抬得高高的，表情像是一個克制住疼痛的人。薛維克低頭坐在她的對面。那些話說完之後出現一陣沉默。他抬起頭說話打破沉默。

他說：「我們的目的是要提醒我們自己，我們來安納瑞斯不是為了安定，而是為了自由。如果我們所有人都必須達成共識，一起工作，我們和機器就沒什麼兩樣。如果有人不能和他的同伴團結在一起工作，他就有責任單獨進行他的工作；那是他的責任，也是他的權利。我們一直都否定那種權利。我們愈來愈常說，你必須和其他人一起工作，你必須接受多數人的規則。但是任何規則都是暴政，每個人都有責任不接受任何規則，採取自己的行動，為自己負責。只有當個人有這樣的體認，社會才能保持生命、改變、適應、存活。我們不是以法律為基礎的國家所統治的人民，我們是信奉革命精神的社會成員。革命是我們的義務，我們演化的希望。『革命在每一個人的靈魂中，否則它就不存在。革命屬於每一個人，否則它就什麼都不是。如果革命被設定任何目的，它就永遠都無法真正開始。』我們不能裹足不前，我們必須勇往直前。我們必須承受風險。」

蘿拉像他那樣安靜、但非常冷酷地回答：「你們無權把我們捲入你們個人目的所帶來的風險。」

「任何不願意像我這樣勇往直前的人都無權阻止我前進。」薛維克回答。他們的眼神短暫交會，兩人都垂下眼。

「只有親自到烏拉斯去的人必須承受風險，」貝德普說，「那不會對開墾條款造成任何改變，我們和烏拉斯的關係也不會，除了，或許吧，在道德上——對我們的利益。但是我不認為我們任何一人已經準備好對這件事情做決定。我願意暫時撤回這個提議，如果你們其他人覺得這樣比較可行。」

大家表示贊同，於是他和薛維克離開了會議廳。

「我得去一趟學會。」薛維克在他們走出產管調節會大樓的時候說道，「薩布爾把他的一篇剪報寄給我——這幾年來的第一次。我想不透，他到底是何居心？」

「我才想不透薾拉那個女人是何居心！她對你特別有意見！嫉妒吧，我猜。我們不能再讓你們兩個在會議桌前針鋒相對，否則我們什麼事都做不成，雖然那個北區來的小鬼也是個擋路的。多數決控制一切，力量決定權利！我們還要發布我們的訊息嗎，薛？或者我們只是在增強反對我們的勢力？」

「我們或許必須派人到烏拉斯——用實際行動宣告我們的權利，而不只是紙上談兵。」

「或許吧，只要去的人不是我。我願意為我們離開安納瑞斯的權利仗義執言，但是如果要我去，去他的，我不如割喉自殺算了！」

薛維克大笑。「我得走了。我大概一小時後會回家。晚上過來和我們吃飯吧！」

「我會在寢室和你碰頭。」

薛維克大步沿街道走去。貝德普站在產管調節會大樓前猶豫了一會兒。那時已過正午，是個有風、晴朗卻寒冷的春日。亞博奈的街道很明亮，充滿生氣，到處都有光線和行人。貝德普覺得既興奮又消沉，每一件事——包括他自己的情緒——都充滿希望，卻又令人感到不滿。他前往薛維克和塔克微現在的宿舍，如他所期待的，看到塔克微和小嬰兒在家。

塔克微之前流產過兩次，然後才生了碧露，雖然比預產期稍晚，而且也有些意外，但是對她的誕生仍然非常開心。碧露出生時很嬌小，現在快兩歲了，還是很小，手腳都很纖細。貝德普抱她的時候，觸摸到她那雙脆弱的手臂，總會隱約感到驚嚇或拒斥，深怕手一動就把她的手臂折斷。他還算喜歡碧露，她那雙暗灰色的眼睛讓他著迷，她的信任贏得他的歡心。但是每當他觸摸到她，他很清楚地自覺到某種殘酷的吸引力，以及強者之所以折磨弱者的原因，雖然他從未做過類似的事。因此——儘管他也說不上為什麼是「因此」——他也體會到之前對他沒多大意義、或他也不感興趣的事情，那就是親情。碧露叫他「爹地」總會帶給他最無與倫比的快樂。

他在窗戶下方的床板上坐了下來。那是一個有兩張床的大房間，地板上鋪著坐墊，沒有其他家具，沒有椅子或桌子，只有一小面可移動的柵欄，劃分遊戲空間和碧露睡的床。塔克微打開另外一張床的大抽屜，正在整理放在裡面的一堆文件。「親愛的貝德普，抱住碧露！」她說話時露出開懷的笑容。小嬰兒轉向他。「每次我整理好，她就又把這裡弄得一團亂。我一會兒就好——十分鐘。」

「不用急。我不想聊天，只想坐在這裡。碧露，來！走……小女孩，走到德普爹地這裡。啊，我抓到妳嘍！」

碧露高興地坐在他的雙膝上，專注地看著他的手。雖然他不再咬指甲，上面依然留有咬痕，對此他感到很羞慚，所以一開始便把手蓋起來，然後又為自己的羞慚感到羞恥，於是把手張開讓碧露拍打。

「這房間很不錯，」他說，「有北邊照進來的光線。這裡一直都很安靜。」

「沒錯。噓，等一下，我在算這些東西。」

過了一會兒她把文件放好，關上抽屜。「不好意思。我告訴過薛會幫他把文章按照頁數排好。喝點什麼嗎？」

食物配給還在持續，雖然已經不像五年前那麼嚴格。北區的果園較沒有災害，乾旱過後的復原比稻穀區還快。去年開始，乾果和果汁已經解除限制。塔克微從窗邊拿了一只瓶子。她為兩人把杯子裝滿；杯子是沙蒂在學校用陶土做的，凹凸不平。她面對貝德普坐下來，笑著看他。「那麼，產管調節會怎麼了？」

「沒什麼兩樣。魚類實驗室呢？」

塔克微低頭看著她的杯子，移到液面能照到光線的位置。「我不知道。我正想要辭職。」

「為什麼，塔克微？」

「與其被辭退，不如自動請辭。麻煩的是，我還滿喜歡那份工作，而且也做得不錯。亞博奈只有那一份工作是我喜歡的。但是你無法進入一個已經把你踢出去的研究團隊。」

「他們對妳施加更多的壓迫，是不是？」

「一直都如此。」她說，迅速、無意識地看了門一眼，彷彿要確認薛維克是不是真的不在。「他們有些人真的讓你無法理解。這點你是知道的。再這樣繼續下去也沒什麼用。」

「不，這就是我為什麼很高興看到妳一個人在家的原因。我也不很清楚。我和薛、史科文、蓋薩還有其他人，大部分時間都在印刷廠或廣播塔，沒有接受工作徵召，所以我們沒有和聯合工會以外的人來往。我待在產管調節會，但那算特殊狀況。我預期在那裡會遭到反對，因為那是我刻意製造的。妳又遇到什麼狀況呢？」

「仇恨，」塔克微用她陰沉柔和的聲音說道，「真正的仇恨。我那個計畫的上司已經不再和我說話。說起來也算不上什麼損失。反正他就是個老頑固。但是其他人倒是把他們的想法傳達給我了——在宿舍這裡，不是在實驗室，有個女人。我在街區衛生委員會，得去跟她談一些事情。她不讓我說話。『妳休想走進這房間！我知道妳的底細。你們這些該死的叛徒，知識分子，自私鬼！』她就這樣罵個不停，然後用力把門關上。真的很奇怪。」塔克微沒什麼活力地笑了笑，碧露蜷縮著身體坐在貝德普的臂彎裡，看到她笑也跟著笑。「但是你知道那很嚇人。我是個膽小鬼，德普，我不喜歡暴力，我甚至不喜歡被拒絕。」

「當然，鄰人的認同才是我們唯一的安全。無政府主義者會破壞法律並期望不受懲罰。但是妳不能破壞習俗。那是妳和其他人一起生活的框架，我們才剛開始感受到身為革命家是怎麼一回事，就像薛今天在會議上所說的。那不會令人感到舒服。」

「有些人了解，」塔克微用一種堅決的樂觀口氣說道，「昨天公車上有個女人——我不記得我以前在哪碰過她，某個十日工作徵召吧，我猜。她說：『和一個偉大的科學家一起生活一定很棒，一定很有趣。』我說：『是啊，至少有話題可以聊……』碧露，乖乖，別睡著！薛維克很快就回來，然後我們就去公用餐廳吃飯。德普，逗她。反正她知道薛維克是做什麼的，但她沒有表現出仇恨或責難，她人很好。」

「大家都不了解他，」貝德普說，「有點滑稽，因為他們像我一樣都看不懂他的著作。他認為不少人看得懂，學會分部裡一些學生企圖統合所有關於共時理論的課程。我估計最多有幾十人吧，包括我在內。了解他的人都以他為榮。這也正是聯合工會所做的事：出版薛維克的著作。這也許是我們做的唯一一件聰明事。」

「啊，想必你們今天在產管調節會一定很不好過！」

「沒錯。我真的很想讓妳高興一些，塔克微，但是我辦不到。聯合工會遭受社會力的約制，對陌生人極為恐懼。有個年輕人甚至還公然威脅要採取強力的報復手段。那是很糟的選擇，但是他會找到一些人隨時準備好採取行動。還有那個蘿拉。去他的！她真是個可怕的對手。」

「你知道她是誰嗎，德普？」

「她是誰？」

「薛沒跟你說？嗯，他一向不喜歡談。她是薛維克的媽媽。」

「薛的媽媽？」

塔克微點頭。「她在薛維克兩歲的時候離開他。爸爸留下來和他在一起。這當然不算什麼不尋常的事，除了薛的感覺。他覺得他失去了某個重要的東西——他和他爸爸都是。他沒有從中體會到什麼通則，像是父母應該養育小孩之類的。但是，我想，他覺得忠誠很重要。」

「不尋常的是，」貝德普用力地說，暫時忽略已經在他大腿上睡著的碧露，「非常不尋常的是她對薛的感覺。她一直在等薛出席進出口會議，這可以從今天的狀況看出來。她知道薛是整個團體的靈魂人物。她因為薛的緣故痛恨我們。為什麼會這樣？罪惡感嗎？難道歐多社會已經腐敗到讓我們受**罪惡感**驅策？妳知道嗎，我現在知道了他們的關係，才發現他們長得很像，只是她很僵硬，像石頭那麼硬——沒有生命。」

門在他說話的時候打開，薛維克和沙蒂走進來。沙蒂已經十歲，在同年齡的小孩中算比較高瘦，腿很長，柔軟而脆弱，長著一頭如雲般的暗色頭髮。薛維克在她身後走進來。貝德普知道了他和蘿拉的關係之後，用一種奇特的眼神看著他，好像是偶爾才見一次面的老朋友，一種過去種種所形成的清晰感。那張傑出而沉默的臉充滿生命力，卻因飽受風霜摧殘，顯得十分消瘦。那是一張十分有個性的臉，但是五官輪廓不只像蘿拉，還像許多安納瑞斯人，一個被某種自由的遠見所選定、適應荒涼世界的民族：遙遠、寂靜、荒涼的世界。

在這一刻，房間裡充滿親暱、激動、分享：彼此的問候；大笑；碧露被傳來傳去——儘管她很不高興；瓶子也傳來傳去，把果汁倒進杯子；問問題；聊天。一開始話題都環繞在沙蒂身上，因為她是最少出現在那裡的家庭成員，然後轉移到薛維克身上。「老傢伙到底想幹麼？」

「你去了學會嗎？」塔克微問道，在薛維克坐到身邊的時候打量著他。

「只是順道過去。薩布爾今天早上在聯合工會留了一張字條給我。」薛維克喝下果汁，把杯子放低，嘴巴做出一個奇怪的動作，完全沒有表情。「他提到物理學聯盟有一份全職的缺，獨立的、永久的缺。」

「你的意思是給你的嗎？那裡？在學會裡？」

他點頭。

「薩布爾告訴你的？」

「他想要收編你。」貝德普說。

「我也覺得是這樣。如果你無法剷除什麼，就想辦法馴服它，像我們以前在北區常說的那樣。」

薛維克突然下意識地笑了起來。「很好笑對不對？」

「不，」塔克微說，「一點都不好笑。很噁心！你怎麼會去找他談？他一直在散布傷害你的謠言，騙別人《共時原理》是你從他那裡偷走的。他不告訴你烏拉斯人頒獎給你，然後是去年，他趕走那些規畫一系列課程的學生，理由是你對他們產生『神祕威權主義』的影響。你，威權主義！太噁心了，不可原諒。你怎麼還去找那種人？」

「不光是薩布爾的問題，他只不過是個傳聲筒罷了。」

「我知道。但是他喜歡當傳聲筒，他一直都這麼卑鄙。你跟他說了什麼？」

「我虛應故事——妳也許會這麼說。」薛維克說，又笑了起來。塔克微又盯著他看，從他刻意控制自己的樣子看來，他現在處於一種非常緊繃興奮的狀態。

「你沒斷然拒絕他嗎？」

「我跟他說，我從好幾年前開始就不再接受固定的工作徵召，這樣才能做我的理論研究工作。他說那個工作完全自主，我仍然可以繼續進行我手邊的研究。他給我那份工作的目的是——你看他怎麼說——『讓學會實驗設備的使用更加方便，出版與傳播的管道更加暢通』。也就是說，產管調節會的出版品。」

「那麼說，你贏了。」塔克微用一種詭異的表情看著他，「你贏了。他們會出版你的著作，這正是我們五年前回到這裡的時候你所要的。牆已經拆掉了。」

「牆後面還有牆。」貝德普說。

「我只有接受徵召才算贏。薩布爾打算把我……合法化，把我納入官方體系，目的是要我脫離主動權聯合工會。難道你看不出他的動機嗎，德普？」

「當然看得出來，」貝德普的臉色變得很凝重，「分化，然後削弱。」

「但是讓薛回學會，把他的著作登在產管調節會的官方出版品，不也等於默許整個工會嗎？」

「對大部分人來說也許是。」薛維克說。

「不，不是這樣！」貝德普說，「這會被大作文章。偉大的物理學家被一群冷血動物誤導，知識分子總是容易誤入歧途，因為他們老想著一些不相干的事，像時間、空間和真實，一些和現實生活脫節的事。因此他們很容易被一些邪惡分子愚弄。但是學會裡一些善良的歐多人和氣地指出他的錯誤，他已重回有機社會的真理之路，離開主動權聯合工會，徒留聯合工會以其唯一可信的主張苟延殘喘，試圖吸引安納瑞斯或烏拉斯任何一個人的注意。」

「貝德普，我沒有要離開聯合工會。」

貝德普抬起頭，過一會兒才說道：「我知道你不會。」

「好吧，去吃晚餐吧！這個肚子已經在咕咕叫了，你聽，碧露，聽到沒？咕嚕咕嚕。」

「高高。」碧露用一種命令的口吻說。薛維克把她抱起來放在肩膀上。在他和小孩的頭後方，房裡唯一掛著的東西稍微晃了一下。那個大型物件完全由壓平的線圈做成，因此看不見邊緣的銳角，纏繞成間歇發亮的橢圓卵形，兩顆細小、透澈的玻璃球跟著那些橢圓形線圈一起循著完全交織在一起的軌跡，環繞著共同的中心，不會完全交會，也不會完全分開。塔克微把它叫做「時間的住所」。

他們到佩克須公用餐廳，等登記的告示牌顯示有人登出，他們才能把貝德普以訪客的身分帶進去用餐。系統根據他的登記將他從平常固定去的餐廳登出。這是早期開墾者偏好的一種機械化「平衡運作程序」，整個系統透過電腦記錄整個都市裡人員的流動狀況，現在只有亞博奈市延用這個系統，和其他地方那些較不複雜的規定一樣，都不怎麼有效率，一直都有短缺、剩餘和誤差出現，不過不算嚴重。佩克須公用餐廳裡不常有人登出，因為那裡的廚房是整個亞博奈市最好的，擁有優良的廚師傳統。過了一會兒，他們總算找到空位，有兩個年輕人和他們同桌吃飯，貝德普約略認識，是塔克微和薛維克的宿舍鄰居；還好，要不然他們就得獨自用餐——自己一桌。哪一桌呢？那不重要。他們享受了一頓愉快的晚餐，聊得也很愉快，除了貝德普不時覺得他們周遭顯得特別安靜。

「我不知道烏拉斯那邊接下來會怎麼想。」雖然他不過是隨口說說，但發現自己似乎刻意把聲音壓低，因而感到很不舒服。「他們要求到這裡來，也要求薛過去。下一步該怎麼走？」

「我不知道他們真的有要求薛過去。」塔克微微皺起眉。

「妳知道的，」薛維克說，「他們說他們頒了獎給我，妳知道，就是席奧文獎，他們問我能不能過去，還記得嗎？去領獎金！」薛維克露出燦爛的微笑。就算他們周圍一片安靜，他也不覺得特別困擾，他一直都孤單一人。

「沒錯，我的確知道，但那不算是真正會發生的事。你已經說了好一陣子，要在產管調節會提議派人到烏拉斯，目的只是為了讓他們震驚。」

「我們最後的確那麼做了，就在今天下午。是德普要我說的。」

「他們嚇到了嗎？」

「怒髮衝冠，瞠目結舌……」

塔克微格格地笑。碧露坐在薛維克身邊的高腳椅上面，拿著一片麵包在練習使用牙齒，發出像唱歌的聲音：「噢，媽瑞，爸瑞，」她大叫，「阿博瑞——阿貝瑞——巴貝——戴貝——」薛維克則熟練且怡然自得地用同樣的方式回應碧露。大人的談話平順進行，偶爾有人打岔。貝德普並不介意，他早在好幾年前就已經了解，不能簡單看待薛維克，要不然就要完全不把他當一回事。他們當中最安靜的是沙蒂。

用過晚餐後，貝德普和薛維克一家人在宿舍裡舒適寬敞的交誼廳多待了一小時。他準備離開時，主動提出要順路帶沙蒂回宿舍。就在這時出了一點狀況，對家庭成員以外的人而言是某種不明的事件或訊號。貝德普只知道薛維克不假思索地就說他也要一起去。塔克微得餵碧露吃東西，因為她愈叫愈大聲。她親吻了貝德普，貝德普就和薛維克邊走邊聊，帶著沙蒂一起走了出去。他們聊得很起勁，一路走過學習中心，等到回過頭來，才發現沙蒂早在宿舍門口停下腳步。她筆直站著不動，看起來很柔弱，面容在昏暗的街燈下顯得很平靜。薛維克有一會兒也站著不動，然後走到她面前。「怎麼啦，沙蒂？」

小孩說：「薛維克，今天晚上我可不可以留在你們的房裡？」

「當然可以。但是到底怎麼了？」

沙蒂細緻修長的臉顫抖著，好像就要碎成片片。「他們不喜歡我，在宿舍裡。」她的聲音因為緊繃而變得尖銳，但又好像比先前更柔弱。

「他們不喜歡妳？妳的意思是什麼？」

他們還沒有碰觸到對方。她用一種孤注一擲的勇氣回答薛維克：「因為他們不喜歡……他們不喜歡主動權聯合工會，還有貝德普，還有……還有你。他們說……宿舍寢室的大姊姊說你們……我們都是……她們說我們都是叛徒。」沙蒂說出這些話的時候，身體像是中彈一樣抽動著。薛維克趕緊穩住她，她用盡全身力量抱住薛維克，抽抽搭搭掉著眼淚。她已經太大、太高，薛維克沒辦法把她抱起來。他站著緊緊抱住沙蒂，撫摸她的頭髮。薛維克越過她深色的頭髮望向貝德普，眼睛充滿淚水。他說：「沒事，德普。你先走吧！」

貝德普幫不上忙，只能讓父親和女兒繼續維持那種他無法分享的親密，最艱苦、最深刻的痛苦的親密。離開並未帶給他任何舒解或逃脫感，他甚至覺得自己無用、渺小。「我已經三十九歲。」他走回寢室時想著。他在五人的寢室裡過著完全獨立的生活。「再過幾十天就四十歲。我成就了什麼？我一直在做什麼？什麼也沒有！插手、干涉別人的生活，因為我沒有自己的生活。我從沒有好好利用時間，而時間突然向我衝來。我以後也不會有……那種……」他回頭看著長而安靜的街道，街角的燈光在起風的黑夜裡灑下一灘柔和的光暈，但是他已經走遠，或者那對父女已經離開，他再也看不到他們的身影。即便他向來能言善道，也說不清他所想的「那種」到底指的是什麼，然而他覺得他很了解那是什麼；他所有的希望都在他的了解之中。如果他能得救，他一定要改變自己的生活。

沙蒂平靜下來後鬆開雙手，薛維克讓她坐在宿舍門口的臺階上，走進去告訴夜班管理員，沙蒂今天晚上要和父母一起。管理員的口氣很不友善，在兒童宿舍裡工作的大人都有一種反對外宿的自然傾向，覺得那會破壞規定。薛維克告訴自己，他或許對管理員的反對做了過多聯想。學習中心大廳裡燈火通明，傳出陣陣喧鬧聲、樂器的練習聲、小孩的聲音。那些都是薛維克記憶中過往的聲音、味道、陰影，伴隨著恐懼。然而人會忘卻恐懼。

他走出來，和沙蒂一起走路回家。他環住沙蒂纖細的肩膀。她很安靜，還有些扭捏。他們走到佩克須門口，她突然說：「我知道你和塔克微不喜歡我和你們一起過夜。」

「妳怎麼會那麼想？」

「因為你們需要一些隱私，成年伴侶都需要隱私。」

「碧露也在啊。」他說。

「碧露不算。」

「妳也不算。」

她吸了吸鼻子，努力擠出微笑。

然而當他們走進寢室的燈光中，她那白皙、有著紅斑、圓滾滾的臉馬上讓塔克微大吃一驚。「怎麼了？」碧露原本正陶醉地吸奶，突然被打斷，驚慌地放聲大哭。看到這種狀況，薛維克整個人又再次崩潰。有好一會兒時間，每個人看起來好像都在哭，互相安慰、拒絕安慰。這景象突然間又轉為一片沉默，碧露坐在媽媽的大腿上，沙蒂在爸爸的大腿上。

碧露飽足了、哄睡了之後，塔克微用低沉而激動的聲音說：「現在，告訴我到底怎麼回事？」

沙蒂已經快睡著了，頭靠著薛維克的胸膛。他可以感覺到沙蒂努力要回答塔克微；薛維克摸摸她的頭髮要她別說話，自己替她回答：「學習中心裡有些人討厭我們。」

「他們去他的憑什麼討厭我們？」

「噓，噓。是討厭主動權聯合工會。」

「哦。」塔克微發出一個奇怪的喉音。她在扣上束腰外衣的鈕釦時，把鈕釦從衣服上扯下來。她低頭看著手掌上的鈕釦，轉頭看著薛維克和沙蒂。

「這種情形有多久了？」

「很久。」沙蒂說，頭沒抬起來。

「幾天，幾十天，一季？」

「喔，更久。但是他們……他們現在在宿舍裡變得更惡毒，晚上的時候。黛兒不會阻止他們。」

沙蒂像是在說夢話，很安詳，好像事情和她沒有任何關係。

「他們做了什麼？」塔克微問，雖然薛維克對她投以警告的眼神。

「他……他們就是惡毒。他們不讓我玩遊戲。蒂普，妳知道，她是朋友，她以前至少會在熄燈後過來和我聊天，但是她後來就不來找我了。黛兒現在是宿舍裡的大姊。她……她說：『……薛維克是……薛維克……』」

他感覺到小孩身體緊繃起來，在膽怯之中卻仍努力召喚勇氣，他再也按捺不住而打斷孩子的話：「她說：『薛維克是叛徒，沙蒂是個自私鬼！』塔克微，妳明明猜得到她會說什麼。」他雙眼燃燒著怒火。塔克微走過來撫摸女兒的臉頰，就一次，還有些膽怯。「是啊，我知道。」然後走到另一張床板坐下，面對他們。

小嬰兒安置在靠牆的位置，發出輕微的鼾聲。隔壁寢室的人從公用餐廳回來，用力關上門。某個在下面廣場的人大聲道晚安，從一扇打開的窗戶傳出回應。偌大的宿舍有兩百間寢室，全都在他們周圍安靜地展現生氣，彷彿它們的存在進入了他們的寢室，而他們寢室的存在也同樣融入其他寢室，像整體中的一小部分。沙蒂溜下父親的膝頭，坐在床板上緊靠著他。她暗色的頭髮糾結著，遮住了臉部輪廓。

「我不想告訴你，因為……」她的聲音聽起來很細小、微弱，「但是情況愈來愈糟。他們變得更惡毒了。」

「這樣的話，妳不用回到那裡了。」薛維克把手臂搭在她身上，但是她反抗，挺直身體坐著。

「如果我去跟他們談一談……」塔克微說。

「沒有用的。他們還是不會改變態度。」

「但是我們到底遭遇了什麼困境呢？」塔克微困惑地問道。

薛維克沒有回答，繼續摟著沙蒂，她最後還是屈服了，疲倦而重重地把頭靠在父親的手臂上。

「還有其他學習中心。」他最後說道，語氣不是很確定。塔克微站起來，顯然沒辦法冷靜坐著，她想做些什麼，想採取行動，但是能做的不多。「我幫妳綁辮子，沙蒂。」她用一種壓抑的聲音說話。她給小孩梳頭髮、綁辮子。他們用簾幕隔開房間，讓沙蒂睡在熟睡的小嬰兒旁邊。沙蒂道晚安時眼淚又快要掉出來，但是不到半小時，他們從呼吸聲聽出她已經睡著。

薛維克拿著一本筆記和他用來計算的板子在床板上坐好。

「我今天把手稿按照頁碼排好了。」塔克微說。

「結果呢？」

「總共四十一頁，包括附錄。」

他點點頭。塔克微站起來探頭看看簾幕那頭兩個熟睡的小孩，然後走回來坐在床邊。

「我知道事情有些不對勁，但是她沒說什麼，她從來不說，她總是很冷靜又知道克制。我從沒想過會是這樣。我以為那只會是我們的問題，我沒想過竟然會牽扯到我們的孩子。」她口氣不大好地輕聲說道，「事情不斷擴大……換另外一間學校就能解決問題嗎？」

「我不知道。如果她太常和我們在一起，或許就無法解決。」

「你該不會是要……」

「沒有，我不過是在陳述事實。如果我們選擇給小孩個人的關愛，就無法讓她避免接下來的痛苦，我們帶給她的痛苦、來自我們的痛苦。」

「讓她為我們的行為受到折磨很不公平！她這麼乖巧，性情這麼善良，她就像是清澈的水……」

塔克微停了下來，突然湧出的淚水讓她頓時哽咽。她擦掉眼淚，表情變得堅定。

「不是我們的行為，是我的行為。」他放下筆記本，「妳一直以來也都在受苦。」

「我不在乎他們怎麼想。」

「工作呢？」

「我可以找其他工作。」

「不會在這裡，也不會是妳自己的領域。」

「難道你要我去別的地方嗎？平豐的梭洛巴魚類實驗室會用我，但是你要待在哪裡？」塔克微生氣地看著他，「我猜是這裡吧？」

「我可以跟妳一起去。史科文和別人會過來，他們有辦法接手無線電臺，那是我在主動權聯合工會裡的主要任務。我去平豐和在這裡一樣，都可以研究物理。但是除非我完全丟下聯合工會，不過那也不會解決問題吧，是不是？我自己才是問題所在，都是我在製造麻煩。」

「在平豐那樣的小地方還會有人在乎嗎？」

「恐怕還是會有。」

「薛，你究竟遭遇到多少仇恨？你是不是像沙蒂一樣，都忍下來？」

「妳也一樣。嗯，有時候。去年夏天我去協和鎮的時候，實際狀況比我跟妳描述的還要糟一點。

丟石頭，大規模的打鬥。找我去的學生必須為我而戰，他們也的確如此。但是我很快退出，我讓他們陷入危險。也許學生總是需要一些危險；畢竟對立是我們要的，我們刻意激怒大家。許多人站在我們這一邊。但是現在……但是我開始懷疑，我是不是也因為和妳們在一起，讓妳和小孩陷入危險。」

「當然，你不是獨自一人遭遇危險。」她凶猛地說。

「我自作自受，可是我萬萬沒想到他們會把他們那種部落式的憎恨投射到妳身上。妳遭遇的危險和我自己遭遇的危險，對我而言是不同的。」

「利他主義者！」

「也許吧！我忍不住。我覺得我有責任，塔。沒有了我，妳要到哪裡去都可以，或者留在這裡。妳是為聯合工會工作過沒錯，但是他們是因為妳對我的忠誠才和妳作對。我是個象徵。所以沒有……沒有我可以去的地方。」

「去烏拉斯。」塔克微說。她的聲音如此沙啞，薛維克不禁往後坐，好像迎面挨了她一擊。

塔克微沒有看他，但是用更柔和的語調重複說道：「去烏拉斯——有何不可？他們也要你去，是這裡的人不讓你去。或許你到烏拉斯之後，這裡的人才會開始了解他們的損失。今天晚上我看得出來，你自己也想去。我以前從沒這樣想過，但是我們晚餐談到領獎的時候，我從你笑的樣子看出來了。」

「我不需要那個獎和獎金！」

「我知道你不需要獎金，但是你需要被欣賞，需要討論和學生——擺脫和薩布爾的任何牽連。你看，你和德普一直說要派人去烏拉斯，藉此宣示自主權，讓產管調節會感到震驚。如果你們只是說一說，沒有人去，就只是在強化他們的力量，就只是印證了慣例是牢不可破的。既然你在會議上也提出這個議題，總得有人採取實際行動。那人理當是你。他們要你去，你也有理由去。去領獎，去領他們為你保留的獎金。」她用一個相當真心但突然的笑聲結束她所說的話。

「塔克微，我真的不想去烏拉斯！」

「你想去，你自己也知道你想去，雖然我不確定我知不知道真正的原因。」

「我當然想和那邊的物理學家會面——看看他們如何在優恩大學實驗室裡進行光學實驗。」他說話時面露羞慚。

「你有權利這麼做，」塔克微用相當堅決的口氣說，「如果那是你工作的一部分，你就應該去做。」

「那對於革命的活力會大有助益，對兩邊都是，會不會呢？」他說，「這真是個瘋狂的想法啊！和狄瑞林的戲一樣，只是稍微倒退一些。我要去顛覆政權主義者——這樣至少可以向他們證明安納瑞斯的存在。他們在無線電上和我們對談，然而我不覺得他們真的相信我們，不相信我們真實存在。」

「如果他們相信了，他們可能會恐懼。如果你真的讓他們相信，他們可能會過來把我們從天空中擊落。」

「我不認為如此。我也許會再給他們的物理學界帶來一場小革命，但不會影響他們的主張。是在這裡，這裡，我才能真正影響社會，即便這裡不大理會我的物理學。妳說得很對；既然我們說過，我們就必須實現。」停了一會兒之後他說道：「我很好奇其他種族的人都研究什麼樣的物理學。」

「什麼其他種族？」

「外星人。瀚星和其他太陽系來的人。烏拉斯有兩座外星大使館：瀚星和塔拉。烏拉斯現在使用的星際航行推進器就是瀚星人的發明。我認為如果我們提出要求，他們也會願意提供給我們。那會很有意思……」他沒有把話說完。

在另一次較長的沉默之後，他轉身面向塔克微，用一種不同的、有點挖苦的語調說道：「我去訪問那些財產主義者的時候，妳會做些什麼？」

「和女兒去梭洛巴海岸，過著像魚類實驗室技術人員那樣平靜的生活，一直到你回來。」

「回來？天曉得我還能不能回來？」

她直接迎上薛維克的目光：「你為什麼不能回來？」

「烏拉斯人可能會要我留下，那裡沒有人可以來去自如。也許我們自己的同胞會阻止我回來，今天產管調節會裡有些人這麼威脅我，蘿拉就是其中之一。」

「我想也是。她只知道否定，否定回家的可能。」

「的確是這樣沒錯。那說明了一切。」他又坐了回去，用一種若有所思的讚賞眼神看著塔克微。

「不幸的是，不只有蘿拉。對許多人而言，任何到過烏拉斯又想回來的人都是叛徒、間諜。」

「他們到底會怎樣？」

「如果他們說服安全部相信有危險，就會擊落太空船。」

「安全部會那麼愚蠢嗎?」

「我想不至於,但是安全部以外的人會用火藥製造爆裂物,在地面炸毀太空船,更可能趁我在太空船外時攻擊我。我覺得很有可能發生。來回烏拉斯的計畫必須考慮到這點。」

「冒那樣的風險,到底值不值得?」

他兩眼無神地盯著前方好一會兒。「沒錯,」他說,「就某方面而言,如果我能在那裡完成我的理論,把成果交給他們——交給我們、他們和所有世界,妳知道——我希望那麼做。在這裡我被圍牆團團圍住,我受到束縛,很難進行工作、測試成果。沒有設備,沒有同事和學生;我做出些什麼時,他們又不接受。如果他們像薩布爾接受了,又會要我放棄行動,回報他們的認同。我死後,他們會利用我的研究成果,這種情況常常發生。但是我為什麼非得把我畢生的心血當成禮物送給薩布爾、所有像薩布爾的人、這個星球上所有小心眼、詭計多端、自私自利的人呢?我想要和所有人分享。我進行的是很重要的計畫,我必須把它公諸於世,把它傳播到每一個角落,讓它不會失傳。」

「很好,」塔克微說,「這樣就值得了。」

「值得什麼?」

「冒險,或者不能再回來。」

「不能再回來。」他複述,用一種奇特、熱切,但心不在焉的眼神看著塔克微。

「我覺得站在我們這一邊、站在主動權聯合工會這一邊的人比我們所知還多,只不過我們沒有真的想辦法把他們都凝聚起來,還沒真的承受危險。如果我們真的承受危險,我想他們就會站出來支持我們。如果我們把門打開，他們就會再聞到新鮮空氣，聞到自由。」

「他們可能會全都衝出來把門甩上。」

「如果他們那麼做，那就真的太糟了。你登陸的時候，聯合工會會保護你。然後，如果大家還是一樣充滿敵意和仇恨，我們會叫他們去死。一個無政府主義社會幹麼要怕無政府主義者？到時候我們住到孤寂鎮、上塞德普或極限鎮。如有必要，我們到山裡獨居。那裡會有地方，會有人跟著我們一起行動。我們可以建立一個新社區。如果社會已經沉淪到只知道玩弄權術，我們就脫離社會生活，我們到安納瑞斯以外的地方重新建立一個安納瑞斯，一個嶄新的開始。你覺得怎樣？」

「完美，」他說，「太完美了，親愛的！但是我不打算去烏拉斯。」

「你會去的，而且你一定會回來。」塔克微說。她的眼睛非常深沉，一種柔和的深沉，像是夜晚森林裡的深沉。「一旦你出發，你就一定會到達你要去的地方，然後你一定會回來。」

「別傻了，塔克微。我不去烏拉斯。」

「我累了。」塔克微伸伸懶腰，偎過去把額頭靠在他的手臂上。「睡吧。」

第十三章

脫離軌道之前，觀景窗前淨是青綠色的烏拉斯那廣闊美麗的矇矓景象。太空船一轉彎，繁星即刻浮現眼前，而安納瑞斯在其中就像是一顆發亮的圓形巨石，移動卻又似不動，被某隻無形的手拋出，永不停息地旋轉，創造時間。

他們讓薛維克參觀整艘星際太空船「戴夫南」號。它和運輸船全心號差異甚大。外觀像是用玻璃和金屬線做成的雕像，看起來很奇怪、很脆弱，一點都不像是太空船或交通工具，甚至分不出前端或尾端。它從來沒有穿越過比星際間太空更濃密的大氣層。它的內部如同一棟房屋那麼寬敞堅固，房間很大、很隱密，牆板是木質或以織品覆蓋，天花板很高，比較像是拉下窗簾的房子，因為只有少數幾間房有觀景臺；而且很安靜，即使是空橋和引擎控制室也不嘈雜。所有機器和工具都經過精準設計，適合太空航行。至於休閒活動，有座花園，照明設施具有陽光的性質，空氣中飄散泥土和樹葉的芳香。在船上的夜晚時刻，花園一片昏暗，群星變得格外醒目。

雖然戴夫南號的星際航行只需要幾小時或幾天的時間，但是像這樣的近光速太空船要探索一個恆星系，可能還是得花上好幾個月，或甚至當某個人員在某個行星上探索或住下來，太空船就要花好幾年的時間繞行行星。因此，為了那些必須在船上生活的人，船艦打造得很寬敞、人性化，適合居住。它的風格沒有烏拉斯氣派，也沒有安納瑞斯克難，而是用一種輕鬆優雅的熟練，在兩者之間求得平衡。一般人都能想像得到，在受限制的狀況中而不用煩惱那些受限制的生活，是如何令人滿足、嚮往的生活。船員中的瀚星人看起來一直都在沉思，彬彬有禮、細心、一本正經。他們都不怎麼活潑。其中最年輕的人看起來比船上任何一個塔拉人都還要老。

但是在戴夫南號靠化學推進力、以正常速度從烏拉斯前往安納瑞斯的三天當中，薛維克都不怎麼留意身邊的瀚星人或塔拉人。別人對他說話，他才會回應。他很樂意回答問題，但不常發問。他說的話都像出自一種內心的沉默。戴夫南號上的人，特別是較年輕的都很喜歡和他相處，好像薛維克擁有他們缺少的東西，或是他們想成就的那個部分。他們常常聊起他，但是和他在一起時又很害羞。薛維克不常注意他們，他一心想著就在前方的安納瑞斯。他想著被欺騙的希望和保留下來的承諾，想著失敗，想著終於解放的靈魂泉源，想著歡樂。他剛從監獄被釋放，正要回去和家人團聚。像這樣的人不管在途中看到什麼，都只是光影。

航程的第二天，他在通訊室透過無線電和安納瑞斯通話，先是產管調節會的頻道，接著是主動權聯合工會。他坐著，身體前傾，仔細聆聽，或者用母語清楚簡潔地回答，音調豐富多變，有時還會比手畫腳，好像和他交談的人看得到，有時還會大笑。戴夫南號的大副，一個叫做凱索的瀚星人，負責控制無線電通訊，默默地看著薛維克。前一晚，凱索用餐後一個小時內都和薛維克在一起，在場的還有船長和其他船員。他用瀚星人平和、好相處的方式問了薛維克許多關於安納瑞斯的問題。

薛維克最後轉向他：「好吧，就這樣了，其他的等我回到家以後再說。明天他們會和你聯繫，安排入境程序。」

凱索點頭。「你收到了好消息。」

「沒錯，至少是像你所說的『好消息』。」他們在一起時都用依歐語交談；薛維克說得比凱索更流利，不像他那麼得體而生硬。「登陸時將會很刺激，」薛維克繼續說，「很多敵人和很多朋友都會在場。好消息是朋友們……好像比我離開時更多了。」

「你登陸的時候，會有遭受攻擊的危險。」凱索說，「安納瑞斯航站的負責人員一定會覺得他們能控制那些異議分子吧？他們該不會故意叫你下船然後被暗殺吧？」

「他們應該會保護我，但我自己就是個異議分子，畢竟是我自己要冒險。這是我身為一個歐多主義者的特權。」他對凱索微笑，凱索並沒有笑。他的臉有點嚴肅，是個年約三十的英俊男子，身材高䠷，有著賽提人似的淺色皮膚，但像塔拉人一樣沒什麼毛髮，五官非常鮮明、精緻。

「我樂於和你分享那個時刻，」他說，「我會陪同你一起走下登陸艙。」

「很好，」薛維克說，「不是每一個人都想接受我們的特權！」

「或許比你想像的更多，」凱索說，「只要你願意。」

薛維克原本並未把心思全放在他們的談話上面，他已經打算離開；聽到這句話時他停了下來。他看著凱索，過了一會兒說：「你的意思是，你要和我一起踏上安納瑞斯的土地？」

瀚星人用一種同等直接的口氣回答：「是的，沒錯。」

「你們的船長會同意嗎？」

「會的。事實上，身為一個執行任務的太空船官員，我有責任在條件允許的狀況下探索、研究新世界。船長和我已經討論過這種可能。我們在出發前也和我們的大使討論過。他們覺得，既然你們國家的政策禁止外邦人登陸，便不需提出正式要求。」

「嗯。」薛維克沒有表態。他走到遠處牆邊，在一幅畫前站了一會兒。那是一幅瀚星風景畫，非常簡單精細，陰沉天空下的蘆葦叢中有條幽暗的河流。「安納瑞斯的開墾封閉條款，不允許烏拉斯人登陸，除非是在航站範圍以內。那些條款現在還具效力。但你不是烏拉斯人。」

「安納瑞斯開發時還不知道有其他種族存在。這意謂那些條款涵蓋所有外邦人。」

「六十年前，你們的人民第一次來到這個恆星系、企圖和我們對話的時候，我們的管理階層就已經做出決定。但是我認為他們錯了。他們不過是蓋了更多的圍牆。」他轉過身，站定，雙手放在背後，看著那男人。「你為什麼想入境，凱索？」

「我想看看安納瑞斯，」瀚星人說，「在你到烏拉斯之前，我就對安納瑞斯感到好奇，從我讀到歐多的著作就開始了。我感到濃厚的興趣。我已經……」他猶豫了一會兒，似乎有些不好意思，但繼續用他那壓抑的坦率說道：「我已經學會一點點帕微克語。還不是很多。」

「這是你自己的願望——你自主的想法嗎？」

「完全是。」

「你知道這會有危險嗎？」

「知道。」

「安納瑞斯的狀況有點……失序。我朋友透過無線電這樣告訴我。我們的目的——我們的工會、我這趟旅行——是要興風作浪，打破一些習慣，讓大家提出疑問，像無政府主義者會做的那樣。我走了之後就一直如此。所以，沒有人可以確定接下來會發生什麼事。如果你和我一起登陸，狀況可能會更糟。我不能做得太過火。我不能把你當成某個外國政府正式的代表帶進安納瑞斯。這在安納瑞斯是行不通的。」

「我了解。」

「一旦你到了那裡，一旦你和我一起走進圍牆，我就得把你當成我們的一分子，我們對你有責任，你對我們也一樣。你會變成安納瑞斯人，和其他人有相同的選擇。然而那些選擇並不安全。自由從來就不是安全的。」他環顧整個安靜、整齊的房間，簡單的操作檯、精密的儀器，挑高的天花板，無窗的牆壁，再看著凱索。「你會發現自己很孤單。」

「我們是一支非常古老的種族，」凱索說，「我們的文明已經超過一百萬年，進入歷史時代也有數十萬年了。我們做過各種嘗試，包括無政府主義和其他制度。不過我還沒試過。人說太陽底下沒有新鮮事。但是如果每一條生命、每一個個體的生命都不是新的，我們為什麼要誕生呢？」

「我們都是時間之子。」薛維克用帕微克語說。凱索看了他一眼，然後用依歐語重複他的話：「我們都是時間之子。」

「好吧，」薛維克笑著說，「好吧，你最好再用無線電呼叫安納瑞斯。先呼叫工會。我向簡大使說過，我沒有什麼可以回報她的人民和你們為我所做的一切。嗯，或許我可以給你些什麼當回報。一個觀念，一種希望，一次冒險……」

「我會向船長報告。」凱索說，一如往常慎重，但聲音中帶著某種顫抖，因為興奮，因為希望。

隔天深夜，薛維克在戴夫南號的花園裡。燈都熄了，只有星光照亮花園。空氣相當冰冷。一朵花，來自某個無法想像的世界的夜晚，綻放在陰暗的樹葉之中，在環繞著另一顆星球的世界花園之中散發沉穩、淡淡的甜美香氣，吸引著某隻數億哩以外的蝴蝶。也許有不同的陽光，但是黑暗只有一種。薛維克站在高高的、空無一物的觀景臺上看著安納瑞斯的夜晚景象，一道橫越大半行星的陰暗曲線。他想著塔克微會不會到航站。他上一次和貝德普通話的時候，她還沒從平豐回到亞博奈，所以他交代貝德普和她討論，到底讓她去航站是不是個明智的決定。「就算那不是明智的決定，難道你以為我阻止得了她嗎？」貝德普這麼說過。他想不透塔克微會搭什麼交通工具離開梭洛巴海岸，他希望是飛船。如果她帶著小女孩同行，搭火車並不方便。他還記得六八年時從查卡到亞博奈的旅程有多麼不舒服，沙蒂暈車了三天。

花園大門打開了，平添一抹微光。戴夫南號船長往裡看，叫喚他的名字。他回應，船長和凱索一起走進來。

「我們已經接到地面塔臺的登陸指示。」船長說。他是一個矮小、皮膚鐵灰的塔拉人，很冷淡、公事公辦。「如果你已經準備好，我們隨時可以開始登陸程序。」

「好的。」

船長點頭後離開。凱索往前走，站到薛維克身邊。

「凱索，你確定要和我一起走進圍牆嗎？你知道那對我而言很簡單。不管發生什麼事，我總是回家了。你卻是離開家鄉。真正的旅行是回……」

「我希望可以及時……」凱索用他安靜的聲音說，「回去。」

「我們什麼時候上登陸艇？」

「大約再二十分鐘。」

「我準備好了。沒什麼需要打包的。」薛維克笑了，一種乾淨、純淨、快樂的笑。凱索嚴肅地看著他，好像不確定快樂是什麼，但還能辨別或依稀記得。他站在薛維克身旁，好像想問些什麼，不過沒問。「會在清晨到達安納瑞斯航站。」他最後說道，然後離開去打點自己的東西，之後再和薛維克在發射臺碰頭。

薛維克孤單一人走回觀景臺，看見日出灼亮的曲線畫過正緩緩出現的提瑪地區。

「今晚我就能在安納瑞斯躺下來睡覺，」他想，「我可以躺在塔克微身旁。要是我可以把小羊兒的照片帶回來給碧露該有多好！」

但是他沒有帶回任何東西。他的雙手一無所有，一直以來都是如此。

導讀

一無所有的永恆革命

／黃涵榆

這是一座牆的故事，牆內與牆外的兩個世界，過往、現今與未來、自我與他者的故事……「牆」是什麼？在哪裡？空間的界線、時間的鴻溝、政體的敵對、理想與現實的斷裂、正常與異常的矛盾，抑或心靈的桎梏、自我的陌異……

不論是哪一派別的科幻小說——早期的硬式（hard science fiction）、軟式（soft science fiction）、新浪潮（new wave science fiction），甚至電腦龐克（cyberpunk）——都在想像牆的那一邊有什麼；而牆那邊的異質體或對體（the Other）——不管是太空船、外星人、異形、電腦病毒——也不斷進到牆內。科幻小說文類本身是一部活生生的「變形記」（其諸多派別，以及與其他通俗／奇幻文類，例如：童話、英雄奇幻、恐怖小說、烏托邦文學等之交錯），就是異質體的具體再現。換言之，要為科幻小說尋求一種固定、封閉、排他的定義，是不可能的企圖；但是，我們接受一種涵蓋異質性的定義，亦即將「與對體的遭遇」視為科幻小說文類的共通特質。既是「遭遇」，便是一種想像、再現。

想像／再現一方面必然在特定意識形態框架中進行，是為外在現實的支撐；另一方面卻也可能撼動既定的現實感或對正常的界定，無法納入「正常的現實之中」。因此我們不難理解科幻小說批評家蘇文（Darko Suvin）將科幻小說界定為「一種以陌異（estrangement）與認知（cognition）之交互作用為必要且充足條件之文類，其主要形式上之裝置為某種有別於作者所處之經驗環境之想像框架」。

科幻小說就文類特質而言，是矛盾的集合體；就再現的經驗而言，則反映出當代的科技、政治、經濟、文化、知識等不同層次的矛盾，並提出想像的未來願景與可能的解決方案。一九七〇年代集中出現的女性科幻小說亦不例外，重要作家包括卡特（Angela Carter）、勒瑰恩（Ursula K. Le Guin）、畢爾西（Marge Piercy）與魯絲（Joanna Russ）。此陣營的女性科幻小說雖深具烏托邦色彩，卻比一般傳統烏托邦文學更突顯異質性或對體的存在。批評家莫依蘭（Tom Moylan）因而用「批判烏托邦文學」（critical utopia）一詞稱呼此類揉雜科幻與烏托邦、對現時／歷史提出批判的小說。莫依蘭認為七〇年代以來的批判烏托邦文學作品，再再不失烏托邦的未來想像願景，同時也表現出激進的差異性，清楚意識到任何一種烏托邦社會都有可能落入封閉的意識形態與妥協主義的困境裡。換言之，作品本身具有自我批判的精神，作品世界中的矛盾衝突了然於目。我們不可能期待在這類小說中看到純真、伊甸園式、無限美好的樂園景象。牆就在那裡！活在牆裡世界的人可能不知道牆外還有什麼，甚至也可能抗拒知道有什麼。牆內與牆外——哪裡會有樂土，或是荒漠？如同勒瑰恩所著《一無所有》一開始的陳述，「這道牆如同所有的牆一樣曖昧，牆內和牆外的景觀完全取決於觀者站在牆的哪一邊」。

但是，牆也可能是一種流浪與探索的召喚。何以要離開？帶著什麼離開？到哪裡探索？何時、何處才能落腳？能回家嗎？能帶著什麼回家？《一無所有》的主角薛維克來自一個施行共產／社會／無政府主義的烏托邦社會（安納瑞斯），前往一個政治、經濟、文化、思維、生活方式截然不同的個人／資本主義社會（烏拉斯）。「但是他沒帶回任何東西。他的雙手一無所有，一直以來都是如此」小說這樣結束。流浪者在牆內仰望牆外，跨越了阻隔兩個世界、過去與現在、自我與對體、理想與現實的圍牆，企圖拆解圍牆，卻又走進另一座圍牆（或監牢），雙手一無所有地回家。哪一個家？是安納瑞斯，或是從烏拉斯所觀視的安納瑞斯？或是超越疆界、並存於多重時間宇宙之中的的安納瑞斯．烏拉斯？小說不以直線式敘述，而是現在與過去交替跳躍，鋪陳出多重視野、不確定且曖昧的時空經驗。「事物會變化，變化，你不可能真正擁有什麼……最不可能擁有的就是現在，除非接受現在的同時，也接受過去和未來：不只現在，還有未來；不只未來，還有過去！因為它們才是真實的，只有它們才能讓現在變得真實。」「一無所有」指的難道不是慾望／想像的空缺？「變得真實的現在」難道不是面對空缺／創傷、「超越幻界」後的體認？這不都是保留自我批判動力、慾望流動、破除圍牆／想像桎梏的必要的「主體匱乏」（the destitution of the subject）嗎？

整部小說的敘述無不環繞在主角薛維克的「破牆之旅」。或許會有評論者批評勒瑰恩創造的薛維克，視其為典型「偉大科學家」的化身、浪漫式童話故事的英雄人物、順服於以男性為主導的傳統性別價值觀。這樣的看法似乎沒有考慮到薛維克「（超）越（幻）界」的經歷。薛維克自始至終無法真正融入所處的大環境——同伴、學院、社會、國家——之中；強烈的孤寂與疏離感使得他終究還是向整個象徵體系（the Symbolic）說不，抗拒（安納瑞斯與烏拉斯）既定的社會成規、語言邏輯、思維習慣、道德律法等。就最廣泛的層次而言，薛維克是「否定性」（negativity）的具體化身。然而，這種否定性是辯證的。我們先是看到薛維克個人否定大環境（或是「象徵體系」）。這種否定、對立、矛盾的關係是外在的、偶發的、立即的，還必須要有內在的自我否定才能算是真正、完整的否定性的展現。換言之，如果說薛維克體現了任何顛覆、批判的意義，正是在於這種辯證的否定性，或是「否定的否定」（the negation of the negation）。薛維克信奉的歐多主義中，責任、忠誠、自由意志等道德原則也是建立在這樣的基礎之上。就此而言，真正的道德行為不在於遵守經驗層次的、體制的、外在的律法，而在於對超越的、普遍的律法的信念，有勇氣抗拒不公義的體制。而這種反叛是展現自我批判精神的其中一個階段。道德律法如不具有主體中介（mediation）的特質，我們又如何能有談論自由與責任的可能？政治、社會、文化、知識、心靈又如何能保持演化的動力呢？這不也正是歐多／勒瑰恩所要彰顯的「批判烏托邦」的觀念嗎？薛維克的「破牆之旅」不也是為了實現這樣的觀念嗎？

整體而言，勒瑰恩在小說中建構的烏托邦是一種動態、永恆的革命，是一種未完成的進程、一種對於過往革命的失敗與空缺的體認。如莫依蘭所言，勒瑰恩「宣示了一種反抗集中化體制之無政府主義的自由與永恆的革命。她讓烏托邦的動力得以存活，同時也反對任何烏托邦體制的停滯狀態」。勒瑰恩強調主體行動的重要：真正的烏托邦動力源於自我反省、批判的能力，或上述的「主體的匱乏」與否定性的展現。如傅里曼（Carl Freedman）所言，「《一無所有》的辯證複雜性不應與拒絕選擇立場混為一談。事實上，勒瑰恩的作品並未陷入某種無政府主義，偽裝出一種自由主義／個人主義式的超越政治的立場。它之所以能夠以特殊的力量展現其無政府主義／共產主義的政治洞見，在於自我批判精神；這也是小說最大的成就。」

這是一座牆與破牆的故事……烏托邦在牆的哪一邊不是小說要回答的問題。或許，答案已經有了：一無所有，意義的豐盈！

繆思 012

一無所有
The Dispossessed

作者	娥蘇拉・勒瑰恩（Ursula K. Le Guin）
譯者	黃涵榆
主編	張立雯
行銷企劃	廖祿存
電腦排版	極翔企業有限公司
社長	郭重興
發行人兼出版總監	曾大福
出版	木馬文化事業股份有限公司
發行	遠足文化事業股份有限公司
	地址 231新北市新店區民權路108之4號8樓
	電話 02-2218-1417　傳真 02-8667-1065
	email: service@bookrep.com.tw
	郵撥帳號 19588272 木馬文化事業股份有限公司
	客服專線 0800221029
法律顧問	華洋國際專利商標事務所 蘇文生 律師
印刷	成陽印刷股份有限公司
初版3刷	2022年4月
定價	新台幣360元

ISBN 978-986-359-475-8

國家圖書館出版品預行編目(CIP)資料

一無所有 / 娥蘇拉・勒瑰恩（Ursula K. Le Guin）著；黃涵榆譯. -- 初版. -- 新北市：木馬文化出版：遠足文化發行, 2017.12
面；　公分. --（繆思；12）
譯自：The dispossessed
ISBN 978-986-359-475-8（平裝）

874.57　　106021413